이정은 소설집

피에타

나남창작선 147

피에타

2018년 10월 5일 발행
2018년 10월 5일 1쇄

지은이 이정은
발행자 趙相浩
발행처 (주) 나남
주소 10881 경기도 파주시 회동길 193
전화 (031) 955-4601 (代)
FAX (031) 955-4555
등록 제 1-71호 (1979.5.12)
홈페이지 http://www.nanam.net
전자우편 post@nanam.net

ISBN 978-89-300-0647-7
ISBN 978-89-300-0572-2 (세트)

책값은 뒤표지에 있습니다.

나남창작선
147

이정은
—
소설집

피에타

나남
nanam

작가의 말

당신에게

어쩌다 덤벼들었으나 소설은 첩첩산중, 산 정상(頂上)으로 가는 길은 좀처럼 보이지 않았고 반갑게 길을 열어 주지도 않았다. 소설의 지엄함을 모르고 맹렬히 다가든 나였다. 터무니없는 열정, 치기어린 나의 도전을 신이 어여삐 보셨나 보다.

복잡한 세상 속, 고통 속에서 초연하게 견뎌 내는 마법은 없다. 소설을 통해 아무도 범접하지 못하는 눈부심을 발견해 내는 것도 혼돈의 세상을 소설가로서 살아가는 보람이다. 한 작품, 한 작품을 써 내는 동안 고통을 견디며 꽃을 피우는 아름다운 사람을 만나게 된 것도 은총이다.

내가 추구한 '나'는 과연 내게 생명의 보답이 되는 삶을 살아왔던가. 내가 알게 되었다고 생각한 진실은 과연 무엇인가. 그리고 내가 그 진실의 한 자락을 잡은 것인지도 의문이다. 하지만 나는 내 생애를 문학에 헌신했다.

작업 중에는 새벽 3, 4시에 일어나 오전까지 글을 쓰고, 오후에는 도서관에 들르거나 동네를 산책한다. 마지막 탈고를 끝낼 때까지 줄곧 긴장에서 벗어나지 못한다. 작품이 완성되면 그만큼 해방감도 크다.

2015년 장편소설 《그해 여름, 패러독스의 시간》을 출간한 이후 2018년 여름까지 쓴 3편의 중편과 4편의 단편을 묶어 소설집 《피에타》를 내게 되었다. 아직 현역에서 활발하게 작품을 쓸 수 있는 힘이 있는 생명을 주신 '나의 어머니, 수호신'에게 감사드린다. 표제작 〈피에타〉는 어머니를 생각하면서 쓴 중편소설이다.

성당에서 레지오 단장을 비롯한 단체장으로 있으면서 봉사활동했던 경험이 이번 작품을 쓰는 데 많은 도움이 됐다. 특히 표제작 〈피에타〉를 비롯하여 제 42회 한국소설문학상 수상 작품인 〈왕이 귀환하다〉와 〈뷰티풀 마인드〉의 직접적인 소재가 되었고, 다른 작품도 신의 도움을 받아 쓸 수 있었다고 믿는다.

성당에서 활동하면서 내 고달픈 시간을 버텨 냈고, 고통을 겪고 있는 이웃을 눈여겨보고 그들과 교류하면서 그들을 이해할 수 있도록 마음을 크게 열어 놓으려고 애썼다. 그러나 그것이 늘 성공적이진 않았다.

아픈 환자나 어려운 이웃을 만날 때 그들의 고통을 이해하지 못하고 내 식대로 판단한 적도 많았다. 그럼에도 신은 진정성이 부족한 나의 작은 정성을 크게 평가해 주고, 내가 잘못한 것에는 눈감아 주었다. 글을 쓰는 동안 그분이 함께 하셨음을 알았고 넘치도록 행복했다.

신의 다른 이름으로 오신 나의 어머니! 어머니의 존재, 그 흐름이 내 온몸을 통과하고 있다.

어머니를 통해서 나는 세상을 본다. 어머니 생각을 알고, 어머니가 나를 사랑하고 있음을 느낀다. 내가 어떤 잘못을 해도 어머니는 늘 내 편임을 안다. 유일하게 나를 위해 빌어 줄 사람, 바로 나의 수호신이다.

어머니는 당신의 딸인 나를 위해 기도하셨다.

저에게는 당신께 간청할 일이 두 가지 있습니다.
그것을 제 생전에 이루어 주십시오.
허황한 거짓말을 하지 않게 해 주십시오.
가난하게도, 부유하게도 마십시오.
먹고 살 만큼만 주십시오.
배부른 김에 "야훼가 다 뭐냐"고 하며 배은망덕하지 않게,
너무 가난한 탓에 도둑질하여
하느님 이름에 욕을 돌리지 않게 해 주십시오(잠언 30장 7~9절).

나의 수호신!
피에타를 바라보며 나는 이렇게 기도한다. 나의 수호신, 나의 어

머니 당신에게 고맙습니다. 이 책을 당신에게 바칩니다. ‘어머니’라는 이름으로 내게 오신 신께.

내 삶의 바탕이며 작품들이 탄생할 수 있는 힘의 원천인 가족에게 사랑의 마음을 전한다. 이번 책도 나남에서 출간하게 되어 행운이다. 작품에 깊은 관심을 가지고 애정 어린 시선으로 봐 준 조상호 회장님, 고승철 주필님, 편집진께 감사한다.

2018년 8월 폭염 속에서

이정은 Amars

이정은 소설집

피에타

차 례

피에타

어머니와 나는 서로 애물단지라 했다. 내 존재는 어머니가 쏟아낸 기도, 염려의 열매이다. 그럼에도 어머니에게 가는 길은 늘 편치 않다. 어머니는 나에게 체세포를 나눠 주었지만 이젠 내 가슴 한편에 자리 잡은 종양 같다는 생각을 들게 한다.

엊그제 어머니와의 전화에서 근황을 들었고 의례적 인사말을 주고받았다. 그때 어머니 목소리가 전과 달리 힘이 없어 보였다. 별일 없다고 하셨지만 몸이 편치 않은 모양이다. 나는 전화 끄트머리에 엄마 곧 갈게, 겨우 그렇게 말해 두었다.

오늘 아침 기류는 삐걱댔다. 남편은 식탁 앞에서 넥타이를 느슨하게 풀고 몇 술 뜨다 말고 불쑥 일어선다. 수저는 사선으로 팽개쳐진 채 제각각이다. 현관문 닫히는 소리에 뒤를 쫓아가려다 그만둔다. 그의 심기를 돌리기엔 이미 늦은 듯하다.

어제 저녁, 남편에게 말했다. 친정집 세 든 사람에게 셋돈을 내줘야 하는데, 다른 세입자가 들어올 때까지 잠시 빌릴 수 있겠느냐고. 남편은 알아서 하라는 듯 고개만 끄덕였다. 그런데 느닷없이 부실한 아침밥상에 대고 화를 낸다. 나는 죄지은 사람처럼 남편의 불만 어린 침묵을 받아 낸다.

어머니 계신 곳은 한나절이면 다녀올 서울 근교인데도 자주 못 가고 전화 한 통으로 끝내곤 했다. 마음먹고 시내 백화점에서 산 블라우스와 치마, 비타민도 한 병 챙겼다. 잠시, 이번 달 용돈은 그만둘까 하다가 그대로 넣었다. 햇볕 나는 날보다 비 오는 날이 많았던 여름을 버텨 내던 시골집이 끝내 말썽이다. 그렇지 않아도 추위가 닥치기 전에 보일러 기름을 채워 넣어야 한다고 궁리하던 차다. 월급쟁이 남편을 둔 처지에 어머니 집수리 비용까지 감당하기란 벅찬 일. 친구들과 여행은 꿈도 못 꿀 일이다.

그 무렵 친구들은 성지순례 중 로마에 가 있었다. 오래전에 계획한 여행이었지만 나는 함께 떠나지 못했다. 어머니가 집을 고쳐 달라고 했던 것이다. 문간채에 빗물이 샌다고. 그런데 엎친 데 또 덮친다고, 지금 전셋돈까지 마련해야 한다.

사정을 잘 아는 친구가 떠나면서 말했다.

"가서 이메일로 상세히 보내 줄게."

"그래. 네 덕에 집에 앉아 편한 여행 한번 해 보자."

말은 그렇게 했지만 함께 떠나지 못해 심란하다. 일상을 탈출하고 싶다는 바람이 좌절된 탓이다. 어머니는 나를 가리켜 당신 지팡이라고 했다. 어떻게 하든 어머니 고민을 해결해 드려야 한다. 우선 카드로 돌려막기로 하고 전셋돈을 준비했다.

차에 시동을 걸어 놓고도 나는 그대로 앉아 있다. 어느새 의무가 돼 버린 친정행, 그 길목엔 벌써 가을이 와 있다. 양변에 줄 서 있는 가로수 위로 설렁이는 바람이 어젯밤 내린 비로 여름을 밀어냈는지 써늘하다. 정신을 가다듬고 차를 출발시키려는데 앞 유리창에 단풍잎이 수북하다. 차문을 열고 내려서자 떨어진 나뭇잎들이 바람에 섞여 하늘로 소용돌이친다. 머리칼이 얼굴을 때린다. 한 손으로 와이퍼를 올려놓고, 달라붙은 나뭇잎들을 손으로 집어낸다. 잠시 단풍나무 사이로 말갛게 씻긴 하늘을 올려다본다.

그러나 내게는 아름다운 풍경들이 더 이상 눈에 들어오지 않는다. 혼자 남아 지루했던 날, 허전함이 가슴에 사무쳤던 그때 그 기억이 생생하게 떠오른다. 이래저래 친구들과 함께 가지 못하게 되는 것은 예나 지금이나 같다.

융건릉* 표지판이 길옆으로 비켜서 있으니 10분만 가면 곧 고향마을에 도착할 것이다. 느티나무가 있는 마을, 내 유년은 늘 그 나무와 함께 했다.

초등학교 6학년 소풍 가는 날이었다. 나는 이미 어머니에게 소풍을 가지 않겠다고 말해 둔 터다. 가겠다고 떼를 썼다면 갈 수 있었으리라. 내가 학교에 가지 않게 되자 어머니는 좋아한다. 하루 종일 아기를 맡길 데가 있어서다. 나는 어머니 마음을 헤아려 스스로 포기한다. 누가 가지 말라고 한 것도 아닌데 서글프다. 동생을 업은 채 느티나무 밑을 혼자 빙빙 돌다가 우두커니 서서 하늘을 쳐다보면 느티나무 사이로 빛줄기가 눈을 찌른다. 친구들은 어디쯤 가고 있을까. 재잘재잘 키득키득, 줄 맞춰 걸어가는 모습이 눈에 선

---

* 정조(건릉)와 사도세자(융릉)의 묘. 경기도 화성군에 있다.

하다.

나는 착한 딸이고 싶었고, 또 친구들에게 가난을 들키는 것이 싫었다. 어머니는 가을걷이로 바쁜 때여서 내게 예쁜 도시락 싸 줄 여유도 정성도 없다는 걸 알고 있었다. 내 짝은 선생님 도시락까지 싸 올 것이다. 늘 그랬으니까. 난 친구들과 경쟁할 처지도 못 되었다.

지금 어디쯤 가고 있을까. 소풍 장소인 융건릉에 도착했을까. 그러고 보니 벌써 점심시간이다. 모두들 김밥을 먹고 사이다를 마시고 있겠지. 선생님들은 점심시간을 이용해 쪽지를 숨긴다. 보물찾기. 내가 갔다면 몇 개는 찾을 수 있는데 … . 나무 틈새, 나뭇가지와 가지 사이, 낙엽을 들추고 그 밑, 또는 석물 밑에 숨겨 놓을 것이다. 에잇! 씨이. 손등으로 눈물을 닦는다. 느티나무 아래서 재잘거리던 아이들은 간 곳 없고, 납작한 돌 하나만 아무렇게나 뒹굴고 있다. 친구 정희와 사방치기 하다 둔 돌. 덩그러니 남겨진 돌이 내 신세다. 게다 신은 발로 냅다 찼다. 돌이 퍽 소리와 함께 풀덤불로 날아갔다. 발가락이 움찔했다. 발톱이 깨지면서 피가 났다.

지금도 아플 것 같은 발을 내려다본다. 브레이크를 밟고 있는 발은 멀쩡하다. 정지신호가 바뀐 줄도 모르고, 나는 멈춰 선 채 생각에 잠긴다. 빵빵거리는 뒤차의 경적에 깜짝 놀란다. 급히 앞차를 따라가다가 좌회전 차선을 놓쳐 유턴해야 한다. 그때 어머니 염려의 말이 귓가를 울린다. '천천히 다녀라.' 나는 서서히 마음을 가다듬는다.

주유소에 들러 기름을 넣는다. 가득히, 하려다 3만 원 하고 말았다. 가득 넣으면 차가 무거워서 연비가 더 든다는 계산에서다. 그리고 세차도 했다. 그렇지 않으면 어머니가 차를 닦겠다고 물통을 들고 나올까 겁이 난다.

요즈음 어머니는 어려운 사람이나 노숙자들까지 끌어들이고 있다. 아니, 어머니 소문을 듣고 찾아든다고 해야 옳다. 연고가 없는 노인, 성격파탄자, 정신이 오락가락하는 사람들을 데려와 보살핀다. 그들은 가족과 사회에서 버림받았다는 자격지심도 많고 피해의식도 강한 사람들이라 툭하면 싸움질이다. 선의의 말도 무시한다고 왜곡해 듣는다.

언젠가 내가, "왜 그런 사람들에게 잘해 주려고 그래요, 고마워하지도 않는데?" 따졌더니, "내 집에 오는 사람은 그냥 보내면 안 된다!"라며 일축했다. 어머니에게 그 말을 들었을 때 어이가 없었다. 그래서 "엄마나 잘하세요" 하고 싶은 걸 참았다. 그런데 참 희한한 것은 그들과 함께 밥 먹고 잠자면서도 어머니는 평화롭기까지 하다. 행복해하는 저 얼굴은 뭘까! 자신의 만족에 취한 교만은 아닐까, 하는 생각을 떨쳐 버릴 수 없다.

자식이 힘든 것을 아는지 모르는지. 이웃에겐 무조건 베풀다니! 이번 친구들과의 여행도 포기한 딸의 처지를 어머니는 모른다. 절약해 드리는 돈을 남 위해 쓰는 걸 보면 착취당한다는 기분도 든다.

어머니는 내가 드리는 생활비가 늘 모자란다. 생활비라 해도 용돈 정도다. 남편 월급에서 조금씩 떼어 내는 데도 나는 허리가 휜다. 텃밭에 농사짓는 것 말고는 별로 돈 들어갈 곳이 없을 것 같은데 늘 거지꼴이다. 어머니의 그런 모습을 볼 때마다 짐을 벗어 버리고 싶은 생각이 머리를 스친다. 차라리 돌아가시는 편이 … , 하는 모진 마음이 들다가 화들짝 놀란다.

유럽여행을 못 갔기 때문이 아니라 이젠 어머니란 존재 자체가 부담스럽다. 나는 어머니를 남겨 두고는 마음대로 아프지도, 죽지도 못할 것 같은 심정이다.

한 달에 두 번쯤 친정어머니를 뵈러 간다. 지난번 친정에 갔을 때 일이다. 사다 드린 옷은 누구에게 주고 여전히 그 모양새인지. 언제적부터 입은 것인지 모를 자주색 월남치마는 떨어지지도 않는다. 보풀이 인 블라우스도 눈에 거슬렸다.

"그 옷이 뭐예요!"

말은 그렇게 하지만 내심 심한 울화가 쏟아져 나오는 걸 참았다.

"주려면 입던 옷이나 주지 왜 새 옷을 남한테 줘요?"

"헌 옷 주면 주고도 욕먹는다."

"그럼 안 주면 되겠네요!"

말은 그렇게 했으나 속은 편치 않았다.

친정어머니의 일은 당연히 내 차지다. 요즘은 남편까지 내게 심통을 부린다. 특히 어머니에게 다녀온 날이면 그랬다. 살림을 못한다고 들먹인다. 다른 여자들은 같은 월급을 받아서 몸치장도 세련되게 하고, 재테크를 잘해서 집이 몇 채씩 있는 친구도 있다는 둥. 나는 대꾸할 말이 없다.

내가, "엄마, 가난 구제는 나라도 못 당한다고 하잖아" 라며 못마땅한 표정을 지으면 어머니는 "크게 돕지도 못한다, 그저 내 먹는 밥상에 수저 하나 더 놓을 뿐이지" 하고 들은 척도 안 한다. 어머니와 나, 두 사람은 똑같은 일로 말다툼이다. 성당에서 가르치는 대로 실천하려는 어머니. 그런 어머니의 생각이나 행동이 내 눈에는 모두 헛수고이거나 부질없어 보인다.

어머니가 서운해 할까 봐 이야기하지 않았지만 학교 다닐 때부터 너무하다는 야속함을 느낄 때가 한두 번이 아니다. 아침밥도 제대로 못 먹고 도시락도 못 챙기고 학교에 간 딸. 내가 학교에서 돌아와 보면 밥이 하나도 없다. 배고파 할 딸보다 다른 사람을 우선으로 챙겼던 것이다.

아침은 언제나 분주하다. 통학 거리가 멀기도 하고, 간혹 늦잠을 자기도 한다. 늦어 허둥대다가 밥솥을 열고 미처 뜸이 덜 든 보리밥 속에서 감자를 젓가락에 찍어 든다. 뜨거운 감자를 굴려 가며 한 입 베어 문다. 한 손엔 책가방, 다른 손엔 뜨거워 호박잎에 싼 감자를 들고 대문을 나선다. 속이 채 익지 않은 설익은 감자 하나가 아침식사다.

하루 종일 학교에 있다가 집으로 돌아가는 길에는 맥이 없어 돌부리에 채여 비틀하면 머리가 어찔해진다. 그럴 때는 눈앞에서 별이 쏟아진다. 그런데 비실거리다가도 멀리서 느티나무가 보이기 시작하면 밥 먹을 생각에 힘이 생겨 걸음이 빨라진다.

"엄마. 배고파!"

뛰어들면서 밥을 찾는 딸에게 어머니는 미안한 얼굴로 쳐다본다.

"저녁을 좀 일찍 할 테니 조금만 기다려."

어머니가 한 말이다. 그럴 때마다 나는 보리밥 숭늉을 마시며 허기진 배를 달래야 한다. 내가 화내며 이웃이 더 중요하냐고 하면, 어머니는 그런 나를 이해시키려고 한다.

"너도 생각해 봐라. 조 씨네가 쓰러질 것처럼 배고프다는데 밥이 있으면서 어떻게 안 주냐?"

그렇게 말하면서 어머니는 미안해한다.

일꾼을 많이 얻어 모내기 하는 날, 어머니는 내 밥을 한 그릇 수북하게 담아 밥솥에 넣어 둔다. 일꾼들 주고 남은 밥이다. 이상하게도 그런 날엔 꼭 배고픈 사람이 다녀간다. 그날도 그랬다. 밥이 하나도 남지 않았다. 윗마을 조 씨네가 장에 갔다 오는 길에, "아이고, 배고파! 밥 좀 있으면 한 술 떴으면" 하고 입맛을 다시자 어머니는 우리 애가 오면 빨리 밥을 해 주면 되지, 하고 서슴없이 딸의 밥을 내놓았을 것이 분명하다.

어머니는 결혼 전부터 성당에 다녔고 그런 어머니를 따라 나도 성당에서 영세를 받았다. 하느님을 믿는 것이 아니라 어머니 바람에 순종하기 위해서였다. 처음엔 열심히 다녔다. 그런데 어머니의 맹목적인 믿음을 보고 질렸다고나 할까. '도대체, 저렇게까지 해야 하나?' 하는 의문이 들었다. 결국 '카타리나'라는 세례명을 가진 나는 성당에 나가지 않는 냉담자가 됐다. 그건 어머니 탓이다.

"엄마가 권해서 영세를 받았지만 난 부활 같은 건 안 믿어요."

어머니의 간곡한 마음을 더 이상 거스르기 싫어서 효도하는 셈 치고 성당에 발을 들였을 뿐이라는 말만은 입속에 가둔다.

"그렇다면 말짱 헛것이구나!"

"엄만, 신이 있는 줄 알지? 아니야. 사람들이 스스로 만들어 놓았을 뿐이야. 고통으로 괴로워하는 사람들에게 사탕발림으로 만들어 놓았을 뿐이라고. 오죽하면 무신론자들이 교회를 보고 인간의 약점을 이용하는 사기집단이라고까지 할까."

"난, 니가 아무리 그런 말을 해도 '천국'은 있다고 믿는다. 감히 바랄 수가 없을 뿐이지. 바라는 것 자체가 욕심이어서 그렇지. 하느님은 불공평할 리가 없다. 네 말대로라면 믿고 따르는 수많은 사람들은 모두 바보냐? 세상에서 버림받고 고통으로 힘든 자들은, 그리고 하느님 말씀대로 살아가려는 사람들은 누가 달래 주겠니? 그곳에 갈 수만 있다면 … 희망에 지나지 않지만 … ."

어머니와 옥신각신한 날. 아무 소득도 없는 일로 어머니와 맞서다니! 집으로 돌아오는 길은 편치 않다. 저녁에 들어온 남편이 내 불편한 표정을 보고 의아해한다.

"장모님에게 잘 다녀왔어? 요즘 어떻게 지내셔?"

"엄마 때문에 미치겠어! 동네 거지란 거지는 다 들인다니까."

"장모님은 그게 취미인 걸 몰라서 그래?"

남편은 어깨를 들썩여 보인다. 남 말 하듯 농담을 한다. 취미에 돈이 드니까 문제지, 하려다 나는 입을 다문다. 돈 얘기를 남편에게 말해 봐야 이로울 것이 없다.

"장모님은 돈이 어디서 나서 집에 사람들이 북적거리는지 몰라."

칭찬인지 비아냥거림인지 모를 말을 한다. 남편은 막내라서 부모님은 돌아가셨고 자기 집안일에 신경 쓸 일이 없다. 남편은 한마디 더 한다.

"나쁜 놈들에게 속는 건 아닌지 몰라."

"무슨 그런 … 엄마는 나나 당신 말 아니면 아무도 안 믿어요."

"그런가?"

"엄마 말로는 문간채를 빌려주는 것뿐이래요."

언젠가 어머니가 한 말이 떠올라 그렇게 말했다. 처음 어머니가 갈 곳 없는 사람들을 집으로 데려왔을 때였다. 나는 "엄마 왜 그래, 미쳤어!" 하고 질색했다. 그때 어머닌 "자기들이 얻어다 먹든 말든 나하곤 상관없다. 난, 그저 문간채만 빌려줄 뿐이지!" 하고 신경 쓰지 말란 투로 대답했다.

"하긴, 외롭지 않게 사시는데 우리가 참견할 일은 아니지."

남편은 어머니 일에 호의적이지도 그렇다고 부정적이지도 않다. 그것은 내가 "어머닌 텃밭을 가꾸는 것만으로도 자급자족이 가능해!" 그렇게 말했기 때문이다.

지금 시급한 문제는 어머니가 아랫방을 전세 놓았는데 돈을 어디다 썼는지 모른다는 것이다. 아마도 떠돌이들 뒤치다꺼리로 그 돈을 다 녹였을 것이다. 남편에게 부탁했지만 반응이 없어, 급하게 내 카드로 막아 두었다. 그 돈을 채워 놓을 일이 걱정이다. 당분간 세 들어올 사람도 없을 것 같다.

할 수만 있다면 어머니에게 넓은 집을 마련해 주었으면 좋겠다는 생각도 안 해 본 것은 아니지만 현실에선 꿈같은 일. 겨우 고향집을 원룸처럼 개조했을 뿐, 난방비와 생활비 대기도 벅차다. 어머니가 벌여 놓은 일로 또 빚을 지게 생겼다.

어머니는 자신의 몸 건사하기도 힘에 부친다. "엄만, 혼자가 아니야. 나를 봐서라도 건강을 챙겨야 해요." 어머니에게 누누이 당부해도 여전하다. 자신의 입에 들어가는 것은 아까워하면서 남에게 주는 것은 아깝지 않은 모양이다. 딸의 사정을 아는지 모르는지 어머니는 자신의 소신대로 산다.

남이라면, "참으로 장한 일 하시네요. 자제분들이 복 받을 거예요" 하며 좋은 일한다고 칭찬할 수도, 이해할 수도 있다. 그러나 가족 입장에서는 죽을 맛이다. 어머니는 내게 아무것도 바라지 않는다고 말한다. 하지만 돈 들이지 않고 거저 되는 일은 없다. 나로서는 남편 알게 모르게 어머니를 돕는다는 건 재정에 끝없이 긴축을 요구하는 일이다.

"서울 와서 함께 살든지."

"아니. 난 예가 좋다."

어머니는 딸네 집에 오면 딴 세상에 온 것처럼 낯설다고 한다. '뭐가?' 하고 물으면 '말'이란다. 할 말이 없다. 어머니를 집에 모셔다 놓고 볼일이 있어 어머니를 혼자 두기도 하고, 몇 마디 얘기를 나누다 말고 남편과 아이들하고만 이야기를 했던 것이다. 그게 따돌림으로 보였던 모양이다.

작년 어머니에게 군郡에서 제정한 봉사상을 수여하겠다는 이야기가 나왔다. '감골을 빛낸 분'이라는 게 이장이 추천한 이유였다. 마을의 경사라는 이장의 말을 들었을 때 나는 가슴이 덜컥 내려앉았다. 공연히 자부심만 키워 어머니가 더 큰 수렁에 빠지게 될까 두려웠기 때문이다. 다행히 어머니는 한사코 반대하셨다.

"내가 뭘 했다고…."

어머니 앞에는 늘 '착한 사람'이라는 수식어가 붙어 있다. 그런데 그 착함은 가족에겐 의문을 남겨 놓는다. 상식적으로 생각하면 하나뿐인 딸을 애지중지 길렀을 법한데 어머니에게서 그런 자애를 느낄 수 없다. 어머니가 남에게 베푸는 사랑을 나 혼자 차지하려는 이기심일지도 모르지만, 딸 혼자 엎어지든 코가 깨어지든 방치해 두려는 것은 아닐까 하는 야속함을 지울 수 없다. 마음 편하자고 이웃에게 선함을 베풀고 있는 위선의 냄새만 맡아졌다.

자기 자식에겐 무심하면서 타인에겐 착한 척하는 데 질렸어! 어머니 때문에 실망한 적이 한두 번이 아니야, 하며 화를 내고 남을 도울 수 있으면 행복하다는 어머니의 이기심에 치를 떤다. 자신보다 남을 배려하는 지나친 봉사에의 집착은 자기애일까, 아니면 진정한 사랑일까.

늙어 쇠락한 어머니에게 일일이 말해 봐야 소용없는 일. 지금껏 어머니 일에 나도 끌려다니고 있지 않은가.

"난 엄마처럼 살지 않을 거야!"

"그래, 넌 부디 이 에미를 닮지 마라."

*

운전석 창밖으로 목을 뺀 것은 고향마을 앞산이 보이기 시작할 무렵이다. 야산에 아버지 산소가 있다. 저곳 중턱, 갈참나무 잎에 덮여 잘 보이지 않는다. 아버지 산소가 저기쯤인데 … "잘 계시죠?" 하며 그쪽에 대고 중얼거린다. 지난번 어머니에게 싫은 소리를 한 것이 자꾸만 명치 밑에 걸린다. 젊었을 땐 건장했는데 어머니도 나이는 속일 수 없는지 기력이 떨어져 보인다.

어머니는 속상한 일이 있어도 말할 때 눈이 먼저 웃는다. 사람들은 어머니가 화를 낼 줄 모른다고 생각한다. 늘 웃고 다니니 그럴 수도 있겠다. 젊은 날 예쁘고 순했던 어머니, 그 어머니가 변해 가는 모습에서 미래의 자화상을 보게 되는 요즘이다. 앞으로 몇 번이나 어머니에게 갈 수 있을까. 반성도 하고 삶의 무상함을 느끼기도 한다.

언제부터인가 나는 길에서 어머니를 만나곤 한다. 저 앞에서 어머니가 걸어가고 있다. 여기 웬일이지? 깜짝 놀라 뛰어가서 확인하고 한숨을 놓는다. 머리가 허연 노인들 모습은 다 비슷하다. 조심스런 발걸음, 초점이 확실치 않은 눈, 머리 뒤에서 어깨에 이르는 파인 목, 짧게 깎은 머리. 일찍 머리가 센 어머니는 실제 나이보다 더 늙어 보인다. 더구나 시골 텃밭에서 사시니 주름이 깊다.

경운기가 비켜 갈 수 있을 정도인 농가 도로를 5분쯤 따라가다가 느티나무 옆에 차를 멈춘다. 바로 고향집이다. 집 앞에 차를 대고 나는 '엄마!' 하고 부르려다 잠시 주위를 둘러본다. 날씨는 몸서리치게 맑다. 햇살은 눈부시고 한낮엔 따갑기까지 하다. 집안에는 아무도 없는지 조용했다. 무심코 앞마당으로 들어서려는 순간 뭔가 이상한 느낌이 든다. 방안에서 사람 소리가 들리는 듯해 그 자리에 선다. 그리고는 방문을 응시한다. 아니나 다를까, 조금 열린 문간방에 어른거리는 시커먼 남자가 보인다.

어머니 무릎에서 어설프게 미소 짓는 남자! 나도 모르게 주먹을 불끈 쥐었다. 착각인가, 눈을 의심하고 다시 봤다. 대체 무슨 일이 벌어지고 있는 걸까. 사고思考는 정지되고 발은 땅바닥에 들러붙어 버렸다.

남자를 다정하게 끌어안은 어머니! 그 남자는 어머니 무릎에 안겨 있다. 낯선 남자에게 무언가를 먹이고 있는 옆모습…. 나는 할 말을 잃었다. 그때까지 어머니에게 남자가 있다는 건 상상해 본 적이 없다.

그동안 주위 사람들에게 퍼 준다고 속은 썩였지만 이런 일은 처음이다. 갑자기 돌아가신 아버지 얼굴이 떠오른다. 아버지를 모욕하는 것 같다. 아버지 돌아가신 후 어머니에게 재혼을 권했다. 그때마다 손사래 치는 어머니를 보며 나는 안도의 숨을 쉬었다. 저렇게 살려고 재혼이라도 해 보라는 딸의 청을 거절했었나? 저 남자를 만난 건 언제부터였을까? 아버지가 돌아가셨을 때 어머니는 마흔 후반, 지금 내 나이였다. 기왕 외로움을 달래려면 좀 그럴 듯한 사람이면 오죽 좋아. 겉모습이라도 어울리는 할아버지라면 쌍수를 들어 환영할 참이었다. 그런데 노숙자라니!

나는 지금도 남편과 뜨거운 관계를 가진다. 그것도 자주. 어머니도 여자다. 어머니를 이해할 수 있다. 하지만 때가 언젠데? 환갑을 넘어, 칠순을 바라보는 나이에 남자가 필요할 거라는 생각은 한 번도 하지 않았다. 남자와 바람이 날 수 있다는 상상 자체가 불경했다.

한번은 데리고 있던 사람들이 행패를 부리던 중 다쳤다는 말을 듣곤 어이가 없었다.

"이상한 사람들이네!"

어머니 등 뒤에 파스를 붙여 주면서 물었다.

"왜 도와주는 엄마에게 행패를 부린대?"

"저 사람들도 때때로 화풀이 대상이 필요해서야. 본심은 아니지. 아이처럼 자신에게 관심을 가져 달라는 몸짓이지."

얻어맞은 것이 오히려 잘됐다는 듯이 말했다.

처음 봉변 사건 얘기를 들었을 때만 해도 일이 이런 방향으로 꼬일 줄은 몰랐다. 살다 보면 당혹스럽거나 낭패를 당할 일도 많겠지만 이건, 봉변 사건과는 영 딴판에다 차원이 다르다. 이젠 그들과 어울려 연애까지? 불안하다. 그 불안감을 견디려고 잠시 숨을 깊이 들이마시고, 다리에 힘을 준다.

"엄마!"

문간방을 노려보는 내 목소리에는 어쩔 수 없이 불만과 심술이 실린다. "누구요?" 하며 방문이 열리더니, 어머니가 나타난다.

"어서 와라."

딸을 보더니 환한 웃음을 지으며 반긴다.

"집안은 별일 없고?"

무안해하는 표정도 없다. 고개 숙여 인사하는 대신 나는 문간방의 남자를 노려본다.

"전에 한 번 왔던 사람이다."

딸의 편치 않은 기색을 알아차렸는지 손으로 문간방을 가리킨다. 뭐야, 그럼 이번이 처음이 아니란 말인가? 부끄러움을 감추기 위해서 거짓말이라도 해야 하는 것 아닌가? 이젠 창피함도 쑥스러움도 없다.

"너도 알지?"

'너도 알지' 강조하는 소리를 듣자 더 어이가 없다. 알다니, 뭘 안다는 거예요? 내가 아는 사람 중에는 이런 사람 없어요. 내가 도대체 무얼 안단 말이에요, 하는 표정으로 어머니를 노려본다. 문간방에 있는 거지는 민망한지 자리를 고쳐 앉으며 내다보고 있다. 아무리 뻔뻔해도 그냥 누워 있을 수는 없었을 것이다

"나도 깜짝 놀랐단다. 눈을 감기 전에 고맙다는 말을 꼭 해야 할 것 같아 찾아왔다는구나."

"그게 무슨 소리야. 그때가 언젠데?"

나는 어리둥절하여 어머니 얼굴을 쳐다본다.

설명을 듣고도 맺힌 마음이 풀리지 않는다. 그때 인연을 지금껏 붙들고 있다는 자체가 석연치 않다는 생각이 들자 화가 다시 치민다. 동냥아치나 미친 여자가 동리에 들어오면 느티나무 밑에 거처를 두곤 했는데, 배고픈 사람이 찾아오면 어머니는 남은 밥이라도 그릇에 눌러 담고 반찬은 따로 놓아 상에 차려 주었다.

십오륙 년 전 일이다. 추수가 끝난 초겨울.

어느 날 40대 중반으로 보이는 한 거지가 6살쯤 돼 보이는 여자아이를 업고 동냥을 왔다. 남루한 차림이지만 험하게 산 사람 같지는 않았다. 죄송하지만 밥 좀 얻을 수 있어요? 피곤하고 지친 목소리로 물었다. 어머니는 그가 들고 온 깡통을 들여다봤다. 김치 몇 조각이 들어 있을 뿐이었다. 어머니는 알았다며 거지에게 느티나무를 가리키며 가 있으라고 했다. 그리고 상에 밥과 반찬을 얹어 들고 찾아갔다. 여자아이가 검은 포대기 속에서 캥거루처럼 아버지에게 매달려 있었다.

"다 큰 애를 왜 업고 다녀요? 힘들게."

뛰어다닐 수 있는 아이를 업고 다니는 것은 딸에 대한 사랑이 지극해선가? 이상해하는 어머니 시선에 그는 별일 아니라는 듯 대답했다.

"익숙한 걸요. 습관이 돼서요."

먼지를 뒤집어쓴 돗자리 위에 포대기를 끄르고 아이를 내려놓았다.

"야! 아빠, 밥이야!"

아이가 소리치며 달려오는 순간, 어머니 눈에 새빨간 맨발이 들어왔다. 초겨울 날씨에 포대기 아래로 언 채 매달려 있던 발. 어머니는 딸이 어릴 때 신던 양말을 가져다 신겨 주었다. 밤새 아이의 발이 눈에 밟히는지 잠을 이루지 못했다. 다음날 아침, 읍내 시장에 가서 까만 운동화를 사다 신겨 주었다. 나는 그런 어머니 행동이 못마땅했다.

학교 수업 중에도, 집에 쓸 돈도 넉넉지 않은데 거지에게까지 신경을 쓸 게 뭐 있나 하는 생각뿐이었다. '어머니가 잘 대해 주는 걸 알고 오랫동안 뭉개고 있으면 어쩌지?' 하고 하루 종일 불안했다. 며칠 후 학교에서 돌아오니 다행히도 느티나무 밑에 거지가 보이지 않았다. 그 거지 부녀가 언제 떠났는지 동리 사람들 아무도 몰랐다. 딸이 제 아버지 등에 업혀갔는지 어머니가 사 준 신발을 신고 걸어갔는지 궁금했지만, 그건 알 수 없었다. 그 후 느티나무 밑에 종종 거지들이 머물다 갔지만 그 거지는 나타나지 않았고, 다시 겨울이 오고 그렇게 세월이 흘러 그 기억도 흘러가 버렸다.

안채로 걸어가던 어머니가 멈추었을 때, 문간방에 앉은 남자는 여전히 나를 물끄러미 바라보고 있었다. 남자는 오래도록 먼 길을 걸어온 것처럼 피곤하고 지쳐 보였다. 궁금해서 어머니에게 내가 물었다.

"참. 그때 그 딸은 어떻게 하고 혼자?"

"애 엄마가 도망가서 젖동냥을 해서 키운 딸인데, 공장엘 다닌다고 하더니 어느 날 어떤 사내 녀석을 따라갔다는구나. 그래서 딸을 찾아 여기저기 돌아다니는 모양인데, 3년 정도 되었나 봐. 그때부터 딸애가 걱정되어 숨을 제대로 쉴 수 없고 잠도 잘 수 없었다고 하더구나. 끼니도 거의 거른 채 … ."

어머니의 말을 들으면서 나는 그 남자를 돌아봤다. 시커먼 얼굴의 남자는 누구에게 하는 말인지 모르지만 중얼거리고 있다. 자기 자신에게 하는 말이었을 것이다. 경련이 지나가는지 떨리는 목소리.

"그 애를 한번 만나 보고 죽어도 죽어야 할 텐데 … ."

목이 메는지 말끝을 흐린다.

"걱정 마세요. 잘 살면 언젠가는 아버지를 찾겠지요. 어떻게 키운 딸인데, 설마 아버지를 잊겠어요."

어머니 말을 듣자 비로소 그의 얼굴에 안도의 빛이 감돈다.

"그 애에게 늘 아주머니 얘기를 했어요."

남자는 잠시 눈시울을 붉히더니 말을 잇는다. 좋은 분이라고, 잊으면 안 된다고. 저 같은 놈도 살면서 행복했던 때가 몇 번 있었죠, 가장 행복했던 땐 배고파 우는 아이를 달랠 길 없어 애태우다가 젖을 얻어먹이던 일이었죠. 이웃 아주머니가 젖먹이 애를 두고 도망간 애엄마 욕을 하면서도, 울어서 축 늘어진 아이를 안고 젖을 물렸어요, 배를 채우고 곤히 잠든 애를 들여다보고 있으니 아무것도 먹지 않아도 배가 부르고, 이 세상 어느 것도 부러울 것이 없었어요 … .

남자는 말을 멈추고 담장 너머로 시선을 돌린다. 남자가 바라보는 곳을 따라가니 내 눈에 커다란 느티나무가 보인다.

한참 동안 느티나무를 우두커니 바라보던 남자의 두 눈에 눈물이 그득 차오른다. 손등으로 눈을 씻어내며 띄엄띄엄 말하는데, 무슨 말을 하는지 알아들을 수 없다. 앞뒤로 유추해 보니, 신발이 없어서 딸을 늘 업고 다녔는데 딸아이가 아주머니가 사 준 운동화를 신고 쪼르르 뛰어다니는 모습을 봤을 때 얼마나 행복했는지 모른다. 그땐 세상이 온통 내 것 같았다는 내용이다.

"그런데 지금 그 애가 어디에 있는지, 몸은 성한지, 험한 세상에 나쁜 놈들한테 이용당하지나 않는지 … ."

남자는 말을 잇지 못한다. 모두 딸에게 고맙게 한 일들이다. 안채로 들어온 어머니가 남자를 돌아보고는 내게 말한다. 그동안 베풀어 준 온정이 너무 고마웠다는 말을 남기고 비틀거리며 대문을 나서는데 모양새가 아무래도 위태로워 보여서 나가 봤더니 느티나무 아래에 눈을 감은 채 쓰러져 있더라는 거였다.

"그런 몸으로 어떻게 여기까지 왔는지는 모르겠다만 그냥 두면 곧 죽을 것 같더라. 좀 쉬면 목숨을 살릴 수 있을 것 같아서, 죽을 쑤어 먹이던 중이야."

"엄마! 무슨 상관이야. 엄마 몸이나 챙기세요, 제발."

짜증을 어금니로 눌러가며 소리친다.

"이제 저 사람을 어쩔 셈이야!"

"몸이 나으면 떠날 거야. 혹 죽으면 마을 사람들이 처리해 줄 테니 넌 신경 쓸 것 없다!"

"엄마가 날 신경 쓰이게 하잖아요!"

모녀간의 견해차는 좁혀지지 않는다. 가까워지려 노력하면 할수록 거리가 더 멀어지는 기분이다. 어머니를 뵈러 갈 때는 위로하고 이번에는 꼭 사랑한다고 말하리라 벼르고 간다. 그러나 막상 가서는 어머니와 싸움만 하고 돌아오게 된다. 어머니 생각만 하면 힘들게 밀어 올린 바위가 아래로 곤두박질치는 느낌이다. 끊임없이 시시포스와 줄다리기를 하다 바위 더미에 깔려서 파묻힌 기분. 그 무게에 짓눌려 답답해 죽을 것 같다.

지금쯤 성지순례 팀은, 어디서 무엇을 보고 있을까. 로마 바티칸을 거쳐서 다음 행선지가 '피렌체 두오모'라고 했던 기억이 난다. '복도 많은 년들' 하며 서울에 앉아 죄 없는 친구들에게 공연히 심술을 부린다 해도 그들은 나를 이해할 것이다.

*

이메일을 열어 봐.

친구로부터 이메일을 받은 것은 어머니와 대판 싸우고 온 다음날이다. 바티칸 성베드로 대성당에 있는 미켈란젤로의 〈피에타〉*Pieta** 앞이라고 한다. 마우스를 아래로 쭉 내리자 이메일로 보낸 피에타가 화면 가득히 뜬다. '미켈란젤로의 천지창조와 최후의 심판, 그리고 피에타를 감상해 봐.' 귀에 익은 성경 이야기. 천지창조, 아담과 하와의 타락, 술 취한 노아, 노아의 방주, 해와 달, 그리고 피에타. 지금 내 책상 위에도 어머니에게 받은 피에타상이 놓여 있다. 내가 10여 년 전에 영세 기념으로 받은 것이다. 똑같은 피에타가 화면에 나타난다.

'미켈란젤로의 고행과도 같은 예술작품은 신에 대한 열정이 없었다면 불가능했을 것이다' 라는 글귀도 보인다. 십자가에서 죽은 아들을 끌어안은 성모 마리아가 너무나 아름답다. 오히려 젊음에서 오는 정갈함마저 보인다. 굳이 설명을 더 하자면 어딘지 고독해 보

---

* 이탈리아어로 '주여, 자비를 베푸소서'라는 뜻으로, 십자가에서 죽은 예수를 성모 마리아가 안고 있는 모습을 표현한 작품. 바티칸 성베드로 대성당에 있는 피에타상은 1498~1499년 미켈란젤로가 24세 때 제작한 작품이다.

이는 쓸쓸함이 배어 있다. 마치 잠자는 연인을 안고 있는 듯하다.

그런데 이상하다. 십자가에서 죽은 아들 시체를 끌어안고 오열해야 할 마리아에게 비통함이 보이지 않는다. 깊은 슬픔이 녹아 있어야 하는데 전혀 그렇지 않다. 종교적인 의미도, 어떤 특별한 느낌도 없다. 고통스런 어머니의 슬픔이나 절규, 비통함이 전혀 느껴지지 않는다. 어머니에게 안긴 아들이 나이가 더 들어 보인다. 죽은 아들은 곧 깨어날 것처럼 생동하다. 양팔은 곧 거두어들일 것 같고 발은 버틸 힘이 남아 있다. 정신만 차린다면 곧 움직일 것 같은 섬세한 근육. 미켈란젤로의 천재성만을 확인했다.

말미에 성지순례 팀은 이틀 후 로마에서 미켈란젤로의 고향 피렌체로 떠날 예정이라는 말이 눈에 띈다.

피렌체 대성당으로 향하고 있음.

친구가 보낸 이메일을 다시 받은 것은 성지순례 팀이 로마 북쪽에 있는 피렌체에 도착한 그 다음날이다. 전원을 켜고 인터넷을 열자, '꽃의 도시'라는 이름의 피렌체는 작으면서도 아늑하고 평화로운 도시라는 말과 함께, 이곳 미켈란젤로 광장에 너와 함께 왔다면 무척 좋았을 텐데, 라는 친구 글귀가 화면에 떠오른다. 마우스를 아래로 내리자 미켈란젤로가 만년에 자신을 위해 만들었다는 피에타*가

* 미켈란젤로가 만년에 고향 피렌체 자신의 무덤에 놓기 위해 만든 조각상. 막달라 마리아와 성모 마리아가 예수 시신을 부축하고 있고, 뒤에서 니고데모가 그 광경을 지켜보는데 미켈란젤로 자신의 자화상이라고 알려져 있다.

눈앞에 펼쳐진다. 피렌체 대성당에 있는 피에타는 로마의 바티칸 성베드로 성당 것하고는 달랐다.

아들을 잃은 어머니의 모습! 양쪽에서 성모 마리아와 막달라 마리아가 십자가에서 죽은 예수를 부축하고 있다. 예수의 시신은 허물어진 채 미끄러져 내릴 듯하다. 고통에 시달리다 지친 육체, 물기란 물기는 다 빠져 버린 몸, 마른 장작 같다. 뒤에는 니고데모*가 그들을 지켜보며 조용히 서 있다. 그들 모두 핍진乏盡한 채 늙어 있다.

피에타를 보자마자 섬광처럼 내 뇌리를 스친 것은 자식을 안고 있는 어머니의 얼굴이다. 허물어진 피에타! 미켈란젤로의 말년의 피에타가 수세기를 지난 지금 동양에 있는 한 여자의 잠자던 영혼을 깨운 것이다.

미켈란젤로, 그도 그때그때의 상황이나 고통의 질에 따라 느끼는 감정을 달리 표현했을까? 젊었을 때 만든 피에타와 달리 말년에 자신을 위해 만든 피에타라서 그랬을까? 전 일생을 살아온 끝자락에 만든 작품이라서 그랬을까? 자신이 체득한 고통의 원천을 표현한 작품이라 그랬을까? 인간의 슬픔이나 고통은 언어로 단순화시킬 수 없다. 마지막 갈구만 남은 처절함이란 이런 모습이라고 우리에게 보여줄 뿐이다.

피에타를 보면서 나는 몇천 년을 견뎌 낸 고통의 극점을 바라본다. 성모와 어머니, 두 사람의 고통이 합쳐지는 순간이다. 인간의 고통, 가녀린 생명줄의 끈질긴 투쟁, 마지막 남은 숨결마저 버려야

---

* 니고데모는 예수가 죽었을 때 아리마대의 요셉과 함께 예수를 그리워하며 정성껏 염하고 수의를 입혀 묘지에 안장했다.

하는 육신의 허무…. 아! 커다랗게 숨이 뿜어져 나온다. 어머니가 감당해야 했던 인고의 세월, 감추어져 있던 기억 저편에서 어머니 모습이 떠올라 전율한다. 어머니 슬픔이 긴 세월을 넘어와 딸의 가슴을 울리면서 심연을 일깨운다. 나는 잊었던, 잊고 싶었던 시간 속으로 빨려 들어간다.

구원의 역사가 아닌 보통 어머니가 겪은 일. 고통에 못 이겨 결국 죽은 아이. 자신도 빨리 죽기를 기도했을 내 어머니. 어머니 눈은 검은 웅덩이처럼 파여 있었다. 공포가 담긴 허망한 동공. 참혹하게 자식을 죽인 어머니, 그것도 자신의 실수로…. 데미지를 당한 사람에게 공포가 어떻게 나타나는지를 나는 그때 봤다. 빛과 어둠은 어느 하늘 아래서도 공존한다. 청천벽력과도 같이 일어난 사건. 온 가족이 블랙홀로 빠져들던 끔찍한 날. 나는 그날을 세상에서 사라지게 하고 기억 자체를 지웠던 것이다.

고등학교에 들어간 첫해 초여름. 햇빛은 눈이 부시게 화창했다. 세상의 모든 것이 나를 위해 존재하는 느낌이었다. 하늘은 더없이 맑았고 바람마저 상쾌했다. 한 울타리를 경계로 옆집과 반을 갈라 쓰고 있는 우물에서는, 두레박질을 할 때면 이미 져 버린 앵두나무 꽃잎이 물과 함께 떠오르곤 했다.

그날 학교 수업이 끝나자마자 집으로 향했다. 고등학교 1학년 대상으로 치러지는 학력평가시험 일정이 발표되어 마음이 급했다. 집에 가면 늘 동생을 업어 주고 돌봐 줘야 했지만 공부는 할 수 있었다. 동생을 업은 채 울타리 안이나 뒤뜰을 돌면서 책을 보면 웬만한 암기 과목은 가능했다.

막 안마당으로 들어선 그때 집안 공기가 섬뜩했다. 음산한 공기, 언젠가 첫째 동생이 죽었다고 했을 때보다 더 깊은 공포, 더 암담한 느낌. 머리 위를 휘도는 검은 연기. 온통 불길함 천지였다.

앞마당에 모인 동리 사람들이 어머니를 에워싸고 서 있었고 모두들 굳은 표정으로 침묵을 지켰다. 마루에 주저앉은 아버지와 넋을 잃고 마주 앉은 어머니. 이웃 아주머니의 하얗게 질린 얼굴도 보였다. 정신을 차려보니 누군가에게서 울음소리가 간간이 들렸다. 검은 흙처럼 굳어버린 얼굴. 깊게 파인 검은 구덩이 움푹한 곳에서 입이 벌어졌다.

"아이고 어떡해애!"

나락의 밑바닥에서 솟구쳐 나오는 것 같은 소리가 터져 나왔다.

"헉, 컥, 컥!"

어머니에게서 나는 소리였다. 목이 턱턱 막히는지 토막토막 끊긴 탄식이 간헐적으로 튀어나왔다. 이웃 사람들도 숨죽인 채 움직였다. 눈을 의심했다. 환각, 헛것이거나 착각이 아닌가 하고. 어머니 가슴에 안겨 있는 아기는 하얗게 변해 있었다.

어머니는 아기를 안고 젖을 물리려고 안간힘을 쏟고 있었다. 마치 젖만 먹이면 살릴 수 있을 것 같은지 억지로 쩔쩔매며 젖가슴을 아기 입에 비벼댔다. 그러나 아기의 입은 반응이 없었다. 어머니는 그대로 기절했다.

읍내에 살던 할아버지는 한 점포에서 한약방을, 막내 작은아버지는 그 옆에서 약국을 하고 있었다. 큰아들은 서울에 살았고, 둘째

아들인 아버지는 읍내에서 조금 떨어진 곳에서 농사를 지으며 살았다. 6·25 피란 중 할아버지와 작은아버지는 시골집 옆에 방을 얻어 약재를 옮겨 놓았다.

전쟁 당시 어머니는 충치로 고생했다. 아픈 이를 두 손으로 싸잡고 견디는 어머니에게 삼촌이 권했다. 급한 대로 써 보라며 커다란 약병을 어머니에게 주었다. 그리고 당부의 말도 곁들였다.

“청강수라는 독극물인데 사람 손에 닿으면 큰일 나요. 살갗에 닿으면 하얗게 타고, 그 다음에는 검은색으로 변해요. 얇은 면봉에 조금 찍어서 충치로 구멍 난 이에 넣으면 괜찮아질 거예요. 형수님이 하도 아파하셔서 이걸 드리지만 각별히 주의해야 해요. 아시겠어요?”

신신당부를 했다.

청강수 병마개 입구가 조금 헐었는지 공기가 들어가서 양잿물 덩어리 같던 약 윗부분이 녹아 맑은 액체로 되어 있었다. 어머니는 독약을 아픈 이 치료에 사용했다. 그런 후 어디에다 둘까 고민했다. 광 안에 두면 사람들 눈에 뜨일 것 같고, 안방 다락은 아이들이 올라 다녀서 안 될 것이고, 마땅히 숨겨둘 곳이 없었다.

그러다 안방에 놓인 장롱이 눈에 띄었다. 위에 이불을 얹어두는 곳이었다. 장롱을 지탱하는 다리가 밉게 보일 것 같아선지 곡선으로 깎은 무늬나무가 덧붙어 있어서 앞에서는 장롱 다리가 보이지 않았다. 장롱 밑 틈은 아기 손도 못 들어갈 만큼 얕았다. 다리 곡선 위 한쪽은 조금 여유가 있었다. 어머니는 장롱을 앞으로 당겨서 약병을 넣고, 장롱을 밀어 벽에 붙였다.

가장 안전한 장소였다. 어머니는 아무도 모를, 손이 닿을 수 없는 곳에 숨겼다고 한시름 놓았다. 그 후 약병 자체는 물론이고 그

약병을 숨겨 놓았던 일도 잊고 지냈다. 몇 년이 흘렀는지도 모른다.

어머니는 바쁜 농사일에 시달리느라 몇 아이를 영양실조로 잃었고, 노산老産으로 예쁜 여자 아기를 낳았다. 그 아기 이름이 애리였다.

그날 오전, 어머니는 젖을 물리자 잠든 아기와 누워 있었다. 스피커에서 농협에 신청해 놓은 누에 씨알이 도착했으니 빨리 가져가라는 이장의 목소리가 울렸다. 아기가 잠든 틈에 아랫마을 이장네를 다녀오기로 했다.

좁쌀보다 작은 누에 씨알이 새까맣게 붙은 누런 기름종이를 받아 들고 집으로 오던 길에서 조 씨네를 만났다. 늘 신세만 졌다며 어머니를 보자 반색하며, 마침 일꾼을 얻어 모내기하는 날이니 점심을 먹고 가라고 잡아끌었다. 호의를 거절할 수 없어 급히 한술 뜨고 일어설 때만 해도 어머니는 그새 아이가 깰 것이란 짐작은 하지 못했다.

집 앞에 왔을 때 한 우물을 쓰던 옆집 아주머니가 어머니를 보자 깜짝 놀랐다.

"어디 갔다 와?"

"왜? 누에 씨 가지러 마을 이장 댁에 갔다 오는 길인데."

"얼른 들어가 봐. 아이가 자지러지게 울었어!"

어머니는 뭔가 가슴이 조이고, 마음이 조급했다.

"그래? 좀 들여다 봐 주지."

그렇게 말하며 엎어지다시피 집으로 뛰어드는 등 뒤로 이웃집 아주머니 말이 따라왔다.

"집에 있겠거니 했지."

머리에 불길한 느낌이 번쩍했다.

고꾸라지며 달려가서 안방 문을 열어 젖혔다. 밝은 햇빛에 가려

방안은 어둑했다. 덜컥! 검은 포장이 앞을 막았다. 캄캄했다. 다만 코를 찌르는 독한 냄새가 달려들었다. 순간 어머니는 독극물을 온몸에 뒤집어 쓴 아기, 죽어 가는 아기를 봤다. 눈앞에 벌어진 상황은 볼 수도 감당할 수도 없었다.

죽음 직전의 고통 때문에 울음소리도 멈춘 아기 눈망울. 눈물로 범벅이 된 아이를 보자 어머니는 그대로 무릎이 콱 꺾이고 그 자리에 엎어졌다. 오금이 붙은 채 무릎으로 기어서 아기를 가슴에 안았다.

아기는 어머니를 쳐다봤다. 왜 이제 왔느냐고, 하는 듯 원망 어린 눈으로 단 한 번.

어머니 얼굴을 마지막 본 아기. 독극물에 탄 살갗은 하얗게 백색으로 변했다. 굵은 눈물방울을 매단 채 어머니 가슴에서 아기의 고개는 툭! 떨어지고 그만이었다.

어머니가 나가자 잠에서 깬 아기는 배밀이를 하며 울다가 장롱 다리 밑 좁은 틈새로 발이 들어간 것이다. 장롱 밑 제일 뒤쪽 끝 귀퉁이에 있던 청강수 병을 건드렸고, 약병이 엎어지면서 액체가 흘러 아기의 발에 닿았다. 아파 몸부림치는 아기는 점점 더 온몸을 약으로 태우게 된 것이다.

웅성거리는 사람들 틈에 주저할 사이도 없이 나는 어린 동생을 안고 뛰었다. 이웃 아주머니가 함께 따라나섰다. 가끔씩 다니는 차를 기다릴 사이도 없이 경보 선수처럼 걷고 뛰며 병원으로 향했다. 급히 뛰느라 아기의 다리가 함께 덜렁거렸다.

병원으로 가는 도중 아기 목에서 '가랑가랑' 가래 끓는 소리가 들렸다. 아기가 살아 있는 소리라고 믿었다. 빨리 병원에만 가면 살릴 수 있을 것 같았다. 아기를 살리는 길이라 믿고 뛰고 또 뛰었다.

"하느님! 우리 애리를 살려주세요!"

무조건 아기를 살려달라고 빌고 빌었다. 숨차게 뛸 적마다 아기 다리가 흔들렸다. 덜렁거리는 아기의 발. 아기에게 해로울 것 같았다. 잠시 서서 손으로 만져봤다. 싸늘했다. 입술을 앙다물고 눈물도 말라 있었다. 다시 달렸다.

병원에 도착했을 땐 아기의 가래 끓는, 그 소리마저 끊긴 상태였다. 의사는 아기 맥을 짚어보고 고개를 저었다. 그냥 서 있기가 미안했던지 청진기를 대는 척하더니 흰떡가래보다 가느다란 아기 손목을 그대로 내려놓았다. 진찰대 위에 아기는 헝겊 인형처럼 널브러져 있었다. 나는 의사의 팔에 매달린 채 그를 쳐다보았다.

"어떻게라도 해 봐 주세요."

간청했다.

"몸의 3분의 1만 닿아도 생명이 위독한 약인데, 이 지경이 되었다면 어쩔 수 없습니다."

의사는 고개를 흔들었다. 흰 가운 자락을 날리며 몸을 홱 돌리더니 혀를 찼다. 독극물을 함부로 취급한 어이없음에 조소를 보내는 것 같기도 했고 아기를 죽게 한 어른들이 딱하다는 표정 같기도 했다.

사태를 짐작한 이웃 아주머니는 진찰대에 있던 아기를 포대기에 싸고, 두 팔로 감싸 안았다. 나는 한걸음도 떼어 놓을 수가 없었다. 오늘 아침 어머니가 아침밥을 할 때만 해도 내 등에서 방글거리며 웃던 동생이었다. 바쁜 어머니 대신 아기를 돌보는 것은 내 차지였다. 도깨비에게 홀렸거나 꿈을 꾸는 것 같았다.

엎어질 듯 이웃 아주머니를 따라 울면서 집으로 걸었다. 도무지 현실감이 없었다. 죽음이란 순간적으로 온다는 사실이 믿기지 않았다. 혼자 죽음과 싸웠을 어린 동생, 이웃 아주머니에게 안겨 죽은 채 집으로 가는 동생. 눈물을 닦으며 고개를 들어보니 내 앞에 갑자기 수천 개의 십자가가 늘어 서 있었다. 희뿌연 안개 속 같은 길. 그 길에 늘어선 포플러나무가 모두 십자가로 보이고, 세상사람 모두가 매달려 있는 것 같았다.

나는 존재하지도 않는, 하지만 있을지도 모르는 신에게 화가 났다. 신의 사랑이라는 것도 다 쓸데없는 것. 무책임하게 한 생명을 만들어 놓고, 그에게 주리가 틀리도록 고통을 뭉쳐 놓는 신. 울며 걷던 나는 나무 사이로 보이는 하늘을 쳐다보며 분노를 느꼈다. 막연하던 분노였다. 그러나 곧 신을 향한 분노로 변했다. 어린 생명에게 긴 고통을 겪게 한 것에 대한 분노였다.

집에 들어섰을 때 아버지와 동리 사람들의 시선이 아기를 안은 이웃 아주머니에게 쏠렸다. 어머니는 보이지 않았다. 더 이상 충격을 받지 않게 정신을 잃은 것은 차라리 잘된 것이라 생각했다. 아버지 시선을 쳐다볼 수 없어 외면했다. 서로가 절망을 확인하는 슬픔보다는 잘한 일이라 여겼다.

함께 갔던 아주머니는 말없이 죽은 아기를 방에 눕혀 놓았다. 어느새 팔다리와 몸이 까맣게 변색되어 있었다. 병원을 다녀오는 동안 어머니는 정신을 놓았다가 다시 깨어나 울부짖기를 반복한 듯했다. 팔다리가 제각각 비틀려서 뇌성마비 환자 같았다. 동리 사람들이 팔다리를 주무르고 있었다.

원망 어린 눈망울을 어머니 가슴에 남긴 채 아기의 생은 그렇게 끝났다. 태어난 지 겨우 여섯 달이었다. 이 사건은 어머니가 숨을 거두는 날까지 짊어져야 하는 십자가였다. 어머니는 성모가 아니라 십자가에 달린 예수 자신이 되지 않았을까 싶다.

어머니는 식물인간이 된 듯했다. 가족 누구도 죽은 아기 이야기는 하지 않았다. 아니, 하지 못했다. 그 후 아버지는 어머니가 자결을 할지도 모른다며 전전긍긍했다. 어머니가 화장실을 가면 나도 슬쩍 따라다녔다. 화장실 옆 잿더미 천장에 목을 맬까 봐 슬플 사이도 없었다.

자식을 잃은 어머니 슬픔이 어떤 건지, 어머니처럼은 모른다. 인간이 절망의 순간에 느끼는 그 아픔을 설명할 수 있는 말은 없다. 그건 느낄 뿐이다. 그 허탈한 시기에 어머니는 자신의 자유 의지로 할 일은 아무것도 없었다. 죽을 수도 없었다. 폭풍우 속에 홀로 서 있는 나무처럼 사정없이 몸부림치며 자신을 내버려 둘 수밖에.

어머니는 아기를 보내고 말문을 닫았고 식음을 전폐하다시피 했다. 끊임없이 따라다니는 죽음의 유혹도 만만찮았을 것이다. 시간은 어쩔 수 없이 흘렀고, 산 사람이 생목숨 끊기는 쉽지 않았던 모양이다. 죽지 못했고, 긴긴 투병의 시간을 겪어 냈다.

어머니가 그때 받은 상처는 정신적 데미지뿐 아니라 육체적 고통도 함께 했다. 맨가슴으로 껴안고 부빈 탓에 아기에게 묻은 독극물이 어머니 가슴도 새까맣게 태웠던 것이다. 아버지는 병원에 가자고 했다.

"지현 엄마, 산 사람은 살아야한다고."

그때마다 어머니는 말없이 머리를 흔들었다. 죽은 아기를 가슴에 안고 잔인하도록 통증을 느껴야 하는 자학만이 죽음을 선택하지 못한 자신에게 할 짓이라 생각했을 것이다. 어머니는 후에 말했다. 통증이라도 함께 하지 않으면 미칠 것 같아. 아기 생각에 창자가 끊길 것 같아. 아기가 얼마나 아팠을까. 그리고 무서웠을까. …

참다못한 아버지는 술꾼이 되었다.

"언제까지 이러고 있을 건데. 그렇게 싸고 누워 있으면 죽은 새끼가 살아 돌아오느냐고! 누군 살고 싶어 이러는 줄 아느냐고."

그 이후 아버지는 늘 술에 취해 들어왔다. 그리고 누워 있는 어머니에게 주정을 했다. 이따금 아버지의 고함 소리가 들려오기도 하고 어머니의 흐느끼는 소리도 들렸다. 나는 듣지 않으려고 이불을 머리까지 뒤집어썼다. 어떤 때는 귓구멍에 손가락을 넣은 채 잠들기도 했다.

아버지도 그런 어머니 모습이 답답했을 것이다. 그건 당신 잘못이 아니야. 계속 달랬으면 어머니는 정신을 차리고 일상으로 돌아왔을까, 아니다. 아버지가 어머니에게 극약 처방을 했는지도 모른다. 지금 당장 일어나라고.

*

새벽이 오고 있다. 내가 그 사건을 잊고 있었다는 사실이 실감나지 않는다. 뜬눈으로 밤을 새운 나는 다음날 아침 남편과 아이들에게 대충 밥을 해 먹였다. 그때 어머니가 죽음을 선택했다면 뒤에 남은 사람은 어떻게 되었을까. 죽지 못하고 한평생 가슴에 십자가를 지고 산 것은, 신이 대신 짊어져야 할 죄가 아닌가. 그 어떤 고통도 어머니 고통과 비교할 수 없다는 생각이 들자 나는, 다시 황망해진다.

태어나 배밀이를 시작한 아기. 그 시신을 끌어안고 헉! 헉! 목이 막혀 통곡도 못하던 어머니. 그때 어머니의 아픈 가슴을 조금이라도 헤아려 보려고 했지만 그 고통을 이해한다는 말은 가당찮다. 시신을 껴안고 어쩔 줄 몰라 그대로 화석이 되었던 어머니. 의식을 놓아 버림으로써 자신을 버리려고 했던 어머니. 아기의 고통을 대신할 수도 같이 죽을 수도 없었던 어머니. 어머니는 살아 있는 자체가 고통이고 저주였을 것이다.

혹시 내가 늦어서 어머니가 사라지면 어쩌나 초조해하며 자동차 속도를 낸다. 고향 마을로 가는 국도로 접어든다. 태양은 빛나고 대기는 반짝인다. 걸인을 끌어안고 죽을 먹이던 어머니가 클로즈업 된다. 살아있는 모든 생명이 다 소중하다는 것을 직접 보여 준 어머니. 잠시나마 그런 어머니를 불순한 잣대로 본 나의 시선이 부끄럽다. '아버지, 아버진 알고 계셨지요? 왜 진작 알려 주지 않았어요? 이 불효자식을 용서해 주세요.' 넋을 놓고 있다가 아버지 산소가 있는 쪽을 보며 중얼거린다.

내 심장이 터질듯 뛰기 시작한다. 빨리 가서 어머니를 끌어안고 심장소리를 들어 보고 싶다. 마당에 차를 세우고 집으로 들어선다. 아무런 소리도 들리지 않는다. 열린 대문은 여전하다. 문간채를 들여다봐도 아무도 없다. 텅 빈 집은 쓸쓸하다. 역시 집에는 사람이 북적거려야 하나 보다. 그때 마침 어머니가 마을회관 2층에 있는 노인정에 다녀오는 길이라며 집으로 들어서고 있다.

"엄마!"

외친다.

"그새 왜 또 왔어?"

어머니는 웃음으로 딸을 반긴다.

어머니의 환한 얼굴을 대하고도 나는 웃을 수가 없다. 엄마 연애하는 거 감시하러, 하려다 문간채를 돌아봤다. 어머니는 딸의 의중을 알아차리고 "갔다"라고 짧게 말한다. 하지만 내게는 어머니의 '갔다'라는 말의 여운이 길게 느껴진다.

"더 이상 신세질 수 없다고⋯, 말은 그렇게 하더라만 지금도 어디론가 딸을 찾아다닐 거다."

어머니 말에 안도하면서 나는 비로소 궁금해진다. 업고 다니던 그 딸이 지금쯤 스무 살은 넘었을 텐데⋯. 그 거지는 어떻게 되었을까. 죽었을까 아니면 딸을 만났을까. 어머니가 그 남자에게 애착을 가진 이유는 또 다른 예수라고 생각한 걸까. 여자아이를 보고 죽은 아기에게 못다 한 사랑을 베푼 걸까.

어머니와 둘이서 마루에서 마주 앉아 점심을 먹고 있다. 어머니를 쳐다보며 이토록 평화로운 느낌을 갖는 게 도대체 얼마 만인지 모르겠다. 까마득히 잊어버리고 있던 옛일들이 우리 모녀가 앉아 있는 집안 가득 살아난다.

"아! 이 된장찌개, 엄마 맛이야."

"반찬이 없어 어떡하지? 된장찌개만 새로 끓였지 뭐니."

입을 우물거리는 나를 보며 어머니는 아이처럼 웃는다.

"오느라 배고플 텐데. 어서 많이 먹어라."

"막장으로 끓인 된장찌개, 엄마 아니면 누구도 이 맛을 낼 수 없을 거야."

"겨우내 띄운 메주를 토막 내서 따듯한 물을 붓고 부뚜막에 한 이틀 놔두면 속이 노랗게 된다. 거기다 움파를 툭툭 잘라 넣고 끓이면 최고지. 지금 사람들은 입맛이 달라져서 어떨는지 모르겠지만."

함께 점심을 먹고 나서 피곤하다며 누운 어머니에게 어리광을 부린다. 그동안 마음과는 다르게 어머니와 건성으로 인사하고 전화로도 잘 계시냐고 안부만 묻는 정도였다. 한 번도 어머니를 따듯하게 안아드리지도 못해 봤다.

"엄마. 자고 갈까?"

"애들은 어떡하고?"

어머니는 갑자기 싹싹해진 딸의 태도에 감격하는 눈치다. 하얀 벽지가 누렇게 된 채 여기저기 얼룩이 보인다. 우리가 누워 있는 방 안으로 든 햇빛이, 누런 벽지가 어머니와 내 이야기를 엿듣고 있는 것 같다.

"새로 도배를 해야겠네요."

"상관없다. 비만 안 들면 그만이다."

그렇게 말하며 어머니는 말없이 이불자락 한쪽을 걷어들고 나를 끌어안는다.

"엄마 젖 한 통 먹어 볼까?"

이불 안으로 들어간 나는 어머니 가슴을 파고든다. 어머니는 가슴 흉터를 보일까 봐 질색을 한다. 보기 흉하다고.

어머니는 내 등을 어루만지며 그동안에 겪었던 이야기를 한다. 고마운 줄 아는 사람도 있었고, 나쁜 줄 알았는데 속마음은 달랐다는 사람 등등. 사람 차별한다고 공연히 트집을 잡던 망나니 이야기도 꺼낸다. 마을을 떠난 지 몇 년이 지난 어느 날 그 망나니가 다시 나타났는데 집으로 찾아왔지 뭐니. 설거지할 때 사용하는 고무장갑과 수세미를 내놓으면서 그동안 고맙다고 했단다.

어머니는 한 번 왔다가 떠난 사람이 몇 년이고 안 오면 죽었다는 것을 직감으로 느낀다고 한다. 어느 누구도 어머니의 눈높이에서 말을 주고받을 수 없는 일. 그들의 불평과 트집, 행패도 모두 투정이라는 걸 알아차리면서 그들과 교감하고 있었다. 어머니에겐 당신의 이야기를 들어줄 상대가 필요했을 것이다.

나는 어머니를 끌어안고 화제를 다른 데로 돌린다. 그냥 아무 말이나 해 보고 싶어서 한 말이다.

"엄마, 아기로 태어난 사람이 커서 어른이 되듯 사람도 점점 작아진다면 … 그러다 조그맣게 되어 사라진다면 … 작아진 후에 자연으로 돌아가게 된다면 … 얼마나 좋을까. 물론 터무니없는 공상이지?"

"작게 만들어 놓으면 돌보기도 쉬울 텐데 … 이 에미 때문에 부담이 되는구나!"

어머니도 옛일이 떠오르는 모양이다.

"네 아버지는 술로 세월을 보내더니 결국 간경화로 세상을 떴잖니. 네 아버지까지 돌아가니까 하늘을 볼 수 없더라. 그래도 안 죽는 걸 보면 모진 건지, 염치가 없는 건지 모르겠더구나. 갈 데가 있어야지 교회밖에. 그곳에선 숨을 쉴 수 있었단다. 나는 죽여 달라고 빌었다. 그런데 죽여 주질 않고 … 이렇게 살아 있잖니."

"엄마 기도가 효력이 없는 모양이지?"

"그러게 말이다. 어째서 느이 아버지는 일찍 데려가시고 나만 남겨두는지."

"그럼 나는 뭐야? 아버진 무책임한 거야."

나는 아무렇지도 않게 말하지만 그때 아버지도 죽음과 격렬하게 싸웠음을 잘 안다. 어머니는 내 손을 잡고 말한다. 속상하지. 에미가 구질구질해서. … 아니야. 엄마, 그런 말을 왜 해?

잠시 후 어머니는 일어나서 벽에 걸린 내가 사 준 스웨터와 치마를 입는다.

"우리 엄마 예쁘다."

그렇게 말했지만 나는 돌아누워 눈물을 찔끔 삼킨다.

나는 어릴 때부터 애 보기를 잘 했다. 아이를 업고 이불장에 기대서서 쉬기, 화장실 가기는 기본이고, 피곤하면 업은 띠를 느슨하게 해 놓고 잠든 아기와 나란히 옆으로 누워서 잘 수도 있다. 아기를 등에 업고도 일상생활이 가능하다. 결혼하고 첫 아기를 기를 때. 버둥거리는 아기를 등 위에 올려놓고 나는 천천히 바닥에 있는 포대기를 집어 들었다. 옆에서 본 시어머니 눈이 둥그레진다. 아이를 떨어뜨릴까 봐. 난 아무것도 아니라는 듯 씩 웃는다. 그런 내게 시어머니가 말한다. 넌, 선수구나.

어린 시절로 돌아간 듯 나는 그때 일들이 떠오른다.

"엄마! 동생을 업고 친구들과 놀 때 아기가 오줌을 싸면 얼마나 부끄럽고 창피했던지, 엄만 모를 거야. 등허리가 뜨끈해지면 이 녀석이 오줌을 누는 거야. 그러면 얼른 두 손으로 아기 엉덩이를 뒤로 밀어내고 그 대신 나는 앞으로 배를 쑥 내밀면 오줌이 땅으로 떨어지는 거야. 되도록 등에 오줌이 덜 배도록 애를 써도 내 팬티로 배어들어 척척했어. 난 주변을 돌아보며 혹시 아이들이 보면 어쩌나 두려웠어. 내 종아리로 주르륵 오줌이 내려 왔거든. 그러면 나는 슬슬 뒷걸음질을 쳤어. 아이들이 내가 싼 줄 알까 봐."

"키우지도 못한 애들 때문에 너를 고생시켰구나. 이 에미는 미련해서 새끼들을 거두지 못했다."

"그 덕에 난 시어머니에게 칭찬을 다 들었어요. 엄마, 그땐 왜 그렇게 젖이 모자랐는지 몰라. 내가 다섯 살까지 젖을 먹었다고 했지요, 참. 그래서 그랬나? 내가 엄마 젖을 다 먹어서?"

"그렇지 않아. 그건 네 몫이고. 일을 많이 하면 먹은 것이 젖으로 안 나오고 힘쓰는 데로 간다는구나. 몰랐지만, 그때는 안다고 해도 어쩔 수 없었단다. 일이 산더미로 쌓여 있으니. 지금 생각하면 빈손인데 공연히 헛고생만 한 것 같아."

"제초제가 있었으면 고생을 덜 했을 텐데 그치? … 그런데 엄마! 그때 조 씨네가 우리 아기에게 젖을 먹여 주는 척만 했어."

"내가 새끼들을 좀 더 잘 챙겼어야 했는데."

"엄마가 왜? 바빠서 그랬지."

그렇게 말하며 어머니를 보니 눈에서 물기가 돈다.

머릿속을 뚫을 듯 쏟아지는 햇빛, 푸른 느티나무, 나뭇잎 사이로 내려오는 한줄기 빛. 찬란한 푸름과 맑은 빛의 기억에도 불구하고 그때를 회상하면 나는 지금도 가슴 한켠이 아릿해져 온다. 동생 둘이 죽고 나서, 낳은 바로 아래 동생을 어머니와 함께 업어 키웠다.

초등학교 몇 학년인지는 확실치 않지만 여름방학 때다. 어머니는 내게 어린 동생을 맡겨 놓고 장날이면 광주리를 머리에 이고 파와 열무, 마늘 같은 채소를 팔러 나간다. 점심 무렵까지는 견딜 만하다. 아기는 업어 주고 달래면 보채지 않는다. 일찍 채소가 팔린 날 저만치 어머니가 걸어오는 모습이 보이면, 엄마다! 하고 소리치며 털레털레 아기를 업고 달린다. 아기는 등 뒤에서 신이 난다. 아기 궁둥이가 뛰는 내 발보다 더 먼저 들썩인다. 허리를 쑥 빼더니 두 손을 쳐들고 어머니에게 달려든다. 어머니는 포대기에서 발만 걸린 아기를 무 뽑듯이 쑥 빼내 안고 젖을 물린다. 칭얼대던 동생을 어머니에게 넘기고 나면 할 일을 다 해낸 것같이 편안하다. 포대기를 두른 채 어머니가 이고 온 빈 광주리를 대신 받아 머리에 인다. 어머니 뒤를 따라 집으로 가는 길. 아기는 어머니에게 안겨 발을 휘저으며 발장난을 친다. 젖을 빨며 으응 음, 흥얼흥얼 콧소리를 낸다. 그리고 하얀 밥풀처럼 솟은 이로 젖을 입에 문 채 어머니를 쳐다보며 방긋이 웃는다.

그런데 좋은 날만 있는 것이 아니다. 가지고 간 채소를 팔지 못한 날이 문제다. 어머니는 날이 저물 무렵이 되어도 집에 오지 못한다. 하루 온종일 아무것도 먹지 못한 아기는 배고픔으로 울고 보채서 더 이상 아기를 달랠 길이 없다. 그럴 때를 대비해서 어머니가 내게 이르고 갔다.

"엄마가 늦으면 조 서방 아주머니에게 가서 젖을 먹여 달라고 해라. 부탁을 해뒀으니 그렇게 해."

"그래도 빨리 와!"

싫다고 말할 수 없었다. 조 씨는 총각 때 우리 집에서 머슴을 살았는데 결혼해서 분가한 후에도 계속 우리 집 일을 우선으로 거들어 주고 있었다. 서로 편리를 봐주고 도움을 주는 사이였다. 어머니는 조 씨

네가 춘궁기를 굶지 않고 무사히 넘기도록 품삯을 미리 주기도 했다.

조 씨는 고맙다고 했다.

"아주머니 은혜는 못 잊어요. 보릿고개를 무사히 넘게 해 주시니…."

그런 친분 때문에 어머니 청을 거절하지 못할 것이라 믿고 미리 부탁해 둔 것이다. 저녁 해가 기울자 등에 업힌 아기가 칭얼대기 시작한다. 어머니가 올 길목에서 우는 아기를 업고 목이 빠지도록 기다린다. 기다리다 지쳐서 하는 수 없이 조 씨네로 발걸음을 옮긴다. 어머니에게 말은 안 했지만 조 씨네는 나와 어린 동생을 노골적으로 싫어했다.

아기를 업고 대문으로 들어서자 조 씨네는 얼굴이 새초롬하게 변하더니 눈꼬리가 아래로 처지고 싸늘해진다. 아기를 앞으로 돌려 안고 댓돌 아래에 서서 조 씨댁을 쳐다본다. 마루에 걸터앉아 자기 아이에게 젖을 먹이던 조 씨댁은 본 척도 하지 않는다. 그래도 나는 계속 조 씨댁을 쳐다본다. 달리 방법이 없기 때문이다. 바로 밑에서 턱을 쳐들고 있는 나와 아기를 못 본 척하기가 어려웠던지, 자기 아이를 천천히 떼어 놓고 마지못해 동생을 받아 안는다.

배고픈 동생은 울음을 그치고 힘차게 젖을 빨기 시작한다. 오물거리는 입을 쳐다보았다. 마른침을 삼키고 목 줄기만 껄떡거릴 뿐 젖 넘어가는 소리는 들리지 않는다. 한참 만에 젖이 두어 모금 넘어갔는지 아기의 목 힘줄이 잠시 쉬는 것 같았다. 그러자 곧바로 조 씨댁은 모질게 아기를 떼어 낸다. 허기진 아기는 양에 차지 않아 젖꼭지를 물고 놓지 않는다. 떨어지지 않으려고 필사적으로 발버둥을 친다. 고무줄처럼 늘어난 젖꼭지에 매달리는 아기, 입에 문 젖꼭지가 빠질까 봐 울지도 못한다.

그래도 조 씨댁은 매정했다.

조금만 더 먹여 줘도 좋으련만. 눈물이 난다. 자기 아이를 다 먹인 빈 젖인데도 아까워 물리친 행위가 야속하다. 하지만 어쩔 수 없이 우는 아기를 받아 업는다. 아기는 한 모금이라도 목을 축였는지 체념한 듯 등 뒤에서 잠이 든다. 장에 간 어머니가 올 어둑한 길목으로 다시 발길을 돌릴 수밖에 없다.

젖은 빨기만 하면 그냥 나오는 줄 알았는데 한참 빤 후에야 젖이 돌고 그제야 젖이 나온다는 사실을 내가 안 것은, 한참 후였다. 그리고 생각했던 것만큼 조 씨네의 성격이 못된 것이 아니란 점을 알게 된 것도 결혼해서 아이를 낳고 직접 젖을 먹이면서였다. 첫 아이를 낳고 모유로 기르던 때였다. 옆집 할머니가 배가 고파 보채는 아기를 데리고 왔다. 며느리가 볼일을 보러 나갔는데 언제 올지 모른다며 내 눈치를 본다. 나는 우는 아기를 받아 안았다. 그 아기에게 젖을 물렸을 때의 당혹감이라니! 헌혈을 한 적은 있었지만 그때는 그토록 아깝다는 마음이 들지 않았는데, 옆집 아기 목으로 넘어가는 젖은 자신의 피를 빨리는 것보다 더 아까웠다. 내 것을 남에게 줄 수는 있어도 내 아기가 먹을 양식을 남에게 나누어 줄 수는 없는 일. 그것은 양보나 선함과 무관한 아이를 가진 어미의 본능이므로.

어머니는 모처럼 딸과 함께 한나절을 함께 지내서인지 얼굴이 밝아져 있다.

"내가 행복하게 살 수 있는 건 다 네 덕이다."

“쓸데없이 그런 말 마세요.”

어머니는 딸에게 뭐라도 줄 것이 없나 하고 뒤란과 앞마당을 헤맨다. 아픈 몸을 끌고 앞마당에 심은 깻잎과 풋고추, 아욱, 상추를 툭툭 뜯어 담는다. 오늘도 마루에는 보퉁이가 놓여 있다. 봄이면 들판에 나가 기관지에 좋은 움튼 도라지와 연하고 어린 쑥을 뜯어서 삶아 쌀가루와 섞어 쪄 낸 쑥버무리를 보냈는데, 향긋한 쑥 내음은 봄을 알리는 별미였다. 가을이면 종류를 헤아릴 수 없다. 찹쌀, 콩, 팥, 깨, 고춧가루, 들기름을 됫병에 담아 보내주었고, 추석이 지나서 인사차 가면 알밤을 주워놨다가 고스란히 보퉁이에 넣어 주었다. 늘 부지런해서 뒷동산 밤나무에서 떨어진 알밤은 어머니 독차지였다.

보퉁이는 이미 포화 상태인데도 마당에 튼실하게 자란 아욱, 울타리에 서리 맞은 애호박을 따서 보따리에 찔러 넣는다. 날씬한 알타리무를 제일 좋은 놈으로 뽑아 넣고, 그리고 파를 잊었다면서 급히 밭으로 달려가는 어머니.

‘이런 건 가져가 봐야 무겁기만 하지 … .’ 차가 없을 때는 보퉁이를 머리에 이고 버스 정류장까지 달려가 내가 타는 버스에 밀어 넣어 주며 환하게 웃으시던 어머니. 나는 어머니가 좋다고 생각한 모든 것을 받아먹었다. 집으로 돌아가면 보름은 식비가 안 들 정도였다.

*

어머니를 만나고 서울로 돌아가는 길. 다른 날보다 늦은 시각이다. 어머니는 느티나무 아래서 차가 보이지 않을 때까지 손을 흔든다. 차창 앞으로 달려드는 가로수, 포플러나무를 보면서 나는 달리고 있다. 내가 아기를 안고 뛰던 길을. 나무들이 모두 십자가로 보이던 길을.

'네 아버지까지 돌아가니까 하늘을 볼 수 없더라. 그래도 안 죽는 걸 보면 모진 건지, 염치가 없는 건지 모르겠더구나. 죽여 달라고 빌었지. 그런데 죽여 주질 않고… 이렇게 살아 있잖니.' 어머니가 했던 말이 다시 떠오른다.

나는 앞만 보고 달리며 어머니를 떠올린다.

남편과 자식을 잃고 자신은 죄인이라고 자책하는 어머니, 오직 신이 딸을 보살펴 준다고 믿는 어머니, 삶이 누더기처럼 고통으로 얼룩졌어도 자신에게 주신 생명이 고맙다고 열심히 사는 어머니, 죄 없이 죽은 아기가 가슴에 살아 있는 어머니, 생명이 있는 한 남에게 베푸는 삶만이 속죄의 길이라고 믿는 어머니. 왜 양보로 착함으로 일관했는지 이제야 어머니 마음이 조금 보인다. 어머니는 말했다. 나는 이 세상에 왔다가 배우지 못해서, 깨닫지 못해 좋은 일도 못 해 보고 간다고.

누가 어머니 가슴에 대못을 박았을까. 반년을 살고 죽은 동생, 그 아기가 어머니 가슴에 못을 박았다. 아니다. 그 순간 어머니는 자신이 직접 십자가를 만들어, 스스로 매달린 것이다. 누구도 빼내지 못할 못을 스스로 박고서 ….

나는 그리스도의 십자가 죽음이 가져온 일, 세상에 주는 메시지보다도 어머니의 착함이 주는 고통을 이해하고 싶다. 아무 잘못도 없이 인생이 곤두박질쳤는데도 삶을 내려놓지 못하고 한 발짝씩 앞으로 나아갔던 어머니. 그리고 겨우 여섯 달을 살다 간 어린 아기.

그 아기가 죽어야 할 이유는 없었다. 하지만 어머니와 어린 동생의 고통은 개인적인 일이다. 그러므로 세상에 널리 회자되지 않는다. 내 가슴에만 한시적으로 남아 있을 뿐.

어머니가 받는 고통을 보면 성모님이 떠오른다. 십자가에 매달린 예수. 그 고통을 지켜볼 수 없어 산목숨을 빨리 끊어달라고 간구했을 성모님. 로마 병정들이 조롱 반 관례 반으로 높이 매달린 예수의 입에다 쓸개즙을 넣은 포도주를 마시게 했다. 하지만 그는 그 마취제를 거부함으로써 고스란히 고통을 감수했다(쓸개즙은 통증을 완화시키는 약이다). 십자가에서 얼마나 고통스러웠을까? 억울했을까? 성모는 물론이고 예수의 잘못도 아니다. 그것은 하느님 뜻이다. 아! 그런데 왜 굳이 고통이어야 할까? 다른 방법은 없었을까? 그리스도는 대의명분으로 고통을 감수했다고 할지라도 성모의 입장에서는 신의 뜻도 저버리고 싶지 않았을까? 하늘의 뜻이 어디에 있든 상관없이 … .

감당할 수 없는 상처를 경험한 사람은 두 가지 부류로 나눌 수 있다. 즉, 자신의 고통으로 인해 주위 사람에게 상처를 주는 부류와 남을 위해 자신을 희생하는 부류이다. 어머니는 어린 아기를 잃은 정신적 트라우마를 겪고 자신을 버렸다. 자신을 버린다는 건 바탕에 선함이 있어야 가능한, 어떤 경지에 들어선 사람만이 할 수 있는 일.

어머니는 힘이 없어 겸손했던 것이 아니다. 그런데 왜 그토록 남을 칭찬하려고 했을까? 남의 비위를 맞추고 살면서 어떤 이득을 취했을까. 아니다. 어머니는 아무에게도 도움을 받지 않았다. 뼈가 으스러지도록 열심히 일해 자급자족했으며 손수 가꾼 농산물을 아낌없이 이웃에게 나누어 주었다. 고향을 떠나 서울로 간 사람들이 몇십 년 만에 찾아와도 반갑게 맞이했다. 재우고도 빈손으로 보내지 않고 농사지은 곡식을 손에 가득 들려 보냈다. 잊지 않고 찾아와 주어 고맙다면서.

차가 동서울 톨게이트를 빠져 나간다. 곧 집에 도착할 것이다. 내 차가 고향 산모롱이를 돌아 서울에 도착할 때까지 서성일 어머니. 오직 당신의 딸을 건강하게 지켜달라고 기도했을 것이다. 갑자기 웃음이 나온다. 허황된 거짓말을 하지 않게, 쿡쿡. 어머니가 한 말이 떠올라서다.

"내가 처음으로 거짓말이라기보다 허풍을 떨었던 때가 한 번 있었단다. 그게 아마 네가 전세방에 살다가 방 두 칸짜리 연립주택을 사서 이사했을 때일 거야. 어찌나 좋던지 동네방네 자랑을 늘어 놨단다."

"우리 지현이가 '강남'에 커다란 아파트로 이사했다고. 아주 터무니없는 거짓말은 아니었지. 그때 네가 살던 곳이 강남구였잖냐."

나는 안다. 어머니가 안 하던 허세까지 부려가며 말한 그 속내를. 내가 결혼 전, 옆집에 친구 정희가 살고 있었는데 나는 정희 오빠를 좋아하고 있었다. 좋아한다는 말 한번 해 보지 못한 처지였지만 어머니도 그 사실을 알고 있었던 모양이다. 그런데 내가 미처 고백하기도 전에 어이없는 상황이 발생했다. 정희 오빠가 서울 여자와 덜컥 결혼해 버린 것이다. 그해 가을 나는 내색도 못하고 수면제를 구해 가지고 다녔다.

"그리고 네가 처음으로 자동차를 가지고 내게 왔을 때도 그랬지.

그때 나는 옆집 정희네가 들리도록 커다랗게 말했단다."
"뭐라 했는데?"
"우리 동네도 이젠 자동차 길을 넓혀야 할 때가 되었어. 큰 차가 들어오려면 고생하거든… ."
"엄마에게 난 어떤 딸이야?"
내 물음에 어머니는 환하게 웃는다.
"넌 이 에미 자신이고 모든 것이고 내 삶의 이유란다. 그리고 이 세상에서 제일 예쁜 딸이지. 네가 태어나서 하는 짓, 자라는 모든 것이 이 에미에게 웃음을 주고, 그래서 행복하단다."
그러면서 어머니는 내가 흘린 콧물도 달 것 같아 맛을 보았다고 했다. 나는 어머니를 떠올리면 새삼 흐뭇하다. 뿌듯하게 밀려오는 그 무엇, 완전한 사랑. 그 차오름의 여운이 넓고 깊다. 대체 이 기운이 어디에서 흘러나오는 것인지. 어머니가 내 곁에 있다는 것, 어머니와 싸우기도 하면서 이야기를 나누는 행운을 누린다는 것, 그것이다.
나에 대한 어머니 정성은 무엇으로도 계산할 수 없다. 어머니 손에는 언제나 성경책이 들려 있다. 나를 위해서다.

'하느님! 허황된 거짓말을 하지 않게 해 주십시오. 가난하게도 부유하게도 하지 마십시오. 먹고 살 만큼만 주십시오. 배부른 김에 야훼가 다 뭐냐고 배은망덕하지 않게, 가난한 탓에 도둑질하여 하느님 이름에 욕되지 않게, 하느님 원망하지 않고 살 수 있게만 해 주십시오.'* 이 말을 하고 싶었는지도 모른다.
내가 큰 집을 샀을 때 어머니는 탑돌이 하는 스님처럼 집을 돌며

축원을 했다. 새로 산 자동차를 타고 어머니를 보러 갔을 때도 어머니는, 마당에 서서 기도부터 먼저 했다.

"저 같은 죄인 자식에게 복을 주셔서 감사합니다."

"그게 무슨 소리야? 죄인이라니! 엄마가 뭘 잘못했어? 그렇게 치자면 죄인 아닌 사람이 어딨어요?"

나는 어이가 없었다. 사람은 힘이 없으면 자연히 겸손해지는 것이라고. 힘 있으면 건방진 마음과 교만이 생기는 게 인간이라고, 겸손했다면 그건 겉으로 겸손한 척하는 것에 지나지 않는 것이라고…. 어머니 앞에서 잘난 체했다.

"큰일 날 소리구나."

어머니는 그런 나를 걱정스런 눈으로 바라봤다.

"교만하구나!"

짧게 말했다. 그리고는 기도하기 시작했다.

"저에게는 간청할 것이 있습니다. 제 아이에게 먹고 살 만큼만 주십시오. 겸손하지 못할까 두렵습니다."

"왜 그런 기도를 해요? 내가 부자 돼서 엄마가 원하는 양로원 하나 지어 드리면 좋잖아요."

"사람은 분수껏 하느님이 주신 대로 살아야 한다."

"엄만 성경대로 살 수 있을지 몰라도 난 안 돼요."

"성경 말씀대로 살 수 있는 사람이 어디 있니? 해 보려고 할 뿐이지."

나는 그런 어머니가 안쓰럽다. 이 팍팍한 세상에 남들처럼 살면

---

* 잠언 30장 8~9절.

좋을 텐데. 어떤 땐 비굴해 보인다. 누군가 조금만 친절해도 몇 번씩 머리 숙여 고맙다고 한다. 굳이 그렇게 원하지도 않는 사람들에게까지 칭찬을 할 필요가 있을까? 못마땅하다. 그래도 돌아서면 언제나 마음 아프다.

어머니는 죄인이라는 말을 입에 달고 사셨다. 그리고 모든 사람에게 칭찬을 아끼지 않으셨다. 어머니의 칭찬이 상대에게 물질만이 아닌 마음까지 주고 싶어 한다는 것을 내가 안 것은 시간이 한참 지난 후였다. 남에게 무조건 퍼 주기만 한다고 화를 냈고, 나이 들어가며 어린애가 되어 가는 어머니의 실수를 나무라고 질책했다.

"내 딸이 아니면 누가 나에게 바른말을 해 주겠느냐….."

무안하게 했음에도 어머니는 그런 딸에게 고맙다고 했다.

딸인 나에게는,

"네 덕에."

사위에게는,

"성깔 있는 딸을 사랑해 줘서 고맙네."

내 아이들에게는,

"착하다."

칭찬을 했다.

내가 영어를 섞어서 이야기하면 옆에 있던 딸이 '엄만 정확하게 알지도 못하면서 영어를 툭툭 사용해!' 하고 지적하면 옳은 말인 줄 알면서도 밀려드는 서운함은 어쩔 수 없다. '조용하게 내용을 설명해 주고 무안하지 않게 말할 수도 있는데 … 못된 것!' 하면서도 나는 반박할 수 없어 받아들이는 척한다. 지금 돌아보니 그때 어머니가 얼마나 섭섭했을까, 짐작이 간다.

어머니와 살던 여자가 있었다. 나이는 스물 네다섯 살쯤 되어 보였는데 이름이 자칭 '이효리'였다. 말을 꺼낼 때 춤을 추듯이 엉덩이를 좌우로 흔들어 댔는데 그녀가 처음 왔을 때 동네에서는 우스갯감이었다. 그녀는 문간채에서 일어나는 일을 세세히 어머니에게 고해 바쳤는데 좋게 말하면 엄마의 정보원이었던 셈이다. 그 때문에 종종 분쟁이 일어나기도 했지만 대개 사소한 분쟁이라 문제될 것은 없었다. 어머니는 문간채 사람들에게 담뱃불만 조심해 달라고 당부했다.

내가 어머니를 찾아갔을 때 처음 보는 여자가 히죽 웃었다. 사진에서 나를 봤다는 거였다. 어머니의 블라우스와 감색 치마를 걸치고 있었다.

"이 옷, 할머니가 나 입으라고 했어."

묻지도 않았는데 내 주변을 빙빙 돌면서 이것저것 아는 체했다.

"진짜 '할머니 딸' 왔네."

"무슨 소리야!"

"저도 딸이라고 … ."

그 여자가 보이지 않아 내가 어머니에게 물었다.

"금세 어디 갔어요. 안 보이는데?"

"효리 개는 가만히 집에 앉아 있질 못한다. 때 되면 들어올 거다."

잠시 후 문간채 장 씨와 다투는 소리가 들려서 돌아 봤더니 조금 전까지 보이지 않던 효리가 달려오고 뒤에는 장 씨가 다리를 절뚝

거리며 쫓아오고 있었다.

효리가 엉덩이를 흔들며 말했다.

"할머니, 저것들이 담배 살 돈은 있는데 비누 한 장 안 사온다니까요."

"니가 뭔데 참견이냐? 이건 꽁초 주워 피는 거다. 니가 봤냐?"

"그 주머니에 감춘 건 담배 아닌가?"

"저년 꼴 보기 싫어서도 나가야겠다."

"장 씨 나가라고 그래, 응. 할머닌 왜 멀쩡한 놈을 그냥 먹여 줘요."

"갈 때 되면 가겠지. 다리도 성치 않으니 … ."

어머니는 옆에서 웃기만 했다.

"을마나 많이 처먹는지 저 배 좀 봐요."

효리는 씩씩거리는 장 씨를 노려보며 여전히 못마땅한 표정이었다.

"이가 없어 천천히 먹는 할아버지 밥그릇을 보더니 나더러 자기에겐 조금밖에 안 줬다는 거야, 글쎄. 기가 막혀 … . 그래서 내가 배를 툭툭 쳤더니 욕을 하지 뭐예요."

"뭐라구 욕을 하던데?"

"고자질 하면 죽인대요. 같이 빌어먹는 처지에 그런다나. 할머니 나는 아니지?"

효리는 걱정된다는 표정으로 어머니를 한 번 쳐다보고는 얘길 계속했다.

"난 할머니 딸이다! 그랬어요. 그래도 할머니한테 이른다고 하니까 못들은 척하고 저리 가버렸어요. 하하, 내가 무서운가 봐. 지랄 같다니까요! 뭐, 내가 사람 차별한다나? 그러면서 내가 그 영감탱이를 좋아한다나? 할아버지가 불쌍해서지. 미친놈, 한꺼번에 게 눈

감추듯 먹어치우고 나서 할아버지 것을 다 뺏어 먹는다구요. 가만 보니까 할아버지도 장 씨가 무서운가 봐요. 눈깔을 부라리면 꼼짝 못해요."

"아주머니 이 푼수때기 말만 듣지 마세요."

옆에서 듣고 있던 장 씨가 지지 않고 한마디 했다. 어머니는 여전히 감기는 눈으로 웃고 있다.

*

내게 행복한 나날이 계속되었고 성지순례를 떠났던 친구들이 돌아온 것도 이 무렵이었다. 모든 게 순조롭게 흘러가고 있다. 어머니를 보고 돌아온 날부터 앓던 몸살도 이젠 다 나았다. 이제는 좋은 일만 있을 것이다. 그동안 내가 저지른 실수, 경박함 때문에 마음이 아팠지만 이제부터는 자주 어머니에게 가 볼 작정도 한다. 보름 후 고향에 계신 어머니를 우리 집으로 모셔 왔다.

낯선 서울 아파트 노인정에 그냥 모셔다 놓기만 하면 꾸어다 놓은 보릿자루 신세가 될까 봐 불안해서, 어머니 손을 잡고 노인정에 간식거리를 사들고 가서 잘 부탁한다고 했다. 301호라는 아파트 호수를 써서 어머니 주머니에 넣어드렸고, 모시러 올 때까지 나를 기다리지 말고 중간에 오고 싶으면 언제라도 집으로 오라는 말도 곁들였다. 어느 날 경비실에서 전화가 왔다.

어떤 노인이 남의 집 현관을 두드리며 자기 딸 집이라고 소란을 피우고 있단다. 짚이는 구석이 있어 나는 급히 경비실로 달려갔다. 어머니였다. 겁먹은 얼굴로 울음이 터지기 직전이다. 방향을 잃었던 모양이다. 아파트 동수를 기억 못한 어머니가 엉뚱하게 다른 동 301호에 가서 문을 두드리는 소란을 피운 것이다.

"엄마! 왜 여기루 왔어?"

노인정에서 곧바로 나오면 앞에 보이는 아파트 동이 우리 집이라고 내가 여러 번 설명해 드렸기 때문에 그런 불상사는 예상 못한 일이다. 한 번 겁을 먹은 어머니는 아파트 안에서 옴짝달싹 못했다. 고향 시골집은 온 동네가 다 아는 집이고, 설혹 길을 잃었다고 해도 누구든지 어머니를 집으로 모셔다 준다. 효도한답시고 서울 아파트로 모시고 와서 어머니를 곤란에 빠지게 할 수는 없는 일. 어머니는 징역살이가 따로 없다고 했고 차츰 생기를 잃어 갔다.

결국 다시 어머니를 모시고 시골집으로 내려갔다. 어머니는 느티나무를 보더니 얼굴 가득 미소를 띠며 행복해했다. 전화로 안부를 물을 때마다 어머니는 안정을 되찾았는지 목소리가 밝다. 활기를 되찾은 모습에 나는 가슴을 쓸어내렸다.

그러던 어느 날인가 전화가 불통이었다. 이장 댁에 물어도 모른다고 했다. 할머니가 안 보여서 따님 댁에 가셨나 했단다. 나는 급히 차를 몰고 고향집으로 내려갔다. 설거지통에 접시와 컵이 담겨 있고 식탁 위에는 먹다 둔 반찬이 그대로 있다. 옷걸이에 입던 옷도 그대로 걸려 있다.

비상사태에 돌입했다. 가까운 파출소에 가출 신고부터 했다. 어머니를 찾은 것은 3일 만이었다. 집에서 50리가 넘는 곳에서 발견했는데 혼자 사는 할머니가 거두고 있었다. 머릿속이 혼란스러웠다. 이젠 고향집에서도 안심할 수가 없다. 어머니가 갑자기 방향감각을 잃은 방향치方向痴가 된 것이다. 어머니를 닮아선지 나도 가끔은 길을 잃을 때가 있다. 특히 밤에 운전할 때 이정표가 아니면 집에도 돌아오지 못한다. 내 의지대로 가면 엉뚱한 방향으로 갈 때도 있다.

하지만 그건 일시적인 예외에 속한다. 사람은 누구나 그럴 때가 있다. 그러나 어머니의 경우는 다르다. 아 어쩌지! 어머니에게 찾아온 치매를…. 환자는 행복하고 간병할 가족은 지옥이라는 길에 들어선 것이다.

"엄마. 왜 그렇게 먼 데를 갔어요?"

"네 아버지 같은 사람이 있기에 따라갔다가… 어딘지 모르겠더라. 겁나서…."

우선 병원을 알아보았다. 어머니는 겁먹은 얼굴로 완강히 거절했다.

"… 지현아 제발 나를 가두지 말아 줘."

여기서 살게 해달라고 애원했다.

동리 사람들은 당분간 자신들이 살피겠다며 어머니가 원하시는 대로 해드리라고 했다. 어머니를 끌어안고 꼭 집에만 있으라는 당부를 하고 돌아설 수밖에 없었다. 옆집에는 잘 보살펴 달라고 특별히 부탁해 두었다. 며칠 후 나는 마음이 놓이지 않아 어머니를 찾아갔다. 어머니는 불안한 눈으로 주위를 살피면서 큰 비밀이라도 있는 양 내게 귓속말을 했다.

"내가 이걸 아무도 몰래 감춰 뒀다."

그러면서 바지 속주머니에서 시커먼 쇠붙이 하나를 꺼냈다.

"이게 뭐야?"

"열쇠란다!"

자세히 보니 연장통에 남아돌던 못 쓰는 열쇠였다. 이웃집에 어머니를 부탁하면서 금일봉을 주었지만, 어머니에게만 매달릴 수 없었던 모양이다. 어머니가 또 어디로 갈까 봐서 문에 자물쇠를 채우고 밭으로 일하러 나갔을 것이다. 어머니는 그것이 싫어서 몰래 이 열쇠를 숨겼을 테고.

"엄마! 잘했어요. 꼭 감춰 둬요. 응. 아무도 못 찾게."

내 가슴이 미어진다. 설움이 그득 차오른다. '어떡해! 우리 엄마를…. 하느님, 꼭 이렇게까지 우리 어머니를 몰아치는 이유가 뭡니까. 나는 죽어도 당신을 믿지 않을 겁니다.'

지금껏 어머니에 대해 불평해 왔지만 지금 상황에선 얼마나 행복에 겨운 푸념이었던가. 나는 돌아오면서 어머니가 제발 돌아가시길 빈다. '산 사람을 잃어버리고는 살 수가 없어요. 차라리 돌아가시게 … 한시름 잊을 수 있게 해 주세요. 그게 어머니를 위해서도 ….' 멀쩡한 어머니를, 생명에 지장도 없는 어머니를 죽게 해 달라고 기도했다.

그런데 어제부터 이유 없이 초조하다. 초조함으로 좌불안석이다. 아버지를 잃었을 때도 이렇진 않았다. 이게 무언가.

*

검은 하늘. 무서운 느낌이 떠도는 기이한 기시감既視感. 나는 아이를 업은 채 절벽 틈바구니에 끼어 있다. 검은 타르 덩어리가 휘감겨 온다. 말 잔등에 달라붙은 기수의 박차처럼 무언가가 옆구리를 툭툭 칠 적마다 총알이 심장을 관통하듯 가슴팍을 훑고 지나간다.

달아날 수도 없다. 두려움에 짓눌리던 그 무엇은 딱히 아이라는 확신도 모호하다. 몸은 없고 발만 쫓아온다. 불분명한 형태로 가로막는 물체, 되돌아보고 웃는다. 아버지다!

땀으로 끈적이는 젖가슴을 쓸어내린다. 그런데 아버지가 왜 그렇게 무서웠을까. 옆구리를 치던 섬뜩함. 꿈속이었지만 어머니 있는 곳으로 달려가려고 했던 것도 같다.

새벽이다. 나는 잠에서 깨어나 멍하니 천장을 바라보고 있다가 서둘러 일어난다. 남편에게 꿈 이야기를 할 수 없다. 나는 숨을 들이쉬고 출근하는 남편에게 되도록 상냥하게 차 조심하라는 말로 불안한 마음을 대신한다.

몸을 휘감고 있는 불길한 징조를 털어내려고 목욕물을 받는다. 머리 위로 쏟아지는 물줄기를 받고 서 있다. 욕조 바닥에 주저앉아 수술한 발가락을 욕조 위로 놓고 움찔거려 본다. 발톱을 잘라낸 후 발가락에 염증이 가라앉지 않아 좀 나으면 어머니를 뵈러 갈 예정이다.

그간 살아오면서 삶에는 어떤 사이클이 있음을 안다. 벌이는 일 모두가 잘 풀릴 때가 있는가 하면 모든 게 막힐 때가 있다. 지구가 일정한 주기로 태양 주위를 공전하고 별이 우주를 항해하기 때문이 아니라, 그건 살아오면서 터득한 것이다. 아무래도 어떤 일이 일어난 것이 분명하다. 불길함이 파도처럼 밀려오는 것 같았다. 예감은 적중했다.

욕조에서 나올 때였다.

전화 벨소리가 불에 덴 것처럼 가슴을 찌른다. 가운을 걸치고 뛰쳐나가자 물줄기가 거실 바닥을 적시며 따라온다. 제발 아무 일도 아니었으면, 빌며 수화기를 든다.

"박지현 씨 댁이죠?"

다급한 목소리. 누구냐고 묻기도 전에 말이 이어진다.

"자당께서 위독합니다! 급한 김에 119에 실어 보냈으니 빨리 병원으로 가 보세요."

어머니 동네 이장의 전화다.

"왜요? 갑자기?"

떨리는 소리로 물었다.

"사모님 집 근처 병원으로 옮겨달라고 부탁했어요."

덜컥하고 어머니가 문을 닫는 소리가 들린 듯했다. 크게 편찮으시지도 않았는데. 며칠 전까지만 해도 전화통화를 했고 멀쩡했는데…. 믿어지지 않는다.

엄마가 위독하다니! 그럼?

한 번 만 더 봐 둘 것 을.

이 세상을 혼자 끝내고 있을 어머니.

말 소 리 한 번 만 더 듣 게 기 다 려 주 세 요.

어머니 얼굴이 눈앞에 어린다. …엄마, 그냥 속이 상해서 한번 해 본 말이야… 그렇다고 곧바로 돌아가시면 어떻게 해…. 언젠가는 떠나리라 예상한 일이지만 그것은, 전혀 예상하지 않은 순간에 닥친다. 생각도 슬픔도 느낄 수 없다. 모든 것이 쓸려 나간 느낌. 아무것도 할 수 없는 공황상태!

나는 몸을 웅크리고 바닥에 털썩 주저앉는다. 더듬거리며 급하게 수화기에서 흘러나오던 말. 어머니는 남편을 찾는다고 아침 일찍부터 길가에 웅크리고 앉아 있기 일쑤였단다. 길가에 앉아 있는 어머니를 못 보고 그곳에서 회전하던 자동차에 사고를 당했다는 거였다. 이장의 말투로 봐서 다 끝난 것 같았다.

자동차 열쇠를 거머쥐고 나는 어쩔 줄 몰라 우두커니 선 채, 엄마! 이렇게 가면 안 돼! 한 번만 보고 가! 중얼거린다. 다리가 부들부들 떨린다. 전화 소리를 들었는지 제 방에서 꿈쩍도 안하던 아들과 딸이 거실로 나오다가 주춤한다. 그 경황에도 딸아이가 간청한다.

"그 정신으로 운전을 하게요? 택시를 타세요."

어머니라는 이름으로 내 앞에 살다간 여인. 자식들은 '어머니'라는 이름이 완벽하기를 원한다. 어머니는 언제나 '어머니'인 채 처음부터 흠 없이 거기 그대로, 든든하게 서 있는 사람이라 믿었다. 어머니도 꿈이 있는 어린 소녀였고, 한없이 나약한 존재라는 사실을 알려고 하지 않았다. 나 역시 그랬다. 왜 그랬을까. 이유는 없다. 엄마니까….

종합병원 응급실 안은 아수라장이다. 나는 어머니를 찾았으나 어디 있는지도 모르는 채 허둥댄다. 대여섯 살 된, 손이 찢겨 실려 온 아이는 귀청을 찢을 듯 소리 지른다. 주변도 공기도 요동치고 있다. 저 끝에서 소리를 지르던 환자도 신음소리가 커진다. 의사와 간호사만 급히 움직일 뿐이다.

어머니를 돌보는 사람은 아무도 없다. 한쪽 구석 수술침대 위에 방치된 채 누워 있다. 이미 숨진 채. 의사가 다녀갔고 시신의 수습은 뒤로 미룰 모양이다. 어머니를 끌어안고 울음을 터뜨린다. 옆에서 찢어지게 우는 아이 기세에 눌려 울음을 삼킨다. 슬픔은 아이의 울음소리에 묻히려고 한다.

시간이 얼마나 흘렀을까. 주위를 둘러봤다. 조용하다. 좀 전까지 찌르듯이 울던 아기도, 분주하던 간호사도 보이지 않는다. 바쁘게 돌아가던 병원이 갑자기 적막하다.

둘만의 시간. 어머니는 자는 듯 누워 있다. 울음기가 남아 있어 잠들었어도 쿨럭이는 울음소리가 들리는 것 같다. 눈꼬리에 눈물자국이 보인다. 귀에서 흐른 핏자국을 닦아 낸다. 그리고 어머니가 덮고 온 얇은 캐시밀론 이불을 들췄다. 베이지색 주름치마 밑으로 나온 농투성이가 된 발, 사래 긴 밭을 헤매느라 바닥이 가랑잎처럼 바스러진 발을 만져 봤다. 발은 싸늘했다.

가느다란 발목에 간신히 붙어 있는 맨발, 이렇게 작은 발로 들판을 누비고 논두렁과 밭두렁을 헤매며 농사를 지었다니! 개울 옆에 위치한 밭은 여름 장마철이 되면 개울물이 넘쳐서 물길이 생기고, 골짜기에서 돌이 굴러 내려와 자갈밭으로 변했다. 마을사람들이 개울에 둑을 쌓고 수로를 정비하는 동안 어머니는 혼자 밭에 깔린 자갈을 삼태기에 담아 둑 옆으로 날랐다. 새벽부터 허리가 휘어지도록 쉬지 않고 자갈을 날랐고, 둑 옆에 돌덩이가 작은 동산만큼 쌓여야 대충 일을 마무리했다. 그러면서 옥토沃土를 하나하나씩 만들어 나갔다. 어머니는 늘, 죽으면 썩을 몸인데 앉아 있으면 뭐하니? 하며 일했다. 저승길을 갈 때는 생전에 입은 옷 그대로 간다고 하는

데. 그곳에서도 남루한 옷을 입고 농사를 짓고 남의 눈치를 봐 가며 봉사를 하려 애쓰는 것은 아닌지, 생각하니 가슴이 저려 온다.

설혹 어머니를 죽게 해 달라고 했기로서니, 그 말을 진정이라고 믿고 들어준 신. 바보… 얼병이! 진심도 구별 못하는 신. 정신 나간 신이라니. 아! 미칠 것 같다. 지금 나는 어머니에게 미안하다거나 잘못했다거나 할 처지가 아니다. 어머니를 영원히 가슴에 묻고 생명이 있는 한 속죄의 길을 걸어야 할 것 같다. … 어쩜 속죄란 내겐 해당하지 않은 말일지도.

나는 어머니 젖가슴에 얼굴을 묻는다. 그 가슴에 허옇게 들러붙은 살갗, 한평생 감당해야 했던 모든 질곡과 슬픔, 그 흉터를 만져본다. '애야. 이 상처는 내 죄를 심판하는 잣대였단다.' 어머니 육성이 들리는 듯하다. 어머니가 죽을 때까지 메고 다녔을 십자가! 내가 어릴 적 숨 쉬고 잠들던 추억의 공간! 왜 살아계실 때 안아드리지 못했을까. 이 외로운 가슴을. 어머니 아픈 가슴을 채워드리지 못했을까. 목울대가 아파 온다.

"엄마! 겨우 이걸 살려고… 이렇게 가실 것을… 그렇게 사람들 비위를 맞추려고 애쓰고… 소외당할까 봐 겁내셨어요? 결국 이렇게 끝나고 마는 것을… ."

응급실 문이 활짝 열린다. 하얀 시트가 깔린 침대를 밀고 영안실 직원들이 들어온다. 끌고 온 침대를 어머니가 누운 침대에 잇대어 놓는다. 이불을 제친다. 어머니 팔과 머리를 받쳐 들고 직원들은 다리 부분을 들어 조심스럽게 다른 침대로 굴린다. 나는 살며시 머리를 안아 시트 위에 바로 눕힌다. 깊은 잠에 빠진 듯 어머니 몸은 아직 살아 있던 모습 그대로다. 귀에 입을 대고 말한다.

'엄마가 말한 천국을 믿을게요. 그리고 낙원에 함께 가자는 말도 기억할게요.' 그리고 원망도 했다.

"왜 이렇게 급하게 간 거야. 내게 사랑할 시간을 줬어야지. 이런 법이 어딨어!"

어떤 말로도 어머니에게 사랑을 전할 수 없다. '이렇게 가면 내가 어떻게 살아. 잠시라도 눈을 떠 봐, 응.' 다리가 부들부들 떨린다. 슬픔을 제치고 허무해서 화가 난다. 난 내 마음 아픈 것만 생각했다. 아직은 … 설마 … 엄마가 이렇게 빨리 가실 줄은 … 나를 좀 더 오래 괴롭혀도 참을 수 있는데 … .

어머니가 나에게 말한다. 자식과 부모 사이는 용서라는 말이 필요 없단다. 다 한몸이니까.

작별의 시간이다. 영안실까지 따라가서 어머니 옆에 있을 수 있는 건 그날따라 일손이 부족한 탓도 있지만 어머니가 나의 속죄를, 아니, 애석함을 달랠 시간을 주려고 했을 것이다. 직원을 따라 수술실을 나와 계단 옆 엘리베이터를 탄다. 어머니를 밀고 지하실로 간다. 영안실이라는 팻말이 보인다. 문을 열자 찬 공기가 안개처럼 쏟아진다. 냉동실이 열리고 서랍처럼 생긴 냉동칸으로 어머니를 넣는다. 어머니와 나는 이렇게 저 세상과 이 세상으로 격리된다.

이제 어머니는 과거로 가지만 미래에도 어머니는 내 가슴에 존재할 것이다. 다만 다른 때보다 조금 더 많이 자신의 모습을 숨길 뿐. 생각만 하면 언제든지 볼 수 있어. 지하실에서 엘리베이터를 타고 올라가면서 어머니 얼굴을 떠올리며 스스로에게 말한다.

잡다한 일들로 슬플 사이도 없다. 남편은 조금 늦게 도착했다. 영정사진 준비와 친척들 연락사항 같은 일은 남편이 대신해 처리한다. 장례 절차는 남편 회사 동료들이 도와준다. 문상객이 찾아오기 시작한다. 나는 조문객에게 억지 미소로 인사를 건넨다.

"와 주셔서 감사합니다."

"상주는 무조건 많이 먹어야 합니다. 돌아가신 분은 살아오지 않아요."

내 한쪽을 떼 낸 기분일 것이라 짐작했는데 그게 아닌가? 슬픔이란 상상 속에서보다 현실에선 덜한가 보다. 장례를 치르는 동안 모두들 편리한 사고를 적용한다. 망자, 그 힘들었던 삶은 잊어버리고 산 사람 마음대로 좋은 곳에 가셨다고 믿는다. 나 역시 그렇다. 어머니를 잃은 지금 나는 배가 고프다. 나는 지금 슬픈가? 가슴께 어디가 비어있는 것 같다는 느낌이 들 뿐이다. 지금 상태가 슬픔으로 가슴이 미어진다고 표현하는 그땐가? 공복을 느끼고 있는 지금, 어머니의 부재를 실감하지 못한다. 슬픔조차 없는 진공 상태다. 완전히 비어버렸다. 여러 가지 잡다한 상념에 빠진 걸 보면 완전한 진공 상태가 아닌 것도 같다.

영안실 여기저기 잠들어 있는 사촌들. 남편은 벽에 기댄 채 눈을 감고 있다. 나는 어머니와 단둘이 이야기를 하고 있다.

어머니 생명이 얼마 남지 않았다고 느끼면서도, 설마 오늘은 아니겠지 미뤄만 오던 나는 불효자다. 어머니에게 안겨서 그분의 냄새를 맡으며 엄마! 사랑해, 하며 응석도 못 부려 봤다. 제대로 사랑을 표현하지 못했고 어머니 가슴을 채워드리지 못했다. 왜 그렇게도 나는 인색했는지. 이제 와서 자책해 봐도, 후회해도, 회한만이 가슴을 헤집는다.

사진 속 어머니가 말한다. "너는 착한 아이였지. 동생을 봐 달라고 하면 말없이 학교를 가지 않았고, 미리 돈 걱정 하느라 수학여행도 스스로 포기한 걸 안단다. 어렸을 때도 무럭무럭 자라서 힘 안 들여도 잘 자란 딸이다. 결혼을 해서도 잘 살아 주어서 고마웠단다. 그리고 난 '천국'은 있다고 믿는다. 감히 바랄 수가 없었을 뿐이지. 바란다는 것 자체가 욕심이어서 그렇지."

나는 대답한다. "그러엄 물론이지, 엄마가 있다고 하면 있는 거야!" 어머니가 살아계실 때 내게 하던 말을 또 하고 있는 듯하다.

"다른 엄마처럼 도와주지 못하고 네게 걱정만 시켰구나."

"내가 지금 이만큼 사는 것이 다 엄마의 기도 덕이란 것 알고 있어요."

입관 절차. 영안실 안이 부산해졌다. 염습을 한다고 연락이 온 것이다. 관 뚜껑을 열어 놓았다. "마지막입니다. 얼굴을 보아 두십시오." 어머니 염을 도운 사람이 한 말이다.

이 세상에서 내가 기억할 어머니 마지막 모습. 오래도록 고뇌하고, 오래도록 참아 내고, 오래도록 견뎌 낸 견고하고 맑은 고독. 그 모든 사막을 건넌 어머니 얼굴은 평화롭다. 검버섯도 지워 내고 사후경직으로 팽팽한 모습은 세상 근심을 떠나보낸 얼굴이다. 그 맑고 깊은 모습, 이 순간 내겐 기도의 시간이다. 아! 이제야 신의 자비가 찾아온 것인가. 베옷 수의를 겹겹이 입고 누운 모습이 단정해 보이고 예쁘기까지 하다.

"엄마! 이제 엄만 자유야! 커다란 날개를 달고 훨훨 날아 보세요."

중얼거리며 나는 눈을 감는다. 내 눈앞으로 수많은 흰나비들이 하얗게 날아오르고 있다. 날개를 얻기까지 고통, 알에서 부화하고 번데기에서 껍질을 벗고 비상을 준비해 온 나비들. 그 고통을 넘어온 숭고한 시간들. 나는 잠시 감격의 물결에 몸을 맡긴다.

눈을 떴다.

발인제는 평소 어머니 뜻대로 성당에서 장례미사로 거행되었다.

어머니가 없다면 내 흔적은 어디에서 찾을까? 내 유년도 함께 사라졌다는 상실감까지 몰아친다. 어머니의 마음속과 기억에 수많은 일화들을 묻은 채, 나의 유년이 어머니의 죽음과 함께 동시에 사라졌다는 것, 그것이 슬프다. 어머니 속엔 내가 태어날 때부터 모든 것이 들어 있다.

어느 누구도 모를 어머니와 나만의 비밀 아닌 비밀들…. 나를 임신해서 입덧을 할 때도 밥을 너무 먹어서 병인 줄 알았다는 이야기. 첫 아이는 낳자마자 죽었고 그 이후 생겨 낳은 아이, 아버지는 물론이고 어머니도 행복했다고 한다.

갓 태어나 눈도 채 뜨기 전에 어떻게 알았는지 더듬거리며 젖꼭지를 찾아 입에 물고 빠는 나를 보고 신기했단다. 눈을 뜨고 엄마와 눈을 마주쳤을 때도. 그리고 아우를 늦게 봐서 다섯 살이 되도록 젖을 먹었고, 하얗게 난 이로 밥을 먹은 후 물 대신 젖을 달라고 엄마 겨드랑 밑을 파고들었다는, 입안에 가득 뽀얀 젖을 물고 젖국물이 달다고 했다는 이야기. 어머니 뼈를 끝까지 탐한 나는 어머니 애물단지다.

어머니는 내가 커 가는 자체가 기쁨과 행복이라고 했다. 오디를 주워 들고 오다가 뭉개져서 검게 물든 손바닥을 보고 울상을 했다고 그 모습이 귀여워 죽을 뻔했다고 웃던 어머니.

"어마 주려고 으응 근대 없어졌쪄."

혀 짧은 말을 하더란 이야기 등등. 학예회 때 앞에 나가 무용하는 것을 보고 기뻤다는 어머니. 어머니는 어릴 적 내 이야기를 할 때면 행복해 보였다. 가늘고 통통한 눈에 웃음을 매달고 킥킥 아이처럼 웃었다.

"한번은 네가 옆방 할아버지가 화장실만 가면 달려갔지 뭐니."

이야기를 꺼내기도 전에 먼저 웃음을 터뜨리는 어머니.

"엄마 뭐야? 빨리 이야기해 줘."

나도 모르는 어릴 적 내 이야기를 들으면 재미있다. 잿더미에 소변을 보는 할아버지를 쳐다보고 와서 내가 했다는 말.

"엄마, 할아버진 여기에 쥐가 달려 있어."

이상하다는 표정으로 다리 사이를 가리키며 했다는 말에 난 실소를 했고 어머니는 지금도 우습다는 듯이 웃었다.

"모처럼 실컷 웃었더니 눈물이 다 나네."

입양아, 버려진 아이들, 부모 찾기 프로그램을 보며 궁금해했던 적이 있다. 왜? 무엇 때문에 자신을 버린 부모를 애써 찾아내려고 하는가? 나라면 찾지 않을 것 같은데 지금 굳이 찾아내서 무엇을 할 것인가? 하는 의문을 가졌었다. 원망과 오기로 찾는 줄 알았다. 그때 왜 버렸느냐고 따져 보려고? 그런데 그 일은 부모가 있는 내 생각이었을 뿐, 그들은 아니었다. 기억해 낼 수 없는 잃어버린 자신을 찾는 거란 걸 이제야 안다. 자신의 잃어버린 부분을 찾아낼 수 없다는 것, 그래서 그 상실감을 회복하고 싶다는 것.

어머니를 보내고 많은 생각을 했다.

대의명분이 있는 희생과 개인의 희생은 어떻게 다를까? 그동안 십자가 사건에 너무 거창한 의미를 부여해 오지 않았는지? 우리의 죄를 대신 한다니! 한 개인의 희생으로 인류를 구원한다는 말은 과장된 것. 예수는 당시 철없는 군중을 부추긴 반대파 지도자들에 의해서 십자가에 희생된 속죄양. 하지만 그의 죽음은 사도 바오로에 의해 재조명되면서 전 인류에게 사랑과 화해, 용서라는 진리를 남겼다.

나는 어머니가 당한 고통의 의미를 찾아본다. 세상을 구원하는 데는 한 개인의 역사도 중요하기 때문에. 예수의 참뜻을 온 세상에 알린 바오로처럼.

신은 유독 어머니에게만 강요했던 것 같다. 삶의 마지막까지 따라다녔을 저 깊고 질긴 상처, 엄청난 고통과 슬픔, 바로 그 속에서 오순도순 살라고, 그리고 나처럼 부활하라고, 더 높이 올라 영원히 안식에 이르라고. 그런 터무니없는 신의 요구를 어머니는 어떻게 감당했을까? 어머니는 자식을 잃는 십자가 죽음을 체험했고, 자신을 버렸고, 이웃을 섬기며 돌보았고, 죽을 때까지 신에게 순종했다. 온전한 맡김이 이런 것이라고 보여 줬다.

어머니는 나에겐 종교가 되었다. 신의 어머니와 사람의 어머니를 비교한다는 자체가 금기일진 모르지만.

"우리 형님이야 근동에서 다 알아주는 분이셨지요!"

장지에 온 사람들 고향마을 묘역에 참석한 사람들에게서 벌써 옛

이야기하듯 과거형의 말들이 나오고 있다. 내가 모르는 일이 속속 나올 때마다 새삼 어머니가 자랑스럽다. 이웃 아주머니가 내게 어머니 이야기를 해 주었다.

"어떤 젊은 여자가 자네 엄마를 찾아왔었어. 그 여자 말이, 제 아버지가 죽을 때 눈을 감으면서 자네 엄마를 꼭 한 번 찾아가 보라고 얘길 했다더군. 내복을 사 들고 왔다고 했어. 그러면서 처음 새 운동화를 신었을 때 발에 닿던 부드러운 감촉은 아직도 잊을 수 없다고."

묘지는 고향 사람들에 의해 준비되어 있었다. 아버지 묘 옆자리가 파헤쳐 있다. 멀쑥하게 자란 쑥이 묘지 흙에 눌려 있다. 사각사각 신발 굽에 닿는 금빛 마사토의 감촉에 마음이 놓인다. 다들 복 받은 분이라고 한다. 금빛이 도는 모래흙이 좋다고. 그 위로 어머니 시신이 안치된다. 관이 서서히 땅속으로 모습을 감춘다. 숨이 턱까지 차오르고 목 줄기가 아파 온다. 밤새 통증으로 시달렸다. 울 수가 없다. 일꾼들이 봉분을 만들려고 가래로 흙을 모으고 있다. 후루룩 떨리는 몸을 지탱하려고 다리에 힘을 준다. 슬픔과 죄책감, 그러면서도 살아 있는 모든 동작을 다하고 있다. 먹기도 하고 잠시 눈도 붙였다.

어머니는 느티나무가 내려다보이는 야산, 아버지 옆자리로 돌아갔다. 산역꾼들과 작은아버지가 어머니에게 농담을 한다.

"형수님! 오늘 저녁 형님이랑 오붓하게 신방을 차리세요."

"엄마! 안녕히 계세요."

어머니를 뒤로 하고 내려오는 길. 이것이 인생이었어? 왜 그렇게 작은 일에 속을 태우고 어머니를 원망했는지 발걸음이 무거워진다.

아니, 발길이 오히려 가볍다. 무언가 벗어버린 것 같은 이 감정은 또 무어란 말인가. 아쉬워하면서도 어딘가 홀가분한 기분으로 어머니가 원하시던 좋은 곳으로 가셨겠지, 하고 스스로를 합리화하는 이기적인 딸. 조금이라도 외부적인 고통이 있어야 불효했던 죄가 씻겨나갈 것 같다. 날씨는 얼음처럼 차다. 등뼈로 스미는 추위가 느껴진다. 추위가 몸의 감각을 둔하게 한다.

"장모님은 좋은 곳으로 가셨어. 너무 슬퍼하지 마."

남편이 내 어깨를 끌어안는다. 빨리 차 안으로 들어가자고 한다. 감기 든다고.

나는 지금 어머니가 주신 피에타를 바라보고 있다. 늘 봐 왔지만, 그때는 보이지 않던 어머니 얼굴이 거기에 있다. 슬픔이나 비통함이 없다. 고독해 보이지도 않는다. 어머니 얼굴, 단아한 모습이 떠오른다. 성모님 얼굴, 피에타와 같다. 어머니가 늙은 남자를 안고 죽을 먹이는 모습이 내 머리를 스쳐간다. 그것은 신을 흉내 낸 것이 아니라 바로 초월한 존재인 어머니, 피에타의 모습이다.

피에타가 어머니와 함께 이 세상의 모든 고통을 품고 있다. 모두의 고통을 안아 줄 가슴을 준비하고, 내게 와서 쉬라고 말하고 있다. 어머니를 통해서 나는 세상을 본다. 어머니 생각을 알고, 나를 사랑하고 있음을 느낀다. 저세상에서 가서도 내가 어떤 잘못을 해도 어머니는 늘 내 편임을 안다. 유일하게 나를 위해 빌어 줄 사람, 바로 나의 수호신이다.

생전에도 나는 어머니만 생각하면 어디를 가든지 무엇을 하든 걱정이 없었다. 초보운전일 때에도 그랬다. 평소 어머니의 기도, 어머니의 믿음이 나를 불행하게 하지 않을 거란 걸 알고 있었다. 앞으로도 어머니가 나를 지켜줄 테니, 나는 걱정이 없다. 어머니의 존재! 그 흐름이 내 온몸을 통과하고 있다. 이제 어머니는 내 가슴속에 살아 있다. 피에타가 되어서.

"고통을 통하지 않고는 부활할 수 없습니다."

피에타를 바라보는 내내 미사 때 사제가 했던 말이 머리에서 떠나지 않는다. 왜 그렇게 말했을까? 누가 감히 부활을 원한다고 했기에.

어머니가 내게 했던 말이 떠오른다. 난 '천국'은 있다고 믿는다. 감히 바랄 수가 없을 뿐이지. 바라는 것 자체가 욕심이어서 그렇지.

왕이 귀환하다

내 이름은 찌질이다. '오야붕' 따까리로 있을 때 그가 지어 준 별명이다. 너처럼 마음이 심약해서 세상에 나가서 무슨 일을 하겠느냐? 강하게 살아가라는 뜻으로 내게 붙여 준 애칭이었다.

그때부터 나는 조폭 세계에서 만석이라는 이름 대신에 찌질이로 통했다. 그는 세상 물정 모르는 나의 어수룩함을 좋아했다. 어수룩하면서도 명석한 머리를 가진 나와 자신의 힘과 배짱을 합치면 시너지 효과를 낼 수 있음을 알았을 것이다. 나의 모자람을 묵인한 것은 무례한 사람들이 득실거리는 조폭 세계에서 예의 바르게 행동해야 한다는 어쭙잖은 철학을 가졌기 때문이다. 오야붕과 지낸 세월은 나에게도 전성기였다. 오야붕의 본명은 '오대봉'이다. 그는 수원에서 이름값을 하고 다녔다. 깡패 학교로 유명한 공고를 다녔다.

그의 가방에는 책 대신 줄칼과 스크레이퍼, 스위스 만능칼을 넣고 다녔다. 그는 그때부터 유명한 싸움꾼이었다. 평소에는 말이 없었지만 성질이 나면 눈에 보이는 게 없었다. 생각하고 말고가 없이 눈 흰자위가 옆으로 휙 돌아감과 동시에 벽돌이고 뭐고 간에 휘둘렀던 것이다. 그는 어떤 것도 두려워하지 않았다. 연필보다 벽돌을 먼저 들었던 싸움의 귀재! 일단 싸움을 시작하면 반드시 피를 봐야 직성이 풀리는 호전성! 어떤 상황에도 상대에게 치명적인 위해를 가하는 잔인성! 아무리 무서운 상대라도 절대 겁먹지 않는 담대함! 오야붕은 싸움을 위해 태어난 사내였다.

언젠가 그가 내게 말했다.

"싸움판에선 상대의 허점을 이용해 뒤에서 공격하면 끝이지."

"비겁한 거 아닙니까?"

"승자가 선이란 것도 모르냐? 그건 기선을 잡은 후도 늦지 않아."

그는 씩 웃었다.

"싸움에선 선제공격을 하고 나서 달려드는 놈의 힘을 이용해서 돌려차기로 급소를 가격하면 끝나지. 정면으로 대결할 때에도 두 발만 버티고 있으면 크게 밀리진 않아."

그와의 인연은 중학교 시절부터다. 같은 동네 골칫거리들이었다. 그는 의부의 학대를 피해 외갓집에 온 아이였고 나는 양반집 아들이었지만 늙은 아버지가 팔푼이 식모를 건드려 낳은 천덕꾸러기였다. 집안 어른 누구도 나에게 관심이 없었다. 공부엔 취미가 없었지만 그래도 학교는 다녀야 했다. 등록금이 없어 퇴학을 당한 내가 학교를 다닐 수 있었던 것은 오야붕의 마음에 들고부터다. 그를 따라다니면 겁나는 게 없었고 누구라도 다 이길 수 있을 것 같은 기분이었다. 나는 그의 그늘에서 고등학교까지 다녔다. 어디서부터 오야붕 이야기를 시작해야 할지 모르겠다.

오야붕을 쓰러뜨리고 승자가 된 망치 형에게서 전화가 온 것은 어제 저녁이었다. 강남에 모셨으니 잘 부탁한다는 거였다. 왕년에 조폭이던 오야붕이 구룡산 아래 무허가 판잣집에 혼자 살고 있다니 믿어지지 않았다. 오야붕을 만나기가 두려웠다. 내가 자신의 애인을 꿰차고 도망쳤다는 소문을 의심치 않고 있으리라 짐작했기 때문이다. 나는 망치에게 물었다.

"망치 형님! 어떻게 제가?"

"야! 찌질아. 넌 어떻게 된 놈이 큰 형님을 그렇게 모르냐? 널 그냥 놔둔 것은 못 잡은 게 아니라 안 찾은 거야. 알았냐?"

망치는 말을 하면서 혀를 찼다. 주먹 세계의 의리인지 리더의 자리에 오른 자의 자신감인지 망치는 구룡마을 재개발 단지를 접수하고 오야붕에게 임시로 거처를 마련해 줬다고 했다. 나는 내키지 않았으나 오야붕을 찾아가 보라는 망치의 뜻을 따르기로 했다.

오야붕의 전성기가 눈앞에 떠오른다. 15년 전, 그가 오야붕이 되던 날의 일전은 눈부신 것이었다. 변두리 주먹들을 제압하고 세勢를 불려 전국 어떤 패거리가 몰려와도 끄떡없는 세력을 확보했던 것이다.

180센티미터의 큰 키에 빠른 몸놀림과 발차기가 주특기였다. 그는 날카로운 눈초리로 둘러선 패거리들을 이리저리 둘러보았다. 그의 좌우 등 뒤에서 거칠게 자갈 밟는 소리가 났다. 그는 걸음을 멈추고 고개를 숙이면서 먼저 오른쪽부터 치고 들어오는 공격을 돌려 막았다. 점퍼 자락을 자른 나이프가 반짝이며 바닥에 떨어지는 둔탁한 소리가 났다. 조금의 틈을 주지 않고 왼쪽에서 덮치는 검은 그림자를 뒷발질로 때려눕히고 곧바로 옆에서 주먹을 뻗는 놈의 팔을 비틀면서 사타구니를 걷어찼다. 바로 앞에서 달려드는 또 다른 놈의 목을 감아 내동댕이치고는 추격을 피해 전속력으로 달렸다.

나는 오야붕이 지그재그로 달리도록 길을 열어주었다. 그리고 나는 그들에게 잡혀 죽도록 얻어맞았다. 눈을 떴을 때는 병원이었다. 그 후 나는 오야붕의 신임을 얻었다.

오야붕이라는 자리는 조직만 건재하다면 기막히게 좋은 자리다. 부하들의 충성심이 있는 한 왕으로서의 자부심을 만끽할 수 있다. 나도 언젠가 최고가 되리라는 꿈을 꾸었다. 그러나 나는 오야붕을 따라갈 수 없었다. 최고는 머리로 하는 것이지 덩치로 하는 것은 아니라는 생각을 하면서 자신을 위로했다.

시간이 지나면서 그의 폭력이나 범법행위를 대신 막기엔 역부족이었고 계속 오야붕의 분신처럼 충성을 바쳐야 하는 일 또한 버거웠다. 그러나 떠날 수 없었다. 건달 세계에도 룰이라는 게 있는데 명분이 없었다. 그 이후 오야붕을 배신할 수밖에 없는 일이 벌어졌다. 오야붕 애인의 꼬임에 빠진 것이다. '함께 도망가요'라는 그녀의 말에 심장이 터질 것 같았다. 위험하다는 것을 알았지만 가슴이 설렜다. 그녀가 나를 유혹한 원인은 오야붕이 다른 여자와 바람을 피우고 있었기 때문이다. 그러나 왕의 여자를 건드린다는 것은 나에겐 죽음을 부르는 일이고 왕에겐 권위를 떨어뜨리는 일이었다.

망치의 전화를 받은 지 일주일이 지났다. 가슴이 두근거리고 답답했다. 오야붕이 나를 보면 뭐라고 할까? 화를 낸다면 내가 어떻게 반응해야 할까? 망치가 안심하라고 했으나 잔뜩 겁을 먹고 구룡마을로 향했다. 실개천을 따라 산으로 오르는 길엔 민들레가 올라오고 있다. 누더기처럼 돋아난 무허가 판자촌으로 올라가는 길엔 사람들이 거의 눈에 띄지 않는다. 두 사람이 스쳐 지나갈 정도의 골목길도 오가는 사람이 별로 없어 한산하다. 새벽부터 일용직으로 나가는 사람이 많기 때문이다. 공터에 각종 쓰레기가 쌓여 있고 주민들은 길옆 공중화장실을 사용한다.

골목길을 걸었다. 하얀 페인트칠을 한 현관문 앞에서 걸음을 멈췄다. 까만 매직으로 벽면에 적어 놓은 글자가 눈에 들어온다.

— 거주가구 제 A지구 6동 4호.

심장이 쿵쾅거리고 얼굴이 달아오른다. 눈을 감고 숨을 깊이 들이쉬었다. 조심조심 문을 연다. 잔뜩 긴장한 채로 현관으로 들어선다. 구두를 벗고 거실로 올라섰다. 곧바로 주방이고 안방이다. 한 남자가 나무침대에 앉아 텔레비전을 보고 있었다. 얼굴에 노란 뿔테 안경을 끼고 살이 찐 남자였다. 어렴풋이 오야붕 모습이 남아 있었다. 내가 알던 형님이 확실했다.

나는 얼어붙은 듯 그 자리에 멈춰 섰다.

"형님, 안녕하세요."

남자는 잠깐 돌아보며, 어서 오세요, 할 뿐 누군지 모르는 것 같다. 그의 반응을 숨죽여 기다렸다.

"저, 찌지리예요."

남자는 굳은 표정으로 나를 바라봤다. 그러더니 손을 천천히 쳐든다.

"어~ 찌~이~지~리~이."

남자는 나를 알아보는 눈치다. 그는 한 손을 들고 나를 반갑게 맞았다. 나는 잠시 멍한 표정으로 그를 쳐다보았다. 그는 나를 나무라지 않았고 지나간 이야기도 꺼내지 않았다. 그는 반신불수로 말도 어둔해서 무슨 말을 하는지 알아들을 수 없는 상태였다. 옛날 기억을 깜박깜박하는지 딴사람 같았다. 그를 찾아오면서 나는 그에게 한 내 행동에 대한 정당성을 궁리했고 어떻게 해결해야 할지 고민했다. 어린아이처럼 변한 그를 마음 놓고 찾아가도 된다는 사실을 확인하게 되었다.

오야붕과 결별한 나는 서울 변두리 농장에서 꽃 장사를 하면서 내 과거 전력이 알려질까 봐 전전긍긍했다. 최선을 다해 왔지만 세상사가 마음처럼 쉽지 않았다. 내 삶은 부초浮草, 미지의 우주를 부유浮游하는 것같이 땅에 뿌리를 내리지 못하고 있었다. 성당을 찾았다. 아는 사람이라곤 없었다. 세례를 받고 '레지오 마리애'에 가입하였다. '성모 마리아의 군대'라는 뜻인데 기도와 이웃돕기 봉사활동을 하는 단체였다.

레지오 단원들을 데리고 간 날 그는 혈색이 좋아 보였다. 풍채가 건장한 남자가 안경을 쓰고 목에 턱받이를 하고 있었다. 침대 위에서 식사 중이었는데 포동포동하게 살이 오른 커다란 백곰을 닮아 보였다. 그는 등받이에 기대고 불룩해진 배를 한 손으로 쓰다듬으면서 우리에게 미소를 지었다. 우리에게 식사를 했는지 물었고 우리는 모두 식사를 하고 왔다고 대답했다.

거실 벽에 사진이 보였다. 푸른 잔디밭을 배경으로 많은 사람들이 서 있는데 사진 중앙에 상반신을 드러낸 한 남자가 환하게 웃고 있다. 상완삼두근은 훌륭했고 어깨 위에 올라붙은 승모근은 오리알을 집어넣은 것처럼 멋지게 발달해 있었고, 팽팽한 대흉근이 가슴에서 꿈틀거렸다. 근육들은 못을 박아도 튕겨 나올 것만 같았다.

그는 많은 신하들을 거느린 '왕'처럼 보였다.

우리는 그가 식사를 마칠 때까지 거실 입구에서 기다렸다. 단장인 정 베드로와 변호사인 한 요셉을 따라 나도 셔츠를 벗어 소파 위에 놓고 혁대를 풀고 바지를 벗었다. 50대 초반인 정 베드로 단장은 청계천에서 인쇄업을 하는 중견 사업가다. 장애인 아들을 둔 그는 뜻한 바 있어 봉사활동에 적극 동참하고 있다. 40대 중반인 한 요셉은 신부가 되라는 어머니의 뜻을 거스르고 변호사가 되었다. 그 후 어머니가 돌아가시자 봉사활동에 열심이다. 나는 소파에 앉아서 양말을 벗으며 방 안을 둘러본다. 그가 숟가락을 놓고 고개를 끄덕이며 자비로운 모습을 하고 앉아 있다.

"형님, 물 드셔야죠."

나는 팬티 바람으로 냉장고로 달려가서 물통을 꺼낸다. 컵에 물을 가득 따라 형님에게 가져간다. 형님이 물을 마시는 동안 나는 싱크대에서 설거지한다. 음식을 남기지 않고 깨끗이 비어 있어 설거지는 수월하다.

형님을 목욕시켜야 한다. 욕실로 이동시키려면 쇠파이프를 용접해 만든 휠체어에 태워야 한다. 욕실은 거실에 붙은 창고를 개조한 곳이다. 좌변기가 있고 오른쪽 코너에 커다란 세탁기가 있다. 벽에 널빤지로 만든 선반이 매달려 있고 선반 위에 비누와 퐁퐁 세제가 놓여 있다.

팬티만 걸친 정 베드로 단장이 침대 위로 올라가 백곰 등 뒤에서 겨드랑이에 두 손을 집어넣고 들어 올렸다. 조금 들썩할 뿐 꿈쩍도 하지 않는다. 150킬로그램 이상 나가는 거구를 번쩍 들어 욕실로 이동시킨다는 건 애초부터 불가능했다. 변호사 한 요셉이 나섰다.

아이쿠! 숨을 몰아쉬고 힘을 주더니 얼굴이 일그러진다.

정 베드로와 한 요셉이 다시 어금니를 꽉 깨물고 그를 일으켜 세운다. 배가 출렁했고 몸의 중심이 흐트러지면서 목에 걸린 금목걸이도 출렁한다. 가까스로 그를 휠체어에 앉혔다. 나는 엎드려서 휠체어 뒷바퀴를 앞으로 굴리고 정 베드로와 한 요셉은 앞에서 양손으로 다리를 하나씩 치켜들고 당긴다. 휠체어가 삐걱거리며 탱크가 고개를 넘어가듯 문지방을 넘어 욕실로 들어간다. 형님 옷을 하나하나 벗긴다. 알몸으로 휠체어에 앉은 형님 배가 커다란 고무풍선 같다.

나는 형님에게 물었다.

"요즘 식사는 잘하세요?"

"요즘 다이어트 중이라서 …. 아침을 조금만 먹었슈."

그는 배를 내려다보면서 대답했다. 아침은 한 끼만 먹는다고 했을 때 옆에 서 있던 한 요셉이 쿡 웃는다. 그는 건강을 위해서라며 아침, 점심, 저녁 세끼를 꼭꼭 챙겨 먹는다. 아침은 밥을, 점심은 밥과 라면을, 저녁은 식빵과 라면을, 그리고 간식으로 바나나를 먹는다. 냉장고 안에 라면이 가득 들어 있고 침상 머리맡에는 삶은 고구마와 옥수수가 놓여 있었다.

단원들은 언젠가부터 그를 백곰 형님으로 부르기 시작했다. 우리는 일요일이 되면 형님을 찾아가 봉사를 하고 그의 지시를 따른다. 목욕을 시키고 빨래를 하고 청소를 한다. 천장에 비가 새면 지붕에 올라가서 루핑(타르 종이)을 덮고 못질을 하고, 방에 찬바람이 들어오면 창문에 비닐을 막아 준다.

백곰 형님은 일주일에 한 번씩 목욕하면서 지난날 이야기할 때가 가장 즐겁고 행복해 보인다. 그는 영화배우 율 브리너 같다. 정 베드로가 바리캉으로 머리카락을 빡빡 밀었기 때문이다. 나는 바디로션을 손바닥에 듬뿍 묻혀 목과 어깨에 문지르고 넓은 등에도 문질렀다. 그가 손으로 머리 쪽을 가리킨다. 빡빡머리에 로션을 발라달라는 지시다. 로션을 뿌리고 문지르자 고개를 돌릴 때마다 머리가 전깃불에 반사되어 반짝반짝 빛이 난다. 목욕을 끝내면 새 옷으로 갈아입힌다. 서랍에서 새 양말을 꺼내어 커다란 발에 신긴다.

"이제 끝났어요?"

누군가 문을 열고 들어왔다. 50대 중반이 채 안 돼 보이는 여자였다.

"이것 좀 먹어 보세요."

여자는 방 안으로 들어서며 보자기를 내려놓는다. 삶은 옥수수였다. 후에 알았는데 이웃집에 사는 여자였다.

"몰라보게 깨끗해졌네요."

손등으로 이마를 쓸면서 방 안을 둘러보던 여자의 표정이 밝아졌다. 형님과는 어떤 관계일까, 옆집에 사는 도우미일까, 비밀스러운 관계일까, 혹시 딱지를 노리는 여자일까, 나는 궁금했지만 묻지 않는다. 그건 형님의 사생활 영역이다. 왕년의 형님 이야기를 이웃 여자도 알고 있는 듯했다.

나도 알고 있다. 반대파에게는 두려운 존재였고 동료들에겐 믿음직한 돌격대였다. 영등포를 완전히 제압하고 활동무대를 넓혀나갔고 그때가 그에겐 전성기였다. 그때부터 … 부하들은 그를 '큰형님' 또는 '오야붕'이라고 부르기 시작했다.

"그런데 저 여자 분은 누구죠?"

한 요셉이 사진 하나를 가리키자 그녀가 대답한다.

"이 양반이 한창 잘 나갈 때 만난 여자였대요. 어느 날 몇 개의 강남 사업장을 접수하고 돌아왔을 때 집에 아내가 보이질 않았다고 해요. 천장 위에 아무도 몰래 숨겨 두었던 돈을 갖고 날아 버린 거래요. 젊은 놈과 눈이 맞아서 달아났다고…."

여자의 말에 나는 속으로 뜨끔했다. 단원들도 백곰이 왕년에 조폭이라는 사실을 알았을 것이다.

오야붕 애인 현숙은 그에게 헌신적이었다. 영등포 다방에서 일하던 젊은 여자였다. 현숙의 모함으로 나는 오야붕에게 죽지 않을 정도로 얻어맞은 적이 있었다. 몇 달 사귀지도 않은 젊은 년의 말만 듣는 오야붕이 섭섭했다. 나는 그녀의 눈웃음에 덩달아 웃었을 뿐이다. 그걸 그녀는 '히야까시'한다고 오야붕에게 고해바쳤다. 나는 오야붕 주먹에 맞아 이가 부러지고 얼굴이 찢어졌다. 어린아이 머리통보다 큰 주먹이 날아올 때마다 내가 살아온 전 생애가 눈앞을 스쳐 지나갔다. 나는 병원에서 적개심으로 이를 갈았다. 그가 죽기만을 바랐다. 내가 죽일 수는 없고 누구와 싸우다가 맞아 뒈지든 술 먹고 차에 치어 뒈지든 내 앞에서 사라지기를 간절히 원했다. 그가 사라지면 명분상 내가 '오야지'가 될 것 같았다. 왕년의 두목과 다르게 요즘은 상징적이어서 싸움의 달인이 아니더라도 크게 염려될 일은 아니었다.

그즈음 주먹 세계의 경쟁도 점점 치열해졌다. 절대 권력만 살아남는 정글의 세계에서는 조그만 틈이 생겨도 승자가 바뀌는 법. 오야붕은 호시탐탐 하이에나들의 도전을 받아들여야 했다. 그동안 세를 불린 망치가 오야붕의 자금줄 일부인 여자들을 빼돌려 지방으로 팔아버린 일이 발생했다. 불법적으로 납치한 여자들이었는데 망치가 선수를 쳤던 것이다. 그것은 왕권에 대한 도전이었다.

강남의 호텔에서 신년회를 열던 날, 망치 패거리가 후문 주차장에서 오야붕을 급습했다. 무적의 오야붕은 처음이자 마지막 싸움에서 진 것이다. 자신이 저지른 상황과 똑같이 비겁한 행동으로 당한 결과였다. 오야붕은 망치 부하가 등 뒤에서 가격한 벽돌에 기절했고 병원 응급실로 실려 갔다. 이런 것을 두고 인과응보의 법칙이라고 했던가.

그는 병원에서 퇴원한 후 음식이라면 물불을 가리지 않고 먹어댔다. 그의 체중은 현저하게 불어났다. 100킬로그램을 훌쩍 넘더니 몸무게는 상상할 수 없도록 늘어 갔다. 혼자 거동할 수 없었다. 우람하던 물건은 차츰 줄어들면서 뱃살 속으로 숨어 버려 단추가 되어 갔다. 모든 것에는 나쁜 것만 있는 것이 아니었다. 음식이라면 맛없는 것이 없고 음식을 먹는 일 모두 즐거운 일이었다.

사우나에 다녀 온 어느 날 현숙이 말했다.

"오빠, 나 미국에 다녀올까 봐요."

언니가 미국에 있는데 한 번 다녀가라고 편지가 왔다고 했다. 오야붕은 그녀를 의심해 본 적이 없었다. 눈을 감으면 잠자리에서 까무러치듯 자지러지는 그녀 모습이 클로즈업되었다. 어디 가서 나 같은 놈을 만날 수 있겠어? 자부심이 가득했다.

사랑이란 여자의 입장에선 능력 있는 남자에게 붙어서 공짜로 얻어먹고 싶은 마음이고, 남자의 입장에선 자신의 유전자를 가진 아이를 건강하게 낳아 양육해 줄 젊고 싱싱한 자궁에 대한 열망뿐, 여기서 벗어나는 사랑 이야기는 대중을 기만하는 사기일 뿐이다. 텔레비전에 나오는 자막을 보면서 그는 코웃음을 쳤다.

그러나 미국으로 떠난 현숙은 돌아오지 않았다. 곧 돌아온다던 여자가 사라진 것이다. 그녀가 사라지는 일을 내가 도왔다고 믿은 그가 사사건건 나를 의심했다. 나는 억울했다. 내게 새로운 세상을 열어 주었지만, 그를 떠나기로 했다.

며칠 후 나는 오야붕을 남겨 두고 도망쳤다. 그동안 지켜 오던 의리를 배반하고 줄행랑을 친 것은 조폭 세계에 더 이상 발붙일 수 없는 행위였다. 다시 돌아갈 수 없는 세계였다. 나는 애초부터 그 세계와는 맞지 않았다.

해동파의 오야지 '망치', 준식은 이름만큼이나 귀족처럼 품위를 지키려고 했다. 강남 대모산 밑에 있는 판자촌의 재개발 사업 이권에 개입하면서 딱지를 많이 모아 놓고 있었다. 그는 '오야붕'에게 두 구좌를 제공해 줌으로써 의리를 지키고자 했다. 오야붕을 모신다는 상징적인 의미도 있었다. 한 구좌는 5평이었다. 두 구좌, 10평을 차지한 오야붕은 특수층이다. 대부분 5평에서 취사를 하면서 생활하고 있다.

"만석아 너 '대봉 형님'을 잘 관리해라. 어느 놈이 접근해서 사기를 칠지 모르니 가끔 들러 접근하지 못하게 해라."

오대봉은 다섯 살 때 아버지가 돌아가시고 어머니를 따라 의붓아버지 집으로 갔다. 의붓아버지는 대봉에게 자신의 피를 빨아먹고 사는 놈이라고 걸핏하면 두들겨 팼다. 쳐다본다고 때리고 앉아 있다고 때렸다. 대봉은 존재 자체로 닥치는 대로 맞았다. 누군가에게 얻어

맞기는 어린 나이였지만 그렇게 10년을 얻어맞다가 집을 나왔다.

어느 날 오대봉은 집을 찾아가 의붓아버지를 흉기로 그의 나이만큼 수십 번 찔러 살해했다. 그리고부터 교도소를 들락거렸고, 남대문 시장에서 환각제를 팔았고, 나중엔 가짜 비아그라를 팔았다. 남대문 도매상에 유통되는 비아그라가 엄청나다는 데 놀라기도 했고, 수입원을 장악한 만큼 이 세계를 주름잡을 것을 알고 있었다. 그를 추종하는 무리가 생겨 오야지가 되었다.

그는 어설픈 허세 따윈 부리지 않았다. 그는 인간의 한쪽 면에 대해 완벽하게 이해했다. 두려움과 공포, 욕망과 나약함 등 삶을 비극으로 빠트리는 약점에 대해 손바닥 들여다보듯 환히 알고 있었다.

한 번 오야붕은 영원한 오야붕이다. 그는 지금도 사람들을 턱으로 부린다. 이웃집 여자를 어떻게 다루었는지 여비서처럼 도와준다. 형님 앞에서는 모두들 허리를 굽혀야 한다. 신부와 목사, 스님도 침상에 비스듬히 앉아 말을 하면 머리를 조아려야 한다. 발신불수가 된 이후 자신의 약점을 최대로 활용하는 것이다. 어눌한 말투로 이야기를 하면 무슨 말인지 알려고 모두 무릎을 꿇고 귀를 기울인다.

모두들 형님의 옆에 있으면 굽실거리게 된다. 잘못한 것이 없어도 주눅이 든다. 짙은 눈썹, 지긋이 내려다보는 눈, 일자로 닫힌 입술이 사람을 압도한다. 그는 부하들의 인사를 받는 군사령관 같은 모습이다. 우리가 옆에 있으면 전쟁터에서 지휘하는 장군보다도 더 당당하고 활기찼다.

그는 우리가 도착하자마자 명령을 내린다. 침상 위에 앉아 텔레비전을 보면서 지팡이를 지휘봉처럼 들고 나무판자와 벽을 가리켰다. 나무판자로 선반을 만들어 벽에 설치하라는 지시를 내린 것이다. 책상을 가리키며 손가락 두 개를 치켜들고 다시 세 개를 든다. 책상 앞으로 다가가서 서랍을 열었다. 둘째 서랍에 톱이 있고 셋째 서랍에 못이 있다. 내가 톱으로 나무를 자르고 벽에 못을 치는 동안 그는 침대 위에서 텔레비전을 보면서 휴식을 취했다. 선반을 벽에 설치하고 돌아보니 그가 미소를 지으며 고개를 끄덕인다. 지시 사항을 똑바로 완수했다는 것이다.

한 요셉이 형님의 풍만한 배에 비누칠을 하면서 말했다.

"형님은 근육이 넘 단단해요."

"나? 요즘 운동하고 있어유."

"에이, 형님이 어떻게 운동해요? 똑바로 앉아요."

"똑바로 앉았구만유."

그가 대꾸했다. 알몸으로 앉아 있는 그는 웃으면서 계속 비명 소리를 멈추지 않는다. 간지럽다고 몸을 비트는지 찰싹, 하고 볼기짝 때리는 소리가 들린다.

"형님, 배가 들어가는 운동을 좀 해야 되겠슈. 배꼽 아래로 손이 들어가질 않아유."

한 요셉이 형님 뱃살 밑으로 손을 밀어 넣으며 말했다.

"형님, 날씨가 덥지유? 더워서 그런지 '거시기'가 서질 않네유. 지난번엔 비누칠만 해도 바짝바짝 잘 섰는데유."

그는 아무런 말이 없다. 휠체어 위에서 한숨 소리가 들린다.

"에이, 형님 농담 한 번 해 본 거예유."

그는 여전히 말이 없다. 머리에 비누칠을 하면서 한 요셉이 물었다.

"형님, 시원해유?"

"아파! 좀 살살해유."

그는 한 손으로 머리를 거칠게 쓸어 올리며 대답했다. 화난 목소리였다.

가을이 시작될 무렵 토요일 오후. 나는 대모산에 올라갔다 내려오는 길에 형님에게 잠시 눈인사라도 하고 가리라 마음먹었다. 골목길은 마치 내가 어린 시절에 노닐곤 했던 그 오솔길처럼 꾸불꾸불했다. 현관문을 열려는데 안에서 이상한 소리가 들려온다. 안방에서 들려오는 신음소리였다. 무슨 일일까? 나는 동작을 멈추고 귀를 기울였다.

"으음, 하아."

도대체 무슨 일이 벌어진 거지? 어디 아픈가? 그렇다면 큰일인데? 형님을 그냥 내버려 두어서는 안 된다. 문을 열고 들어가려는데 갑자기 여자의 나지막한 웃음소리가 들려온다. 나는 순간 멈칫했다. 조용히 문을 닫았다. 초가을 따가운 햇살을 받으며 돌아오는 길에 어디선가 개 짖는 소리가 들려왔다. 한참 걷다가 돌아보니 커다란 개가 숲길 언덕 위에서 나를 내려다보며 사납게 짖어대고 있었다. 개가 짖을 때마다 개가 묶인 말뚝이 흔들거렸다. 금방이라도 말뚝을 뽑고 달려들 기세여서 나는 뛰다시피 그곳을 벗어났다.

일요일 오전. 우리는 평소와 같이 형님을 찾아간다. 텔레비전을 틀자 화면에서 이상한 장면이 나오고 있다. 침대 위에 젊은 여자가 웃고 있는데 가슴이 활짝 열려 있다. 나는 민망해서 얼른 텔레비전을 껐다. 그것은 S 채널이었다. 형님이 요즘 밤에 잠을 잘 수가 없다고 했는데 혹시 저것 때문일까. 몸 한쪽이 마비되어도 가운데는 성한 걸까. 바람이 난 걸까. 걷는 것도 혼자 못하면서 섹스에 관심을 가진 걸까. 나는 형님을 쳐다보았다. 그가 침대 위에서 뭐라고 중얼거리는데 알아들을 수 없다.

나는 물었다.

"형님, 방금 뭐라 하셨어요?"

그는 어눌한 발음으로 대답한다.

"저므어연들이 바새도로 버고이서 자믈 잘 수가 업슈 ⋯ ."

젊은 년들이 밤새도록 벌거벗고 있어서 잠을 잘 수가 없다는 것이다. 나는 놀랐다. 그의 말 때문이 아니라 그를 바라보는 내 시선 때문이었다. 이제 그만 죽어야지, 라고 되뇌는 대신 덤으로 남은 인생을 즐기기로 한 걸까? 그는 정직하게 자신의 불평을 호소했고 인간 본성의 어둡고 불편한 면을 솔직하게 드러냈다. 나는 인간으로서 그가 가진 본능적 욕구를 한 번도 생각해 본 적이 없다.

옆에서 한 요셉이 돌아보며 말했다.

"형님 날씨가 선선하니 이젠 운동을 해유. 밖에도 조금씩 다니시구유."

형님은 잊어버린 것을 기억해 내려는 듯한 표정으로 한참 동안 한 요셉을 쳐다보았다.

"나, 비아그라 하나 구해 줘유."

"뭐라고요?"

한 요셉은 깜짝 놀랐다.

"갑자기 그건 왜요. 형님이 먹으려고요?"

"궁금해. 지금도 효과가 있는지."

그가 어색하게 웃으면서 말했다.

"운동하라고 했지, 누가 그런 운동하라고 했어요."

한 요셉의 눈이 커졌다. 비아그라를 먹겠다니 예상치 못한 상황이다. 형님이 왜 갑자기 그것을 원했을까. 하루 종일 나무침대에 누워 천장만 바라보는 시간이 무료하고 긴긴 밤이 지겹다고 했다. 무료한 시간에 텔레비전 돌리다가 이상한 화면이 나왔을 것이다. 한 번쯤 여자나 섹스에 대한 상상을 했을 것이다. 내가 그의 처지였다면 더했을지도 모른다. 텔레비전에 나오는 여자 때문도 아니고 형님 잘못도 아니다. 형님은 오늘 밤도 잠을 자지 못할 것이다. 예기치 못한 상황에 우리는 난처했다.

한 요셉이 내게 말했다.

"요즘 형님이 이상해! 봄이 오면 산책을 시켜야겠어요. 비아그라를 먹으면 죽을지도 몰라요."

나는 한 요셉에게 말했다.

"설마 그러겠어요?"

한 요셉은 고개를 끄덕였다.

다음 주 우리가 방문했을 때 형님은 좋은 일이 있는지 얼굴에 희색이 넘쳤다. 새로운 놀이를 시작하는 아이처럼 흥분으로 들떠 있고 의욕에 차 있었다. 그는 호주머니에서 무언가를 꺼낸다. 파르스름한 알약이다. 한 요셉이 내게 속삭였다.

"형님이 원하던 물건을 손에 넣은 것 같아요."

나는 불안했다.

어쩌면 그가 충동적으로 섹스를 할 기세라서, 두려웠을지도 모른다. 단원 중에 비아그라를 선물할 사람은 없다. 이웃집 아주머니가 선물했을까. 형님이 비아그라를 먹으면 어떻게 될까. 할 수는 있을까. 한다면 누구랑 할까. 위험하지 않을까. 짧은 시간에 숱한 생각이 스쳐갔다.

그는 비아그라를 정성스럽게 손수건에 말아서 트레이닝복 윗주머니에 깊이 간직하였다. 며칠 전 왕년에 데리고 있던 꼬붕이 다녀갔다고 했다.

다음 일요일 날 나는 형님을 찾아가지 않았다. 아침에 일어나니 온몸이 나른하고 어질어질했다. 사명감은커녕 도움이 절실하지도 않은데 의무감으로 봉사한다는 것 자체가 허세는 아닐까? 의문이 생기고 의미 없는 헛고생을 하는 것 같았다. 단장 정 베드로에게 몸살감기가 있어서 가지 못하겠다고 말했다. 언제까지 이래야 하는 건가. '그가 죗값을 치르고 있는 마당에.' 감기 탓도 있지만 착하지도 않은 형님이 자신의 처지도 모르고 사람 부리는 걸 당연해하는 것 같아 싫었다. 그의 얼굴을 떠올리면 머리가 지끈거려 왔다.

그 다음 주 일요일에 찾아갔을 때 형님 기분이 매우 언짢아 보였다. 그의 얼굴이 너무나 슬퍼 보였다. 고개를 푹 숙일 때마다 한숨이 새어 나오는 것 같기도 했다.

"트레이닝복 호주머니에 넣어 두었는데 확인도 안 해 보고…."

형님은 목소리가 떨렸다.

말을 하면서 눈썹을 치켜세웠고 사납게 으르렁거렸다. 단장 정 베드로의 말에 따르면 한 요셉이 호주머니 확인을 안 하고 비아그라가 든 잠옷을 세탁기에 넣고 그냥 돌려버렸다고 한다. 아차! 하고 잠옷을 꺼냈을 땐 물에 녹아서 흔적 없이 사라져 버린 후라고 했다. 소중하게 간직하던 비아그라를 한 번 사용해 보지 못하고 날려 버렸다고. 침대 위에서 형님의 한숨소리가 다시 크게 들려온다. 돌아오는 길에 한 요셉이 내게 말했다.

"하마터면 큰일 날 뻔했습니다."

시간이 흐르자 상심해 있던 형님은 비아그라 같은 건 잊어버리고 활기를 되찾았다. 형님은 우리가 힘들다고 생각되면 맥주파티를 열자고 했다. 그날도 그랬다. 형님이 침대 밑에서 낡은 가죽지갑을 꺼내며 내게 맥주를 사오라고 한다. 알았다고 일어서는데 억지로 만 원 지폐를 손에 쥐어 준다. 나는 마을회관 앞 슈퍼마켓으로 내려갔다.

빨리 가려고 지름길인 골목으로 들어섰다. 골목길은 가도 가도 끝이 없다. 다닥다닥 붙은 판잣집만 끝없이 이어진다. 다른 길로 가도 똑같은 모양의 장독대와 LPG 가스통만 보일 뿐 점점 슈퍼와 멀어지고 있다. 대낮임에도 길을 잘못 든 것이다. 다행히 동네사람을 만나 가게가 어디 있는지 물어 마을회관 옆 삼거리에 있는 슈퍼에 들렀다.

맥주가 담긴 라면박스를 둘러메고 뛰어서 형님 집에 도착했을 때는 시간이 꽤 지나 있었다.

"형님, 너무 늦었구만요."

나는 라면박스를 내려놓으며 숨을 몰아쉬었다. 형님은 수고했다는 듯 한 번 쳐다보고는 단원들을 둘러보며 빨리 앉으라는 손짓을 한다. 라면박스 안에는 맥주와 오징어, 땅콩, 비스킷과 바나나가 들어 있다. 정 베드로는 오징어를 가스레인지에서 굽고 한 요셉은 거실 한쪽 벽 선반에서 유리잔을 내렸다. 모두 형님을 중심으로 방바닥에 둘러앉았다. 형님은, 냉장고 문을 열고 포도주 한 병을 꺼내라고 했다. 누가 선물했는지 모르지만 아껴 둔 것이 분명했다.

그는 포도주를 한 잔씩 따라주면서 말했다.

"많이 들어유."

우리는 잔을 부딪치고 건배를 하며 외쳤다.

"형님을 위하여!"

시간이 흘러도 이날은 우리 모두 행복한 날 중 하루로 기억할 것 같다. 그즈음 형님의 관심영역이 넓어졌다. 침대 위엔 항상 성경책이 놓여 있었다. 테이프를 틀면 때때로 불경소리가 들리고 찬송가도 들려왔다. 종교에 대한 관심이 많아진 모양이었다.

겨울이 가고 봄이 왔다. 형님은 지난 겨울밤에 혼자 침대에서 떨어졌는데 아침에 발견됐다. 그 결과 몸이 급속도로 약해졌다. 일어날 수가 없어서 밤새도록 방바닥에 웅크리고 있었다. 몸이 얼어서 병원에 실려 갔다 온 후 그의 목에 호루라기가 걸려 있었다. 보건소에서 걸어줬다고 했다. 이거 웬 호루라기예요? 묻자 그는 자랑했다. 이거? 여길 누르기만 하면 돼.

호루라기 몸통에 붙은 버튼만 누르면 119 구조대로 신호가 간다고 했다. 겨울 내내 상심해 있던 그는 봄이 되자 생기를 되찾았다. 새로운 놀이를 시작하는 아이처럼 호기심과 흥분으로 들떴다.

어느 날, 방 한켠에 이상한 물건이 놓여 있는데 처음 보는 것이었다.

"이게 웬 거예요?"

"응, 구청에서 내게 보내왔구먼."

장애인용 전동스쿠터(전동차)였다.

"날씨가 풀리면 야외로 나가 봐야지."

그는 서울 시내를 드라이브할 작정이라고 했다.

"운전하는 방법 좀 가르쳐 줘유."

"형님 혼자선 위험해유."

"그렇지 아직은 좀 위험하겠지?"

그는 시무룩해졌다. 나는 그가 쉽게 포기하지 않으리라는 걸 안다. 고속도로를 달리겠다고 하지 않은 것만도 다행이다. 그때 문이 열리더니 누군가 들어온다. 이웃집 여자였다. 그녀는 오야붕에게 접근해 밥도 해 주고 정부에서 나오는 보상금도 관리를 해 주고 있었다. 그녀는 오야붕의 병 수발에서 해방되고 관리자로만 행세했다. 그날은 한복을 입고 머리엔 파마도 했다. 결혼 예식장에 가는 길에 들렀다고 했다.

"수고 많아요. 지나다가 잠깐 들렀어요."

여자는 안방으로 들어오더니 양손을 머리 위로 올리고 한 바퀴 빙그르 돌았다.

"어때요? 어울리지 않죠?"

"응? 잘 어울려."

형님이 흐뭇하게 바라보자 여자가 웃었는데 여름에 산에 갔다가 형님에게 들렀을 때 안방에서 흘러나오던 웃음소리와 닮아 있었다. 여자는 예식장에 다녀오겠다면서 일어섰다. 형님은 흐뭇한 표정으로 이웃집 여자가 나가는 걸 바라보았다. 이쯤에서 생을 마감한다면 그는 전설이 될 것이다.

대모산에 꽃들이 피기 시작했다. 핸드폰이 울렸다. 빨리 오라는 다급한 정 베드로 목소리가 들려왔다. 방문하는 날도 아닌데 형님이 급히 오라고 호출했다는 것이다. 나는 달려 나갔다. 봄이지만 아직 날씨는 쌀쌀했다. 눈이라도 내릴 것처럼 하늘이 뿌옇다. 골목 미장원을 지나 흰색 현관문을 밀었다. 이상한 냄새가 났다. 이게 무슨 냄새인가? 잠시 정신이 아찔해지는 것 같았다. 밖으로 뛰쳐나가 숨을 크게 들여 마셨다. 안에서 어떤 일이 일어난 것이 분명했다. 형님 안녕하세요? 소리쳤지만 안에서는 아무 소리도 들려오지 않는다.

그의 신발은 현관에 있었고 그는 보이지 않았다. 벽에 붙은 스위치를 올리자 형광등이 켜지고 노란색 이불 위에 앉아 있는 사람의 윤곽의 보인다. 뿔테안경을 낀 채 배설물이 질펀한 침상 위에 백곰이 앉아 있었다. 자세히 보니 푸른색 이불이 노랗게 변해 있었다. 그는 엄숙한 표정이었다. 두 손을 무릎 위에 놓고 고개를 숙인 채 앉아 있는 모습이 너무나 의연해 보였다. 방 안은 터질 듯한 긴장감이 감돌았다.

"어! 어~이~ 어~서~ 와~요."

백곰 형님이 고개를 들더니 안경 너머로 말했다.

아주 멀리서 들려오는 것 같았고 차분한 말투였다. 형님이 침대 위에서 똥오줌을 싼 채로 아랫도리를 드러내고 앉아 있다니. 깔고 앉은 이부자리와 몸은 배설물로 짓이겨졌다. 다가가자 냄새가 더 짙게 코끝을 찔러 온다. 똥오줌이 질펀했다. 무언가를 해야겠는데 뭘 해야 할지 몰라 잠시 서 있었다. 잘못하다가는 우리도 오물 범벅이 될 것 같다. 그 자리에 선 채 양말부터 벗었다.

바지를 벗어 소파 위로 던졌다. 팬티 바람으로 침대 위로 올라가자 나무침대에서 삐걱 소리가 나며 냄새가 확! 코를 찌른다. 메스껍고 현기증이 난다. 코를 막고 숨을 쉬지 않았지만 나도 모르게 구역질이 났다. 아, 하고 신음이 배어 나왔다. 비위가 약한 나는 그날따라 더 심했다. 그가 입고 있던 추리닝을 벗기고 침대 한쪽으로 옮겨 놓았다. 침대 위에 있는 이불을 둘둘 말았다.

목욕물이 덥혀질 때까지 빨래부터 시작했다. 옷을 뒤집어 배설물을 털어내자 변기가 금방 찼다.

변기 레버를 눌렀으나 물이 나오지 않는다. 배설물이 그대로 남아 있다. 바가지로 물을 붓자 배설물이 물과 뒤엉겨서 밖으로 확 넘친다. 청소용 솔을 집어넣고 아래로 압력을 가한다. 물이 자꾸만 밖으로 흘러넘친다. 오물이 배출구를 꽉 막아 버린 것이다. 나는 변기 뚜껑을 닫고 시멘트 바닥에 쪼그려 앉았다. 청소용 솔로 옷에 묻은 똥을 떨어낸다. 세탁기에 옷을 넣고 작동 버튼을 눌렀다. 5분이 지나도 세탁기가 돌아가지 않는다. 뚜껑을 열어보니 빨랫감이 처음 상태 그대로 있다.

OECD국가이며 1인당 국민소득이 2만 6,500달러에 세계 11위의 경제대국인 대한민국 수도 서울의 강남구에 아직도 수돗물이 나오지 않는 마을이 있다. 바로 이 동네이다. 지하수 물이 흘러나오는데, 그날은 그 지하수 물조차 나오지 않는다.

다행히 함지박에 받아둔 물이 있어 몸을 씻길 수 있을 것 같다. 아직 물은 덥혀지지 않았다. 급한 대로 함지박 물을 바가지에 담아와서 그의 머리에 퍼부었다. 고무장갑 낀 손으로 목덜미와 팔에 묻은 오물을 밀어낸다. 오물이 옆구리를 타고 흘러내린다. 정 베드로는 입을 꽉 다물고 양손으로 형님 등을 문지르고 옆구리와 배에 묻은 오물을 닦아 낸다. 이마에 흐른 땀을 팔꿈치로 닦아 낸다. 한 요셉과 나는 옆구리와 배에 비누칠을 하면서 숨을 쉬지 않은 채 손을 놀린다. 땀이 목덜미에서 가슴으로 흘러내린다. 팬티가 흠뻑 젖어 있다. 전쟁터 같다.

형님이 눈을 감은 채 말한다.

"미이안해유."

그의 목소리가 갈라지고 말은 불분명해져서 낮은 흐느낌처럼 들렸다. 나는 고개를 들었다. 짧은 순간이지만 콧잔등으로 흐르는 눈물이 보였다. 그의 얼굴은 일그러졌고 턱은 떨리고 있었다. 더 이상 볼 수 없어 눈을 돌렸다. 어떤 순간에 포착한 행동 속에서 우리는 가끔 난데없는 진실, 혹은 급작스럽게 밀려오는 감동을 대면할 때가 있다. 큰형님이 울다니.

한때 내 우상이었던 그를 울게 해서는 안 된다. 적어도 그가 그래선 안 된다. 몸을 앞으로 구부리고 벽에 알몸을 의지한 채 서 있는 그가 힘들어 보인다. 다리를 엉거주춤 벌리고 엉덩이를 내밀고 서 있는 그, 그 모습을 보는 내 눈이 뿌옇게 젖어 든다. 나는 벽에 한쪽 다리를 붙이고 두 팔을 뻗어 그의 허리를 안았다.

한 요셉이 옆에서 침묵을 깬다.

"형님, 이제 거의 다 됐습니다."

나는 그의 발을 따뜻한 물에 담그고 발바닥과 발가락 하나하나를 주물러 주었다. 옷장 안에서 새 이불과 요를 꺼내어 침대 위에 펼쳤다. 새 옷으로 갈아입혔다. 손톱을 깎고 발톱을 깎아주면서 그의 얼굴을 바라보았다. 그는 미소를 띤 채 나를 바라보고 있었다.

두 다리로 걸어서 집에 오자마자 나는 화장실로 들어갔다. 아주

조심스럽게 샤워기를 틀었다. 굵은 물줄기가 쏴 하고 따뜻한 물이 머리에서부터 흘러내린다. 나는 손가락 사이로 빠져나가는 물의 감촉을 즐기면서 한참 동안 서 있었다. 행복했다. 일상이 감사하게 느껴진다. 불평도 사라진다. 이제 일상이 행복이라는 걸 깨닫는다. 형님을 통해서 내게 '그분이 오셨구나!' 하고.

세상엔 우리에게 현실을 알게 해 주는 곳도 있고, 또 우리를 꿈꾸게 하는 곳도 있다. 불행을 견디는 생명에겐 미안하지만 형님이 맡은 역할이 있었던 것이다. 그 후 나는 그를 볼 수 없었다. 지병이 악화되어 요양원으로 갔다고 했고 그곳에서 수녀님들의 도움을 받다가 영면했다고 한다. 망치 형은 폭행사건으로 교도소로 갔다고 했다.

별이 뜨는 밤. 나는 베란다로 나간다. 머리를 내밀고 창밖을 내다본다. 백곰 한 마리가 북극의 빙하 위에서 하늘을 쳐다보는 모습이 떠오르고 큰형님이 두 다리로 일어서서 두 팔을 하늘 높이 흔들면서 포효하고 있다.

〈한국소설〉 2016년 9월호

작품 해설

인물의 성격 창조와 소설의 재미

장윤익 문학평론가 · 전 인천대학교 총장

소설은 인물을 중심으로 이루어진다. 인물의 행동과 대화를 통해 이야기가 구성되고 서사의 매력을 지닌다. 인물은 작가의 분신으로서 작가의 의도를 독자에게 전달한다. 독자는 소설 속의 인물을 통해 인생의 암시를 받거나 새로운 체험을 한다. 그렇다고 해서 소설 속의 인물이 작가가 마음대로 조종하는 꼭두각시가 되어서는 안 된다. 인물 창조는 소설의 질서와 규범에 따르는 필연성과 리얼리티를 지닐 때 독자들의 흥미를 끌 수 있다. 따라서 소설 속 인물의 성격 창조는 매우 중요하다.

이정은의 〈왕이 귀환하다〉는 조폭의 오야붕과 똘마니(따까리)의 관계를 현실감 있게 그린 소설이다. 이 소설은 첫 머리는 "내 이름은 찌질이다"로부터 시작해서 오야붕과 똘마니의 위상과 관계를 제시한다.

내 이름은 찌질이다. '오야붕' 따까리로 있을 때 그가 지어 준 별명이다. 너처럼 마음이 심약해서 세상에 나가서 무슨 일을 하겠느냐? 강하게 살아가라는 뜻으로 내게 붙여 준 애칭이었다.

그때부터 나는 조폭 세계에서 만석이라는 이름 대신에 찌질이로 통했다. 그는 세상 물정 모르는 나의 어수룩함을 좋아했다. 어리숙하면서도 명석한 머리를 가진 나와 자신의 힘과 배짱을 합치면 시너지 효과를 낼 수 있음을 알았을 것이다. 나의 모자람을 묵인한 것은 무례한 사람들이 득실거리는 조폭 세계에서 예의 바르게 행동해야 한다는 어쭙잖은 철학을 가졌기 때문이다. 오야붕과 지낸 세월은 나에게도 전성기였다(83쪽).

조폭 세계의 오야붕과 찌질이로 별명 붙은 화자는 인물의 성격이 매우 대조적이다. 오야붕은 힘이 세고 배짱이 있는 기질로서 조폭의 똘마니들을 거느리는, 권위를 지닌 인물이다. 싸움판에서 승자가 선이라는 생각을 지닌 오야붕은 무례한 주먹 세계에서 자기 나름의 조직을 관리하는 방법을 터득하여 자기 자리를 유지한다. 그러한 오야붕에 비해서 그의 따까리로 있는 화자는 명석한 머리와 예의 바르게 행동하는 자기 나름의 철학을 지닌 인물이다. 오야붕은 자기와 대조적인 인물인 똘마니를 가까이 하려고 한다. 이러한 점에 조폭 세계의 또 다른 면모가 드러난다.

오야붕이라는 자리는 조직만 건재하다면 기막히게 좋은 자리다. 부하들의 충성심이 있는 한 왕으로서의 자부심을 만끽할 수 있다. 나도 언젠가 최고가 되리라는 꿈을 꾸었다. 그러나 나는 오야붕을 따라갈 수 없었다. 최고는 머리로 하는 것이지 덩치로 하는 것은 아니라는 생각을 하면서 자신을 위로했다(86쪽).

화자는 조폭의 오야붕을 왕으로 표현한다. 자신도 언젠가 최고가 되기를 원하지만 그렇게 되기 어렵다는 것을 스스로 위로한다. 조폭 세계에는 항상 오야붕을 노리는 다툼이 있고, 세월이 지나면서 화자는 오야붕의 폭력이나 범법행위를 막기 힘들다는 것을 느낀다. 그러나 명분이 없어서 그 세계를 떠나지 못했으나, 오야붕 애인의 권유로 함께 도망치게 된다. 그 후, 부하 망치가 오야붕에게 반기를 들고 도전하여 싸움에 패한 오야붕은 심하게 부상당하고, 오야붕 자리를 망치가 차지한다. 망치는 중풍이 든 오야붕을 판잣집에 거주하도록 주선하고 화자에게 돌보아 주도록 부탁한다.

화자는 세례를 받고 성당의 봉사단체 '레지오 마리애'에 가입하여 오야붕의 간호와 병수발에 봉사한다. 중풍 환자인 오야붕은 봉사단장인 정 베드로, 변호사인 한 요셉과 화자의 도움을 받으면서도 부하들에게 인사를 받는 군사령관 같은 모습을 보인다.

형님이 눈을 감은 채 말한다.

"미이안해유."

그의 목소리가 갈라지고 말은 불분명해져서 낮은 흐느낌처럼 들렸다. 나는 고개를 들었다. 짧은 순간이지만 콧잔등으로 흐르는 눈물이 보였다. 그의 얼굴은 일그러졌고 턱은 떨리고 있었다. 더 이상 볼 수 없어 눈을 돌렸다. 어떤 순간에 포착한 행동 속에서 우리는 가끔 난데없는 진실, 혹은 급작스럽게 밀려오는 감동을 대면할 때가 있다. 큰형님이 울다니.

한때 내 우상이었던 그를 울게 해서는 안 된다. 적어도 그가 그래선 안 된다. 몸을 앞으로 구부리고 벽에 알몸을 의지한 채 서 있는 그가 힘들어 보인다. 다리를 엉거주춤 벌리고 엉덩이를 내밀고 선 그, 그 모습을 보는 내 눈이 뿌옇게 젖어 든다(106쪽).

흐트러지지 않는 자세를 보이던 오야붕은 배설로 인해 봉사자들이 큰 곤욕을 치르는 자신의 실례를 미안해한다. 그리고 화자가 거의 본 적이 없었던 눈물을 보인다. 한때 우상이었던 그가 울게 해서는 안 된다는 생각에서 화자는 그를 끌어안는다. 조폭 세계의 의리와 인정이 인간적 진실로 떠오른다. 인간은 가장 낮은 위치에 있을 때 진실을 드러내게 된다. 그 진실은 왕의 귀환으로 부상한다. 조폭 세계에도 진실이 있고 따뜻한 인간미의 교류가 살아 있다는 것을 이 소설은 보여 준다.

세상엔 우리에게 현실을 알게 해 주는 곳도 있고, 또 우리를 꿈꾸게 하는 곳도 있다. 불행을 견디는 생명에겐 미안하지만 형님이 맡은 역할이 있었던 것이다. 그 후 나는 그를 볼 수 없었다. 지병이 악화되어 요양원으로 갔다고 했고 그곳에서 수녀님들의 도움을 받다가 영면했다고 한다. 망치 형은 폭행사건으로 교도소로 갔다고 했다(107쪽).

〈왕이 귀환하다〉는 2017년 제 42회 한국소설문학상을 수상한 작품이다. 소설이 갖춰야 할 여러 덕목을 고루 갖추고 있고, 정석대로 밀고 나가는 성실함과 진지함이 이 소설의 큰 장점이다. 조폭 세계에는 그 나름의 의리와 인정, 그리고 자기들대로의 역할이 있다.

오야붕과 똘마니의 끈끈한 관계는 우리 사회 어느 곳에도 일어날 수 있는 이야기다. 그러나 이 소설은 아이러니한 반전 구조와 함께 오야붕과 똘마니의 대조적인 성격과 행위를 통해서 소설의 흥미를 가져다준다. 발상과 구상이 매우 참신하고 이색적이어서 독자들에게 재미있게 읽힐 수 있는 소설이다.

〈한국소설〉 2016년 10월호

작품 리뷰

〈왕이 귀환하다〉를 읽고

* * *

윤원일 소설가

〈왕이 귀환하다〉를 읽으면서 이정은 선생님이 소설의 새 경지에 진입했다는 느낌을 받습니다. 작가 스스로가 소설 쓰는 재미에 흠뻑 빠지다 보니 읽는 독자의 감동은 더 큰 게 아닌지. 비로소 소설의 묘비를 체득합니다.

전성기 때 벽돌이든 칼이든 닥치는 대로 들고 상대를 아작 내던 그 무시무시했던 조폭 오야붕 형님이 남산만 해진 배를 쓸어안고 어린아이처럼 어눌해진 채 휠체어에 앉아 있군요. 강남 재개발 단지 판자촌에 '알박기'로 위리안치 돼 있는 중입니다. 오야붕의 애인과 줄행랑쳤던 '나'는 왜 여태 자기가 무사하게 살았는지 궁금했는데 중간보스 망치 형님이 "넌 그것도 몰랐나?" 하며 찾아가 마지막 인사하라고 권합니다.

10평 판자촌에서 휠체어에 왕처럼 앉은 오야붕의 커다란 고무풍선을 보고 '나'가 말합니다. "요즘 식사는 잘하세요?" 그러자 그가 말합니다. "요즘 내가 다이어트 중이라서 … 아침을 조금만 먹었슈." 인생무상, 눈물겨운 장면입니다.

젊을 적 "어린 아이 머리통보다 큰 주먹이 날아올 때마다 내가 살아온 전 생애가 눈앞을 스쳐갔다"던 '나'는 여기서 하나의 진리를 터득합니다. "모든 것엔 나쁜 것만 있는 게 아니었다"고요. 오야붕에겐 이제 음식이라면 맛없는 게 없고, 음식 먹는 일이 너무도 즐겁고 행복한 일이 됐으니까요.

까짓것 배 좀 나오면 안 되나요? "형님, 근육이 너무 단단해요." "나? 요즘 운동하고 있어유." 어느 날 목욕을 시켜 주며 주인공이 말합니다. "형님 배 들어가는 운동도 해야 되겠슈. 거시기가 서질 않네유. 전엔 바짝바짝 잘 섰는데유." 이 말에 휠체어 위에서 한숨 소리가 들려옵니다. 육체가 뭔지 … . "형님 농담 한 번 해 본 거예유."

그 오야붕이 어느 날 방안에서 옆집 아주머니와 요상한 행동을 벌이네요. 문을 열고 들어가려던 나는 여자가 내는 소리를 듣고 흠칫 문을 조용히 닫아버리네요. 이 대목에선 독자의 한숨 소리, 목격한 걸 한두 줄이라도 써 주었으면 읽는 재미가 더 컸을 텐데. 일절 생략. 자라나는 귀여운 손녀 손자를 의식했을까요.

육체의 저주는 끈질겨서 오야붕은 밤새도록 S 채널도 보고 비아그라도 먹으려 하고 … . "이쯤에서 생을 마감한다면 전설이라도 될 것이구만 … ." 그러나 인생이 어디 그런가요. 불필요한 에필로그가 뒤에 붙고서야 끝나는 게 인간의 가엾은 삶인지도.

최근에 읽은 가장 감동적인 소설입니다. 여러 작가들도 이구동성 그렇게 말하더군요.

* * *

곽정효 소설가

여성 작가로서 조폭 세계를 그린 점이 흥미롭다. 이정은 선생은 이전에 해병대 소설을 쓴 적이 있다. 여성 작가로서 특유의 남성 세계를 그리는 필치는 주목할 만하다.

사람들은 대부분 영원히 살 것처럼 생각하며 한다. 그래서 왕이 되고 싶어 하는 걸까. 삶의 현장엔 크고 작은 왕이 존재한다. 인간 사회를 지배하는 삼각형의 계층 구조가 가장 분명하고 단순하게 드러나는 세계가 주먹 세계일 것이다.

조폭 세계에서 찌질이라는 별명을 갖고 살던 '나'는 어렵게 조폭 세계를 떠나는데, 후일 '오야붕'을 돌보게 된다. 그는 싸움의 귀재였다. 어떤 것도 두려워하지 않았고 일단 싸움을 시작하면 반드시 피를 봐야하는 호전성과 상대에게 치명적인 위해를 가하는 잔인성, 아무리 무서운 상대라도 겁내지 않는 담대함을 가진, 싸움을 위해 태어난 사내였다.

'나'는 중학교 시절부터 오대봉과 인연이 있었다. 그는 의부의 학대를 피해 외갓집에 온 아이였고 나는 양반집 아들이었지만 늙은 아버지가 팔푼이 식모를 건드려 낳은 천덕꾸러기였다. 등록금이 없었지만 그의 마음에 들면서 학교를 다닐 수 있었다. 그의 그늘에서 고등학교까지 다녔다. 이후 큰 싸움에서 그를 돕고 신임을 얻었지만, 시간이 지나면서 그의 폭력이나 범법행위를 대신 막아주기엔 역부족이고 계속 오야붕의 분신처럼 충성을 바쳐야 할 일 또한 버거웠지만 떠나지 못했다. 그러던 어느 날, 그의 애인의 꼬임에 빠져 오야붕을 배신할 수밖에 없었다.

오야붕과 결별한 나는 서울 변두리 농장에서 꽃 장사를 하면서 살아간다. 성당을 찾아 세례를 받고 레지오에 입단한다. 기도와 이웃돕기 봉사활동을 하는 단체였다.

오야붕은 자신의 부하인 망치에게 자신이 했던 것과 같은 방법으로 당한다. 망치는 강남 대모산 아래 위치한 판자촌 재개발 사업 이권에 개입하면서 얻은 두 구좌를 오야붕에게 제공하는 의리를 과시한다. 그리고 나에게 연락해서 몸을 마음대로 쓰지 못하는 오야붕을 찾아가 돌보게 한다.

나는 레지오 단원들과 함께 오야붕을 위해 봉사한다. 오야붕은 이번에는 힘이 아니라 반신불수를 이용하여 그를 찾아오는 사람들을 턱으로 부리면서 자신을 돕게 하고 지시한다. 그런 그가 비아그라를 구해 오라고도 하고 이웃 여자와 친분을 과시하고 웃음소리를 높이기도 한다. '나'는 그가 이쯤에서 생을 마감한다면 그는 전설이 될 것이라고 생각한다.

하지만 어느 날 그를 찾아가서 봉사할 날도 아닌데 호출을 받는다. 똥오줌으로 범벅이 된 그를 씻기다가 짧은 순간이었지만 그의 눈물을 본다. "미이안해유." 그의 소리는 흐느낌처럼 들렸다.

'나'는 집에 돌아와 오물 냄새가 밴 몸을 씻으면서 일상에 감사한다. 일상이 행복이라는 걸 깨닫는다. 오야붕을 통해서 내게 '그분이 오셨구나' 하고. 그 후 '나'는 오야붕을 볼 수 없었지만 그가 맡은 역할이 있었던 것이라 생각한다.

인간은 영원히 살 것처럼 살고 있지만 반드시 정해진 시간이 끝나면 더 이상 살지 못한다. 지금 몸이 살고 있는 세상에서, 몸이 죽어 닿게 되는 또 다른 세상을 생각해 볼 필요가 있다.

소설의 막바지에 이르면 독자는 그가 이쯤에서 생을 마감한다면 전설로 남을 것이라고 생각하는 주인공의 말을 떠올리게 된다. 만일 그랬다면 그는 삼각형의 정점을 누린 왕으로 기억되는 인생이 되었을 것이다. 하지만 그는 자신의 손으로 자신을 감당하지 못하고, 자신의 오물 속에 파묻혀 도움을 기다리는 불쌍한 벌거숭이로 사람들 앞에 서 있다. 처참하게 일그러진 왕! 그는 자신을 통해서 우리를 진정한 왕에게로 인도한다.

아무것도 아닌 일상을 행복으로 바꾸어 주는 왕이 인간의 바닥까지 추락해 벌거숭이가 되었구나 하는 생각을 하게 되고, 오야붕이 그 인도자의 역할을 하기 위해서 바닥까지 추락해서 벌거숭이가 되었구나 하는 생각을 하게 한다.

주인공 찌질이가 본 오야붕의 눈물 속에는 교만, 주먹이 주는 쾌감 등등 숱한 죽음이 응축되어 있다. 작가는 허물어진 왕, 오야붕에게 진정한 왕에게 우리를 인도하는 역할을 부여하고 있다.

이것이 노련한 작가가 사유의 샘에서 길어 올린 한 방울의 눈물인가 싶다.

생태관찰

서울 압구정동에 있는 한 문화센터의 독서지도자로 일하게 된 것은 지난봄이었다. 전동차를 기다리면서 '내 인생의 자서전 쓰기' 프로그램 중 지난주 강의했던 내용을 떠올린다. 누구나 자신의 인생을 기록한다면 책으로 열 권을 쓰고도 남는다는 말을 하지만 무엇을 어떻게 시작해야 할지 엄두를 내지 못한다. 그런 부분을 일깨워 자신을 돌아보고 치유의 시간을 갖도록 해 주는 것이 내 역할이다.

나는 손목시계를 보았다. 오전 9시 20분. 전동차는 사람들을 쏟아 내고 그만큼 도로 쓸어 담아 넣은 후 문을 닫았다. 자전거 거치대가 사선으로 보이는 첫 좌석에 자리를 잡은 나는 가방에서 책을 꺼냈다. 책갈피 사이에는 군데군데 쪽지가 꽂혀 있다. 노란색 쪽지가 끼워진 곳을 펴면서 책으로 고개를 숙였다. 타인과 빤히 얼굴을 쳐다봐야 한다는 것은 낯가림이 심한 내겐 일종의 고문이다.

오늘은 이미지 끌어내기에 대해 강의할 참이다. 들고양이 어미가 죽은 지 오래된 새끼 고양이를 질질 끌고 다니는 장면을 보면서 가슴을 찌르는 감정을 떠올리거나 말똥구리가 땀을 흘리며 자기보다 몇 배 큰 말똥을 굴리는 것을 보면서 부모의 모습을 떠올린다면 그것이 자서전이나 소설이 될 수 있다.

어머니는 동생이 죽었을 때 아직 죽지 않았다며, 매장을 하려는 아버지를 무정하다고 원망했다. 죽은 동생의 입에 귀를 대고 숨소리를 들으며 살아날지 모르니 하루만 더 기다리자고 했다. 홀로된 어머니는 결코 삶의 무게를 탓하지 않았다. 자식들을 위해 밤낮없이 밭에서 살았고 자신보다 몇 배나 되는 무게의 채소를 손수레에 싣고 장터로 향했다. 책장을 넘기려는데 많은 생각들이 서로 꼬리를 붙잡다가 사라진다.

덜커덩거리는 소리에 얼굴을 들었다. 손잡이가 달린 트렁크를 끌면서 잡상인으로 보이는 한 사내가 객실 안으로 들어선다. "승객 여러분! 시끄럽게 해서 죄송합니다. 잠시만 시간을 내 주십시오." 사내는 실내를 둘러보며 가죽 손지갑을 화투장처럼 펼쳐 든다. "수출이 막혀 물건을 들고 나왔어요. 시중에서 10만 원하는 명품인데 오늘은 만 원 한 장에 드립니다." 목청을 높인다. "이 어려운 시절에 돈지갑이라니." "그러엄. 돈이 없지, 지갑만 있으면 무얼 해." 옆에 앉은 두 중년 여자가 비아냥거린다.

손지갑 장수가 옆 칸으로 사라지자 이번에는 종이박스가 실린 카트가 덜컹거리며 안으로 들어온다.

오늘따라 유난히 지하철 행상이 자주 나타난다. 부드럽고 중후한 목소리가 들려온다. 키가 크고 안경을 낀 40대 초반의 남자였다. "이 향수를 가지고 이곳에서 여러분을 찾은 것은…." 그 남자는 굳은 표정으로 흰색의 종이박스를 열더니 조그마한 초록색 병 하나를 꺼내 들고 머뭇거렸다.

향수가 담긴 병인 듯하다. 칙칙, 치익~ 치익, 남자는 마치 스프레이로 물을 뿌리는 것처럼 조심스럽게 공중에다 향수를 뿌린다. 향수 냄새가 코끝을 스친다. 나는 미간을 찌푸리며 숨을 깊이 내쉰다. 실내에 야릇한 냄새가 감돈다. 옛날 이발을 하고 온 아버지가 풍기던 이발소 냄새 같다.

코를 찡긋거릴 뿐 승객들은 아무 반응이 없다. 긴장한 표정으로 실내를 두리번거리던 남자는 한참을 뜸 들이다가 떠듬거리며 다시 말을 잇는다.

"신사 숙녀 여러분, 누구든지 사랑을 하고 싶으면 이 향수를 사용해 보십시오."

한편에서 웃음소리가 쿡쿡 비어져 나왔다. 나는 못 볼 것을 본 것마냥 당황스럽고 난감하다. 기가 막힐 일이다. 지하철에서 향수라니! 가늘게 떨리며 끊어질 듯하다가 이어지는 사내 목소리를 듣고 있으려니 내가 더 초조해진다.

외판을 처음 나온 듯 설명이 서툴다. "별 미친놈 다 보겠네, 뭐 저런 향수가 다 있어. 멀쩡하게 생긴 놈이 … ." 옆에 앉은 승객 둘이 못마땅하다는 듯 얼굴을 찌푸린다. 나는 그런 승객을 탓하지 않기로 한다.

무턱대고 향수를 들고 나온 사내가 무모하다. 미련한 곰탱이 같으니라고! 조금 전에 지나간 손지갑보다 더 황당했다. 이렇게 많은 사람을 상대로 얼토당토않은 물건을 들고 나오다니. 자신 있게 설명해도 팔릴지 말지 할 판에 설명도 제대로 못하는 저런 태도로 무엇을 하겠다는 것일까.

"이 향수는 보통 향수가 아니라 사랑의 묘약입니다."

사랑의 묘약이라니!

나는 바짝 긴장한다. 사내는 후줄근해 보이지만 차림새가 심상치 않다. 훌쩍한 키에 바지벨트가 헐거워 곧 벗겨질 것 같다. 배꼽 근처에 걸린 벨트에 황금빛 'H' 로고가 유난히 눈에 띄었는데 언젠가 에르메스 매장에서 본 로고이다. 명품 에르메스 벨트가 분명했다. 게다가 안경은 까르띠에까지. 지하철 행상에 어울리지 않는다.

지하철 행상 패션이 따로 있는 것은 아니지만 필요하지도 않은 물건을, 더구나 저렇게 멀끔해 가지고는 물건을 팔기는 글렀다. 행상을 하려면 처량하게 굴거나 약자로 보이게 해서 승객들이 연민을 느끼도록 감성을 자극해야 하지 않을까. 어설픈 모습에 측은지심을 갖고 그를 보는 순간, 한 남자의 하얀 얼굴이 내 갈비뼈를 열고 가슴 속으로 쑤욱 밀려들었다.

한 남자의 얼굴이 떠오른다. 의과대학 졸업반이던 그 남자는 환자에 대한 연구보다는 생태계와 인간의 공생 관계에 관심이 많다고 했다. 그는 웃으며 새로운 프로젝트를 구상 중이라고 밝혔다. 우선 곤충학 연구부터 할 예정이라면서 좀 더 넓은 세상으로 나가서 연구하고 싶다고 말했다. 오랜 시간이 흘렀지만 나는 아직도 그가 말한 곤충의 페로몬에 대해 선명히 기억한다.

페로몬은 그리스 어원으로 운반하다*pheran*와 흥분하다*hormon*의 합성어로 매혹의 향이라고 하며 이성에게 끌리게 하고 호감을 느끼게 하는 화학적 물질이다.

페로몬을 만드는 대표적인 곤충으로는 암컷 나방을 들 수 있다.

암컷 나방은 멋진 수컷을 기대하면서 마치 스프레이로 물을 뿌리는 것처럼 공중에다 페로몬을 뿌린다. 드물게 맨눈으로 볼 수 있는 페로몬을 뿌리는 곤충도 있지만 대부분의 곤충들은 그 양이 너무 적어서 정밀한 과학 도구로도 이를 탐지해 내거나 분석하는 것은 매우 어렵다. 대부분의 성 페로몬은 피코그램이나 나노그램 단위로 측정되는데, 피코는 1조분의 1을, 나노는 10억분의 1을 나타내므로 곤충이 배출하는 페로몬의 양이 얼마나 적은지 쉽게 알 수 있다.

하지만 이렇듯 적은 양임에도 불구하고 그 효과는 매우 강력하다. 한 번 흡입하는 것만으로도 곤충은 오로지 섹스에만 몰두하게 된다. 매우 멀리 떨어진 곳에서도 수컷 나방은 페로몬을 단서로 암컷을 추적할 수 있다. 피코그램으로만 측정이 가능할 정도로 그 양이 미세한 페로몬을 맡을 수 있다는 것은 기적에 가까운 일이다. 내가 여기서 페로몬을 언급하는 것은 그 남자 때문이다.

고등학교를 졸업하고 처음 동창회에 참석했을 때였다. 최영석, 그가 그날의 주인공인 셈이다. A 대학교 의과대학에 입학한 그가 참석한다고 했다. Y 군郡에서 모두가 알아주는 수재인 그는 뛰어난 재능에 준수한 외모로 어딜 가나 주목받는 존재였다. 학교 선생님 이하 졸업생들이 그를 맞이했다. 그는 걸어 다니는 신화였다. 나는 그와 잠시 같은 동리에 살았기 때문에 각별하다고 생각했다. "선배가 우리 학교 출신이라는 것에 자부심을 느끼고 있어요." 나는 옆으로 다가가서 말해 주었다. 그는 창문 너머 학교 교문에 높다랗게 펄럭이는 자신의 이름이 적힌 현수막을 쳐다보며 쑥스러워했고 자신에게 집중된 관심이 부담도 된다는 말을 하면서 환하게 웃었다.

모두들 주인공인 그의 소감을 듣고 싶어 했다. 최영석은 단상에 올라가서 나를 바라보았다. 주위에서 뜨거운 박수가 쏟아졌다. 그의 존재는 너무나 절대적이고, 너무나 영광스럽고, 너무나 신성하고 밝기 때문에 아무도 범접하지 못했다. 그에게는 그림자가 존재할 수 없었다. 그는 내게 시선을 보냈다. 그의 시선이 가슴을 요동치게 했다. 그가 내게만 말을 하는 것 같았다. 얼마간 당황한 목소리로 그리고 또 다른 무엇으로, 아마 그의 체취로, "이 편치 않는 마음이 앞으로 저를 험난한 길로 인도할지도 모르겠습니다. 세상에 유익한 일을 하고 오라는 뜻이라고 생각합니다." 그는 커다란 눈으로 시선을 맞추며 이야기했다.

그의 시선은 내게 보내는 신호였고 메시지였다. 그의 뒷모습만 쳐다봐도 숨이 차고 얼굴이 달아올랐다. 그것은 미묘한 밀어密語처럼 가슴에 스며드는 야릇한 감정이었다. 나는 뜨거운 눈길로 쳐다보는 그를 향해 한껏 사랑의 미소를 지었다.

내 재수 시절, 그가 방학이면 잠시 우리 동네에 나타났다. 그가 가지고 온 냄새는 새로운 세계를 연출했다. 마을 건너편 그의 집을 바라보기만 해도 가슴이 설렜다. 내가 대학에 가려는 첫째 목표는 그가 있는 서울로 가는 것이다. 그와 같은 하늘 아래 있다는 생각을 하면 세상이 빛났고 하늘도 푸른 들판도 생명력이 넘쳐났다.

나는 누구도 모르는 그만의 냄새를 맡을 수 있었다.

눈이 하는 예술이 미술이고, 귀가 하는 예술이 음악이라면 코에 의한 예술은 향수다. 향기에도 파장과 진동이 있기에 각기 고유의 색깔을 가지고 있으며 또한 향기를 통해 색깔을 느낄 수 있다. 후각은 냄새를 대상으로 하는 감각이며 그것은 감각에 깊은 뿌리를 두고 있어서 지식의 세계와는 또 다른 범위인 예술이다. 드러나는 냄새를 통해 인간의 내면적인 성품까지도 파악할 수 있으며 몸에 배어 있는 냄새로 사람을 판단할 수 있고 주변의 흐르는 냄새로 현상을 알 수 있다.

군대에 간 오빠는 이렇게 말했다. 전방 지피에서 근무할 때 철조망 근처에서 여자냄새가 나서 이상하다고 느끼고 있으면 한참 후 어김없이 동리 아주머니가 먹을거리를 팔려고 나타난다고. 그러면서 암수의 후각이 얼마나 발달했는지 아는 척도라고 했다. 나는 그 말을 신뢰한다.

나는 20살을 새로운 도시에서 맞았다. 그와 같은 하늘 아래 있게 된 것이다. 같은 반 친구인 봉미숙과 나는 E 여자대학에 입학했는데 봉미숙은 영문학과, 나는 의예과였다. 내겐 눈물겨운 노력이 가져다 준 결과였다.

입학 후의 들뜸이 가라앉기도 전 5월 대학축제가 기다리고 있었다. 억눌려 있던 젊음을 분출할 수 있는 기회였다. 여자대학 축제는 남학생들에게 인기였다. 축제로 상의할 일이 있어 재경在京 동창들이 모였을 때 그곳에 미숙은 나타나지 않았다. 누군가 K 대학 경제학과 남학생들의 미팅에 참석한 미숙이 이야기를 해서 모두 웃었던 기억이 난다. 미숙은 대학에 공부하러 온 것이 아니라 미팅하러 온 것 같다고 말했기 때문이다.

나는 파트너로서 최영석 선배를 마음에 두고 있었다. 친구들이 모두 부러워할 것이란 상상으로 가슴이 벅차올랐다.

그러던 중 내게 한 가지 사건이 일어났다. 봉미숙은 언제 연락이 닿았는지 최영석 선배를 축제 파트너로 이미 정해 놓은 후였다. 나로서는 매우 충격적인 일이었다. 믿을 수 없어 한동안 입을 열 수 없었고 내장이 모두 빠져나간 듯 허탈했다. 낯선 시간대에 낯선 장소에 와 있는 것처럼 현실감이 없어졌다. 혼자 짝사랑하는 사이 최영석 선배에게 미숙이 먼저 접근한 것이다. 미숙이 남자만 보면 눈빛이 달라지던 것을 알았는데도 선배가 그녀에게 넘어갈 수 있다는 생각을 하지 못했다.

축제에서 내가 맡은 파트는 주막이었다. 나는 가장 쉬운 음료수와 맥주, 막걸리를 조달했다. 음식 솜씨가 좋은 같은 과 친구 박미경은 파전과 녹두부침을 맡았고, 봉미숙은 잔치국수를 담당했다. 막걸리와 빈대떡 코너가 인기였다. 술이 취한 일행은 잔디에 둘러앉아 역사와 정의에 대한 이야기꽃을 피웠다. 우리가 봉기하지 않으면 민주화는 요원하고 수구꼴통들이 나라를 망치고 있는 꼴을 그냥 볼 수 없다고, 최영석 친구인 안경이 내 옆에서 열변을 토했다.

나는 시대적 정신이니 이념이니 하는 문제에 관심이 없었다. 투쟁의 역사가 아니라 이 세상에 사랑이 있다면 전쟁도 분쟁도 없을 것이란 플라톤의 말을 더 믿는 편이다. 사랑이 우선이라고.

일행과 어울려 토론 자리에 앉아 있는 것도 실은 최영석 선배의 논리적인 사고를 즐기려고 했기 때문이다. 열정과 의협심으로 좋은 세상을 만들겠다는 발상은 급진적이지만 그라면 해낼 것이라 믿으면서 조용히 듣고 있었다. 미색의 투피스를 입은 봉미숙은 다리를 꼬고 앉아 남학생들이 재미없는 이야기를 해도 흥미롭다는 듯이 빤히 쳐다보며 눈을 반짝거렸다. 그녀는 절망에 빠져 들어가는 내 처지는 조금도 개의치 않고 떠들어댔다. 나는 슬그머니 빠져나와 잔디밭을 가로질러 등나무 아래로 향했다. 영석 선배가 내 부재를 알아채고 찾아와 주길 바랐다. 등나무 밑의 벤치 위에 앉아 잔디밭을 바라보았다.

학생들의 무리가 교정을 가득 메우고 있었다. 재잘거리는 미숙의 모습이 보였다. 5월의 태양 아래 홀로 있음을 알았다. 그가 없는 세상은 무의미했다. 그때 그가 나를 향해 걸어오는 모습이 보였다. 심장이 터질 것 같았다. 그럼 그렇지, 하고 속으로 쾌재를 불렀다. 그가 나를 잊지 않고 있다는 것을 확인했기 때문이다. 긴장하면서도 웃음이 나왔다. 나도 모르게 자리에서 벌떡 일어났다.

그는 담배 한 개비를 피워 물었다. 장난기가 가득한 웃음으로 옆으로 다가와서 부드럽고 다정한 눈길로 주위를 둘러보며 서성거렸다. 나의 빈자리를 알아채고 나를 찾아 나왔을 것이 분명해 보였다. 무슨 말을 하려는 걸까. 가슴이 뛰었다.

"희선아, 이 자식 왜 혼자 나와 있어!"

그는 내 어깨를 툭 치고는 마치 자신의 예측이 맞아떨어진 것을 확인한 사람처럼 웃었다. 나는 선 채로 건조하게 대답했다.

"그저요."

"그래? 대학 생활은 어때?"

"그저 그렇죠, 뭐."

"그러면 안 되지."

그는 고개를 옆으로 기울인 채, 장난스럽게 내 뺨을 한 번 만져주고는 입에 모았던 담배연기를 하늘을 향해 훅 끼얹었다. 나는 갑자기 코끝이 찡해져 고개를 들고 하늘을 올려보았다. 구름이 흘러가고 있었다.

잠시 후 그는 화장실 쪽으로 사라졌다. 나는 그 자리에서 꼼짝하지 않았다. 그가 담배 피울 곳을 찾다가 나를 발견했든 화장실을 가려다가 발견했든 그건 중요하지 않았다. 10분도 안 된 짧은 순간이었지만 그의 행동은 '나는 너를 사랑한다'고 믿게 했고 희망을 주었다. 나는 그의 가슴에 숨겨진 어떤 보물의 주인이 된 것 같은 기분에 사로잡혔다. 그가 하는 말과 행동 모두가 내 머리를 마취시켰다.

모교 연구팀에 남으려면 가문과 재산과 실력과 천운을 동시에 겸비해야 한다는 소문이 있었지만 그가 A 대학병원에 남을 것을 의심하는 친구들은 없었다. 느닷없이 그가 논문 심사를 통과하지 못할 수 있다는 소문이 나돌았다. 그날의 평가는 채점 교수에 따라 기복이 심했다 한다.

심사 위원 중 누군가가 그의 지나친 오만함을 사유로 격렬히 반대했고, 인성이 우선이어야 하는 의대에서 지나친 오만은 결격이라는 이유를 들어 사표까지 첨부했다 한다. 친구들의 분석대로, 아카데미즘의 모독에 대한 분노였든, 그의 범상치 않은 모습에 열등의식을 가진 교수의 질투심이었든, 그의 오만함의 결과였든 그는 현실의 벽을 넘지 못하고 심사를 통과하지 못했다.

그가 나를 찾아온 것은 그 무렵이다. 그는 행색이 후줄근했다. 베이지색 면바지에 하늘색 줄무늬 와이셔츠를 입었는데 비쩍 마른 몸 때문에 옷이 한 치수 커 보였다. 온통 바람을 맞고 다녔는지 머리는 헝클어지고 눈은 물기에 젖어 있었다. 가슴이 저릿하다. 나는 손가락을 뻗어 그의 머리를 어루만져 주고 싶은 충동을 참았다.

그가 담담하게 입을 열었다. 새로운 프로젝트를 구상 중이라고 밝혔다. 곤충의 페로몬 메커니즘을 연구하여 사랑의 제품을 만들겠다는 것이다.

"희선아, 사랑에서 비극의 원인은 뭐라고 생각하니?"

사랑의 비극이라니. 갑작스런 그의 질문에 나는 무슨 말을 해야 할지 몰라 얼떨떨한 표정으로 그를 바라봤다.

"글쎄요, 사랑의 불균형이 아닐까요. 한 사람은 아직 뜨거운데 한 사람은 불에서 내려놓은 양은 냄비처럼 싸늘하게 식어 버린 상태인 거."

내 대답에 그는 미소를 지었다.

"곤충은 미세한 페로몬을 한 번 흡입하는 것만으로 오로지 섹스에만 몰두하지. 수컷 나방은 그 페로몬이 2킬로미터 이상 떨어진 곳에서 날아온 것이라 하더라도 이를 당장 알아챌 수 있을 뿐 아니라 그 암컷 나방이 자신과 교미가 가능한 같은 종인지 여부도 가려낸단다. 앞으로 곤충에게서 사랑의 묘약을 연구해서 인간에게 적용시킬 예정이야."

그의 말이 생소하면서 우습게 들렸다. 그가 목소리를 깔며 말을 이었다.

"암컷의 향기가 수컷을 유도한다면 수컷의 그것은 최음제 역할을 한단다. 공중에 뿌려진 향수로 인해 둘은 섹스를 하고 싶어 안달하게 되지. 심장기능이 원활하지 못해 생기는 성性기능 약화로 많은 남자들이 고민하고 있지. 나이가 들어도 영원한 남성을 원한다. 심장을 치료하다가 성기가 일어나는 기적을 발견했다는 약, 혈류량의 변화라는 육체적 메커니즘에만 작용하는 비아그라 약과는 차원이 다른 거지."

그의 말은 준비된 말을 하듯 거침이 없었다.

그의 주장에 따르면, 뇌의 특정 부위에 작용해서 몸과 정신을 동시에 조절하면 과학과 영혼이 상호보완적으로 결합하는 획기적인 신약을 만들 수 있다는 것이다. 어떻게 보면 억지스럽게 들리기도 하지만 그의 말엔 자신감이 있었다. 듣고 있는 사이, 그라면 가능할 수 있다는 신뢰감이 들었다.

"신약 이름을 뭐로 할 거예요?"

"페로몬 향수, 아니 사랑의 묘약. 두 사람이 나눠 먹는 거야. 곧바로 몸속에서 완전히 분해되지. 어떠한 부작용도, 습관성도 없어. 당뇨나 고혈압은 물론이고 암 환자에게도 효과가 있어. 말기 암 환자들은 지상에서 삶을 마감하기 전 마지막 하루하루를 벅찬 사랑의 광희狂喜 속에서 마무리할 수 있게 될 거야."

"신이 못 한 것을 해낸다고요? 근사하네요."

"페로몬 약을 삼키면 상대방의 모든 게 사랑스러워지기 시작하지. 사슴 같은 눈이야 말할 필요도 없고 빈대 가슴에 콩알이 붙어 있는 것 같은 젖가슴도 앙증맞아 보여서 깨물어 주고 싶어질 거야."

그의 말에 나는 바람벽 같은 A컵 브래지어 속에 조그맣게 달린 유두를 들킨 것처럼 가슴이 졸아들었다. 하지만 이제부턴 가슴에 대한 열등의식은 버려도 좋다는 용기가 솟았다. 그런 묘약이 있다면 누구보다도 필요한 사람이 나였다.

그는 말을 이었다.

"열정적이며 영원히 계속될 것 같은 사랑, 네가 아니면 죽겠다는 헌신의 언약도 조금씩 희미해지다가 어느 순간 냉랭해지는, 반감기半減期가 서로 다른 사랑 때문에 아파 본 사람들이 페로몬의 출현에 열광할 거야."

너도 나도 페로몬 향수를 뿌려 마구 엉켜 사랑하게 된다면 어떻게 될까? 선악과를 먹고 신에게 에덴동산에서 쫓겨나듯 큰 재앙이 일어날지도 모를 일. 질서가 무너지고 사람들은 섹스에만 열중하다가 세상은 카오스 시대보다 더 암흑기가 될지 모른다. 신약을 개발하려면 연구비가 많이 들 것인데 약을 살 수 있는 소수의 부유층에게만 혜택이 돌아갈 가능성이 있고, 도둑질을 해서라도 약을 구하려는 사람들로 세상이 뒤집히는 재난이 발생할지 모른다. 그러나 나는 부정적인 선입관을 버리고 즐거운 상상을 하며 물었다.

"언제쯤 완성 되는데요? 임상 실험자가 필요하다면 응할게요. 제가 첫 수혜자가 될 거 아니에요."

"김희선, 넌 아니야. 충분히 예쁘고 사랑스러워!"

그의 얘기는 낯설고 환상적이었다.

그가 찾아온 지 한 달이 지난 어느 날, 해부학 수업이 끝난 나는 그를 만나러 가면서 생각한 바를 실천에 옮기기로 했다. 그를 완전히 내 사람으로 묶어 놓고 싶었다. 잃어버릴 수 있는 반지는 영원할 수 없을 것 같고, 잃어버리지 않고 지울 수 없는 방법이 무엇일까 고심하던 중 타투 선전 포스터가 눈에 들어왔다. 바로 저거야! 그것은 몸에 새기는 문신이었다.

한 쌍의 반지를 나누어 가진 연인은 헤어져 있다가도 그 반지를 맞춰 보고 사랑하는 사람을 확인하게 되는 것처럼, 피를 나누어 가진 연인처럼, 언제나 그와 한 몸이 되고 싶었다. 사랑의 맹세였다. 팔을 면도칼로 긋고 피를 섞어 영원한 사랑을 약속하는 대신 손목에 예쁜 문신을 새기기로 한 것이다.

두 사람은 신촌 독수리다방 쪽으로 길을 건너 낡은 건물 2층에 올라갔다. 벽면에는 갖가지 문신 표본 사진이 걸려 있었다. 길거리에서 호랑이 문신이나 하트에 화살을 꽂은 문신을 볼 때마다 조잡한 그림에 부정적이었지만 그가 있기에 두렵지 않았다. 자칭 예술가라는 장인이 다가오더니 헤나타투는 먹물을 사용하던 재래식과는 다르다면서, 안전하다고 강조했다.

인도에서 수입한 헤나라는 물감으로 만든 재료를 사용한다고 했다. 시술실 안에는 젊은 커플이 엉덩이 오목하게 쏙 들어간 자라눈 옆에 장미꽃을 한 송이씩 그리고 있었다. 밑그림인 타투 도안을 붙여 놓고 그 선을 따라 드릴로 문신이 새겨지는 과정을 지켜보았다. 실내에 고기 타는 냄새가 떠돌았고 커플은 각자 엎어져서 똑같이 해 달라고 빌고 있는 것처럼 보였다.

우리는 오른쪽 손목에 팔찌 모양의 작은 장미꽃 타투를 새겨 넣기로 하고 마주 보며 고개를 끄덕였다. 사랑의 약속이었다. 두 사람이 만나서 하이파이브를 나누려고 손을 들어 올려 손바닥을 마주치면 하늘에 한 쌍의 장미꽃이 피어날 것이다. 시술이 끝나고 손목에 그린 빨간 장미꽃 부분이 번진 것 같아 당황스럽고 난감했다. 잘되었습니다. 걱정하지 않아도 됩니다. 타투의 달인이라는 남자는 웃으며 말했다. 살갗에 트러블이 생겨 피가 묻어 나오는데 조금 있으면 제 색깔이 드러난다고 했다.

생맥주집에서 잔을 부딪치며 건배를 한 것은 일주일 후였다. 오른쪽 손목에 새겨진 팔찌 문신은 기가 막히게 아귀가 맞았다. 그에게 새겨진 장미꽃 문신이 내게로 이어져 두 송이 장미가 피어나고 있었다.

며칠 후 그에게서 전화가 왔다. 곤충 탐사를 가자고 했다. 믿을 수 없게도 기다리던 그날이 온 것이다.

여름의 폭염이 가신 뒤 다가온 초가을의 신선한 날씨였다. 두 사람은 경기도 포천에 위치한 광릉수목원으로 향했다. 광릉은 조선시대 세조의 능이며 광릉 숲은 능의 부속림이다. 그와 함께 있다는 것은 짜릿하고 은밀한 도전과도 같았다. 주위는 고요했고, 일면 비밀스럽기까지 했다. 나는 아스라한 현기증에 깃든 행복감과 함께 하늘을 쳐다보았다. 빨간 고추잠자리 떼가 머리 위로 날아다니고, 기분 좋은 바람이 얼굴에 와 닿았다. 그는 나무 뒤에 숨어서 숨을 죽여 가며 수풀 속을 보고 있었다.

자세히 보니 나뭇가지 사이에 무엇인가 어른거리더니 모습을 드러낸다. 사마귀였다. 두 마리가 필사적으로 엉겨 붙어 뒤치락거리고 있다. 사마귀는 교미 후에 암컷이 수컷을 잡아먹는 엽기성으로 유명하다. 나는 눈싸움이라도 하듯 눈앞에 펼쳐진 둘만의 은밀한 순간을 탐색하였다. 수사마귀는 자신보다 2배가 넘는 비대한 암사마귀의 등에 착 달라붙은 채 떨어지지 않는다. 교미 시간은 수 분에 끝나지만 이후 무서운 광경이 기다리고 있다. 암컷은 낫처럼 생긴 긴 앞다리를 포클레인처럼 척척 휘저으면서 툭 튀어나온 눈을 뒤룩거린다.

수컷은 부들부들 떨면서 암컷을 껴안는다. 뭔가 무시무시한 일이 막 벌어지려 한다. 암컷이 수컷을 향해 천천히 앞다리를 길게 뻗고 있다. 암컷이 입을 벌린다. 수컷은 피하지도 않고 암사마귀의 입으로 빨려 들어간다. 암컷은 눈을 껌뻑이며 수컷의 머리를 삼켜 버린다.

수컷사마귀는 당황해하거나 발버둥치지 않고 차분하게 암컷의 먹이가 되어 자손 번영을 위해 영양원이 되어 준다.

사랑이란 이렇듯 사악한 것인가. 단 한 번에 끝내고 남편을 잡아먹는 이유는 무엇인가. 왜 하필 남편의 몸통이어야 하는가. 사냥을 해 오라고 시킬 수 있는데. 나는 그런 상념에 젖어 몸을 펴고 깡충거미를 떠올린다.

깡충거미*jumping spider*는 이름이 암시하듯 점프를 매우 잘하는데 다른 거미들처럼 거미줄을 친 후 앉아서 먹이를 기다리기보다는 식물의 줄기로 뛰어 올라 먹이를 잡기도 한다. 1997년 케임브리지 대학의 잭슨과 폴라드가 발표한 논문에 따르면 어떤 깡충거미는 속임수로 다른 거미도 잡아먹는다고 한다.

우선 다른 거미의 거미줄에 고의로 걸려든다. 그리고는 먹이가 걸려들었다는 거짓 진동을 내어 거미줄의 주인이 다가오도록 만든다. 먹잇감을 찾으러 주인 거미가 다가오면 깡충거미는 주인 거미에게 뛰어들어 잡아먹고 만다.

깡충거미는 이런 공격적이고 위험한 수법을 가졌기에 섹스를 할 때 비극이 일어나기도 한다. 암컷은 수컷을 잡아먹는 데 전혀 거리낌이 없다. 시작은 일단 정상적으로 진행된다. 수컷은 거미줄을 드럼처럼 치거나 당김으로써 암컷에게 신호를 보내고 다리를 흔들며 과장된 걸음걸이로 다가온다. 두 거미는 거미줄에 매달린 채 서로 포옹하게 된다. 분위기는 암컷과 수컷이 서로 가까워져 마침내 수컷이 암컷에게 달콤한 즙을 선물할 때 가장 고조된다.

하지만 어떤 암컷은 먼저 정자精子를 받아놓은 다음 먹어치우기도 하지만 정자에는 관심이 없고 처음부터 수컷을 노리는 암컷도 있다. 또 수컷은 성적으로 성숙한 거미와 그렇지 못한 거미를 잘 구별하지 못하기 때문에 잘못된 판단으로 젊은 암컷에게 교미를 시도하다 잡혀 먹혀버리기도 한다.

무엇인가 풀잎을 스치는 소리에 뒤를 돌아보았다.

"희선아 너무 늦었지? 가자."

그가 눈을 빛내며 나를 바라보고 있다.

어디로 가자는 건지 말하지 않아도 알 수 있었다. 그의 눈은 붉게 폭발하는 혜성 같았다. 그가 뭔가 중요한 말을 하리라는 것, 내가 기꺼이 듣고 싶어 했지만 동시에 몹시 두려워하는 그 무엇을 말하리라는 것을 직감했다. 어떻게 할까? 등에서 식은땀이 고여 왔다. 쉽게 응하다가는 순수하지 못한 것으로 오해할지도 몰라. 몇 번 거절한 후 또 권하면 따라가리라. 그의 호흡이 달콤함으로 부풀어 오르는 것을 느낄 수 있었다.

그는 가볍게 기침했다. 나는 대답하지 않았다. 침묵이 흘렀다. 그는 생각을 바꿨는지 내 얼굴 표정이 어색했는지 말이 없었다. 우리는 아무 일 없이 그냥 막차를 타고 집으로 돌아왔다. 서울에 도착할 때까지 우리는 더 이상 한마디도 하지 않았다. 오는 길은 퇴근시간이라 주차장이었다. 해는 이미 져 있었다. 길이 이렇게 막힐 줄 알았다면 못 이긴 채 자고 돌아왔을 것이다. 서울까지 3시간이 걸렸다.

"잘 가, 오늘 너랑 있어서 즐거웠어."

그는 내 얼굴을 두 손으로 감싸 들어 올려 내 이마에 가볍게 입맞춤을 했다. 그가 손을 흔들며 인파에 묻혀 사라지자 갑자기 그의 뒤를 따라가고 싶은 유혹을 받았다. 고개를 숙이고 나는 한동안 멍청히 그 자리에 서 있었다. 그의 목소리가 귓속을 맴돌고, 생생한 모습이 어른거렸다.

날 데려가 줘요, 사랑해요. 나는 목구멍으로 넘어오는 말을 삼키며 집으로 천천히 걷기 시작했다. 빵집과 약국, 세탁소, 부동산업소, 문구사, 김밥분식집을 지나 골목길로 들어선다. 계단을 올라간다. 대문을 열고 현관에 들어선다. 방문을 열고 불을 켠다. 전등을 끄고 이부자리가 펴진 방에 누웠다. 음울하고 눅진 방안에 달빛이 창가로 어슴푸레 비쳐 들어온다. 그를 안고 싶다.

사람은 누구나 밖으로 드러내지 못하는 또 다른 자아를 마음속에 품고 있는 법이다. 아 지금이라면, 안아 줘, 그렇게 말할 수 있을 텐데. 바보같이 후회해 보지만 무슨 소용이 있단 말인가. 한 번만 더 청했으면 따라가려고 마음먹었는데. 그는 여자의 부끄러움에 대해서 모를 것이다.

수목원을 다녀온 이후 나는 그를 만나지 못했다. 그가 남긴 채광이 너무 커서 누구도 만날 수 없었다. 친구 미숙이만큼 강력한 페로몬을 생산하지 못했기 때문일까. 그에게서 연락이 오지 않았다. 곤충은 최음제와 반대의 기능을 가진 물질도 생산한다. 어떤 곤충 수컷은 교미하고 난 후 자신이 만든 강력한 반反최음제 향수를 암컷의 몸에 바르기도 하는데 그렇게 되면 그 암컷은 더 이상 매력적인 암컷으로 인정받지 못하게 되어 다른 수컷들로부터 외면당하는 비참한 상황에 빠지게 된다. 그가 내 몸에 다른 수컷이 달려들지 못하게 분비물을 발라 놓은 모양이다.

나는 지금도 지하철역 입구에서 나를 배웅해 주던 그의 서늘한 얼굴을 기억한다. 기억은 생활의 양분이기도 하지만 상처를 덧내기도 한다. 기억은 현실과 사이좋게 공존하지 않는다. 기억과 현실은 끝없는 가역반응을 일으키며 갈등과 변질이 일어난다. 나는 맏딸로서 대우받고 자랐고 나름대로 자부심도 있었다. 초연한 척, '쿨'한 척 씩씩하게 구는 게 자존심인 줄 알았다.

데이트를 하면서 그가 뜨거운 눈으로 나를 쳐다볼 때면 딴청을 부리곤 했다. 집에 돌아와 후회하면서도 번번이 속내대로 행동하지 못했다.

학교에 이상한 소문이 나돌았다. 그와 시골 유지 딸인 봉미숙이 미국 유학을 가기로 결정한 사이라고 했다. 두 사람이 벌써 부부가 된 것 같다는 말도 들렸다. 나는 고개를 저었다. 그러나 미숙의 친구 박미경은 확실하다고 우겼다. "정말이야, 내가 직접 들었거든." 부모님이 그에게 결혼을 권했다고 했다. 나는 소문을 믿지 않는다고 말했다. 이것은 말 그대로 내가 선택할 수 없는 일이고 돌아올 수 없는 지점이다.

세상에 이토록 억울하고 참담한 일이 또 있을까 싶었다. 내 것을 빼앗긴 박탈감, 무엇보다도 바리데기가 된 기분이었다.

그가 떠난다는 말을 들은 후 통증이 밤마다 나를 괴롭혔다. 지금 심정이라면 애완용 강아지가 되어서라도 그의 방문 앞에 엎드려 있고 싶다. 아! 왜 나는 진작 그렇게 그 앞에 엎어지지 못했을까? 나는 늘 꿈꾸었다. 이 세상에 내가 태어난 것을 가장 소중하게 여기는 남자를 만나고, 그가 언젠가 내게 태어나 주어서 고맙다는 말을 할 때를. 그는 나의 신앙이었고 언제까지나 믿을 수 있는 신처럼 흠모한 내 예상이 빗나간 것이다.

선배가 미국으로 떠나가고 두 달이 지났다. 내 몸은 그를 원하고 있다. 글을 쓰다가도 커피를 마시며 멍하니 유리창 바깥 풍경을 바라보는 날이 많아졌다. 남자의 몸만이 줄 수 있는 아득한 쾌락을 체험해 보지 않아도 알 것 같다. 비오는 저녁 풍경 속에서 나는 시도 때도 없이 그에게 안기고 싶은 내 마음의 풍경을 읽는다. 지금 이 순간, 그가 다른 여자를 향해 고개를 돌리고 있더라도 나는 그에게 안기고 싶다.

한 달에 한 번 있는 배란통이 있을 때마다 그를 떠올리고 오직 그를 품는 것만이 내 몸을 천박하지 않게 만드는 방법이라고 생각했다. 그와 결혼한다면 영원한 허니문을 즐길 수 있을 것이라 믿었고, 그의 아이만이라도 낳아 그를 보듯 키웠으면 하고 바랐던 적도 있다. 내 인생이 무너져 내리고 있었다.

인간의 삶에는 변치 않는 것이 있다. 지독한 갈망은 우울을 초래하고 복수를 다짐하기도 한다. 그를 그리워하면 아랫배가 저릿하게 땅기면서 허벅지 안쪽까지 뻐근하게 아파 온다. 그에 대한 갈망으로 열기가 번진다. 그가 있는 연구소에서 조교 노릇을 하며 그를 돕는 보조자로서라도 옆에 있고 싶다. 그런데 그는 옆에 없다. 나는 세상에 혼자 서 있다. 아무도 위로해 주지 않는 그 속삭임 속에서 망상으로 밤잠을 설친다. 세상은 어둠과 고요함으로 채워진다. 그에게 내 몸의 기억을 깊이 새겨둘 수 있었는데 기회를 잡지 못한 걸까.

이즈음 나는 폴란드 작가 마렉 플라스코의 〈제 8요일〉을 자주 되새긴다. 젊은 여대생 아그네시카와 그녀의 연인 피에트레크는 사랑을 나눌 방을 찾아 헤맨다. 벽이 있는 방, 아니 3면이라도 좋을 방을 원하던 그녀는 피에트레크가 친구에게 약속한 방을 구하지 못하자 엉뚱하게 유부남을 첫 남자로 맞이하게 된다. 아내 몰래 아그네시카와 잠자리를 가진 유부남은 시트 위 붉은 피를 보고 그녀의 따귀를 때린다. 재수 없다고. 그녀는 자신의 처녀혈이 묻은 침대보를 빨아 놓고 그 집을 나온다. 그제야 피에트레크가 친구의 방 열쇠를 가지고 나타난다. 이건 말도 안 되는 이야기다. 이 얼마나 황당한 스토리인가? 그러나 그래야만 이야기가 된다.

그는 알았을까? 내가 지금껏 그만을 바라봤다는 걸, 동경했고 좋아했다는 걸. 강 저쪽 아득한 앞에서나마 그의 모습이 완전히 사라지자 나는 바로 길을 잃었다. 그가 사라졌을 때의 좌절이 그가 있을 때 좌절보다 크게 다가온 것은 예기치 못한 감정이었다. 그는 내 인생의 안내자였다.

내가 나이 마흔에 남자를 만나지 않은 이유는 순전히 최영석 선배 때문이다. 나는 지금껏 이상형을 만난 적이 없다. 처녀성이 거추장스럽지만 아무렇게나 버리고 싶지는 않았다. 나는 여태껏 가슴 두근거리는 남자와는 데이트를 해 본 일이 없다. 남들이 알면 그러다가 폐경기가 오고 말 것이라고 비아냥거릴지도 모른다. 그러나 내 젊음을 아깝게 보낸다는 아쉬움은 없다.

다른 남자를 만나는 자체가 그동안 그리워한 그를 모독하는 것이라 여겼다. 눈을 씻고 찾아봐도 유부남 아니면 머저리들뿐, 아니면 누구와 잤다고 떠벌이는 멍청이들 천지다. 언젠가 한번은 나타날 멋진 남자를 기다리고 있다. 이제 와서 시시한 남자에게 몸을 맡기기 싫다. 언제인가 이상형이 나타나면 거룩한 예식을 치르듯 처녀를 허락하리라 마음먹는다.

그래서 마흔이 넘도록 아직 남자를 받아들인 적이 없다는 사실을 누구에게도 말하지 않았다. 직장 동료가 성性적 농담을 하면 저질이라고 생각했고 고상한 척 말다툼을 하고 토라져 집으로 가기도 했다. 하지만 그것은 나만의 착각이었다.

그가 미국으로 간 이후에도 그에 관한 소문은 실시간으로 한국으로 날아왔다. 그가 서부 최고의 의대에 들어간 소식도, 거기서 확고한 터를 잡았다는 풍문도, 처가의 도움으로 정원에 앉아 태평양에 띄워 놓은 요트를 바라볼 수 있는 저택을 산 사실도. 오래지 않아 임상 팀의 캡이 될 거라는 뉴스도, 나와 그를 아는 친구들에겐 놀랍지 않았다. 그라면, 그랬을 것이다.

나는 늘 궁금했다. 꿈꾸던 페로몬 프로젝트는 성공했을까. 어디까지 진행되어 있는 걸까. 믿을 수도 믿지 않을 수도 없는 것은 그의 꿈이, 그의 성취가 언제나 이루어지는 걸 지켜보아 왔기 때문이다. 그랬다. 그의 인생에서 불가능이란 없었다. 신의 특별한 은총을 받은 자는 주위 사람들로부터 똑같은 분량만큼의 질시를 받게 되어 있지만, 그에겐 그러한 은총이 당연해 보이도록 하는 재능도 주어졌다. 그 이후의 소식에 대해서는 알 수가 없었지만, 언젠가는 그가 놀라운 프로젝트를 들고 나와 세상을 뒤흔들 날이 있을 것이라는 데는 의심이 없었다.

그가 떠난 후에도 나는 문신을 지울 수 없었다. 아니 지우기 싫었다. 좋은 사람이 나타나면 그때 지워도 늦지 않을 것이라 여겼다.

나는 학교에서 생존하기 위해 학업에 매진했다. 남보다 더 노력해야 했다. 서로 질세라 눈길도 안 주고 열심히 공부하는 학생들 속에서 매 순간 빙판을 걷는 기분으로 살았다. 사랑만이 내 삶의 존재라고 하기엔 내 자존감이 너무 컸다. 나는 아주 고통스러웠던 시간을 꿋꿋하게 견뎌 냈다. 서로 다른 길을 가면서 언젠가는, 내가 성취해 낸 것을 그 앞에 보이고 싶었다. 그것은 복수의 감정이 아니라 내 존재를 확인하고 싶은 바람이었다. 그렇게 2년이 흘렀다.

그동안의 피나는 노력이 헛되지 않았다. 주위에선 훌륭한 의사가 될 것이라고 했다. 그러나 나는 의사의 길을 포기했다. 그가 없는 빈 자리에서 나는 내게 질문을 했다. 이 일이 너를 행복하게 해 줄 거라고 생각하나? 인체의 내부를 들여다보는 것은 내 취향에 맞지 않았다. 전문의 과정을 밟는 대신 인간의 영혼에 관심을 두는 쪽을 선택했다. 그래서 결정한 일이 소설 창작이었다. 10년 이상 밤잠을 설치며 뼈아픈 습작의 과정을 거쳐야 했다. 그 과정은 혹독했다. 그 후 나는 소설가가 되었다.

그 시간 속에서 나는 그가 한 말을 떠올리곤 했다. 그는 내 얼굴을 들여다보며 '빛난다'고 말했다. '넌 말할 때면 상대의 눈을 보고 깜박이는 것이 특징이야. 도저히 잊어버릴 수 없는 눈이지. 네 눈은 빛이 나거든….'

지하철 안 사내는 간단한 인사말을 끝내고 내 앞으로 다가섰다.

나는 말없이 5만 원권 지폐를 꺼내면서 그의 손목을 본다. 손가락 위로 푸른 정맥이 도드라진 손이다. 유난히 하얗고 긴 손가락이 어디서 본 것 같다. 그와 눈이 마주치는 순간 돈을 내밀던 손이 정지된다. 향수병을 내미는 그의 손도 내 손도 그대로였다. 오른쪽 손목에 희미하게 장미꽃이 보였다.

그는 나를 알아보지 못한 듯하다. 허둥지둥 잔돈을 찾고 있는 것으로 보아 거스름 준비가 안 된 듯했다. 지폐를 구겨 쥔 손에 땀이 나고 있다. 그는 향수병을 도로 받아 들고 다음 칸으로 넘어갔다. 그는 내가 사랑한 남자였다. 그리고 한때 우리들의 로망이었다.

문이 닫히고 나서 창문 너머로 지켜보았다. 종이 박스를 끌고 허둥거리며 내리는 그의 모습이 보인다. 나도 그를 따라 내리고 싶다. 그동안 상황을 묻고 싶었으나 마음을 진정시켰다. 그의 출현은 생소하고 낯설었다. 기가 막힌 일이었다. 그동안 로망이었던 사람이 무너진 모습을 보는 자신을 저주하고 싶었다. 한때 복수를 꿈꿀 때도 있었으나 지금은 복수가 아니라 내 로망이던 그가 전락轉落한 사실을 믿을 수가 없었다.

그는 언제나 품위 있어야 한다. 나는 언제나 꿈꾸었다. 우리가 다시 만날 때 그가 두 팔을 벌리고 웃으면서 나를 만나 주길 바랐다. 그러나 내 예상은 여지없이 빗나갔다. 전철 안에서 행상을 한다는 것은 상상해 보기도 송구하다. 지금껏 그처럼 이상적인 사람을 본 적이 없다. 존경도 하고, 말이 통하고, 혹 바람둥이라 해도 눈 딱 감고 지옥이라도 따라가고 싶은 사람이었다.

타투로 사랑을 맹세하던 날이 떠올랐다. 갑자기 목울대로 뜨거운 것이 올라온다. 눈이 아파 오고 숨이 헝클어져 버린다. 카트를 끌고 전철을 내리는 그가 만약 나를 알아보았다면 얼마나 절망했을까. 무언가 잘못됐어. 이건 아니야. 안 돼! 그가 왜 내 앞에 나타나서 내 젊은 날의 로망을 날려 버리는 걸까. 언젠가 한강이 바라보이는 이촌역 플랫폼에서 헤어지며 우물쭈물하던 미진한 시선이, 전동차 문이 닫히려 하자 빈틈으로 급히 따끈한 델리만쥬 과자봉지를 들려 주며 눈물 글썽이던 그 눈길이, 오이도행 전철을 기다리는 동안 침묵했던 그때가 떠오른다.

어쩌자고 내 앞에 비루한 몸짓으로 나타나서 아름다운 추억을 쓰레기로 만들어 버리는 거야? 사랑이 아름답고 따스한 것이라고는 생각 안 해. 하지만 이건 아니야. 선배는 내 기억 속에서 언제나 우아한 모습으로 남아 있어야 해.

근사한 남자를 뺏어갔으면 잘 다듬고 성장시켜 성공하게 만들 것이지. 왜? 사마귀처럼 수컷을 잡아먹고 만 그의 아내가 원망스러웠다. 그 후 나는 그에 대해 알아보았다. 아내에 대해선 한마디도 하고 싶지 않다. 다만 누구보다도 먼저 실패의 냄새를 맡았고 그 즉시 보따리를 쌌다는 사실만 밝히겠다. 그가 언제 귀국했고, 그의 가족이 언제 미국으로 갔는지 아무도 몰랐다. 그의 행방이 묘연했다. 그의 친구들에게 물어봤지만 허사였다. 거기까지였다.

전동차가 덜커덩거리며 한강 다리를 건너고 있다. 내려야 할 역을 지나쳤다. 사랑의 신약, 페로몬 개발, 아직 〈사이언스〉 지誌 또는 방송 매체에서 페로몬의 실체를 밝혔다는 소식은 들리지 않고 있다. 그의 페로몬 프로젝트는 어디까지 진행되었을까. 가까운 미래에 그가 세계를 놀라게 할 업적을 들고 나타날 것이라고 믿는다.

그는 불사조처럼 우리 앞에 나타날 것이다. 영원한 사랑을 갈구하는 세상 사람들의 욕심 때문이 아니라 고통으로 죽어가는 사람들이 아름답게 최후를 맞을 수 있도록 그의 페로몬 프로젝트가 성공할 것임을 믿고 있다. 그는 내가 아는 한 가장 멋진 남자였다.

한강을 내려다보며 눈을 감는다. 그의 얼굴이 떠오른다. 무한한 범위에 펼쳐져 있는 미궁을 상상해 본다. 이 미궁은 끝이 없고 입구도 없고 외곽도 없다. 우리는 자신이 지나온 곳들에 표시를 남겨 두지도 않았고 정확하게 얼마나 멀리 왔는지도 확신할 수가 없다. 하지만 목표점이 가까이 있음을 알고 있다. 어디선가 수사마귀 한 마리가 날아오르고 있다. 주머니 속에 넣어둔 휴대폰이 부르르 떨려온다. 휴대폰을 켜자 문화센터 사무국장 목소리가 들려온다.

"선생님, 오늘 생태관찰 강의는 어떻게 되나요?"

추신

미국에 있는 친구가 소식을 물고 온 것은 오늘 새벽이었다. 그가 발표한 논문에서 실험 데이터 일부가 조작된 것이라고 밝혀진 후 갑자기 그가 어디론지 사라졌다고 했다. 탁월한 독창성을 드러낸 논문이었지만 확실한 실험 근거를 제시하지 못했다는 것이다. 실험 결과를 조작하려는 의도는 없었지만 앞서 가려는 의욕이 빚어낸 결과라고 했다. 가능성에 대한 희망과 구체적 검증 절차 사이에는 분명한 선을 그어야 했다. 연구비 지원은 중단되었다고 했다.

〈한국소설〉 2015년 7월호

작품 해설

사랑의 페로몬

장두영 문학평론가 · 대전대학교 교수

'인간은 곤충이다.' 이것은 이정은의 단편 〈생태관찰〉이 전면에 내건 슬로건이다. 소설은 인간의 사랑이 곤충의 짝짓기와 다를 바 없다고 말한다. 암컷과 수컷이 페로몬에 의지해서 상대를 감지하여 찾아가고, 페로몬의 지시대로 생식 활동을 벌여 개체를 재생산하는 과정이 곧 사랑이라 과감히 선언한다. 소설은 그것을 증명이라도 하듯 주인공과 최영석 선배 사이의 20여 년이 지나간 사랑 이야기를 들려준다. 페로몬에 도취되어 빠져나갈 수 없는 한 쌍의 곤충처럼 사랑의 굴레에서 벗어나지 못한 인물의 이야기를 펼쳐진다.

페로몬을 만드는 대표적인 곤충으로는 암컷 나방을 들 수 있다. 암컷 나방은 멋진 수컷을 기대하면서 마치 스프레이로 물을 뿌리는 것처럼 공중에다 페로몬을 뿌린다. 드물게 맨눈으로 볼 수 있는 페로몬을 뿌리는 곤충도 있지만 대부분의 곤충들은 그 양이 너무 적어서 정밀한 과학 도구로도 이를 탐지해 내거나 분석하는 것은 매우 어렵다. 대부분의 성 페로몬은 피코그램이나 나노그램 단위로 측정되는데, 피코는 1조분의 1을, 나노는 10억분의 1을 나타내므로 곤충이 배출하는 페로몬의 양이 얼마나 적은지 쉽게 알 수 있다.

하지만 이렇듯 적은 양임에도 불구하고 그 효과는 매우 강력하다. 한 번 흡입하는 것만으로도 곤충은 오로지 섹스에만 몰두하게 된다. 매우 멀리 떨어진 곳에서도 수컷 나방은 페로몬을 단서로 암컷을 추적할 수 있다. 피코그램으로만 측정이 가능할 정도로 그 양이 미세한 페로몬을 맡을 수 있다는 것은 기적에 가까운 일이다(124~125쪽).

'인간은 곤충이다'라는 명제를 뒷받침하기 위해 소설은 곤충의 생태를 치밀하게 연구한다. 페로몬에 관한 충실한 설명은 과학 전문 서적의 한 구절을 연상케 한다. 물론 이러한 시도가 과하게 돌출되면 소설다운 맛을 해친다는 우려가 있을 수도 있다. 그런 설명이 지식의 나열로만 이루어진다면 심각한 문제로 이어지겠지만, 적어도 이 소설에서는 곤충의 생태에 관한 풍부한 지식이 소설 속 인물이 경험하는 내용과 그들의 생각에 긴밀하게 연결되어 있어, 우려를 피할 수 있다. 페로몬에 관한 설명뿐만 아니라 교미 후 암컷이 수컷을 잡아먹는 사마귀, 암컷이 수컷을 속여 유인한 다음 잡아먹는 깡충거미 등에 관한 지식도 소설의 내용으로 적절히 연결되어 보다 풍부한 해석과 암시로 이어진다.

나는 누구도 모르는 그만의 냄새를 맡을 수 있었다.

눈이 하는 예술이 미술이고, 귀가 하는 예술이 음악이라면 코에 의한 예술은 향수다. 향기에도 파장과 진동이 있기에 각기 고유의 색깔을 가지고 있으며 또한 향기를 통해 색깔을 느낄 수 있다. 후각은 냄새를 대상으로 하는 감각이며 그것은 감각에 깊은 뿌리를 두고 있어서 지식의 세계와는 또 다른 범위인 예술이다. 드러나는 냄새를 통해 인간의 내면적인 성품까지도 파악할 수 있으며 몸에 배어 있는 냄새로 사람을 판단할 수 있고 주변의 흐르는 냄새로 현상을 알 수 있다.

군대에 간 오빠는 이렇게 말했다. 전방 지피에서 근무할 때 철조망 근처에서 여자냄새가 나서 이상하다고 느끼고 있으면 한참 후 어김없이 동리 아주머니가 먹을거리를 팔려고 나타난다고. 그러면서 암수의 후각이 얼마나 발달했는지 아는 척도라고 했다(126~127쪽).

여기서 냄새는 인간과 곤충이 다를 바 없음을 보여 주는 소재다. 평범한 일상적 세계에서는 이해되지 않는 것이지만 가끔 상식적인 지식만으로는 설명하기 힘든 일들이 우리 주변에서 일어난다고 말한다. 멀리 떨어진 이성이 흘린 냄새의 미세한 입자를 포착하는 곤충처럼 간혹 인간도 예민하게 냄새를 감각할 수 있다는 것이다. 그런데 곤충과 똑같은 그것이야말로 가장 인간적인 면모의 결정체인 예술이라는 사실도 함께 강조된다. 코에 의한 예술이 바로 향수이며, 사실 향수는 곤충의 페로몬을 흉내 낸 것이다. 이성을 유혹하려는 원초적 시도와 갈망, 지식의 세계로 설명될 수 없는 깊은 감각의 뿌리에 닿아 있는 것이 인간에게는 향수, 곤충에게는 페로몬이다. 가장 본능적인 것이 가장 고차원적인 예술과 연결되어 있다는 발상과 상황 설정이 흥미롭다.

수목원을 다녀온 이후 나는 그를 만나지 못했다. 그가 남긴 채광이 너무 커서 누구도 만날 수 없었다. 친구 미숙이만큼 강력한 페로몬을 생산하지 못했기 때문일까. 그에게서 연락이 오지 않았다. 곤충은 최음제와 반대의 기능을 가진 물질도 생산한다. 어떤 곤충 수컷은 교미하고 난 후 자신이 만든 강력한 반(反) 최음제 향수를 암컷의 몸에 바르기도 하는데 그렇게 되면 그 암컷은 더 이상 매력적인 암컷으로 인정받지 못하게 되어 다른 수컷들로부터 외면당하는 비참한 상황에 빠지게 된다. 그가 내 몸에 다른 수컷이 달려들지 못하게 분비물을 발라 놓은 모양이다(138~139쪽).

최영석과 이별한 다음 황폐해진 자신을 이해하기 위해, 곧 사랑의 상처를 설명하기 위해 소설은 또다시 인간은 곤충이라는 명제로 회귀한다. 곤충이 짝짓기 후 내뿜는 반최음제 물질 같은 것이 자신과 최영석 사이에도 뿌려졌다는 것이다. 사랑과 이별, 아픔을 설명하는 무척 낯설고 새로운 발상이라는 점에서 흥미롭다. 페로몬과 정반대의 기능을 하는 물질이 뿌려진 다음 다른 수컷들로부터 외면당하는 암컷 곤충에 대한 언급만으로도 최영석과 헤어진 후 현재까지 지속된 주인공의 삶이 충실히 전달될 수 있다. 인간은 곤충이라는 사실이 또 한 번 증명되는 대목이다.

물론 인간이 곤충이라는 명제나, 주인공에게 페로몬과 반대되는 물질이 뿌려졌다는 생각을 과학적으로 논리적으로 증명할 길은 없다. 인간과 곤충을 동격이라 여기는 발상에서 쓰인 이 소설은 어쩌면 소설 속에서 언급된 〈제 8요일〉의 이야기 못지않게 "말도 안 되는 이야기", "황당한 스토리"(143쪽) 일지도 모른다. 그러나 생각해보면 사랑에는 맹목적인 끌림이 전제되어 있는 것이 당연한 사실이다. 곤충의 페로몬보다 더 집요하고 치명적인 욕망이 내재된 것이 인간의 사랑이라는 점을 인정한다면 이 소설이 전면에 내걸었던 슬로건을 납득할 수 있다. 인간은 어쩌면 사랑의 페로몬을 갈구하는 곤충일 수도 있다는 것을 말이다.

사랑의 페로몬. 〈생태관찰〉은 청춘의 초상 같은 작품이다.

〈한국소설〉 2015년 8월호

〈생태관찰〉을 읽고

* * *

정승재 소설가 · 장안대학교 교수

〈한국소설〉 2015년 7월호에 발표된 〈생태관찰〉은, '이래서 내가 이정은 작가의 작품을 기다리는구나'를 확인할 수 있는 작품이었다.

이정은 작가는 사실 동료작가라기보다는 내게는 어머니 같은 존재이다. 연배가 나보다 20년 가까이 높으시니 어찌 그녀에게 동료작가라 말할 수 있으랴. 선생님 혹은 어머니가 당연히 맞겠지 … . 그런데, 소설 내용은 20대 소녀다. 어떻게 아직도 20대 소녀의 감성을 유지하고 계신지 궁금할 따름이다.

이정은 작가, 그녀의 소설을 읽다보면 나는 그녀를 사랑하게 된다. 그녀를 미워하게 된다. 그녀의 소설은 나를 다시 20대로 되돌려 놓는다. 다시는 되돌아가고 싶지 않은 20대로 나를 되돌려 놓는 것이다. 그 잊을 수 없는 첫사랑 선희와의 풋풋한 사랑을, 그 사랑의 아픔을 다시 느끼게 해 주는 것이다. 이러한 결과를 고맙게 생각해야 할지 원망해야 할지 … 갈피를 못 잡게 만든다.

사랑의 묘약이라니 … 그 젊은 시절, 20대 그때 … . 사랑의 묘약 때문에 얼마나 힘들었던가. 교미를 끝낸 후 잡아먹힐 것을 알면서도 암컷을 끌어안는 수컷 사마귀처럼 나는 선희에게 집착했었지.

그러나 선희는 결코 내가 그녀에게 집착하고 있다고 생각하지 못했고, 오히려 내가 선희를 사랑하지 않는 것으로 착각을 했었지. 그리고 나를 원망하며 다른 남자에게로 갔었지. 선희가 나를 그토록 원했던 것을 나는 왜 이제야 깨닫는가. 선희의 결혼식장 한 모퉁이에서 나는 그녀의 행복과 불행을 동시에 기도했었지.

그 선희에 대한 내 사랑을 이정은 작가는 〈생태관찰〉에서 이렇게 표현하고 있다.

> "희선아 너무 늦었지? 가자."
>
> 그가 눈을 빛내며 나를 바라보고 있다.
>
> 어디로 가자는 건지 말하지 않아도 알 수 있었다. 그의 눈은 붉게 폭발하는 혜성 같았다. 그가 뭔가 중요한 말을 하리라는 것, 내가 기꺼이 듣고 싶어 했지만 동시에 몹시 두려워하는 그 무엇을 말하리라는 것을 직감했다. 어떻게 할까? 등에서 식은땀이 고여 왔다. 쉽게 응하다가는 순수하지 못한 것으로 오해할지도 몰라. 몇 번 거절한 후 또 권하면 따라가리라.
>
> 그는 가볍게 기침했다. 나는 대답하지 않았다. 침묵이 흘렀다.
>
> (중략)
>
> "잘 가, 오늘 너랑 있어서 즐거웠어."(137쪽)

나는 선희의 손을 잡고 여관 앞을 몇 번이나 지나쳤던가. 선희의 손에서는 촉촉이 땀이 배어 있었지. 선희의 손을 여관으로 잡아끌면 나를 치한으로 생각하겠지?

어떡하지? 선희가 나를 섹스만 아는 나쁜 놈으로 생각하면 어쩌지? 부끄러워서 그녀가 도망가면 어쩌지? 선희를 사랑한다면 내가 선희의 순결을 지켜줘야지 이 나쁜 놈아…. 열몇 개의 여관이 있는 골목을 10분이 넘도록, 아니 내 느낌에 1시간이 넘도록 지나면서도 나는 선희에게 여관으로 들어가자는 말을 못했었지. 그랬었구나. 선희도 원했었구나….

나는 이정은 작가의 〈생태관찰〉을 읽으면서 다시 20대로 돌아가 선희를 생각한다. 이정은 작가는 나쁜 작가이다. 왜 나로 하여금 다시 선희를 그리워하게 만드는가. 〈생태관찰〉은 우리 모두의 이야기이고 청춘의 이야기이다.

* * *

윤원일 소설가

〈생태관찰〉은 흥미로운 작품입니다. 발표하는 작품마다 화제의 중심에 떠올라 축하드립니다. 사랑이라는 주제는 영원한 로망인가 봅니다. 작가 이름을 안 봤다면 젊은 작가가 쓴 소설로 생각했겠습니다. 제목이 왜 '생태관찰'인지 궁금했어요. 동물인 인간의 짝짓기 행태에 관한 생태학적 관찰인가? 사랑의 묘약 '페로몬'과 에로스 차단제 '반(反) 최음제'에 얽힌 연애 대위법인가? 이 작품을 읽고 사랑과 열정의 차이를 생각해 봅니다.

사랑 → 열정 → 결혼(이혼) → 파국(애증의 재회)의 고리에서 섹스는 불가결한 요소란 생각이 들거든요. 결혼을 흔히 사랑이나 열정의 무덤이라 말하는 건 바로 섹스가 시들해졌기 때문이 아닌지. 섹스 없는(없던) 사랑 역시 사랑의 무덤이란 생각이 듭니다. 사랑이 열정으로 바뀌지 않는데 희열이나 무모함, 증오, 절망 같은 그런 생태가 생겨날까요?

사랑의 페로몬… 이거 언제 어디서 살 수 있을까요. 아마도 페로몬 향 가득한 가게가 생길 것 같아요. 그곳에 가서 미친 듯이 향에 취해 있다가 비틀비틀 가게를 나간 다음에야 비로소 짝을 찾는 일이 생길 것 같아요. 후속 작품도 기대됩니다! 항상 열정적인 창작 활동에 경의를 표합니다.

누구라도 마시고 싶은 사랑의 묘약! 역시 이정은 선생님은 영원한 청춘!

새, 날다

1

유혜림은 소파에 누워 과자를 먹으며 자신에게 물었다.

너는 지금 행복하니? 이 담담한 기분은 뭐지? 결혼이라는 굴레에서 벗어나서 자유를 찾은 기분은 평온했다. 그동안 온몸을 휘감고 있던 올가미에 포박당한 것 같던 인연의 끈을 끊어버리는 것이 네가 원하던 꿈이었다. 날아갈 듯이 기쁠 것이라고 기대했다.

그러나 의외로 편안할 뿐이다. 행복과 자유는 동의어인지도 모른다. 어찌됐든 편안하기는 하다. 가슴에 얹혀 있던 돌덩이를 걷어 낸 느낌이다. 행복한 순간은 빠르게 지나갔고 이제는 행복했던 기억조차 희미하다. 늘 가슴이 답답해 숨을 가쁘게 몰아쉬었다. 공기가 희박한 곳에 있는 것처럼 헐떡였다.

그런데 지금은 숨을 쉬는 것조차 의식하지 않는다. 마음이 평화롭다는 증거다. 아무런 거슬림이 없는 지금 이 순간이 행복한 것이라고 말해도 될 것 같다.

혜림은 언젠가 탈출할 때가 있겠지 하는 희망으로 하루하루 견디고 있었다. 탈출은 결혼하고 나서 곧바로 남편을 잘못 선택했다고 깨달았을 때부터 꾼 꿈이다. 유일하게 행복했던 순간은 연애 시절 잠시뿐. 결혼 생활에 적합하지 못한 사람은 자신이었지만 처음부터 그랬던 것은 아니다. 두 사람이 제자리를 찾지 못한 것이 원인이었고 첫 단추가 잘못 채워진 사이였기 때문이다.

결혼 생활을 청산하고 나니 홀가분하다. 그동안 그렇게 원했던 일이 이루어진 것이다. 지금 이 순간 아무 때나 샤워할 수 있고, 친구와 수다 떨고, 큰 소리로 전화 걸고, 쉬고 싶을 때 쉬고, 자고 싶을 때 잠이 든다. 행복이란 이런 것이 아닐까. 불행했다고 생각하는 시절을 돌이켜 보면 늘 초조했고 쫓기는 기분이었다. 남편과 시어머니를 떠올리면 언제나 머리 위에 쇠뭉치가 매달려 있는 듯했다. 혼자인 지금은 몸이 가벼워 무중력 상태로 떠 있는 것 같다. 잠시 차상만이 자신에게 했던 말을 떠올려 본다.

"인생은 거래야."

남편 차상만이 지나가는 말처럼 툭 던졌지만 그것은 그냥 던진 말이 아니었다. 그것은 예고된 파열음이었다. 그의 말속에 들어 있는 생각이 진심인 것을 처음부터 알았더라면 인생이 지금보다 달라졌을까? 다른 남자와 결혼했다면 어떻게 되었을까? 그는 자신이 거래할 것이 많은 사람이라고 생각했던 걸까? 내게는 거래할 것이 무엇이 남아 있을까? 그때는 일축했던 말이 되살아난다. 그것은 두 사람의 책임이지 누가 속이고 누가 속은 것이 아니다. 살다 보니 미래에 대한 희망을 상실한 것에 불과했다. 두 사람의 이혼의 조짐이 시작될 무렵이었다.

바둑은 세상에 일어날 모든 확률을 지니고 있다. 19개의 가로줄과 세로줄로 만들어진 바둑판. 바둑돌은 줄이 교차하는 곳에 놓는다. 어디에 돌 한 점을 놓느냐에 따라 무한한 변수가 일어난다. 바둑은 집을 많이 차지하는 쪽이 이긴다. 지극히 단순한 이 공식 하나만으로도 어떤 돌도 반상에 놓을 때 무의미하지 않도록 한다.

똑같은 바둑은 세상에 없다. 똑같은 바둑은 세상 끝나는 날까지 만들어지지 않는다. 인생도 마찬가지이다. 누구를 만나고 누구와 결합하느냐에 따라 무한한 가능성과 실패가 일어나고 번복된다. 하물며 70억 명의 인구임에랴. 전능하다는 신도 결과를 가늠하기 쉽지 않을 것이다. 돌 하나의 가치는 그가 어느 순간 어디에 놓이느냐에 따라 결정된다.

낮달처럼 잊힌 존재가 그녀였다.

있으나 마나 한 조강지처. 그러나 엄연히 존재하는 낮달. 자신을 드러낼 희미한 흔적조차 보이지 않는 창백한 낮달. 남편이 떠난 시집에서 그녀가 설 자리는 없었다. 시어머니, 시아버지, 남편 모두 그녀를 그림자 취급했다. 아무도 말을 걸어오지 않았고 어떤 역할도 주어지지 않았다.

가끔 시아버지가 물끄러미 그녀를 바라보았는데 그것은 이 집에서 왜 나가지 않느냐는 질문일 수도 있고 '저 불쌍한 것' 하는 연민일 수도 있다. 시어머니는 거실에서 며느리와 마주치면 눈을 내리

깔고 총총히 사라지곤 했다. 혜림은 자신의 방에서 홀로 TV를 보거나 부엌에서 우두커니 서 있는 것이 전부였다.

주위의 침묵은 그녀 존재를 부인한다는 신호였다. '나 여기 있어,' 라고 말하거나 외치고 싶어도 그럴 수 없었다. '나 아직 살아 있어!' 하고 그녀가 두 손을 들고 나가서 백기투항을 하려 해도 받아 줄 상대가 없었다.

'어디에다 대고 나를 인정해 달라고 해야 하나? 이런 삶이라도 살아가야 하나?' 그녀는 혼자 하늘을 쳐다보며 끝없는 회의에 빠져들었다. 이런 모욕에도 불구하고 시댁에서 살아가고 있는 자신이 수치스러웠다. '엄마 나 이제 어떻게 해?' 속으로 소리쳤다. 그녀는 저세상으로 가 버린 엄마라도 부르지 않을 수 없었다.

혜림이 끝없는 회의에 빠져든 것은 남편의 연인 민지수가 그의 아들을 낳은 후부터였다. 시어머니를 비롯해 남편, 시댁 식구들이 그녀를 속인 것이다. 민지수는 그녀도 잘 아는 시인 지망생으로 같은 문학동아리에서 만난 여자였다. 그동안 쉬쉬하며 극비로 붙였는데 자신이 알게 된 것은 큰집 조카 덕분이었다. 무심코 남편이 아들 이야기를 했는데 이름이 '소원'이라고 했다.

혜림은 《마음을 비우는 법》 따위 책들을 읽어보며 가슴 가득 쌓인 배신감과 분노를 다스려 보려 노력했다. 명상을 하면서 마음속 분노를 털어 내려 열중했다. 그러나 억울함을 지울 수 없었다. 마음의 고통을 해소하는 방법은 마음먹기 나름이라는 처방전이 넘쳐났지만 그것은 모두 무용지물이었다.

홀로 설 수 있어야 한다는 말도 알고 있다. 그러나 현실은 어떤 것도 해결되지 않고 해결할 수도 없었다.

혜림은 혼자 어두운 방에 누워서 어느 강의에서 들은 말을 떠올려 보았다.

"모든 건 생각하기 나름이야. 새끼줄을 뱀으로 착각하고 평생 같은 방에서 산다면 맹독을 품은 채 너를 노려본다고 생각하면 어찌 될까. 죽을 때까지 걱정과 두려움에서 벗어날 수 없겠지. 잠도 자지 못할 거야. 행여 뱀이 물까 봐 자다가도 수시로 눈을 뜨겠지. 새끼줄을 무서워하지 마. 사랑의 밧줄이라고 생각하면 무섭기는커녕 마음이 든든해질 거야."

아무리 생각하기 나름이라지만 그녀는 새끼줄을 사랑의 밧줄로 생각해 본 적이 없다. 새끼줄은 새끼줄일 뿐. 남편이 도망가고 없는데 새끼줄을 '사랑의 밧줄'이라고 생각하지 않는다. 그건 노력으로 되는 일이 아니다.

2

잠이 설핏 들 즈음 휴대폰이 드르렁거린다. 혜림은 시력을 회복하고 주위의 어둠에 놀란다. 지금 몇 시나 되었을까? 벽에 걸린 시계를 보았으나 보이지 않고 휴대폰이 푸른빛을 내면서 어서 어서 받으라고 재촉한다. 신경을 건드리는 벨소리에 정신을 차려 휴대폰 위치를 파악한다. 잠이 달아나 버린다.

낮엔 치매 환자인 사돈어른을 돌보는 일을 하기 때문에 피곤했다. 휴대폰에서는 계속 푸른 불빛이 나오며 깜박거린다. 시계는 새벽 2시를 가리키고 있다. 짜증이 난다. 이 새벽에 전화를 걸어 올 사람은 없다. 밤에 오는 전화는 좋은 소식보다는 불길한 소식이 대부분이다. 더듬거리다가 손에 집힌 휴대폰을 들여다본다. 낯선 번호다.

전화가 또 걸려 오면 귀찮을 것 같아서 통화 버튼을 누른다.

"너 누굴 죽이려고 작정했구나!"

"너라니 … 누구세요?"

"뭐라고? 날 몰라?" 남자가 전화 속에서 소리쳤다.

10년 동안의 결혼 생활을 접고 재작년에 이혼한 남편 차상만이다. 처음엔 어리둥절했다. 잘못 걸려 온 전화인가 했다. 첫마디부터 '죽이니 어쩌니' 하며 소리치는 말투로 금방 알아 봤어야 했다.

'재수 없는 년, 함께 있으면 되는 일이 없는 년!' 이렇게 늘 입에 달고 살던 그가 아닌가. '복 있는 년과 잘 살면 될 일이지.' 이제 와서 왜 생트집인가. 너무 뻔뻔한 녀석. 술 먹고 주정하던 목소리를 귀에 박히도록 들었는데도 잊고 지내고 있었다.

"넌 내 일생에 도움이 안 돼." 전화 속에서 다시 소리친다.

지금 그는 자존심이 상해 펄펄 뛰고 있을까. 눈동자는 사시가 되어 있을지도 모른다. 입술도 떨리고 있을까. 아직도 제 놈의 호통이나 질책에 유효기간이 남아 있는 줄 아는 걸까. 예전처럼 자신의 말이 먹히는 줄 안다면 그건 착각이다.

"방금 도움이라고 말했나요? 남남끼리 무슨 도움 운운하시죠? 아직도 내게 분풀이할 게 남아 있나요?"

목소리를 가라앉히고 태연하게 대답했다. 교양이란 격한 감정의 노출을 억제하는 것이라던 그의 말이 기억났기 때문이다. 그가 화를 내는 것을 보니 이젠 교양을 포기한 걸까.

"네가 날 죽일 놈으로 만들었잖아. 3류 소설이나 쓰는 주제에. 내, 널 가만히 안 둬!"

어이가 없다.

"웬 시비예요? 일찌감치 정신 차리세요. 3류 소설을 쓰든 1류 소설을 쓰든 내 창작물을 가지고 왜 시비죠?"

"너를 고소할 거야. 뭐 네가 감히 괴테가 될 수 있다고? 유명해진 줄 아나 본데 가소로워서 원…. 내가 너에게 빌붙어서 불멸을 원했다고?"

차상만이 씩씩거린다.

불멸은 밀란 쿤데라의 소설 〈불멸〉에 나오는 대목이다. 괴테의 첫사랑이던 여자의 딸 베티나는 자신의 어머니 연인이던 괴테에게 연서를 보낸다. 예순두 살의 괴테는 지知적이며 야심에 찬 스물여섯 살의 베티나를 만난다. 베티나는 끊임없이 괴테 주위를 맴돌며 자신의 존재를 그에게 각인한다. 베티나의 사랑은 괴테를 향한 사랑이 아니라, 그의 명성을 통한 불멸을 향한 갈구였다.

베티나는 위대한 예술가의 연인이 됨으로써 자신도 불멸의 전당에 입성하려고 했다. 괴테의 연인이 되기 위해서 그녀는 몇 년간 치밀하게 준비를 했다. 괴테가 한때 흠모했던 여성인 막시 밀리아네의 딸인 그녀는 재능이 많고 총명한 여자였다. 어린이처럼 철이 없고 제멋대로였지만 그 철없음이 개성 있고 예술적인 재능을 키우는 원동력이었다. 누구나 자신에게 관심을 가져 주기를 원했고 자신을 드러내야 한다는 것이 베티나의 생각이었다.

새벽이다. 갑자기 걸려온 상만의 목소리를 듣는 순간 분노가 되살아난다. 혜림은 분노할 가치도 없다고 최면을 반복해서 걸어도 분노를 억제할 수 없다. 되살아나는 배신감에 분노의 한 조각이 남아 있었나 보다. 억울함도 원한도 무채색이 되어 버렸는데 머리 어딘가에 박혀 있던 미움의 뿌리가 남아 있어서 자신도 모르게 그를 향해서 험악한 말투가 튀어나오고 한껏 비아냥거리는 자신의 모습이 보인다.

"그러셔요? 마음대로 하세요. 말 나온 김에 한마디 해 줄게요. 당신이 무슨 유명인사라고 고소니 뭐니 떠들어 대나요? 당신이나 나나 이 세상에 있어도 그만, 없어도 그만인 존재야. 비록 소설 속에 등장하는 인물이 일부분 당신 이야기라고 해도 그건 당신 착각이야."

혜림은 그동안 하고 싶어도 못했던 말들을 쏟아 낸다.

"당신 잘 들어 …. 작가가 주인공을 어떻게 그리든 그건 창작자 몫이지 제 3자가 웬 참견이람? 당신이 그렇게 말할 처지가 아니라는 것쯤 알아 둬. 예전부터 자기 생각만 모든 진리라고 생각하는 이기주의자이고 멍청이인 줄 짐작했지만 이제 보니 당신 완전 또라이잖아. 주제를 모르고 날뛰면 당신 어떻게 되는 줄 알아? 정신분열증 환자가 되는 거야. 그러면 병원 신세를 질 뿐이야. 알아들었어? 차상만 군 알아들으셨어요?"

혜림은 결연한 표정을 짓고는 휴대폰을 껐다. 그리고는 '넌 내 상대가 아니야' 속으로 소리쳤다. 그녀가 장편소설 《소설가의 남자》를 출간하고 보름쯤 지났을 때였다.

그즈음 언론과 매스컴에서 그녀의 소설을 주목하고 있었다. 여성의 진실을 드러내어 세계를 요동치게 한다고 했고, 날개가 꺾인 여자가 어떻게 재기에 성공하는지 보여 주는 페미니즘 소설의 진수眞髓라고 일간지 문화면을 장식했다. 한때 남편이던 차상만, 그 인간이 소설을 읽었나 보다. 혜림은 이번 기회에 자신의 인생에 차상만이 참견할 수 없도록 못을 박아야겠다고 입술을 물었다. 지금껏 살아오면서 그녀가 터득한 게 한 가지 있다. 아무리 애를 써도 '가야 할 길은 결국 간다'. 이 평범한 진리를 깨닫게 될 때까지 많은 시간을 허비했다.

그와 헤어지고 나서, 남편 차상만이라는 사람을 잊는 데 주력하기보다 혜림은 자기 자신을 찾는 데 전력을 다해 왔다.

3

창밖에서 밤과 낮이 교차되고 있다. 유혜림은 지난 일을 되짚어 본다. 사랑이 전부라고 믿던 그때로 돌아간다면 어떤 선택을 하게 될까. 아마도 같은 선택을 했을 것 같다. 눈을 감고 '사랑은 움직이는 거야,' 라는 말의 의미를 생각해 본다. 사랑이 성공했다는 건 무엇이며 실패했다는 건 또 무엇인가? 사랑한 순간은 성공이고 사랑이 떠나간 순간은 실패인가? 한때 해프닝으로 끝나도 내가 선택한 운명이 아닌가. 차상만이 고백하던 모습이 오버랩 된다.

당신의 우아한 몸짓이 나를 사로잡았고, 이 순간을 놓치면 평생 후회할 것 같다고 말하던 날의 기억이 그녀를 잡고 놓아주지 않는다. 회사에서 야근을 하고 새벽 원고지에 글을 쓰고 있는 그녀를 일찍 출근했던 그가 본 것이다. 그 순간에 느꼈던 감동을 상만은 이렇게 고백했다.

"원고지에 코를 박고 돌처럼 앉아 있는 한 여자가 눈에 들어왔어요. 자신의 존재조차도 잊고 원고지 앞에 몰두하는 모습은 지금껏 그 누구에게서도 보지 못했어요. 한참 동안 당신을 멍하니 바라봤어요. 너무 예뻤어요. 숨을 쉬면 안 될 것 같아 침도 삼키지 못한 채 바라보았어요. 당신은 한 시간도 더 지나 원고지에서 고개를 들었어요. 당신을 바라보고 있는 한 남자를 발견하고 당신은 놀라면서 저를 쳐다보았어요. 내가 다가가자 당신은 나를 향해 미소 지었어요."

그러면서 상만은 자신을 향해 미소 짓던 모습을 잊을 수 없다고 했다. 그 짧은 순간 다가온 시선, 그 때문에 당신에게 빠져 버렸다고 했다.

혜림은 꾸미지 않은 당신 모습을 보고 좋아했다는 그의 말을 듣고 기뻤다. 그의 말에서 순수함을 느꼈고 이 사람이라면 내게서 아무것도 바라지 않겠구나! 하는 생각이 들었다. 자신의 무심한 행동이 시선을 잡았고 심장을 장악했다는 말, 그보다 빛나는 사랑 고백이 있을까.

사랑하는 사람끼리는 눈에 보이지 않아도 느끼는 법. 그녀는 사랑하는 사람은 서로를 보지 않아도 볼 수 있다고 믿었다. 그 후 그는 선망의 눈길을 보냈다.

"알아요. 당신의 눈을 통해서 내가 보여요."

그의 말에 그녀도 대답했다.

"나 또한 당신의 기쁜 표정을 보고 내 사랑을 확인해요."

차상만은 그녀보다 어렸지만 서로 감성이 잘 통했다. 혜림은 두 사람이 같은 시점을 향했던 그때를 떠올렸다. 두 사람이 함께 간 영화관 장면이 스친다. 그가 잡은 손에 땀이 끈적거리지만 차마 손을 뺄 수 없었다. 영화가 끝나고 두 사람은 서로의 손에 감촉에 이끌려 각자 다른 생각을 하며 말없이 걷기만 했다. 남자는 내친 김에 끌어안고 키스할 수 있는 곳으로 가고 싶다고 생각하고 반대로 여자는 마주 쳐다보기가 어색할 것 같다고 생각했을 것이다. 두 사람은 자신의 마음을 들키는 것보다 걷는 것이 자연스러울 것 같아 그냥 걷기만 했다.

첫 데이트는 순수했다. 몇 번의 만남을 통해 서로의 신상 털기, 그동안 인생 목표 등등. 술을 마시며 나누는 대화에서 두 사람은 서로의 공통점을 발견했다.

혜림은 말이 통하는 사이는 결혼 조건, 사회적인 기준과 상관없이 순수한 영혼과 영혼의 일치를 이룬 것이라고 생각한다. 영혼들이 합치면 다음 수순은 몸의 향연에 대한 기대가 저절로 따라온다. 차상만은 혜림 씨가 소설가로서 성공할 수 있도록 도와주는 것이 꿈이라고 했다. 그러면서 소설을 쓸 수 있는 환경을 만들어 주는 게 목표라고도 했다.

이쯤 되면 완벽한 커플이 아닌가. 사랑한다는 것은 우리 인생에 부과된 가장 어려운 과제임도 불구하고 두 사람은 들끓는 정열만으로 무작정 덤벼들었다.

목마른 청춘들. 두 사람은 만난 후 석 달이 조금 지났을 무렵 동해안 속초로 여행을 떠났다. 설레는 마음을 안고 상만 품에 안기던 날은 그녀 일생에서 아름답게 기억하는 날 중 하루였다. 간밤에 몰아치던 격랑의 파도는 아침이 되자 가라앉은 듯했다.

커튼을 걷자 활짝 갠 하늘 아래서 바다는 푸른빛으로 빛나고 있었다. 멀리 수평선 근처에선 때때로 조그만 모터보트가 상어처럼 나타나 날카롭게 해변을 가르고는 사라졌다. 찰랑찰랑 파도 소리는 음악이 되어 여운을 즐기고 있고 바다도 두 사람의 비밀을 지키겠다고 약속이라도 한 듯 조용했다.

그동안 마음 나눌 사람이 없이 외로웠던 혜림은 그를 만난 것을 행운이라 여겼다. 부모님 은혜일지도 모른다는 확신을 가졌다. 자신이 원하던 이상형이고 이 남자 아니면 안 될 운명이라는 생각까지 들었다. 사회 통념으로 자신이 연상이라는 것이 마음에 걸리긴 했지만 개의치 않았다. 철딱서니 없기론 서른네 살인 그녀와 이제 갓 사회생활을 시작하는 스물여덟 살인 차상만이 비슷했다. 여섯 살 차이는 두 사람이 사랑하는 데 문제가 되지 않았다.

혜림이 몸을 일으키자 상만이 그녀를 잡아챈다. 상만은 그녀 알몸을 바라본다. 적당한 크기의 유방을 어루만진다. 그는 다시 그녀에게 어리광을 부리며 남아 있는 힘을 쏟아내고 싶어 한다. 절정의 젊음, 청년기로 접어든 남자 힘은 하늘로 치솟고도 남았다. 세상이 무너져도 두 어깨로 받아 낼 수 있을 열정이었다.

차상만은 자신의 어머니 반대에도 꿋꿋하게 버텨 냈다. 여자가 여섯 살 연상인 데다 우울한 인상에 가냘픈 몸피라면서 아이 생산 능력까지 거론하며, 며느리로 받아들일 수 없다는 어머니 반대에도 그는 혜림을 선택했다. 이 여자를 위해 평생 사랑하며 살겠다고 다짐했다. 그녀에 대한 연민과 사랑이 앞섰고 그녀가 받을 상처를 먼저 생각했다. 그런 상만의 마음을 알기에 혜림은 그에게 어떤 결격 사항이 있어도 사랑해야 할 것 같은 마음으로 미래를 향해 출발했다. 이 남자를 위해서 자신의 희생을 감수하기로 마음먹고 남자가 원하는 삶을 살기로 작정했다.

4

곧 새벽이다. 유혜림은 서랍에 들어 있는 일기장을 무릎걸음으로 걸어가 펼쳐 본다. '여자 일생에 가장 눈부신 시절이다,' 하고 또박또박 써 내려간 글씨가 그녀 눈에 들어온다. 차상만을 처음 만났을 때 광경이 눈앞을 스친다.

'누가 봐도 사랑스러워 보이는 남자, 자랑하고 싶은 남자. 비록 사랑이 실패로 돌아간다고 해도 한 번 사랑했다는 것에 무게를 두자! 사랑해 보지 못한 것보다 사랑했다는 것이 더 가치가 있다. 나는 그가 내 사랑을 알고 있다고 믿는다.' 그의 품에 안겨 그의 몸을 확인하고 싶다는 충동이 요동친다. 그의 몸 지도를 그렸고, 장악하고 있고, 그가 하는 생각도, 그가 하는 행동이나 모든 과정도 알고 있다고 믿는다.

"상만 씨 몸 핏줄이 어디를 통과하는지 난 알고 있어."

그녀 말에 그는 감동한다. 두 사람은 서로 상대방 몸의 언어를 손끝마다 느끼고 있어 여자는 남자의 몸 지도를, 남자는 여자의 몸 지도를 알고 있다.

상만이 그녀의 뒷머리를 통과하는 정맥을 손가락으로 쓰다듬는다. 그가 자신을 격렬한 몸 향연의 세계로 데려다주니까 그녀는 몸을 맡기고 있으면 된다. 밤이 깊도록 그의 의도대로 자동인형이 된다. 연상연하 커플은 서로에게 베풀어야 한다는 무의식에 의해 열정으로 치달았다.

허니문 시절은 있었는지도 모르게 빨리 지나갔다. 결혼 후 1년도 되기 전에 일기 내용이 바뀌었다.

연애는 낭만일 수 있지만 결혼은 현실이다. '남편은 아직 돌아오지 않고 있다. 지금 그가 필요하다. 여자의 몸에서 에스트로겐, 에로스 작용이 남편을 찾고 있다.' 일기장 속에 한 여자의 불행이 보인다. 회의가 찾아오고 자책이 등장한다.

애타게 기다려도 그는 레이더에서 벗어나 있다. 몇 번 통화를 시도했지만 응답이 없다. 무슨 일인지 모르겠지만 그가 화를 내고 있는 것 같다. 까닭을 알 수 없으나 불길한 예감이 든다.

사랑에 빠진 연인들 눈에는 둘만의 사연이 담긴 사진 한 장이 세상에서 가장 아름다운 작품이다. 그녀도 한때는 그의 우상일 때가 있었다. 지금은 아무도 봐 주지 않는 인기 없는 사진이 된 것이 슬프다. 불협화음으론 일기나 글을 쓰는 것도 점점 불가능해진다.

그는 오늘도 돌아오지 않을 모양이다. 기다리는 시간을 줄이고자 세탁된 남편 속옷을 다려서 서랍에 넣어 둔다. 갈증이 인다. 몸의 갈증이기도 하고 마음의 갈증이기도 하다. 누워서 책을 읽어도 머리에 들어오지 않는다. 그 사람이 없으면 나는 아무것도 할 수 없다. 살아 있는 것 자체도 불가능하다.

아! 밤!

너 비록 지금 보이지 않아도 난 너를 볼 수 있다.

너 비록 지금 내 옆에 없어도 넌 내게 머물러 있다.

혜림은 일기장을 보다가 덮고 잠을 청한다. 다른 날과 마찬가지로 잠이 오지 않는다. 시집식구를 비롯한 상만은 내가 연상이라는 조건을 핑계로 남편을 이해해 주어야 하는 희생의 수호신이 되고 보살로서의 삶을 원했는지도 모른다.

그토록 오랜 시간 끊임없이 마음을 비워 초월해 보려고 했고 자신을 뛰어넘어 보려고 했고 새로운 가치를 추구해 보려고 했어도, 니체가 〈차라투스트라〉에서 말한 초인超人으로 가는 길은 멀고 먼 상상의 세계인가? 살아 있는 한, 영혼이 몸을 지니고 있는 한 도달할 수 없는 경지인가?

혜림은 어릴 때부터 작가가 되려고 한 것은 아니었다. 중학교 3학년 여름방학이 끝나고 우연한 기회에 학교 대표로 선발되어서 도내 백일장에 나갔는데 보름쯤 지난 후 담임 호출로 교무실로 불려갔다. 혹시 무슨 잘못을 저질렀는가 걱정하며 겁먹은 얼굴로 교무실 문을 살며시 열고 들어가서 고개를 숙인 채 서 있는데 담임이 그녀를 발견하고 달려왔다. 교장과 담임이 아무 말도 못하고 서 있는 그녀를 안고 반겼다.

도내 장원을 했다는 것이다. 교장이 머리를 쓰다듬어 주면서 학교를 빛낸 자랑스러운 학생이고 착한 학생이라고 했다.

그녀는 착한 학생이 되기 싫었다.

모든 세상 어른들은 무조건 아이에게 착하라고 가르친다. 착하려면 동생에게 양보하고 싸우면 져야 한다고 했다. 네 살 어린 남동생에게 무조건 양보해야 하는 일이 괴로웠다. 먹을 것은 물론이고 동생이 원하는 것을 가지면 안 된다는 것이 불문율이었다. 동생이 가지고 놀다 버린 것도 그가 다시 찾게 되면 즉시 양보해야 한다. 동생이 잘못해서 말다툼을 해도 그녀 탓이다. 동생을 잘못 본 책임을 물어 매를 맞거나 야단을 맞는다.

착하지 않으려고 노력해도 주위에서 착한 아이, 라고 단정 지어 버려서 반항도 할 수 없다. 왜 가족 구성원 중에 끼지 못하고 겉도는 존재가 되어가는 걸까. 그들과 함께 따뜻한 관계를 유지하려 노력하지만 늘 가족으로부터 밀려난다는 소외감을 지울 수 없었다. 중학교 때부터 자신의 존재에 대해 고민하면서 자아自我 찾기에 몰두했던 걸 보면 일찍 철이 든 셈이다.

어머니는 일찍 돌아가시고 아버지와 새엄마, 그리고 남동생과 함께 살았다. 새엄마는 자신이 낳은 아들을 전적으로 혜림에게 돌보게 했다. 그녀는 동생을 잘 데리고 놀았다. 새엄마는 아버지 앞에서 그녀를 착한 아이라고 칭찬했다. 그러나 그녀는 알고 있다. 착하다는 말로 동생을 돌보도록 세뇌시키는 것을. 설거지, 집안 청소 등을 시키면서 잠시라도 쉴 틈을 주지 않고 부리려는 것을.

현대판 계모는 지능적이고 냉정하게 일을 시킨다. 동생과 혈육의 정을 강조하고 정작 좋은 것은 자신의 아들인 동생에게만 준다. 어리다는 이유로 맛있는 것은 아무도 몰래 안방 장 안에 숨겨 두고 그녀가 없을 때 먹였다.

그녀는 입이 있어도 자신의 의사를 표시하거나 말하지 않고, 가족과 한 식탁에 앉아 식사를 해도 맛있는 반찬에 젓가락을 가져가지 않았다. 그렇게 하라고 시킨 사람은 없었지만 눈치로 그렇게 해야 한다는 걸 깨달은 것이다. 희로애락을 표현하지 않게 되자 차츰 식물인간처럼 변해 갔다.

그 후 그녀는 회의에 빠져 버렸다. 한 가족이라고 생각하려 해도 호적뿐, 그들에게 다가갈 기회를 주지 않는다. 방에서 동생과 웃으며 이야기하다가도 그녀가 들어가면 말을 뚝 끊고는 할 일을 찾아 시켰다. 함께 앉아 이야기할 시간을 주지 않는 것이다.

혜림은 인간의 이중성에 고민했다. 신은 왜 인간을 방치하는지 묻고 싶었다. 처음엔 일기를 썼으나 차츰 들킬 것을 염두에 두었고, 일기도 가짜로 쓰게 되었다. 그렇게 해서 소설이라는 수단을 동원한 것이다. 그녀의 소설 쓰기가 시작되었다.

5

유혜림이 H 전자 홍보실에 근무하게 된 것은 소설 때문이다. 지방신문 신춘문예에 당선되어 두 달쯤 지났을 때 H 전자에서 전화가 왔는데 사보를 발행하는데 함께 일하고 싶다는 거였다. 마침 일할 곳을 찾던 중이었다. 인사과에 이력서를 제출하고 간단한 면접을 보았다. 홍보실에 사람이 필요하다면서 내일부터 회사에 나오라고 했다. 맡은 일은 매월 H전자 사보를 발행하는 일이었다. 인원이 적어 한 달에 한 번씩 사보를 발행하는 일은 매우 바빴다. 한 달에 두 번씩 카메라를 들고 공장을 돌면서 사진 촬영을 했고 사원들과 인터뷰를 했는데 반응이 좋았다.

편집팀에서 2년쯤 근무했을 때 남자 신입사원이 입사했는데 이름이 차상만이었다. 교열 파트는 능력이 없는 낙하산 인사로 발령 나기 좋은 자리였는데 영업팀 A 과장의 친척인 탓인지 일하기 쉬운 교열 파트로 발령을 받은 것이다. 편집팀은 인원이 적어 월간지를 제때 내보내는 일이 어려워 쩔쩔매던 처지여서 충원을 요청했는데 1년이 넘어서 신입사원이 들어온 것이다.

혜림은 부하 직원이 생김으로써 일을 덜어 줄 거라 믿었다. 회사의 분위기를 바꿀 참신하게 생긴 아이돌 스타처럼 생긴 차상만은 여직원들의 인기를 독차지했다. 누군가가 그를 가리켜 애완동물 같다고 했는데, 그 후 '펫'은 그의 애칭이 되었다.

외부에 나갈 일이 있으면 신참인 '펫'을 데리고 다녔다. 현장 실무에 문외한이어서 수습 과정을 거쳐야 하는데도 곧바로 현장에 투입시킨 것이다. 혜림은 매월 사보에 수필을 실었고 틈틈이 소설을 썼다. 소설에 등장하는 사랑이야기에 감수성이 예민한 펫은 감동했다. 소설 속 주인공이 자신임을 알았을 때 웃으며 좋아했다.

펫은 자신을 근사한 남자로 묘사해 주어서 고맙다고 했다. 자신을 자신보다 더 아름답게 묘사해 준 실력 있는 여자. 그런 그녀를 어찌 사랑하지 않을 수가 있을까. 두 사람은 나이에 개의치 않았다. 동료로 지냈고 서로 정이 들었다.

펫은 행복했다. 그의 상상력은 날개를 달고 날아올랐다. 자신을 끝없는 찬사로 포장해 주길 바라고, 여자 머릿속에 자신이 투영된 것에 자부심을 느꼈다. 앞으로 그녀가 쓸 소설의 남자주인공은 모든 여자들이 원하는 롤 모델이며 로망이 될 것이다. 한 여자만을 사랑하는 남자의 순애보. 차상만은 멋진 아우라를 보며 환상에 빠져든다. 앞으로 시간이 지나면 그녀 작품이 베스트셀러에 오를 것이다.

그녀의 인터뷰 때마다 옆에서 겸손한 척, 코스프레를 하면 된다. '외조를 한다고 다 되는 일은 아니지요. 저는 다만 소설 쓰기에 좋은 환경을 만들어 주려 조금 노력했다고나 할까요.' 주변에 신경 쓰지 않도록 배려한 게 전부라고 겸손을 떨면서 여자의 글에 첫 번째 독자로서 행복하다고 말하면 된다.

책상에 앉아 작업하는 작가의 실루엣이 위대한 조각 작품처럼 보인다고 칭찬하고 글 쓰는 동안 곁에서 있어 주기만 했다고 말하리라. 작품 서평에 그녀 작품에 대한 조언자로서 크게 공헌했다고 내 이름이 새겨질 것이다. 존재 자체만으로 빛나는 남자의 품격과 지적인 대화는 소설이 남아 있는 한 자신도 불멸의 존재가 될 것이다. 차상만은 그녀 소설 속에서 자신이 완벽한 남자로 다시 태어날 것을 상상해 보았다.

두 사람이 결혼할 무렵 혜림의 희고 얇은 피부는 푸른 정맥이 비쳐 보일 정도였다. 곱슬한 머릿결은 아무렇게나 손으로 빗어 올려도 아름다웠고 우아한 목선을 클로즈업한 옆모습은 고뇌에 찬 지적인 모습이었다. 상만은 그녀의 손에 돋아난 파란 정맥을 보고 예술가의 손 같다고 느꼈다.

차상만은 지독한 나르시시스트였다. 그는 자신이 무척 젊고 아름답다고 믿었는데 한 가지 부족한 것은 고급스러운 분위기라고 생각했다. 그러나 지적인 부분을 채우려면 시간이 필요하다. 품격은 급조로 이루어지지 않는다.

괴테의 연인을 자초했던 베티나. 그녀는 위대한 예술가의 연인이 됨으로써 자신도 불멸의 전당에 입성하려고 했다. 혼자서는 빛을 낼 수 없어 괴테를 의지해 불멸을 원했다. 후에 그녀는 소설을 쓸 때 차상만을 베티나 같은 부류로 구분해 놓고 작품을 시작했다. 그는 불멸을 원했다. 그래서 그를 등장시켰다.

책이 나왔을 때 차상만은 가당치도 않은 판단이라고 자신을 비하시켰다고 분노했다. 도대체 어떤 구절이 비열한 인간으로 그렸다는 말인가. 그녀는 슬펐다. 사랑했다고 믿던 시절 그때를 크레용으로 북북 긁어 버린 것, 어느 편의 잘잘못을 따질 필요가 없다. 순간을 영원처럼 느낀 결과였고 잠시의 착시현상을 현실로 받아들인 안목이 문제였다. 열정과 고독이 교차되는 젊음이 농간을 부린 죄다.

여자는 세월이 흐를수록 남자와 격차가 벌어진다. 묘한 분위기와 우아한 몸가짐, 아우라가 서려 있던 그녀였지만 세월의 더께는 그녀의 이미지를 앗아가 버렸다. 얼굴과 목선에 주름이 생겨났는데 작은 주름들은 씨줄과 날줄이 가늘게 드러나는 무명천처럼 보였다.

차상만은 조금 마른 체구에 반짝이는 피부를 가졌는데 아이돌 스타를 빰칠 정도였다. 신은 공평하지 못하다. 가진 자에게 더 주고 꼭 필요한 자에게는 나 몰라라 하며 스스로 해결하라고 한다. 그는 직장 생활에 자기 관리로 더욱 새롭게 세련돼졌다. 처음 두 사람이 만나고 결혼할 땐 그런 대로 부부가 엇비슷해 보였다. 여자는 점점 빨리 늙어 갔고 남자는 시간을 거꾸로 돌린 것처럼 젊고 세련되어 갔다. 여자는 마흔 살도 안 되었는데 흰머리가 올라왔다.

상만은 혜림에게 이렇게 말했다.

"당신은 그게 매력이야. 곱게 나이 먹는 것."

혜림은 남편과 어울리는 젊음을 유지하고 싶었다. 남편과 보조를 맞추고 싶었다. 그런데 상만은 있는 그대로 여자가 좋다고 했다.

"염색은 불가야, 단발 파마도. 지적인 이미지를 버리면 안 돼."

곱게 나이 먹는 모습이 좋아 결혼한 것이라니! 이제 어쩌겠는가? 그녀는, 난 염색을 하고 싶어요, 라고 말하고 싶어도 차마 할 수 없다. 남편이 좋다고 하고 아름답다고 하는데 더 이상 고집을 부릴 수 없었다.

남편 말이 정말일까? 나이 먹은 그대로가 아름답다, 하는 말을 믿어도 될까? 어쩌면 남편도 아내의 고정된 이미지에 속고 있는지도 모른다. 친구 부인들과 비교해 보면 늙어 보인다는 걸 모를 리 없을 텐데, 하는 의구심이 들었지만 말하지 못한다. 남편 주장이 확고해서 그런대로 순종한다.

부부는 누가 등급을 매기지 않아도 누가 '갑'이고, 누가 '을'인지, 자신이 어떤 위치에 있는지 안다. 힘을 가져야 의무와 권리를 가지며 사랑도 줄 수 있다. 생사여탈권을 쥔 남자는 자신보다 머리가 좋은 여자를 가만두지 않는다. 남자는 여자 입장을 고려하지 않는다. 자신에게 이기심과 가부장적이고 제왕적인 적폐가 숨어 있는 줄 모르나 보다.

상만이 생각하는 아내란 이런 여자일 것이다. 물처럼 담기는 그릇에 따라 적응하는 여자, 자신의 환경에 만족하고 가정에 충실한 여자. 여자가 똑똑해서 나쁠 것은 없지만 너무 똑똑하면 피곤하다. 영리한 것이 필요할 때는 영리하고 때에 따라서는 대충 넘어가는 여자. 집에서는 지배하기 편하고 적당히 둔한 여자, 그런 아내를 원했을 것이다.

유혜림, 결혼하고 나니 남편이 자라면서 진 신세를 갚는 일부터 시작해야 했다. 그 역할이 왜 여자에게만 있는지, 여자를 키워 준 공은 어디에서 보상을 받아야 하는지 알 수 없었다. 그녀 부모는 딸을 행복하게만 해 준다면 만족하는 데 반해 남편의 경우는 달랐다.

결혼 생활에서 파경의 조짐은 소소한 갈등에서 드러난다. 큰동서는 시동생에게 학비를 댄 이야기를 했고, 시어머니는 막내아들인 상만을 특별히 사랑해서 모든 희망을 걸었다고 했다. 아들 또한 어머니의 희망을 헛되지 하지 않겠다고 약속했다고 한다.

큰형님 댁은 이미 자리를 잡은 터라 생활에 여유가 있었다. 반면에 남편인 동생은 적은 월급으로 의무를 해야 하는 일에 시달렸다. 부모가 아니라 형의 도움으로 공부한 그가 형의 신세를 갚으려면 희생이 필요했고 경제적 희생은 검소한 생활을 해서 메워 나가야 했다.

설날이었다. 큰집 조카들 세배를 받을 때 혜림은 위치가 애매했다. 남편이 혼자 세뱃돈을 준비했고 그녀는 빈손으로 앉아 있어야 했다. 곤혹스러웠다. 조카들은 삼촌은 가족이지만 그녀는 삼촌이 데리고 온 낯선 여자쯤으로 아는 것 같았다.

큰동서는 경제적인 주도권을 갖고 있고 시숙은 자신의 와이프가 최고라고 칭찬하더니, 방앗간에서 찹쌀 인절미를 쪄 오고 집에서 먹을 만치 떼어 내는 마누라를 쳐다보며 양반다리를 한 채 무릎을 떨면서, 방 안을 둘러보고 있다. 이집 식구들의 유전자가 양 무릎을 흔드는 것인데 시숙은 그날따라 무릎을 많이 떨어 댄다.

"당신은 명동에 나가서 떡 장사를 해도 잘할 거야."

시숙은 신이 난 얼굴로 낄낄거린다. 혜림은 큰동서가 사는 방식, 주도권을 여자가 가진 것이 부러웠다. 그녀는 상대에 대한 배려 그것이 사랑의 척도라고 생각한다. 그에 비해 남편은 꼭 자신이 직접 혼자서 하기를 원했고 큰집 조카들에게 주는 세뱃돈도 혼자서 다 준다.

그녀의 위치는 연극 무대에서 대사도 없이 출연하는 배우 신세였다. 아무 역할도 없이 그냥 앉아 있기가 무안했다.

어느 날 그녀가 불평했다. 남편은 기가 막힌다는 표정을 지었다.

"내가 당신 몫까지 준다고 했잖아."

웬 투정이냐고 이해하기 어렵다고 소리친다.

"그렇다면 당신이 원하는 대로 해."

그러고는 돈을 그녀 앞에 던져 버리고 밖으로 나갔다. 그녀는 남편이 방바닥에 던져 버리고 간 돈을 차근차근 다시 챙겨 주웠다. 일정한 수입이 없는 것을 다 아는데 끼어들려고 한 자신이 어리석은 짓을 했다고 자책하면서.

6

유혜림은 결혼 후 직장 생활을 남편과 함께 하려 했지만 불발로 그쳤다. 사내 결혼으로 사람들의 눈총이 따가웠다. 특히 사내 여직원들의 질투가 심했다. 어느 조직에서나 그렇듯 야무지게 일 잘하는 동료에 대한 시기심도 있었다. 그녀에게 압박이 가해졌다. 설상

가상으로 허니문 베이비로 임신까지 하게 되었다. 스트레스 때문인지 유산을 하는 바람에 할 수 없이 회사를 그만두어야 했다.

첫아이의 유산으로 불가피하게 직장을 접고 집에서 조용히 지내면서 다음 임신할 경우 유산을 막아야겠다고 다짐했다. 그녀는 다음 아이를 위해서 집에서 살림만 해야 했다. 권위는 지켜 줄 상대가 있을 때 지킬 수 있는 것이지 혼자 주장한다고 되는 게 아닌 것을. 주제 파악도 못한 자신이 어리석었을 뿐이라 여겼다.

집에 놀러 온 조카들은 눈을 반짝이며 삼촌에게 매달려 장난을 친다. 그들은 잘들 놀고 잘들 산다. "그래 제 집에서 체면을 세우고 싶다면 그렇게 해 주지. 아! 그냥 죽치고 살아 주자!" 남편을 이해하기로 하면서 자신에게 이렇게 물었다. 그냥 도 닦는 기분으로 견뎌 볼까?

결혼하고 3~4년이 지나자 남편이 조금 달라졌다. 자신이 행하는 일이 미안한지 아니면 이제야 옆에 있는 아내가 보이는지 방법이 달라졌다. 시어른 제사 때나 큰집에 대소사가 있을 때는 봉투(여유가 생겨 액수가 크다)를 준비해서 남편이 건네준다.

"당신이 직접 주라고."

그녀는 싫다고 고개를 흔들었다. 남편은 기분이 나쁜가 보다. 그로서는 큰 배려인데 아내가 거절하니까 화가 치미나 보다. 표정을 보니 기분이 몹시 상해서 화가 터지기 직전이다. 그렇다면 봉투를 받아 두자.

그 후 큰집 행사에 갈 때면 남편은 이제야 철이 났는지 아니면 그녀 불평이 듣기 싫었는지 모르지만 봉투를 아내에게 건넨다. 남편이 양보한 봉투를 혜림이 조심스럽게 내밀자 큰집 조카들이 눈을 크게 뜨고는 작은아버지를 쳐다본다. 손에 들려 있던 봉투를 조카들에게 건네고 난 후였다. 그녀 손을 거쳤어도 봉투의 출처를 아는 조카들은 그녀에게 고맙다고 인사할 필요가 없었던 것이다.

우리 삼촌의 성의인데 왜 작은어머니에게 고맙다고 해야 하지? 하는 눈치다. 그녀는 화가 난다.

"죽일 놈, 나를 꼭두각시로 만들었어!"

꼭두각시 노릇을 하기 싫었다.

늘 남편이 경제권을 행사했기 때문에 인색하다는 낙인이 찍힌 그녀가 설 자리는 없었다. 주인이 시키는 대로 심부름을 한다고 해서 을이 '갑'으로 되는 것이 아니다. 전달자로서 역할 정도에 지나지 않는다. 남편은 '을'에 대한 배려라고 주장할지 모르지만 배려라는 것은 남들이 모르게 하는 것이 원칙이다. 그럼에도 대놓고 제 이름을 쓴 봉투를 건네며 배려라고 우긴 것이다. 그는,

"당신이 원하는 대로 배려했는데 또 뭐라는 거냐."

하고 성질을 냈다. 무조건 기뻐할 것을 그랬나? 그녀는 창밖을 바라보면서 속으로 웃었다.

"나는 로봇이라서 잘 모르겠는데 어떤 때 웃어야 하지요?"

로봇처럼 살지 않으면 살 수 없다. 그냥 그가 하라는 대로 해야 한다. 자신의 의지나 희망을 버리기로 했다.

처음부터 그녀는 이방인이었다. 꿈만 먹고 사는 남편은 사회적 체면 유지나 도리, 자신의 입장이 우선이었다. 자기밖에 모르고 자신뿐인 그는 그녀를 버려둔 것이다.

어느 날 시어머니가 집에 다니러 왔는데 남편이 느닷없이 이렇게 말했다.

"어머니, 저 사람에게 음식 만드는 방법 좀 가르쳐 주세요."

그저께 오후 시장을 보면서 떨이로 산 생태가 발단이었다. 생태 매운탕을 좋아하는 남편을 위해 좀 꺼림칙했으나 조리를 잘하면 괜찮을 것 같아 사 들고 왔다. 생선 비린내를 없앨 수 있을 것 같아 생강을 조금 넣고 조리해서 저녁상을 차렸다. 입맛이 까다로운 남편은 한 술 뜨더니 수저를 놓았다. 생선 비린내가 난다는 거다. 할 수 없이 그녀가 생선살 몇 점 먹고 버렸던 것이다. 그리고 이렇게 결심했다. 아무리 값이 저렴해도 앞으로 가게에서 저녁때까지 남은 생선을 사지 않겠다고.

"쯧쯧…. 넌, 그 나이 먹도록 지금껏 남편 식성 하나도 제대로 맞추지 못하냐?"

시어머니가 혀를 차며 쳐다보았다.

"어머니! 그게 아니라…."

그녀는 말하려다 침묵했다.

변명도 하기 싫다. 아니 못한다. 설명해 봤자 듣지도 않고 말대답한다고 할 것이 뻔했다. 벙어리처럼 가만히 있는 것이 최선이다. 본 것 없이 자란 티가 난다고 하고 어른에게 자신의 입장을 설명하면 대든다고 할 것이다. 가정교육이 부족하고 못 배웠다고 하는 말을 수없이 들었던 터였다. 어색한 표정으로 시어머니 시선을 피했다.

'내 인생 끝은 어디지?'

시어머니보다 남편이 더 미웠다. 그동안 남편 입맛에 맞춰 주느라 고생한 일은 모르고 한 번 절약해 보려고 실수한 걸 가지고 남편이란 놈이 철딱서니 없이 제 어미에게 일러바치다니.

'야! 이놈아! 적은 생활비로 사느라 그랬다 왜? 싱싱한 생선은 소금물에 끓여도 달다는 것쯤 나도 알아!'

터져 나오려는 말을 참고 삼켰다.

그녀에게 설 자리도 마련해 주지도 않고 가족과 싸이지 않는다고 주장한다. 집안에 문제가 생기면 되는 일이 없다고 그녀를 탓한다. 남편이 방관하자 시어머니까지도 함부로 대한다.

"저 물태는 누가 뭐라고 하지 않았는데 여기서 쭈뼛 저기서 쭈뼛 청승을 떨어." 비난이다. 그녀는 입을 다문다.

"하여간 저 청승은 누구도 못 말리지." 시어머니 말에 아내 편에 서지 않고 남편은 침묵으로 시어머니 말에 동조한다. 그는 아무렇지도 않게 멀거니 바라보기만 했다. 시집살이에서 가장 힘든 일은 자신의 의견이나 입장을 말하지 못하게 하는 것이다.

누가 네게 말하지 못하게 했느냐? 물으면 할 말은 없다. 자신의 주장이나 견해를 말하면 번번이 트러블이 생기기 때문이다. 입을 다물어야 조용히 살 수 있다는 사실을 터득한 것이다.

걸핏하면 시어머니는 친정에서 뭘 배웠냐고 나무란다. 그러고는 들으라고 혼잣말을 한다.

"바보를 데리고 왔구만…."

그녀는 울고 싶었다.

'아! 광활한 대지에 미세먼지만도 못한 인간으로 태어나서 별 볼 일 없는 인간들끼리 자존심 경쟁을 하는 일은 어리석다.' 세상 사람들 모두 자신이 옳다고 주장한다. 거기서 거기인 인간들끼리 상처를 주고 또 받기도 한다. 하지만 힘이 없는 사람들의 권리 주장은 헛된 일. 내가 힘이 없으면 그냥 있으면 된다.

그녀는 자신의 무능을 뼈저리게 느끼며 홀로 자신의 상념 속으로 깊숙이 침잠해 들어간다.

차상만은 직장을 옮겼다. 승진하고 중요한 위치에 올랐다. 외모도 세련되어 보이고 아내 몰래 피부과에 다니는지 얼굴에 윤기가 반지르르 난다. 조르지오 아르마니, 돌체 앤 가바나, 질 샌더 같은 명품 패션브랜드로 자신을 가꾸는 데 치중했다.

"탤런트도 아니면서 여자처럼 웬 옷을 사들이느냐?" 그녀가 불평을 하자 대꾸했다.

"당신은 집에 있어서 모르는 모양인데 패션 감각도 능력 중 하나야. 지금은 무한경쟁 시대라는 것쯤은 알아 둬."

혼자 사는 남자라면 생활 방식이 어떻든 관여할 바가 아니다. 하지만 결혼을 한 이상 공동체로서의 책임감은 있어야 한다. 지극히 당연한 이야기지만 가정 경제를 고려해야 하고 적자가 생기면 누군가가 책임을 져야 한다.

그는 여자를 무능하게 만들어 놓고 자신이 편하게 사는 방법을 알고 있다. 아내의 반백 흰머리가 예쁘다고 했다. 격이 있어 보인다고 작가답다고 세뇌시켰다. 그의 말을 믿고 그녀는 자신을 방치했고 결혼 10년차에 이르러 부부는 엄마와 아들 사이처럼 변해 버렸다.

"영혼이 아름다운 여자가 당신이야."

그가 하는 말이 찬사인 줄 알았는데 지나고 보니 날개를 꺾어 주저앉힌 셈이었다. 그는 여자에게 자연적인 것이 아름답다고 하면서도 정작 자신은 온갖 치장을 한다. 그리고 부부동반 모임이라도 있으면 못마땅한 표정이 역력하다. 아내가 다른 부인처럼 고급스럽지 못하다고 불평했고 같은 봉급으로 살면서 다른 부인처럼 안목이 없다고 혀를 찼다.

혜림은 당신이 과소비하지 않으면 나도 그렇게 할 수 있다고 말하고 싶었지만 말해 봤자 부부싸움으로 번질 것이 뻔했기 때문에 참았다. 돈을 들이지 않고 사랑도 주지 않고 아름답기를 바라는 것은 가당찮은 요구였고, 그것은 신데렐라의 호박 마차 마술이라도 부리지 않으면 이루어질 수 없는 일.

상만은 직장을 그만두고 사업을 시작했다. 혜림은 살던 연립주택도 팔아야 했다. 그동안 누렸던 알량한 자유도 차압당해야 할 처지였다. 집을 팔고 시댁인 개인주택으로 들어가야 한다고 했을 때 그녀는 반대할 입장도 못 되었다. 시댁 식구들이 그녀 의견을 묻지 않은 지 이미 오래되었다. 경제적인 족쇄까지 찬 상태에서 월급도 없이 시집살이만 해야 할 형편이 되었다.

혜림은 최소한의 생명을 부지할 뿐이었다. 남편 사업은 돈 먹는 하마였다. 더구나 창업 회사이기 때문에 상만은 계속 투자를 해야 한다고 했다. 점점 열악해지는 환경은 혜림을 식물인간으로 만들기에 충분했고 그녀 표정은 화석처럼 굳어 갔다.

7

"소설가라고 해서 결혼했더니 포장지만 요란했지 속 빈 강정이야."

"뭐, 속 빈 강정이라구요?"

"그래, 과대포장에 내가 속은 거지."

남편이 대답 대신 돌아서서 혼자 중얼거렸다.

혜림은 그의 모욕적인 말에도 어떤 선택도 할 수 없었다. '날개 꺾기' 당한 처지, 두 다리와 두 팔을 모두 잘린 마당에 무엇을 할 수 있겠는가. 이제 나는 어쩌지? '자아'라는 놈은 생물학적 몸이 죽지 않지 않는 이상 사라지지 않을 모양인지 그렇게 마음을 비우려고 했음에도 여전히 가슴 속에서 아프다고 아우성쳤다.

아프다고 아우성치는 자신을 달래 주고 싶었다. 그런데 '자아'를 찾는 방법을 알 수 없었다. 어떻게 해야 하는지 누구에게 물어봐야 할지 몰랐다. 그녀에게 구체적으로 어떻게 하라고 말해 주는 사람은 아무도 없었다.

"자신의 권위는 자신이 지키는 거야."

"그건 네가 스스로 찾는 거야."

"알아. 살 만하면 견디고 그렇지 않으면 죽으라고…."

모두들 염장만 질러 댔다.

혜림은 해답을 줄 곳도 줄 사람도 없음을 알았다.

그녀는 분노할 줄 모르는 사람이 되었다. 그녀는 자신의 감정이 사라졌음을 깨달았다. 기쁨과 슬픔은 물론 분노, 회환, 미련, 기대, 흥분 등등의 단어들은 모두 그녀와 관련이 없었다. 화를 내거나, 슬퍼해야 할 상황에서는 배가 아프거나 두통이 생겼다. 소화도 안 되었다.

그러나 이들의 신체적 통증은 육체의 문제가 아니다. 즉, 제대로 인식되거나 표현되지 못한 감정으로 인해 발생한 것이므로 병원을 가더라도 '스트레스성'이라는 대답 외에 특별한 원인을 찾을 수 없었다.

정신과 전문의는 그녀에게 감정표현 불능증인 알렉시티미아*alexithymia*라고 했다. 그녀는 처음 듣는 말이었다. 그리스어에서 기원된 것으로 '감정을 표현하는 단어가 없음'이라는 의미라는 것을 나중에야 알았다. 뇌의 신비를 벗겨 내는 데 큰 역할을 할 수 있다며 의사가 임상실험을 권고했지만 그녀는 이를 거부했다. 사람들은 누구도 그녀에게 관심도 없었고, 막 대우해도 되는 그런 사람으로 치부했다.

"소설 씁네 하고 책상 앞에 엎드려만 있지 말고 살림이나 잘해. 제대로 된 글도 못 쓰면서 돈만 축내지 말고. 그까짓 것 끼적거려 봤자 아까운 종이만 축낼 뿐이야. 여기 단추 달아 놓으라고 한 지가 언제야? 정신없이 있다가 냄비를 태워 먹질 않나 원."

남편 잔소리를 듣고 있자니 혜림은 속이 뒤집힌다. 그는 집안일, 모든 불만을 소설과 결부시키고 비아냥거린다.

혜림은 속으로 불평한다. 전업 주부도 하루쯤 단추 다는 일을 지연시킬 수 있는 일을 갖고 웬 트집이람. 누구나 습작 시절이 있는 법, 무조건 글을 쓴다고 걸작이 나오는 것도 아니다. 글 쓰는 여건이 필요하고 심리적인 안정도 필요함을 저 인간은 알지 못한다.

"당신 같은 무식쟁이가 뭘 알겠어." 그녀가 참고 있던 말이 불쑥 튀어나왔다.

한쪽 뺨에서 불이 일었다. 다짜고짜 상만이 혜림의 따귀를 갈긴 것이다. 깜짝 놀라 뺨을 만지고 서 있었다. 그녀는 자랄 때나 학교 다니면서 한 번도 뺨을 맞아 본 적이 없다. 난생처음으로 뺨을 맞은 것이다. 뺨을 맞은 것이 이렇게 자존심이 상하는 일인지 몰랐다. 상만은 어디로 갔는지 보이지 않았다.

그날 저녁 그녀는 찬장에 보관하고 있던 술을 마셨다. 상만이 들어오면 낮에 일어난 일을 따지려고 벼르고 있었다. 그날 상만이 집에 돌아온 것은 밤 11시가 넘어서였다. 아내와의 갈등을 피하려 일부러 늦게 들어온 모양이다.

"어쭈 이제 술까지 … 가지가지 하는군."

그가 비꼰다.

"작가 양반, 거울 있으면 얼굴 좀 보시지."

혜림은 술을 먹어 수분이 빠졌을 얼굴은 자신이 생각해도 한심하다. '나도 알고 있어 이놈아. 누가 이 꼴이 되도록 만들었는데' 하고 말하고 싶었지만 참는다. 사랑을 주지도 않는데 예뻐질 수 없지. 삶의 여유가 없는데 글을 쓸 수는 더욱 없어.

"너 이제 보니 걸핏하면 술을 마시는 모양인데 술집 강아지 출신이냐?"

그녀는 더 이상 할 말을 잃었다.

남편을 전적으로 믿지 못하고 살았어도 그래도 남편밖에 구원을 청할 곳이 없었다. 이젠 더 이상 희망이 없다. 뛰쳐나갈 용기도, 혼자 살아갈 수 있는 경제력도 없다. 자신을 마귀 취급하는 남편만이

기댈 수 있는 유일한 언덕이었다. 썩은 동아줄을 잘못 잡은 것이다. 그래 내가 없어지자.

그녀는 수면제를 먹고 자살을 시도했다. 그런데 그것도 마음대로 되지 않는다. 눈을 떴을 때 하얀 천장이 보였다. 병실이었다.

눈물이 나온다. 증오의 올가미가 서로 상대를 옭아맨다. 서로서로 상대의 속셈을, 자신들 내장 속을 드러내 놓고 있고 들여다보였다. 증오의 대상끼리 쌍방을 꿰뚫고 있는 피의 향연.

어쩌란 말인가? 그가 싫다는데 ….

지금 내가 선택할 수 있는 일은 죽음뿐이다. 그의 앞에서 교통사고로 보도 위에 피투성이가 되어 널브러져 있고 싶다. 그 상상만으로도 공포보다는 통쾌할 것 같다. 그것이 내가 원하는 것을 이룰 수 있고 복수도 된다고 생각했다. 그런데 혼자 있으니 그가 보고 싶었다. 침대 위에 누워서 울면서 마음의 소리에 귀를 기울였다.

'이런 못난 인간이 다 있어. 너 언제 그 남자 그늘에서 벗어날래? 고작 생각이 그거야. 조금 있으면 넌 잊혀지고, 그는 홀가분해 할 텐데.'

어찌할까? 행복했던 순간을 버릴 수 있을까? 이 참혹한 그리움은 세월을 쫓아내지 못하는가? 그렇게 당하고도 미련이 남는 것은 고독, 그놈의 고독이 무서웠다. 구걸하듯 싸구려 사랑이라도 붙잡고 고독을 이겨 보려는 짓을 여러 번 해 보았으나 실패했다.

한 가지 방법은 있다. 그가 원하는 대로 소설을 쓰면 된다. 그것은 그에게 필요한 것이 아니라 지금 나 자신을 위한 일이다. 그것은 오래전부터 소망해 오던 일이기도 했다. 하지만 황폐해질 대로 황폐해진 여자가 어떻게 소설을 쓸 수 있겠는가? 가슴에 분노가 가득 차 있어 한 줄도 쓸 수 없다.

가슴이 닫혀서 열리지 않았다. 남편으로부터 속았다는 말을 들어서가 아니라 자신이 세상에 대한 대처 능력이 부족해서 생긴 일이라 여겼다.

지금껏 내 발목을 잡고 있던 것들은 세상이 두려웠고 용기가 없었기 때문이라는 걸 안다. 그런데 안다 한들 대책이 없는데 달리 방법이 없다. 아직은 때가 아니다, 비굴하게도 스스로 변명한다. 그래도 용기는 필요하지? 그녀는 자신에게 물었다. 문제는 이제 어떻게 어디로 갈까?

지적인 외모만을 사랑했던 남자는 여자가 초로의 노파로 전락하자 파산 선고를 내렸다. 여자가 잡은 것은 흑싸리 껍질패이고, 빈 껍질만 남았다. 언젠가 남자는 그녀에게 이렇게 말했다.

"품위는 옷으로 평가하지 않는다."

그녀는 남자의 이기적인 술수에 넘어가서 자신이 스스로 순종했고 결국엔 설 자리를 잃은 것이다. 엄밀히 따지면 자신을 방치한 책임은 그녀에게 있었다. 변화를 두려워한 나머지 순종이라는 비겁한 방법을 택했고 굴욕을 견디며 자신을 학대했던 것이다.

행복한 결혼은 사랑한다는 한 가지 이유로 행복하지만 불행한 결혼은 수십 가지 이유로 불행하다.

톨스토이 작품 〈안나 카레니나〉에서 주인공 안나 카레니나는 연인, 백작 브론스키와 사랑에 빠져 남편 알렉세이와의 결혼을 끝낸다. 그녀가 마지막에 죽음을 선택한 이유는 모든 것을 버리고 선택한 애인, 브론스키로부터 돌아온 배신만이 아니었다. 그로 인한 사회로부터의 소외가 더 큰 이유였다. 사회가 남자는 받아들이고 여자만 소외시킨 마녀사냥이었다. 갈 곳 없는 여자가 어디로 갈지는 뻔했다.

8

유혜림이 시인 지망생인 민지수를 만난 것은 같은 문학동아리 모임에서다. 남편 차상만과 데이트 할 때였다. 문학동아리 모임에 간다고 했을 때 차상만도 따라나선 적이 있다. 모임을 마치고 차상만은 2차로 맥주를 샀다. 회원들이 '혜림 씨 애인 값을 내라'고 했을 때 혜림은 은근히 기쁘고 그가 자랑스러웠다. 잘생긴 데다가 젊은 그는 인기가 있었다. 모임을 마치고 그들의 데이트에 민지수도 함께했다. 민지수가 낌으로 해서 그들의 데이트는 더 즐거웠고 활기가 넘쳤다. 민지수가 '상만 오빠'라는 호칭을 써 그녀를 당황하게 했으나 차상만은 즐거워했다.

신혼집에도 민지수는 가끔 놀러 왔다. 함께 어울리면 남편이 행복해했으므로 혜림은 기꺼이 그녀 방문을 받아들였다. 혜림과 지수는 스스럼없는 관계가 되었고 자연스럽게 '신상 털기' 대화로 이어졌다. 민지수가 H 전자 홍보실에 입사하게 된 것은 혜림의 추천이었다. 문학 모임에서 동인지를 만들게 되면서 그녀를 선배로 깍듯이 섬겼던 것이다.

혜림이 민지수에게 물었다.

"넌 왜 결혼 안 해? 부모님 재력에다 그만한 미모면 남자들이 줄을 설 텐데."

"상만 선배 같은 사람 있으면 당장 하겠어요."

"그래? 막상 살아보면 이상형은 아냐."

"선배는 회사에서 인기 최고예요."

혜림이 H 전자를 그만둔 후 세상은 놀랍도록 변했다. 남편 상만은 사회가 변하는 대로 적응하며 새로운 세계로 나아갔다. 기업홍보 전문가로 성장했다.

"언니 그러다 선배 빼앗기면 어쩌려구. 몸 관리도 좀 해요."

"그럴 여지도 없구, 관심도 없어."

"그럼 내가 가져도 돼요?"

민지수가 쑥스러운 듯 웃는다. 생기가 넘치고 밝은 음색이다. 같은 여자가 봐도 민지수는 활력이 넘친다. 혜림은 그녀가 엉뚱한 말로 자신에게 조언을 한다고 생각했다. 위기는 언제든 있고 원인은 일찍 제거해야 한다. 그러나 운명은 우리에게 기회를 제공하고 피할 수 없는 상황으로 끌고 간다. 낌새를 알았을 때는 이미 경종이 울렸고 위험 수위를 넘어선 후였다.

차상만은 늘 활력이 넘치고 자신의 일을 도와주는 민지수가 없으면 허전했다. 지수가 옆에 있어야 마음이 놓였다. 남자가 아름다운 여자에게 끌리게 되는 것은 당연하다. 주변에 유혹은 언제나 가까이에 있다. 아름다운 여자가 유혹한다면 누구든 유혹에 넘어갈 수 있다. 일탈 조건이 무르익었다고 해야 하나. 아무튼 지수가 너무나 사랑스럽다. 보기도 아깝다는 말이 맞는 말이다.

시간이 흐르자 호감은 연인으로 발전했다. 차상만은 지수라는 또

한 명의 운명의 여자를 만난 것이다. 무엇보다도 자신을 사랑한다는 여자, 내 여자가 있다는 것은 더할 것 없이 행복하다. 지수의 뛰어난 패션 감각, 자지러지는 웃음소리, 청량감이 도는 목소리. 그녀와 함께 있으면 시간도 과거로 되돌아간 느낌이었다.

상만은 아내 혜림과 일찍 결혼한 것을 후회했다. 부모님 말을 들을 걸 그랬다고. 예전엔 품위가 있고 사랑스런 아내였다. 퇴근해서 집에 돌아가면 지금껏 자신이 몸담고 있는 집이 왜 이렇게 초라할까 하는 불평이 나온다. 아내가 청승쟁이로 변했으니 집안 꼴도 이 모양이지. 역시 어른들 말이 맞는다고 생각했다.

처음부터 반대했던 부모님은 첫 인상이 옳았다고 한탄했다. 피폐해진 며느리를 보며 혀를 찼다. 아들의 짝으로 늘 찜찜해하던 차에 아들이 여유 있는 집 아가씨와 열애 중이라는 걸 알고는 며느리를 노골적으로 멸시하기 시작했다.

시어머니에게 그녀는 잠시 아들이 사랑했던 여자일 뿐. 얼마든지 갈아 치울 수 있다고 생각했다. 며느리는 언제든지 바꿀 수 있는 존재였다. '첩며느리는 꽃방석에 앉힌다'는 옛말이 맞아떨어진 사태가 일어난 것이다.

"그래서 내가 나이 많은 여자를 반대했던 거야."

아들을 사랑한다는 여자, 그것도 종달새처럼 밝게 지저귀는 목소리, 아들의 앞길을 열어 줄 것 같은 민지수를 보자 눈이 번쩍 뜨이는 기분이었고 그녀를 환대하는 일은 당연하다고 여겼다.

차상만과 민지수 두 사람의 관계가 수상하다는 소문이 사내에 돌았다. 일부는 기정사실로 받아들였다. 회사 직원이 보다 못해 혜림에게 그 사실을 전화로 귀띔해 주었다. 혜림은 눈으로 보지 않은 이상 그들 관계를 의심할 수 없었다. 보나마나 자신을 의부증이라고 몰아붙일 것이 뻔했다. 그들의 사랑을 어떻게 막을 것인가?

민지수는 잘 사는 집안 배경도 있고 모델 같은 외모에 자유분방한 성격으로 남편의 로망이자 이상형이다. 그런 애인이라면 어떤 대가를 치르더라도 한 번쯤 갖고 싶고 사랑하고 싶을 것이다. 그녀가 대적할 상대가 아니니다. 그즈음 차상만 얼굴에 점점 빛이 나고 있었다.

목요일 저녁. 차상만은 평소보다 일찍 집에 들어갔다. 유혜림은, 웬일로, 하는 얼굴로 남편을 쳐다보았다. 반가웠다. 혹시나 하는 희망을 가졌다. 그는 심드렁한 얼굴로 무심한 척 말했다.

"내일부터 부산 해운대에서 회사 워크숍이 있어." 2박 3일 일정이라고 했다.

그녀는 남편 여행에 필요한 물품을 챙겼다. 가방 안에 새 것처럼 다린 와이셔츠, 티셔츠, 팬티, 손수건, 그리고 양말 컬렉션이 특별한 남편을 위해 색색의 양말을 가지런하게 정돈해 넣었다.

금요일 이른 아침. 혜림은 식성이 까다로운 남편을 위해 예쁜 도시락을 준비했다. 출장 갈 때는 언제나 그래 왔다. 회사에서 주최하는 행사라 도시락이 필요 없다고 했지만 이왕 준비했으니 가져가라고 말했다. 서울역까지 배웅하겠다고 따라나서자 상만은 그녀를 물리치기가 거북했는지 마지못해 허락했다.

부산행 KTX 개찰구 앞에 도착하니 오전 7시 20분이다. 혜림은 자신의 정성이 담긴 도시락을 자랑스럽게 내밀었다. 남편 동료들에게 여봐란듯이 자신의 사랑을 보여 주고 싶었다. 그녀는 상만을 위한 정성과 사랑, 배려를 그가 알아 줄 것이란 믿음이 있었다. 상만은 불안해 보였고 주위를 두리번거리면서 그녀에게 빨리 돌아가라고 재촉했다.

그때 민지수가 환한 미소를 지으며 나타났다. 가까스로 출발시간에 맞춰 허둥지둥 도착한 것이다. 차상만이 민망함을 지우고 태연한 척 웃는다. 순간 혜림은 가슴이 덜컥하며 심장이 뚝 떨어지는 소리가 들리는 듯했다.

혜림은 지수가 입은 은회색 버버리코트에 노란색 머플러가 그렇게 잘 어울리는 배색인지 처음 알았다. 그러고 보니 남편 역시 베이지색 슈트에 남색 셔츠를 입었고 노란색과 남색이 섞인 넥타이를 매고 있었다. 남들이 보면 두 사람은 커플룩을 입고 밀월여행을 떠나는 신혼부부라고 생각할 것 같았다.

"해운대에서 모이기로 했어. 다른 직원들은 어제 출발했어."

상만이 어색하게 웃었다.

"민지수 씨와 나만 뒤처진 거야."

혜림은 뭔가를 말하고 싶었지만 후끈 목만 바짝바짝 타 왔다. 두 사람의 얼굴을 멍하니 보고 있을 도리밖에 없었다. 그녀는 자신을 내려다봤다. 깔끔해 보인 검은 정장에 흰 블라우스는 화사한 봄날에 어울리지 않고 칙칙해 보였다. 흑백영화처럼 옷도 사람도 낡아 있었다. 예전엔 단아해 보인다고 했던 옷인데 ….

상만은 민망한지 혜림을 한 번 쳐다보고는 허둥거리며 개찰구로 향했다. 두 사람은 개찰구를 빠져나가더니 뒤돌아보며 표정 관리가 안 되는지 어색한 미소를 짓고는 사라졌다.

혜림은 그 자리에서 움직일 수가 없었다. 두 다리가 덜덜 떨리고 가슴이 벌렁거렸다. 자신의 사랑이 날갯짓을 하며 날아가는 모습을 눈으로 확인한 순간이다. 벌판처럼 허한 가슴을 안고 우두커니 서 있을 뿐 발길이 떨어지지 않는다. 껍질만 남은 몸, 그 빈 공간으로 바람이 들어오는 것 같았다. 그녀는 그 자리에 주저앉았다. 일어나려고 애를 썼지만 제대로 움직이지 못했다. 마냥 그러고 있을 수 없어 누구에게라도 털어놓지 않고는 견딜 수 없다.

그녀는 뻥 뚫린 가슴을 안고 도저히 집으로 가지 못할 것 같았다. 두 다리가 허공으로 붕붕 떠다니고 있어 자꾸만 휘청거렸다. 고향 친구 한경에게 전화를 걸었다. 술 한잔 사 달라고 말했다. 웬일이냐고 의아해했지만 만나서 이야기하겠다고 했다. 한경은 곧바로 달려와 주었다. 그녀의 말을 들은 한경은 어처구니가 없는 표정을 지었다.

"너 미쳤구나! 웬 신파냐?"

"그래야 할 것 같았어."

혜림은 울먹이면서 말했다. 남편이 회사 직원들과 가는 거라고 했지만 둘만의 사랑 여행이라는 느낌이 든다고 했다. 그러면서 남편에게 부담을 주어 양심의 가책을 받기를 바라는 뜻도 있다고 했다.

"아주 진상을 떨어, 떨어요."

"……."

"너 아직 꿈꾸고 있구나. 쿨한 척하고 싶은가 본데 그 순진성이 둔한 거지. 쿨한 것이 아니야."

"그럴까?"

"이제 아주 도를 닦네, 닦어!"

한경은 혀를 찼다.

"민지수 그년은 네 남편이 너에 대해 연민이 남아 있을까 봐 총력을 기울이겠지. 섹시의 극치인 년이 죽을힘을 다해 네 남편을 감아올릴 것이고, 그러면 네 남편 역시 더욱 더 집착할 게 뻔해. 그렇게 되면 그 불 아무도 못 꺼."

한경이 계속 가슴에 대못을 박는다.

"타오르는 불길에 기름을 붓고 왔구나! 남의 것을 훔치는 사랑은, 더욱이 지수 그 계집에게 양심 따윈 없어. 너만 혼자 다치고 속고 있는 거야. 이것아! 제발 정신 좀 차려라!"

"살다 보면 치기 어린 순정도 필요할 때가 있지."

"바보야 너 마음대로 생각해. 네 마음이 편하다면 할 말 없어, 그것도 희망사항이지만."

한경이 조언한다.

"아마도 네 남편은 지금쯤 너 때문에 골머리를 앓고 있을 거야. 뾰족한 방법이 없으니 너라는 여자를 당장 해결할 수만 있다면 얼마나 좋을까. 떼어 버려야 할 혹일 거라 여길지도 몰라. 차라리 알아차리고 물러나 주기를 바랄 걸. 네게는 잔인한 말이지만…."

한경은 계속 아픈 곳만 골라 후벼 판다.

"짐작해 보면 떼어 버릴 수만 있다면 당장 그렇게 하고 싶겠지. 그냥 죽치고 있는 너에게 트집이라도 잡아서 보내고 싶은데…. 그게 고민일 걸."

한경의 다그치는 충고에 혜림은 정신을 가다듬는다. 그녀 나이 쉰 살. 앞으로 긴긴 시간을 견뎌 내는 일이 우선이다.

차상만이 회사 워크숍에 다녀오고 열흘이 지났다.

"민지수 소식은 들어요? 요즈음은 통 놀러 오지 않으니."

혜림은 그에게 민지수 상황을 물었다.

"내가 어떻게 알아? 그날 당신에게 미안해 어쩔 줄 몰라 하더니 … . 다른 직장으로 옮길 거라는 말을 들었을 뿐이야."

상만의 대답이 퉁명스러웠다. 다음 날 아침 한경이 궁금해 못 견디겠는지 혜림에게 전화를 걸어 왔다.

"그래 네 남편 태도는 어때?"

"민지수 그 애는 미안했는지 워크숍에 참석도 안 하고 가 버렸는데 그 후 소식이 없다네."

"네 남편 태도는 아무렇지도 않아?"

"그냥 덤덤해."

"화는 내지 않고?"

"응."

"그럼 … 살림을 차렸겠군."

그러면서 한경은 타의에 의해 여자를 보낸다면 화를 낸다고 했다. 그렇지 않고 평소와 같은 행동을 보인다면 이미 오래전부터 시작된 것이라고 했다.

9

차상만이 외국으로 회사를 옮긴다고 말했다. 그것은 일방적인 통보였다. 그리고 며칠 후 상만은 짐을 챙겨 집을 나갔다. 남편이 나간 후 혜림은 빈 방에서 며칠인지도 모르게 혼수상태에 빠져 있었다. 새삼스럽게 가슴이 아파서가 아니라 모든 것을 잃어버린 자의 행동이었다. 그녀는 상만에게 이혼하자고 했다. 한 번쯤 거절해 주는 것이 예의일 텐데 그는 아무 말 없이 이혼 서류에 도장을 찍었다.

혜림은 위자료도 필요 없다고 했다. 바보짓이라고 한심해해도 할 수 없다. 이혼소송 도중 위자료를 주기 싫어서 서로 온갖 약점을 들추어내야 할 것이기 때문이다. 서로에게 상처를 주거나 받고 싶지 않았다. 결혼 생활을 돈으로 환산한다는 것이 억울했다. 남편은 민지수가 알아서 해결할 것이다. 어리석은 선택인지 모르지만 그녀는 이제부터라도 세상 사람들과 다르게 살고 싶었다. 진작 그들이 원한 대로 새처럼 날아가 버리면 될 것을.

새장을 열어 놓고 날아가기를 기다려도 미련하게 웅크리고 있었던 자신이 무능했다. 혜림은 현실을 잊으려고 혼잣말을 했다. 이제 어떻게 하지? 갈 곳이 없어. 어디로 가야 하나?

몸을 웅크려 작게 만들고 의식은 내면으로 깊숙이 숨어들었다. 자신의 편이 없는데 어디에다 하소연할까. 그냥 침묵으로 일관했다.

혜림은 텔레비전을 켠다. 보이는 대로 생각도 없이 채널을 돌린다. 느닷없이 화면엔 영화배우 브룩 쉴즈가 나온다. 뚱뚱하다. 전성기였을 때 모습은 온 세상이 다 부러워 할 세기의 미녀로 꼽혔다. 그때 브룩 쉴즈는 알고 있었을까. 자신이 늙는다는 것을. 예전에 아름답던 모습은 사라지고 거대한, 여자로 봐줄 수 없는 고릴라 같은 모습이 될 줄을. 거인증을 앓고 있다고도 했다. 서울역 지하철 주변에 있는 노숙자와 구걸하는 노인들, 그들도 자신이 그런 노년을 보내게 될 줄 알지 못했을 것이다. 누구나 자신만은 하층으로 떨어질 줄 모르고 영원할 줄 알았을 것이다. 그녀처럼 ….

그녀는 눈을 감는다. 왕자로 태어난 싯다르타는 자신의 고향 마을에서 그에게 주어진 안락과 명예를 누리며 살고 있었다. 그러나 나이를 먹으면서 그의 가슴은 지혜와 새로운 경험을 얻고자 하는 열망으로 불타올랐다. 과연 싯다르타는 출가해서 고민을 해결했을까. 싯다르타는 고뇌가 어떤 것이기에 출가했을까.

그녀도 고민에 들어간다.

누구나 생로병사를 거쳐 자연으로 돌아갈 운명이다. 선한 의지를 갖고 열심히 살아도 생로병사의 순환을 넘어서지 못한다. 허무하다. 착한 영혼을 위해 죽음 이후 세계에 대한 영혼이 쉴 수 있는 공간은 없을까? 생명을 타고 태어난 모든 동물과 인간에게 영원한 숙제다. 싯다르타의 고민은 고통에서 벗어날 수 있는 길을 찾아 깨달음을 얻기 위해서 출가했다고 믿는다. 하지만 아무도 해답을 찾았다는 것을 증명한 사람은 없다. 다만 이론으로 인간이 원하는 세계를 갈망하는 것, 종교의 탄생에 불과할지도 모른다. 막연히 추측할 뿐이다.

혜림이 본격적으로 이혼을 결심하게 된 것은 남편과 시어머니가 민지수를 몰래 만나고 있었으며 민지수가 낳은 아들 돌잔치에 참석을 했다는 사실을 알고부터였다. 그동안 아무것도 모르고 언젠가 돌아올 남편을 위해 여자로서의 의무를 했다는 것을 보여 주려 노력했던 것이다.

시어머니에게 잘하려고 애쓴 자신이 너무나 어리석어 부끄러웠다. 사기극이 벌어지는 동안 아무것도 모르고 있는 자신을 보며 그들은 무슨 생각을 했을까. 저런 멍청이가 있나, 하고 조롱했을지도 모른다.

그녀가 기절을 했는지 아니면 먹지 않고 있다가 기력을 잃었는지 알 수 없다. 눈을 떠 보니 병원이다.

병실 침대에 멍하니 누워 있었다. 옆 침대에선 연일 방문객이 드나들고 아프다고 징징거리는 소리가 들린다. 몸을 돌려 반대편으로 눈을 돌리자 다른 사람들의 모습이 등장한다. 그녀는 속으로 중얼거린다. 세상엔 아픈 사람이 많구나 하고. 낮에 친구 한경이 병원으로 면회를 왔다.

"너 멍청이 아냐? 이 지경이 될 때까지 몰랐니?"

한경이 돌아가고 한 시간쯤 지나서 남동생 내외가 병원으로 왔다. 남동생이 누나인 그녀를 찾아온 것이다. 어릴 적 사소한 갈등도 세월을 넘어서서 가슴 한쪽에 연민으로 남아 있었다. 함께 자랐고 그녀가 돌본 것을 기억하는 동생. 그녀에 대한 연민이 사랑으로 변한 것이다. 그녀가 독립을 결심한 결정적인 동기는 동생 내외 덕분이다. 그들이 그녀에게 거처를 제안한 것이다.

남동생은, 처갓집 장모가 알츠하이머 치매 초기 증상으로 시골에서 투병 중인데 그곳에 가서 함께 지낼 의향이 있느냐고 물었다. 노인들은 익숙한 시골집을 떠나면 더 심해진다고 해서 서울 집으로 모셔 오기가 어렵다고 했다. 그녀는 생각해 보겠다고 했다.

동생 내외는 혜림이 병원에 있는 동안 사돈네 시골집을 개조했다. 노인이 거처하는 안방과 거실 사이에 커다란 유리문을 만들어 서로 소통하기 쉽게 해 놓았고, 거실과 주방 사이에 그녀가 쉬면서 창작할 공간을 마련하였다. 그녀가 거처할 공간이라기보다 그녀가 사용할 집필실이 마련된 것이다.

10

혜림은 그동안 구해 놓고 읽지 못한 책을 집어 들었다. 마키아벨리의 《군주론》이다. 중요한 부분을 밑줄을 쳐 가면서 읽었다. 그동안 자신이 얼마나 어리석은 짓을 했는지 이제야 눈이 떠졌다. 밑바닥으로 떨어져 보면 성찰의 기회가 온다. 마키아벨리는 이탈리아의 통일과 번영을 꿈꾸며 새로운 정치사상을 모색한 르네상스 시대의 정치 사상가이다.

《군주론》은 마키아벨리가 메디치 가문에 선택되어 다시 공직에 진출하기 위해 메디치 가문에 헌정한 책이다. 마키아벨리는 어떤 군주를 이상적인 군주로 본 것일까? 마키아벨리는 군주가 스스로 어떻게 하느냐가 중요하다고 보았다. 즉, 군주의 '역량'을 필수적이라고 본 것이다. 운명에 모든 것을 맡기는 것은 천하의 바보 같은 짓이며 '운명'이라는 것도 자신의 역량에 의해 헤쳐 나갈 수 있다고 했다.

'내 영혼보다 조국 피렌체를 더 사랑했다'고 고백하는 그는 관대하고 열정적이며 정직하고 자애로운 아버지였으며, 성실한 가톨릭 신자였다. 마키아벨리는 군주의 덕목과 행동을 다음과 같은 한 문장으로 설명한다.

'모든 인간은 이기적이며 악하다.' 그 어떤 정치이론보다도 혁신적인 주장이다. "정말 그럴까?" 의심하고 싶지만, 정말 인간은 그런 존재가 아닐까?

사돈어른 목욕시간이다. 그녀는 책을 덮고 일어선다. 사돈어른은 목욕을 싫어하지 않아 다행이다. 비듬이 생긴 피부에 구석구석

로션을 바른다. 그 손길이 좋은가 보다. 사돈어른도 사랑을 받고 싶어서인가 그녀의 손길 감촉에 만족한 듯하다. 목욕할 때만은 엉뚱한 소리를 하지 않고 제정신으로 돌아오곤 한다. 그럴 때면 친구처럼 또는 다정한 모녀처럼 된다.

그녀를 딸처럼 여기는 사돈어른에게 속마음을 털어놓게 유도한다. 그러면 딸처럼 이야기를 건넬 수 있다.

"어머니, 낮잠이라도 한잠 주무세요."

서로 다정하게 이야기하는 모습이 모녀처럼 보인다.

사돈어른 목욕을 끝낸 혜림은 다시 마키아벨리의 《군주론》을 펼친다. 이미 세상 이치를 안 사람들은 강자가 될 준비를 한 사람들이다. 그들은 운명적으로 부유한 집 사람들이다. 그들은 사회적인 약자에게는 마음을 비우고 양보하고 착하게 살라고 한다. 군주는 운좋게 태어난 것뿐이다. 운명을 뛰어넘는 의지로 이겨 내라.

약자들이여, 과단성 있게 눈물을 닦고 용감하게 뛰어들어라. 강자에게 섣불리 주장하지 마라. 내 손에 무기가 들어올 때 거리낌 없이 주장하라.

싸움에는 두 가지 방법이 있다. 그 하나는 법에 의지하는 것이고, 다른 하나는 힘에 의지하는 것이다. 첫째 방법은 인간에게 적당한 것이고, 둘째 방법은 짐승에게 합당한 것이다. 군주는 짐승과 인간의 방법을 모두 이용할 줄 알아야 한다. 그 중에 어느 한쪽을 결여하면 그 지위를 오래 보존할 수 없다. 군주는 여우와 사자를 모방해야 한다. 사자는 함정에 빠지기 쉽고 여우는 늑대를 물리칠 수 없다. 함정을 알아차리기 위해서는 여우가 되어야 하고 늑대를 혼내 주려면 사자가 필요하다.

세월은 문틈 사이로 백마가 달려가는 것을 언뜻 보듯 빨리 지나간다. 상황을 자신들이 생각한 최선의 형태로 빚어낼 기회를 갖지 못한다면 그들의 위대한 정신력은 탕진되어 버릴 것이고, 그들에게 역량이 없다면 그러한 기회는 무산되어 버릴 것이다.

그녀는 자신이 세상살이에 우매했다는 사실을 인정하지 않을 수 없었다. 남성우월주의의 산물인 복종을 미덕으로 알던 덕목의 굴레에서 벗어나지 못했던 것이다. 한쪽의 일방적인 굴종을 요구하고 여러 가지 방법으로 인간 존엄성을 훼손시키는 방식으로는 어떤 인간도 해방될 수 없다. 아내라는 이유로, 며느리라는 이유로, 딸이라는 이유로 받아 마땅한 고통은 없다. 세상의 권력을 가진 자들은 용맹스런 사자인 동시에 매우 교활한 여우였다.

옛 통치에 불만을 품은 자들은 새로운 통치에 대해서도 불만을 품는다.

1. 군주는 자비롭다는 인상을 받도록 노력해야 한다.

2. 군주는 자신을 두려운 존재로 만들어서는 안 된다.

3. 인간이란 은혜를 모르고 변덕스러우며 가식이 많다. 본심을 드러내지 않으며 위험을 피하려고 하고 이익이 되는 일에 걸신이 들려 있기 때문이다.

운명의 밑바닥에서 얻은 깨달음은 우리 모두 군주가 되어야 한다는 것이었다. 혜림은 긍정의 힘을 얻는다. 우리는 모두 군주다. 타인의 선택보다는 자신의 선택에 의존해야 한다.

11

혜림은 사돈어른을 돌보면서 병상일기를 쓴다. 기록은 머릿속 산책이다. 사돈어른은 정신이 들 때면 그녀 손을 잡고 눈물을 흘린다. 사돈어른은 그녀의 사랑이 담긴 눈길을 받자 비로소 잠깐씩 정신이 돌아오곤 했다. 감각이 없던 몸, 쭈그러진 사돈어른 손에서 다시 감각이 되살아나고 있다. 그녀의 손을 쓰다듬으며 고마워하는 사돈어른 눈망울을 바라보자 그녀도 웃음이 나온다.

그녀는 가지고 온 책들을 정리하다가 한때 애송하던 폴 엘뤼아르 시집을 발견한다.

나의 학습 노트 위에
나의 책상과 나무 위에
모래 위에 눈 위에
나는 너의 이름을 쓴다.

내가 읽은 모든 책장 위에
모든 백지 위에
돌과 피와 종이와 재 위에
나는 너의 이름을 쓴다.
…
밤의 경이 위에
일상의 흰 빵 위에
약혼 시절 위에

나는 너의 이름을 쓴다.

나의 하늘빛 옷자락에
태양이 녹슨 연못 위에
달빛이 싱싱한 호수 위에
나는 너의 이름을 쓴다.
…
그 한마디 말의 힘으로
나는 내 일생을 다시 시작한다.
나는 태어났다. 너를 알리기 위해서
너의 이름을 부르기 위해서
오! 자유여! *

좋은 글을 읽는 것은 마치 비타민 알약을 먹는 것과 같다. 그날 혜림은 많은 걸 생각했다. 열정, 믿음, 사랑, 정의, 자유와 용기, 그리고 희망.

다음 날 혜림은 정원과 주변을 둘러보았다. 한때 화려했을 것 같던 정원은 주인의 손길이 닿지 않아 황폐해져 있다. 잡초가 제멋대로 무성히 자라 풀숲으로 변한 정원은 사람의 손길을 기다리고 있었다. 집 주변을 정리하기 시작했다.

잡초를 제거하자 여러 가지 화초들이 꽃잎을 드러내고 햇살을 받아 빛나기 시작했다. 손길마다 피어나는 꽃과 나무들과 머리 위를 지

* 폴 엘뤼아르(Paul Éluard, 1895~1952년), 〈자유〉 중.

나가는 구름들과 신에게 공평하게 시간과 태양을 선물받는 듯했다.

집 경계선을 따라 늘어선 소나무에 칡넝쿨이 엉켜 있어 고사枯死 직전이다. 칡넝쿨을 낫으로 베어 내기로 한다. 줄기가 여러 겹으로 엉킨 가닥들을 손으로 잡고 낫으로 내리친다. 싱싱한 칡 줄기가 밑둥치에서 위쪽으로 엉켜 있어 꿈쩍도 하지 않는다. 겨우 반쯤 쳐 냈을 뿐인데 힘이 든다. 낫보다는 톱이 나을 것 같아서 광으로 달려간다. 뽑히지 않으려는 칡넝쿨과 사투를 벌인다. 이윽고 톱으로 줄기를 잘라 낸다. 한 생명력을 무지막지하게 제거한 것이다. 땀을 흘리며 칡넝쿨을 끊어 내다 상념에 잠긴다.

'넌, 왜 여기에 자리를 잡았니? 아무도 손댈 수 없는 편히 자랄 수 있는 산기슭에다 자리를 잡지 그랬어.' 살려고 발버둥치는 것 같아 마음이 쓰였다. 그러나 톱으로 마지막 줄기를 잘라 낸다. 그제야 몇 가닥 남아 있던 소나무의 잎이 햇빛을 보게 되었다.

홀가분하다. 마치 그동안 자신의 몸을 옭아매던 밧줄을 끊어 낸 기분이다. 널브러진 칡넝쿨을 치운다. 소나무에겐 생명의 빛을 받은 일이고 제거된 칡넝쿨에겐 죽음인 것이다. 그녀는 잠시 앉아 숨을 돌리며 사색에 잠긴다. 자연과 인간 모두 삶과 죽음이 서로 엉켜 있어 보완하거나 해를 끼친다. 그동안 고통이라고 여겼던 모든 일이 각각 제자리를 잡지 못해 일어난 것이라는 걸 깨닫는다.

'사랑은 치명적인 아름다움으로 시작해서 처절한 이해로 끝이 난다.' 펄펄 끓어 넘치던 젊음도 한 고비 넘긴 지금 이해하지 못할 게 무엇이 있단 말인가. 원하든 원하지 않든 이해할 수밖에 없다. 차라리 쿨하게 벗어 버리는 것이 낫지 않은가.

오후에 친구 한경에게서 전화가 왔다.

"탈출한 기분이 어때? 할머니 상태는? 견딜 만해?"
"하나씩 물어 봐, 숨넘어간다."
"알았어. 목소리가 좋네."
"다른 건 몰라도 숨을 쉴 수 있다는 게 신기해."
"작가는 사랑을 쓰면서 비로소 그 사랑에서 놓여난다고 하더라. 그런데 언제 초청할 거야?"
한경은 재촉한다.
"알았어. 정리되는 대로 부를게."

소설가가 되려면 한 번쯤 이혼을 해 보라고 말하기도 한다. 그만큼 이혼은 가장 무서운 트라우마다. 이를 겪어내야 한다는 말이다. 혜림은 자신이 처음 등단했을 때 선배 소설가가 했던 말을 떠올렸다. "한국 남자들 참 나빠요. 이런 미인을 소설가로 내밀다니!" 그녀는 처음에는 그 말이 주는 의미를 정확히 이해하지 못했다.
그러나 지금은 소설을 쓰겠다고 나선 그 자체만으로 알 수 있다고 말하며 자유의 투사라고 한 소설가의 말을 긍정한다. 그녀는 이번 기회를 경험 삼아 차상만이 비아냥거렸던 3류 소설이라도 써야겠다고 작심한다.
그녀는 다시 창작에 몰두할 것이라는 비장한 결의를 굳힌다. 그리고 이는 또 다른 출발을 알리는 새로운 신호라고 믿는다.

밤새 비가 내렸다. 비 오는 소리도 듣지 못하고 잠을 잤다. 상쾌한 아침이다. 사돈어른 상태를 살펴보니 아직 잠들어 있다. 밤새 갇혀 있던 퀴퀴한 냄새를 몰아내려고 창문을 연다. 상쾌한 공기가 쏟아져 들어온다. 자신도 모르게 하늘을 향해 두 팔을 크게 벌려 기지개를 켠다. 아! 시원해. 안으로 움츠러드는 어깨를 펴면서 만세를 부르듯 크게 숨을 들이쉬었다. 어릴 때 이후 한 번도 없었던 일이다.

유혜림은 하늘을 올려다보았다.

머리 위로 기러기 떼가 V자 모양으로 열을 지어 날아가고 있다. 겨울 철새는 가을에 왔다가 겨울을 넘기고 봄이 오면 제 고향으로 돌아간다. 앞에서 나는 새는 바람의 저항이 커서 힘이 든다. 가장 앞서 가는 새는 그만큼 상대적으로 힘을 소모하게 되므로 중간중간에 위치를 교대하며 날아간다. 하늘 저편 아득한 곳을 향해 날아간 새들은 어느새 검은 점이 되어 사라진다.

혜림은 자유롭게 자신의 힘으로 날 수 있다는 것이 행복임을 자각한다. 우리 모두는 불멸을 원한다. 그것은 삶을 향한 꿈틀거림이 아니었을까. 그녀는 하늘을 향해 어깻죽지를 펴고 새처럼 날아갈 준비를 한다. 떠나자. 아! 눈이 부시다.

이제 내가 하늘을 날 차례다.

〈문예바다〉 2018년 봄호

지꾸 이야기

1

마당 있는 집은 그녀가 꿈꾸던 곳이다. 친구가 뉴질랜드로 이민 간다며 내놓은 집이어서 시세보다 싸게 구입했다. 대문 옆에 훌쩍 자란 주목나무가 큰 그늘을 만들고 있어서 제법 운치가 있다. 그리고 빨간 지붕 위에 여러 가지 꽃을 플라스틱 화분에 심어 올려놓았는데 멀리서 보면 빨간 모자를 쓰고 꽃 차양을 두른 것처럼 보인다. 어느 날 남편이 개 한 마리를 안고 현관으로 들어서면서 웃었다. 셰퍼드 순종이야. 그의 말투가 자랑스럽고 당당했다. 족보가 있는 개라서 값이 많이 나갈 거라고 했다. 잘 키워서 새끼를 낳아 분양하면 좋을 거라면서, 집들이에 왔던 친구가 자신이 기르던 개를 선물로 보내 준 것이라고 했다.

그녀는 아이들이 원한다면 개를 키울 작정이었다. 그러나 꼭 필요하지는 않다. 동물과 생활하면 즐거울 거라고만 짐작했지 그 후에 올 번거로움 같은 건 생각하지 않은 상태였다. 신중해지자. 개가 지금 필요한지를 심각하게 고민해야 한다. 키우기로 결정 내린다면 가족들로부터 확실하게 약속을 받아 두어야 한다.

"개는 누가 돌볼 것인가요?"

여자 말에 그는 각자 역할을 맡으면 된다고 한다.

"아직 준비가 되어 있지 않은데요?"

"준비는 무슨?" 그는 어이가 없어서 혀를 찬다.

"문제는 … 구체적으로 어떻게 할 건지 말해 봐요."

"구체적으로 말하라니?"

"지금 당장이 문제죠. 배설물을 누가 어떻게 치우죠?"

"내가 치울 거야. 그럼 됐지?"

그는 아내에게 인형도 아니고 살아 있는 짐승이 먹고 배설하는 것은 당연한 일이라고 대답했다. 그러면서 배설물을 자신이 직접 치우겠다고 덧붙였다. 그녀가 걱정한 것에 비하면 번거로운 일은 순조롭게 해결되었다. 학원에서 돌아온 아이들이 개를 보고 와아! 환호성을 지른다. 그는 아이들 못지않게 개를 좋아했다. 아침마다 일찍 일어나 마당으로 나간다. 개를 관찰하고 쓰다듬는 게 그의 첫 번째 일과가 되었다.

셰퍼드를 '지꾸'라 이름 지었다. 아이들 의견에 따라 '지꾸'가 좋겠다고 해서 결정을 본 것이다. 다음 날 그는 아이들과 함께 마당 창고 옆에 개집을 만들었다. 아침마다 지꾸를 운동시키는 일은 그의 몫이다. 뒷골목은 15도 정도 비탈길인데 지꾸를 데리고 아침마다 산책을 나갔다. 하루 종일 개집 주위를 어슬렁거리며 묶여 있다가 자유를 얻은 지꾸는 이때다 싶게 달리기 연습을 한다.

그녀는 개 목줄을 풀어 손에 감아쥐고 밖으로 나가는 남편 모습이 보기에 좋았다. 이불 속에서 "5분만 더" 하며 게으름을 피우던 그가 어린이라도 된 것처럼 지꾸와 동체가 되어 갔다. 스스로 아침 일찍 일어나지 못하던 그가 스스로 일어난다는 건 대단히 이례적인 일이다.

지꾸는 기운이 세졌고 덩치가 말 엉덩이만 해졌다. 등은 새까맣고 다리와 발은 황금처럼 카멜색이 있어 빛이 난다. 빛은 주인이 잘 다듬어 주고 사랑한 표식이다. 지꾸는 주인을 데리고 뛴다. 힘 안 들이고 비탈길을 달려 올라가고 내리막길도 뒤에서 주인이 딸려가면서 발끝에 힘을 주고 목줄을 당겨야 속도를 줄인다.

동네를 한 바퀴 돌고 온 그의 얼굴은 환한 웃음꽃으로 빛나고 소년처럼 상기돼 있다. 숨을 헐떡이며 대문 안으로 들어서면서 아내에게 지꾸의 무용담을 늘어놓는다. 더욱이 온 동네 잡종 개들을 한 번에 제압한 지꾸의 힘을 본 후로 그의 어깨가 더 많이 올라갔다.

그날 새벽도 그는 국립중앙도서관을 한 바퀴 돌고 공원으로 향했다. 공원에는 주인과 함께 산책 나온 개들이 많이 있었는데 자그마한 애완견이 대부분이었다. 그 중에 영리하다고 자랑하는 덩치 큰 토종개도 보였다. 송아지만 한 놈인데 엉덩이를 실룩거리며 공원을 휩쓸고 다녔다. 순종 진돗개 왈순이다. 멋모르고 짖어대던 왈순을 지꾸는 단 한 번의 으르렁거림으로 제압해 버렸다. 점잖게 지나가다가 지꾸가 그쪽으로 눈을 부라리는 것으로 싱겁게 끝났고, 녀석은 싸워 보지도 않고 꽁지를 뒷다리 사이에 끼우고 줄행랑쳐 버렸다. 그는 집으로 들어서며 지꾸의 영웅적인 모습을 혼자 봐서 아쉽다는 듯 안타깝다는 표정을 지어 보였다.

"우리 지꾸가 최고야. 당신이 봤으면 얼마나 대단한 녀석인지 알 텐데…."

자신이 동네 깡패들을 물리친 영웅이라도 된 양 의기양양해했다. 그 후 지꾸는 몽마르뜨 공원에서 왕처럼 군림하게 되었다.

2

지꾸에게 문제가 생긴 것은 그즈음이었다. 지꾸 덩치가 커 갈수록 커다란 짐이자 애물단지가 된 것이다. 지꾸와 함께 있는 시간은 늘 행복할 것만 같았는데 막상 키워 보니 예상과 너무 다르다. 우선 먹이를 감당하기 어려웠다. 어려운 시기를 거쳐 근근이 마련한 집이었기에 가계는 적자였다. 지꾸를 사랑하지만 개에게 허연 쌀밥을 먹일 수는 없었다. 궁리 끝에 동네 입구 생선장수에게 사정을 말하고 손잡이 달린 플라스틱 통을 맡겨 놓았다.

그녀는 이틀에 한 번씩 가게에서 동태 머리와 고등어 내장, 꽁치 머리, 갈치 꼬리 등을 집으로 가져와 쌀을 조금 넣고 끓여서 지꾸에게 주었다. 여자 혼자서 이틀에 한 번씩 생선 대가리가 가득 담긴 시커먼 플라스틱 통을 들고 오르막길을 오르는 건 힘든 일이었다.

지꾸는 아무거나 잘 먹었는데 특히 그녀가 힘들게 가져온 생선을 좋아했다. 많이 먹은 만큼 배설물도 대단했다. 처음에는 마당 화단에 묻었으나 얼마 지나지 않아 넘쳐나서 그 다음엔 신문지로 싸서 집 앞 쓰레기통에 넣어 버리기 시작했다.

"아주머니, 사람 똥까지 이렇게 버리면 어떻게 해요?"
쓰레기 치우는 사람이 투덜거리면 그녀는 개똥이라고 말하는 것이 예의가 아닌 것 같아서 못 들은 척하곤 했다.
각자 역할을 맡아 지꾸를 돌보기로 한 약속은 이미 휴지조각이 된 상태가 되었다. 그는 처음 약속했던 것과는 달리 새벽 운동만 하고 돌아와서는 지꾸를 목줄에 묶어 두었다. 혼자서 지꾸를 돌보는 건 쉬운 일이 아니다. 그는 개와 즐기기만 할 뿐, 개 때문에 일어나는 번거로움은 거들떠보지 않았다. 아이들도 시장에 가서 생선 대가리를 모아 놓은 물통을 들고 오라고 심부름을 시키면 미간부터 찌푸렸다.
"시커먼 물통을 들고 동네를 돌아다니는 게 창피해."
친구들을 만나게 될까 신경 쓰인다고 불평했다. 아이들은 놀다가도 심부름을 시키면 밀린 숙제를 해야 하는데 오늘따라 공부할 게 많다고 입을 삐죽거린다. 그러면 그녀는 자신도 모르게 슬그머니 일어나 직접 해결하고 만다.
"그럼 들어가서 숙제해라."
아이들은 얼른 제 방으로 들어가 문을 닫고 사라진다.
"너희는 지꾸와 놀기만 하면 그만이지? 먹이고 치우는 일을 엄마에게 맡기고 너희는 누리기만 하는 것이 불공평하지 않니?"
아이들은 그녀의 호소를 못들은 체하며 잔소리꾼으로 치부한다. 아이들은 그렇다 치더라도 그녀가 참을 수 없는 건 지꾸의 태도이다. 지꾸는 남편만 따랐다. 지꾸가 그녀 가까이 올 때는 먹이를 갖고 갈 때뿐 먹이를 주고 씻기는 그녀는 거들떠보지 않는다. 지꾸가 꼬리를 흔들며 남편에게 달려갈 때마다 섭섭했다. 지꾸의 주인은 남편뿐인 것이다.

'너를 사랑하는 건 나야. 넌 그걸 모르니?'

가장 큰 피해자는 자신이라는 억하심정까지 든다. 그녀는 팔짱을 끼고 삶은 생선 대가리를 맛있게 먹고 있는 지꾸를 노려보았다.

"에이! 의리 없는 새끼!"

개가 자신이 사는 집안 분위기를 보고 권력이 누구에게 있는지 안다는 사실을 그녀가 안 것은 훨씬 나중이었다. 지꾸도 힘이 있는 주인 편에 선 것이다.

"애들이 저렇게 좋아하니 당신이 수고하는 김에 조금만 더 해 줘."

남편은 투덜대는 아내에게 "그게 힘의 논리야" 하는 말 대신에 아이들을 둘러보며 "조금만 참아, 당신이 그러면 애들이 서운해할 거야"라고 했다.

그즈음 남편은 개 목줄을 가죽끈에서 쇠사슬로 바꾸었다. 스테인리스 재질의 황금빛 체인 목줄이었다. 가죽끈을 잡고 뛰다가 목줄이 끊어져 비탈길을 나뒹굴어서 무릎이 까지고 손목을 삔 후였다.

지꾸는 먹성이 좋은 만큼 힘도 좋아졌다. 아무리 단단히 묶어놔도 기어코 말뚝을 뽑아 버린다. 지꾸는 하루 종일 말뚝 주위를 맴돌며 묶인 줄과 씨름했는데 나무로 말뚝을 새로 만들어도 며칠 안 가서 또 뽑아 버린다. 하다하다가 그는 쇠말뚝을 박기로 했다. 마당에 커다란 구멍을 파고 시멘트로 밑동을 튼튼하게 해 놓고 대장간에서 맞춰 온 기다란 쇠말뚝을 깊게 박아 두었다.

3

아침 신문을 가지러 나가던 여자는 깜짝 놀랐다. 갑자기 대문 앞에 모여든 개들이 수도 없이 많았다. 그녀는 개 종류가 이렇게 많다는 사실을 처음 알았다. 떠돌이 개도 있고 털로 두 눈을 덮고 있는 삽살개도 보였다. 빗자루를 들고 때리는 시늉을 하며 쫓아 버리려고 했지만 소용없다. 양동이에 물을 받아 끼얹으면 몇 발짝 뒤로 물러섰다가 다시 대문 앞에 모여들었다. 지꾸에게 발정기가 찾아온 것이다. 청승스럽기도 하고 불쌍해 보이기도 하지만 그냥 넘기면 안 될 것 같다. 잘못하다가 잡종의 씨를 받으면 큰일이기 때문이다.

날마다 동네 수캐들이 모여들어 하루 종일 죽치고 대문 앞에 앉아 있다. 주제 파악을 못한 개들이 대부분이었다. 지꾸의 절반도 못 되는 자그마한 개도 보였다. 처음에는 그럭저럭 넘겼으나 두 번째부터는 장난 아니었다. 그녀는 머리가 아파왔다. 입이 바짝 타들어 갔다. 세 번째 발정기가 찾아왔을 때 결단을 내려야했다. 그동안 봐 두었던 윗동네 셰퍼드, 순종이라는 수컷이 떠올랐다.

며칠을 눈독을 들이면서 개 주인에게 뭐라고 말을 꺼낼까 망설였다. 국립중앙도서관에 다녀오는 길에 우연히 수컷 셰퍼드 주인을 만났다. 동네 입구에서 야채가게를 하는 마흔쯤 된 아주머니인데 평소 아는 처지였다.

"안녕하세요?"

그녀는 활짝 웃는 얼굴로 인사를 건네며 사정했다. 새끼를 낳으면 분양해 주겠다고 하면서. 며칠 후 아주머니로부터 전화가 왔고 다음 날 오후 그 집 남편이 어디서 구한 건지 모르지만 리어카를 끌고 왔다. 지꾸는 리어카에 실려 가서 수컷과 만났다.

지꾸는 두 달 후 새끼를 낳았는데 다섯 마리였다. 어미와 애비를 닮아 등이 새까맣고 반질반질했다. 배와 다리 쪽은 눈이 부시도록 아름다운 카멜빛을 띠었다. 그녀는 새끼 낳은 어미라서 지꾸에게 아끼지 않고 잘 먹였고 새끼들도 잘 자라 주었다. 어미가 다섯 강아지에게 젖을 물리니 모유가 모자라는 것 같아서 여자는 겨울 내내 우유병을 물려서 키웠다. 유유를 먹은 강아지들은 잘 자라났다.

마당에 초록색이 돋아나기 시작할 즈음 강아지들이 집안을 돌아다녔다. "이제 새끼를 분양을 보내야 할 거 같아," 하고 그녀가 말을 꺼냈을 때 아이들은 강아지 다섯 마리 모두 키우자고 했고 남편은 한 마리는 키우자고 했다. 그녀는 단호하게 거절했다.

내친김에 지꾸까지 치우자고 했더니 모두들 잠잠해졌다. 무료 분양을 하기로 작정하고 여기저기 수소문했다. 강아지를 한 마리씩 분양하기 시작했다. 지꾸는 처음 한 마리씩 없어질 땐 그때만 화를 내다가 하루나 이틀이 지나가면 다른 새끼에게 눈길을 돌리고 곧 잊었는지 잠잠해졌다.

강아지를 다른 곳으로 보내다가 마지막 한 마리가 남게 되자 지꾸는 미친 듯이 새끼를 찾았다. 눈에 불을 켜고 새끼를 지키려고 발버둥 쳤다. 눈에 핏발이 서고 밥도 며칠씩 먹지 않았다. 잠도 자지 않았다. 억지로 눈을 가리고 마지막 남은 새끼를 치운 건 여름이 시작될 무렵이었다. 지꾸는 밤이면 새끼를 찾아 하늘을 보고 미친 듯이 울부짖었다. 세상 끝에 서 있는 것 같았다.

4

이웃 2층집에 식모로 일하는 백인 혼혈 여자아이가 있는데 예닐곱 살 정도로 보였다. 머리가 노랗다고 사람들은 그를 엘리자베스라는 이름 대신에 엘리 또는 노랑머리라고 불렀다. 엘리는 늘 풀 죽은 모습을 하고 있었다. 주한 미군 아니면 한국에 온 서양 사람이 현지처와 살다가 말없이 본국으로 떠나자 생활고에 허덕이던 아이 엄마가 이웃집에 주어 버린 아이라고 했다.

입양시설에 들어갔다면 고향을 찾아갈 기회가 있을지 모르지만 민간인에게 입양되었다고 한다. 입양은 빈 말일 뿐 실제로는 그 집 식모였다. 엘리는 어느 세계에도 속하지 못했다.

서래마을에 프랑스인 학교가 생긴 이후부터 프랑스 사람이 많이 살기 시작했는데 엘리는 이사 온 프랑스 아이들과도 어울리지 못했다. 길쭉하고 하얀 얼굴엔 주근깨가 어지럽게 덥혀 있고 노랑머리는 숱이 적어 비 맞은 것처럼 머리에 들러붙어 있었다. 코를 훌쩍이는 노랑머리 등 뒤에는 저만 한 주인집 아이가 업혀 있었다.

서양 애들도 코를 흘리다니…. 여자는 집 앞에 서 있는 엘리를 볼 때마다 그녀가 어릴 적에 동네에서 같이 놀던 아이들과 같다는 생각이 들었다. 엘리 눈은 빛을 잃고 움푹 들어가 있었다. 단백질이 부족할 때 나타나는 증상이었다. 업고 있는 주인집 아이 몸무게는 얼추 노랑머리와 비슷해 보인다. 무게에 못 이겨 엉덩이로 흘러내리는 아이를 추스를 때마다 주인이 볼까봐 주위를 흘끔거린다. 안색이 너무 창백해서 종잇장 같고 금방이라도 쓰러질 것 같았다.

여자는 편견을 가지고 있었다. 서양 아이들은 모두 부자라고 알고 있는 편견이었다. 엘리의 어깨는 축 늘어져 있고 측은해 보였다. 자기 나라에 태어났다면 일하지 않고 살 수 있는 환경이 주어졌을 텐데. 핏기 잃은 입술과 어깨가 가늘게 떨리고 있다. 엘리는 머리에 아무 생각도 들어 있지 않는 멍한 눈이었다. 엘리는 세상의 끝에 서 있는 것처럼 보였다.

강아지를 입양한 집에서 불평하는 소리가 들려온 건 두 달쯤 지나서였다. 강아지가 짖지 않는다는 것이다. 아무리 때려도 소리를 내지 않아 개 짖는 소리를 들으려고 마구 때려 보았다는데도 소리를 내지 않고 한쪽 구석에 쪼그리고 앉아 있다는 것이다.

옆집으로 분양간 강아지가 한 달이 넘어도 소리 내지 않는다고 했을 때는 별로 신경 쓰지 않았다. 대책 없이 무조건 맞기만 하던 강아지가 사람만 보면 슬슬 피하기만 한다는 것이다. 사람들은 수군거렸다.

"설마, 강아지가 언어장애라니!"

그 말을 들은 다른 가족이나 이웃집 사람들이 궁금해하면서 찾아가서 짖지 않는지 확인해 보려고 또 때려 시험하곤 했다는 것이다. 요즘은 일부러 동물병원에서 성대수술로 짖지 못하게 하는 사람도 있지만, 그때는 모두들 개는 짖어야 제 역할을 한다고 믿었다. 반려동물 애호가가 들으면 인간의 잔인함에 분노할지도 모르지만 짖지 않는 개라면 쓸모가 없고 곤란하다고 했다.

그녀는 가슴이 찡하게 울려와 강아지를 데려오려고 그 집을 찾아갔다. 주인에게 직접 키워야겠다고 얘기하고 강아지를 품에 안고 나오려는데 그 집 막내아이가 놀이터에서 놀다가 집으로 돌아왔다.

아이는 강아지를 보내기 싫다면서 잘 돌볼 수 있다고 울면서 매달렸다. 이젠 때리지 않고 잘 키우겠다고 떼를 썼다. 다른 집에 가서 증명해 보겠다면서 또 때리면 불쌍하다고 했다. 그녀는 품에 안은 강아지를 아이에게 맡기고 돌아섰다. 맞으면서 얼마나 아팠을까?

잠잠하던 지꾸가 또 사고를 친 건 어저께의 일이었다. 그날은 동숭동 대학로에 동창생들과 점심 약속이 있어 외출 준비를 했다. 새하얗게 삶아 빤 이불 홑청을 말리려고 빨랫줄을 높이 올리고 바지랑대로 받쳐 두었다. 지꾸가 아무리 높이 날뛰어도 닿지 않을 높이였다. 쇠사슬 목줄을 말뚝에 묶어 두고 외출했다. 쇠말뚝을 뽑아내지 않는 이상 지꾸가 제멋대로 돌아다닐 일은 없었다.

오후에 여자가 집으로 돌아왔을 때 지꾸가 반갑다고 꼬리를 흔들며 펄쩍펄쩍 뛰어 올랐다. 녀석 발밑에 하얀 이불 홑청이 잔디와 진흙으로 뒤범벅된 채 어지럽게 흩어져 있는 게 보였다. 일주일 전에도 남편 흰 와이셔츠를 발로 밟은 적이 있었는데 녀석이 또 일을 저지른 것이다. 하얀 셔츠를 여러 번 삶아 빨았는데도 흙탕물을 쉽게 지울 수 없었다. 그 귀찮은 과정을 다시 겪어야 한다고 생각하니 참을 수 없다.

"이놈의 개새끼!"

그녀는 개집 옆에 있는 빗자루를 들고 지꾸 주둥이를 사정없이 내리쳤다. 녀석은 이리저리 피하면서 영문을 모르겠다는 듯 눈이 공포에 떨었다. 그럴수록 더 화가 났다. 녀석은 도망가려고 해도 쇠사슬에 묶여 있으니 꼼짝 못하고 맞아야 했다. 하루 온종일 마당에 묶여 있던 녀석은 바람에 날리는 이불 홑청과 놀이동산에 간 아이처럼 그림자놀이를 즐겼을 것이다. 그러다가 이불 홑청과 뒤엉겨 뒹굴었을 것이다.

그녀는 어떻게 지꾸가 그렇게 했는지 알 수가 없었다. 불가사의한 일이라 놀라웠다. 가당치 않은 높이에도 불구하고 수만 번 점프를 하면서 불가능에 도전했다는 사실이, 그리고 마침내 성공했다는 사실이. 녀석은 그때 성취감을 느꼈을까. 어떻게 바지랑대로 높이 매달아 둔 빨래를 잡을 수 있었을까. 초능력을 발휘한 걸까. 자유를 향한 갈망이었을까. 그녀에겐 풀리지 않는 수수께끼였다.

두어 달이 지났다. 내일은 남편 생일이다. 아침이면 아들 생일을 맞아 시어머니가 오실 것이다. 그녀는 저녁 무렵에 생선, 채소, 육류를 이용해 온갖 전을 부쳐서 채반에 담아 두었다. 냉장고에 넣어 놓으면 전이 모두 굳어버릴 것 같아 싱크대 위 선반에 올려놓고 저녁을 먹었다.

설거지를 하려고 부엌으로 들어섰을 때 선반에 둔 채반이 보이지 않는다. 분명히 여기에 두었는데? 고개를 갸우뚱하며 둘러보았다. 바닥에 채반이 엎어져 있고 한쪽 구석에서 열심히 전을 먹고 있는 지꾸가 보였다. 생선 내장과 대가리만 먹던 지꾸가 쇠사슬 줄을 풀고 냄새를 따라 주방에 침입한 것이 분명하다. 그 큰 입으로 전을 모조리 먹어 치운 것이다.

“이놈이 … 이 일을 어떡하지?”

얼굴로 열기가 올랐다. 빗자루를 들고 지꾸에게 달려들자 녀석은 잽싸게 밖으로 달아나 버렸다. 저녁에 퇴근한 남편에게 낮에 일어난 일을 말했더니 그는 재미있다는 듯 소리 내어 웃는다.

"지꾸가 얼마나 맛이 있었을까!"

"이 판에 웃음이 나와요!"

그는 농담이라면서 낄낄댄다. 한숨이 나온다. 이 밤중에 다시 장을 봐오기도 어정쩡하다. 내일 아침에 시어머니가 오실 텐데 어쩌나? 녀석이 미처 다 먹지 못하고 바닥에 흩어진 전을 주워 담으니 한 접시는 된다. 그녀는 힘이 쭉 빠지면서 머릿속이 하얗게 되었다.

맨발로 마당으로 뛰쳐나가서 빗자루를 들고 지꾸에게 달려갔다. 지꾸는 개집에 누워 있었다. 녀석을 사정없이 두들겨 팼다. 남편과 아이들은 강 건너 불구경이다. 지꾸를 두들겨 패도 아이들은 아무 소리도 못하고 엄마 눈치만 보고 남편은 허 허 헛, 웃기만 한다.

"아무것도 모르는 지꾸를 때리면 뭘 해!"

"모두들 지꾸에겐 너그러워요! 아주 … ."

그녀는 지꾸가 말썽을 피울 때마다 언젠가는 처리해야지, 하는 마음을 가졌었다. 집을 장만하느라 은행 대출을 받아서 이자에 생활비도 충분치 않은데 지꾸까지 벅찼다. 적은 월급으로 생활도 빠듯하고 지꾸의 먹이를 조달하는 것도 만만찮았다.

'이제는 녀석을 치우자!'

선택의 여지가 없었다. 지꾸를 처분하기로 결정했을 때 아이들은 울었고 남편은 말이 없었다. 그러나 지꾸를 어디다 팔아야 할지 막막했다. 처음 집으로 데려 올 때 '족보'라는 종이가 있었는데, 개 족보가 소용이 있는 건지 형식적으로 만든 가짜인지는 몰랐으나 찾으려니 어디에 두었는지 찾을 수 없었다. 며칠 후 야채가게 아저씨에게 부탁해서 어디로 팔아달라고 부탁했다.

야채 가게에게서 연락이 온 것은 한 달쯤 지나서였다.

"마땅한 작자가 나타나지 않으니 제가 사지요."

그녀는 흔쾌히 승낙했다.

아는 사람에게 팔면 아이들도 지꾸가 보고 싶을 때마다 가끔 만날 수도 있고 괜찮을 것 같았다. 다음날 아침 아저씨가 손수레를 끌고 집으로 찾아왔다. 지꾸가 안 가려고 발버둥 치면 어쩌나 걱정되었다. 이별을 어떻게 하지. 3년을 고생하면서 때리기도 했지만 정이 들었다. 이렇게 보내는 것이 죄를 짓는 것 같아 눈물이 났다. 그랬는데 잠시 후 의외로 지꾸가 손수레에 냉큼 올라타는 것이 아닌가. 그녀는 깜짝 놀랐다. 슬픔에 목이 메려고 하는데 의외에 상황에 눈물이 쏙 들어가 버렸다.

"부디 잘 살아라."

그녀는 대문 밖에 서서 지꾸를 배웅하고 있었다. 지꾸는 뒤돌아보지 않고 즐겁게 떠나고 있었다. 지꾸와 이별이 아쉬워하며 눈물을 흘리고 있는 그녀에게 개를 산 아저씨가 씁쓸하게 웃으며 위로했다.

"키워 봤자 다 그래요. 열심히 정을 주고 했으나 소용없어요."

서로 원수가 진 사이도 3년을 함께 살았으면 이렇게 냉정할 수가 없는 일이다. 아무리 짐승이지만 어떻게 이럴 수 있는가? 작년에 손수레에 실려가 수컷을 만났던 기억을 떠올린 걸까? 아무리 짐승이지만 한 번 사랑해 보았던 쾌락이 머릿속에 남아 있는 걸까? 그 수컷을 만날 기대감에 좋아서 주인을 버리고 떠나는 걸까?

그녀는 지꾸가 야속하지만 이해할 것도 같았다. 짐승도 인간처럼 사랑의 기억을 잊지 못할 수도 있다는 사실을. 차라리 기억하지 못하는 게 지꾸에게 더 좋을지도…. 그런 생각이 들자 마음이 놓였다. 그 수컷과 함께 지내게 될 지꾸를 축복했다. 그녀는 리어카를 타고 비탈길을 내려가는 지꾸의 뒷모습을 보면서 자신의 모습이 오버랩 되었다.

5

그녀는 친정엄마를 떠올렸다. 자신보다 나은 삶을 살기를 바라며 키운 딸이 고생하는 모습을 본 엄마의 마음은 어땠을까. 20년 전 일이었지만 그녀는 생생하게 기억하고 있다. 그녀는 사랑을 꿈꾸었다. 그때는 결혼을 선택할 수밖에 없는 상황이었고 집을 탈출하고 싶은 마음이 간절했다.

그녀는 자신이 선택한 최고의 패라고 판단하고 미지의 세계로 과감히 들어갔다. 하지만 기대와 현실은 달랐다. 결혼을 하고 2년이 지났어도 친정엘 갈 수 없었다. 금의환향은 아니더라도 기본 예의로 부모님께 작은 선물쯤은 마련해야 했다. 누구도 친정에 보내려는 사람도 없었고, 차비도 그렇고, 집안 살림을 할 사람도 마땅치 않아 시부모님 눈치를 봐야 했다. 그녀는 빈손이라도 친정엘 가고 싶었다. 아이를 업고 기저귀 보따리를 들고 결혼 후 처음 친정에 찾아갔을 때 그녀는 반갑게 맞이하는 부모님의 애끓는 연민의 시선과 마주했다. 자신보다 나은 삶을 살라고 딸을 시집보낸 엄마의 마음이 가슴에 들어왔다.

20년 전 읍내 잘사는 집에서 매파를 통해 청혼을 했다. 봉희 아가씨가 졸업할 때만 기다렸다고 했다. 그녀는 강하게 거절했다. 창희 오빠라면 모를까? 이웃집 창희 오빠를 마음에 두고 있던 터였다. 오빠는 대학생이어서 결혼할 형편이 못 되었다. 학업을 마치고 결혼하려면 많은 시간을 기다려야 했다.

방학이 되어 창희 오빠가 집으로 내려올 즈음하면 그녀는 그때부터 목소리가 변했다. 그는 그녀의 첫사랑이었다.

"봉희야." 엄마가 멀리서 부르면 자기 자신이 가진 가장 예쁜 목소리를 만들어서 "네," 하고 대답했다. 하늘은 빛났으며 공기도 청아했다. 봉희는 중학교 2학년이었고 창희 오빠는 고등학생이었는데 Y 군에서 소문난 수재였다. 봉희는 학교에서 집으로 오기가 무섭게 뒷골 논으로 가서 새를 쫓아야 했다. 부모님은 기껏 땀 흘려 지은 벼를 새가 다 먹어 치우게 생겼으니 새를 쫓아 보내야 한다고 했다.

창희 오빠네 논과 그녀 집 논은 아래위로 붙어 있었다. 오빠는 논두렁에 앉아서 방울 달린 줄만 서너 번 흔들어 주고는 책만 보고 있어도 된다. 논 둘레를 줄로 연결해 방울을 달아놓았기 때문이다. 하지만 그녀 집은 밭이 많아서 일손이 부족했기 때문에 거기까진 손이 닿질 않았다.

"훠-이! 훠-히." 봉희는 목구멍에서 간신히 나오는, 기어들어 가는 목소리로 새를 쫓았다. 창희 오빠가 보고 웃을 것 같아 도저히 소리를 지르기 싫었다.

삶은 선택의 순간에 운명이 바뀐다. 그때 한동네, 나를 흠모했다는 그 남자와 결혼했으면 어떻게 되었을까. 돌이켜 봤으나 소용이 없었다. 막연히 상상으로 결혼에 대한 환상을 키워왔던 것이다. 내가 스스로 선택한 일, 누구도 원망할 수 없는 지옥을 경험하게 된 것이다.

결혼식은 요란했다. 신랑 친구들이 리무진 버스를 대절해 왔고, 신랑은 택시를 타고 왔다. 성당에서 결혼식을 하고 와서 구식 결혼을 또 했다. 아코디언, 트럼펫, 기타 등 악기로 연주를 하면서 신작로에서 조금 떨어진 마을로 행진했다. 동네 사람들은 대단한 집으로 시집간다며 선망의 시선을 보냈다.

결혼식을 마치고 족두리를 쓰고 앉아 있었다. 잔칫집 분위기와는 다른 살벌함이랄까, 이상한 기분이 들었다. 문밖에서 간헐적으로 소음이 들려왔다. 큰동서와 시어머니가 싸우는 소리였다. 깜짝 놀랐다. 막내아들이 부모님을 모시고 살아야 한다는 것이다.

눈앞이 캄캄해졌다. 희망은 절망을 이기는 큰 힘이라고 한다. 그런데 앞으로 나아가야 할 희망이 꽉 막혀 버린 것이다. 기대했던 것과는 전혀 다른 것이 결승점에서 우리를 기다리고 있을 때, 그것은 누구의 잘못인가? 아이쿠. 어쩌지? 잘못 왔구나! 하늘이 무너진다는 말이 무엇인지 그제야 알 것 같았다.

태양이 사라졌다. '이젠 바꿀 수도 없다.' 그녀는 지금껏 꿈꿔 왔던 작은 소망도 여지없이 버려야 했다. 후회했지만 엎질러진 물이었다. 달이 태양을 완전히 가리는 개기일식은 조금만 기다리면 사라진 태양이 다시 나타나지만, 사람에 따라서는 태양이 아주 사라져 버린 것과 같을 수 있다. 그녀가 그동안 견디어 낸 것은 모든 희망을 버린 결과였다. 조금이라도 자신을 생각했다면 살아남지 못했을 것이다. 무조건 하루하루를 옆도 보지 않고 발끝만 내려다보고 살았다.

시어머니는 날마다 아팠다. 팔목을 부러뜨리고 어깨 통증에 시달렸는데 그게 갱년기 증상이고 여성 호르몬인 에스트로겐 분비 저하 때문이라는 사실은 나중에야 알았다. 그때는 갱년기라는 말도 몰랐다. 그녀는 시어머니 병간호에 매달렸고, 소망은 시어머니가 아프지 않는 것이었다. '내가 어떻게 살았는데 이런 대접을 받다니? 앞으로 남은 내 인생 어쩌구' 했다면 살 수 없었을 것이다. 그것도 지혜라면 지혜일 것이다. 절망을 받아들이는 일은 절대 희망을 가질 수 없는 상황을 이해했기 때문이다.

인간의 적응 능력은 놀라웠다. 당신은 행복하기 위해 태어난 사람이라고 한다. 인간을 조롱하거나 거짓으로 꾀는 말인지도 모른다. 친정 엄마는 시집살이의 첫째 덕목은 무조건 잘못했다고 해야 한다는 것이 지론이었는데 인사만 잘하면 된다고 가르쳤다. 그 때문인지는 몰라도 그녀는 지금도 지옥을 건너는 법은 자신을 버리는 것이라고 믿고 있다.

시집에서의 생활은 낯설었다. 시어머니는 무조건 며느리를 나무랐다. 새 사람이 들어와 재수가 없다고 한탄하는 소리를 매일 퍼부었다. 보기에 복스럽게 생겨서 아들을 결혼시켰는데 재수가 없어서 어려운 일이 생긴다고 했다. 아들의 취직 문제는 물론이고 집안 대소사에 일이 잘 풀리지 않는 일이 생겨도 며느리 탓으로 돌렸다. 막상 결혼하고 보니 생활은 큰아들인 형님의 원조를 받고 있었다. 남편은 막내여서 어머니 그늘에 있고 직장을 알아보는 중이었다. 무직 상태인 백수에게 시집을 간 것이다. 집만 훤하니 있는 무일푼이었다. 친정엘 가고 싶어도 갈 수가 없었다. 서울에서 경기도 시골집으로 가는 버스비가 2천 원이었다.

아버님 생신이 다가오자 부모님은 딸의 사정을 어느 정도 알고 있어서 오는 차비만 해 가지고 오라고 했다. 그녀는 머리도 못하고 생머리를 질끈 묶고 고무신에 시집 갈 때 해 간 한복 치마저고리를 입고 더운 여름에 친정집 대문으로 들어섰다. 아버지에게 좋아하시는 막걸리 한 병 못 사들고 간 처지가 부끄러웠지만 개의치 않는 부모님은 딸을 보자 반가워했다. 그녀는 무조건 자신을 반기고 사랑해 주는 부모님이 있어 안도의 숨을 쉬었다. 행복하고 편안했다. 드디어 따뜻하고 사랑이 있는 내 집에 왔다는 안도감이 들었다.

"가평댁, 집에 있는가?"

저녁상을 물린 즈음 누군가 찾아왔다. 마당에서 부르는 소리가 나자 엄마가 나갔고 그곳에 그녀가 사랑한 창희 오빠 엄마가 서 있었다.

"가평댁 … 돈 5천 원만 있으면 꾸어 주게."

시골엔 장날이 아니면 현찰 있는 집이 드물었다.

"우리 창희 등록금은 구했는데 서울 갈 차비가 모자라 잠시 빌리려고 왔네."

여자는 방문 뒤에 몸을 숨기고 가만히 있었다.

"내일 모레면 장날이니까 그때 갚을게."

오빠네 집에선 차비를 구하지 못해 고민하던 끝에 서울로 시집간 옆집 딸이 내려왔으니 차비는 있을 거라 여기고 '옳거니!' 하고 찾아온 것이다. 방으로 들어온 엄마는 딸의 표정을 살피며 조심스럽게 물었다.

"창희 엄마가 돈을 꾸러 왔는데 어쩌지?"

그녀는 난감한 표정으로 고개를 흔들었다. 서울에서 오는 차비만 갖고 오라고는 했지만 설마하니 딸이 빈손으로 올 줄은 몰랐을 것이다. 눈앞의 엄마를 똑바로 볼 수 없었다. 풍선에서 바람이 빠지듯 전신의 맥이 풀리는 것을 느꼈다. 창희 오빠는 내가 시집을 곧잘 간 줄 알고 있을 텐데. 차비도 없이 온 딸을 엄마가 어떻게 생각할지는 뻔한 일이다.

돈이 없는 것이 죄는 아니라고 해도 상대방에 따라 다르다. 그건 그녀가 어찌해볼 수 있는 영역이 아니었다. 수치스럽게도 고스란히 가난을 들켰던 것이다. 갑자기 왕녀에서 노예로 전락한 기분이었다. 무엇보다도 유일하게 짝사랑한 오빠에게 자신의 열악한 모습이 노출된 것은 자존심 문제여서 죽고 싶었다. 얼굴이 화끈거렸다. 쥐구멍이 있다면 그대로 사라지고 싶었다.

6

여자가 지꾸를 다시 만난 건 1년쯤 지났을 무렵이다. 폭설이 쏟아진 다음 날 시장을 가다가 우연히 만난 것이다. 그녀는 지꾸를 보자 가슴이 덜컥 하고 미어져 내렸다. 떠날 때 흘리지 못한 눈물이 한꺼번에 쏟아졌다. 처음엔 알아보지 못했다. 지꾸와 비슷한 모습에 발길을 멈췄을 뿐이다. 헉헉 혀를 빼물고 걷는 개. 채찍을 휘두르며 걷지 말고 달리라고 주문하는 주인. 지꾸는 온 힘을 다해서 달리려고 하지만 겨우 걸을 뿐 속도가 나지 않는다. 거의 죽음 직전 모습이다. 저러다가 쓰러져 죽을지도 모른다.

윤기 나던 검은 털은 부석거리는 낡은 빗자루 같고, 빛나던 카멜색 배와 다리는 연탄 가루를 뒤집어 쓴 검은색으로 변해 있다. 그 집 수컷과 나란히 연탄 구루마(리어카)를 끌고 있다. 수컷은 컸고 지꾸는 그보다 작아 약해 보인다. 지꾸에게 큰 놈과 똑같이 일을 시키다니! 소싸움도 체급에 따라 달리 싸움을 시키는데 체급도 배려하지 않고 마구잡이로 다루다니. 아침부터 중노동에 시달리며 노예로 전락한 것이다.

지꾸는 지쳐서 자기 주인이었던 인연도 잊었는지 아무 반응이 없다. 지꾸를 몇 번 구타한 적 있었지만 지꾸와 마주 앉아 머리를 쓰다듬고 매로 때리게 된 사실을 이야기했을 때 알아듣는 것 같았다. 지꾸와 사랑의 언어로 통한 셈이었다.

지꾸를 멀리서 지켜보았다. 한꺼번에 연탄을 300장씩 실어 나른다. 비탈길을 가려면 눈이라도 왔을 경우에는 눈이 뒤집힐 것처럼 기를 쓴다. 지꾸를 보며 가슴이 무너져 내리지만 속수무책이다. 우리 가족이 사랑했던 지꾸, 다른 집으로 가서 채찍으로 매를 맞으며 무거운 연탄 구루마를 끌고 비탈길을 오르내리는 모습을 눈물 없인 볼 수가 없다.

그녀는 그 후 아이들이 지꾸를 보고 싶다고 말할 때마다 쓸데없는 소리 하지 말라고 면박을 주었다. 그런데도 아이들은 지꾸를 찾아갔던 모양이다.

"지꾸가 불쌍해서 어떻게 해!" 집에 돌아와서 아이들이 울면서 원망의 눈초리로 말했다.

"이게 다 엄마 때문이야."

집은 적막했다. 그 자리에 지꾸의 흔적이 아직 남아 있다. 밖에는 가랑눈이 흩날리고 있었다. 뜰에 시선이 갈 적마다 쇠말뚝을 중심으로 목줄 길이를 반지름으로 해서 파여진 원에는 지꾸의 환영幻影이 남아 있다. 그곳은 지꾸가 누린 자유 공간이었고 자유를 갈망하며 몸부림치던 공간이기도 했다. 지꾸는 눈이 올 때는 뛰어다니면서 다식판에 국화꽃 무늬를 그려놓곤 했다. 눈에 뒹굴며 남겨 놓은 동그란 발자국도 그녀 머릿속에 선명한 장면으로 남아 있다.

그녀는 지꾸를 보면서 안타까웠다. 말 못하는 짐승이 비록 제 의지가 아니어도 파랑새를 찾아갔지만 어디에도 없는 허망할 뿐인 생명에 얼마나 절망을 느꼈을까. 어떻게 하면 지꾸를 고통 중에서 구원할 수 있을까. 노랑머리 엘리는 지금 어디서 무엇을 하고 있을까.

그때 지꾸는 세상이 다 귀찮은 듯 묵묵히 마차만 끌고 있었다. 지꾸의 멍텅구리가 된 눈을, 시집온 날 그녀가 느꼈던 절망과 잘못 선택한 운명을, 노랑머리 엘리의 희망 없는 하루하루를. 어떤 운명의 신이 그들에게 극복하는 법을 배우며 살게 했을까. 생명은 하늘의 뜻일까. '신은 목적 없이 아무것도 만들지 않는다. 존재하는 모든 것은 목적이 있다.'

인간이 신의 역할을 대신하는 것이겠지.

다행스럽게도 그녀는 긴 터널을 잘 지나왔다. 이 자리에 오기까지 힘든 일이 많았다. 멀쩡히 하늘을 이고 있었음에도 쳐다볼 엄두가 나지 않았다. 땅만 보고 걸었고, 순간을 견뎌 온 셈이다.

지꾸가 그녀 때문에 힘든 일을 하면서 일생을 보내게 된 일은 주인을 잘못 만난 죄다. 인간이라는 우월한 입지를 이용해서 멋대로 결정했고 고통에 빠뜨린 셈이다.

여자는 공원으로 향했다. 공원은 조용했다. 살아 있는 생명체는 언젠가 죽는다. 하지만 지꾸만큼은 죽음의 고통을 겪지 않았으면

하는 바람이다. 지꾸의 슬픈 눈이 떠올랐다. 그녀는 가눌 수 없는 슬픔이 북받쳐 올라와 공원 벤치에 주저앉았다. 수컷 옆에서 가끔은 행복할 때가 있다면 … . 그녀는 지꾸를 그리워하며 휴, 한숨을 내쉬었다.

〈월간문학〉 2018년 6월호

칠공주파

1

현관문이 철컥하더니 '닫혔습니다'라는 멘트가 뒤에서 들려온다. 밖으로 내몰린 기분이다.

아침 8시 35분, 희수는 자신이 살고 있는 아파트를 나섰다. 이미 가기로 나선 길, 다시 집으로 들어가기도 그렇다. 머플러에 턱을 묻고 걸었다. 차가운 칼바람이 가슴을 파고든다. 무소불위無所不爲의 권력을 휘두르던 칠공주파의 짱인 유경옥이 스스로 죽음을 선택했다는 소식을 듣고 영안실로 찾아가는 길이다.

3월로 접어들었지만 아직도 바람은 차갑다. 예의를 갖추어 입은 까만 정장 스커트, 코트 아래 허벅지와 종아리에서 시린 냉기가 차오르고 있다. 오늘 아침 기상 캐스터 말로는, 봄이라고 하지만 일교차가 심해 한낮 기온은 영상으로 오르지만 아침저녁은 당분간 영하의 기온이 계속될 것이라고 했다. 그냥 집에 있을 걸 그랬나? 후회는 이미 늦었고 친구들 뒷담화에 신경이 쓰여 가지 않을 수 없었다. 버스 정류장에 도착하자마자 시내버스가 왔다. 가지 않을 수 없다면 당당해지자. 마음을 다잡고 참전용사처럼 씩씩하게 시내버스에 올라탔다.

두터운 구름이 하늘을 덮고 있다. 그 하늘빛이 반사되어서 한강도 칙칙해 보인다. 작은 배 하나가 상류로 나아가고 있다. 그 배를 전철 창 너머로 바라보면서 희수는 한강을 건넜다. 시립병원 영안실을 찾아가는 내내 불길한 생각, 온갖 상상이 부풀려진다. 불면증이라고 해서 경옥에게 주었던 수면제가 떠오른다. 그 수면제를 먹었다면 어쩌나! '그럴 리가 없어. 없단 말이야.' 불안감을 떨쳐낼 수 없고 한 시대를 함께한 '우리들의 짱'에 대한 연민이 몰아친다.

오늘 새벽인지 어제저녁인지 확실치 않지만 밤이고 꿈속임에 틀림이 없었다. 검은 빗줄기는 내렸고 분위기가 음산했다. 하수구 통으로 쓸려 들어가는 아기를 보며 나는 멀거니 보고 있었다. 나는 어떻게든 아기를 살려보려고 애를 썼지만 손발이 묶인 듯 꼼짝도 못하고 끙끙대고 있었다. 옆에서 잠자던 남편이 신음소리에 깨어나서 나를 깨웠다. 식은땀으로 범벅된 몸에서 오한이 일어났다.

눈을 뜬 순간 꿈속 장면이 그대로 남아 있다. 불길한 일이 일어날 조짐이다. 오늘 만사 조심하라는 경고이다. 물을 마시려고 거실로 나갔을 때였다. 충전기에 꽂아 둔 휴대폰에서 드르륵 드르륵 소리가 났다. 첫새벽부터 웬 전화일까? 한밤중이나 새벽 전화는 불편하다. '유경옥 사망 시립병원 영안실' 이라는 문자가 뜬다. 유경옥 사망이라니 무슨 일이지? 동명이인은 아닌 것이 틀림없다.

이른 새벽, 어디에서 누구로부터 걸려 온 건지 확인해 보기도 곤란해서 망설이고 있는데 또 벨이 울린다. 경옥의 절친, 권정남이다. 희수는 수화기를 든 채 몸을 뒤로 젖히며 놀란다.

남편이 궁금한 얼굴로 쳐다본다.

"무슨 일인지 모르겠네. 유경옥이 죽었다는데?"

"가 보면 알겠지."

남편이 그렇게 대답하자 희수는 그의 얼굴에서 어떤 기미를 찾아내려고 살폈다. 왜 죽었는지 나보다 더 궁금해 할 것 같은데 애써 담담한 표정이었다. 회사에서 퇴근하는 대로 들르겠다고 한다. 남편과 고향에서부터 아는 사이이고 한때는 연인이라는 소문도 듣던 사이였다. 그녀가 죽은 마당에 내가 질투할 일은 없다.

시립병원이 가까워질수록 발길이 무겁다. 그렇다고 내가 나타나지 않으면 의리나 우정이라는 체면이 나를 괴롭힐 것이다.

그동안 의식하지 못했지만 내 안에 숨어 있을 선善을 가장한 악惡이 들어 있었음을 인정하지 않을 수 없다. 나는 그녀의 죽음보다 내 처신이 더 중요하다고 생각했다. 찔리는 구석이 있어서다. 그때 나는 그녀의 열악한 처지를 이해하려는 마음보다 우월한 내 처지를 즐긴 것 같다. 하지만 의도하지 않았음은 물론 상상해 보지도 않은 일로 죽음의 의미를 내게서 찾는 것은 지나친 억측이다. 한가한 공상일랑 접자! 지금은 타인의 삶에 걱정할 계제가 아니다.

무엇보다도 뒷담화에 신경이 쓰인다. 고등학교 칠공주파에서 유독 권정남은 결혼해서도 유경옥과 우정을 돈독히 유지한다는 소문을 들었다. 그렇다면 더욱 난처하다. 둘은 비밀이 없을 것이고, 경옥이 우리 집에 다녀간 이야기를 했을 것이고, 수면제를 받아 왔다는 사실도 정남이 알고 있으리라.

시립병원 영안실은 이삿짐을 실어 낸 빈방 같다. 여기저기 일회용 종이컵이 보인다. 먼저 치른 장례식 흔적이 남아 있고 청소도 끝나지 않은 채였다. 영안실 직원이 청소 도구를 들고 와서 치우고 돌아간다.

학창 시절 칠공주파 회장은 유경옥이었다. 그 힘은 막강했다. 반 친구들은 '칠공주파'라고도 하고 때로는 '옥이파'라고도 불렀다. '칠공주파'에 가입하면 선민選民이라도 된 듯 우월의식과 특권의식이 생겼다. 특권의식을 주입시킨 장본인이 '옥이파' 짱인 유경옥이었다. 그런 그녀가 겨우 쉰 살을 넘기자 숨진 것이다. 말들은 안 했지만 우리에게 군림하던 '짱' 경옥이 왜 죽음을 선택했는지 모두 궁금해한다. 상주가 눈에 띄지 않으니 물어볼 사람도 없다. 동창들이 난감한 표정으로 속속 모여들기 시작한다.

경옥의 동생 경애가 허옇게 된 입술을 다물지도 못하고 넋이 나간 표정으로 입구에 서 있다. 다들 궁금하다는 눈치였다.

"어떻게 된 일이야?"

"어제 아침부터 언니에게 전화했으나 연락이 되지 않아서 저녁에 집에 들렀는데 … ."

경애가 울먹이며 대답했다. 전화를 받지 않아서 언니 집에 갔다가 발견했다. 병원으로 옮겼으나 이미 숨이 끊긴 상태였다. 아직 의사 진단이 나오지 않아 죽은 원인은 모른다고 했다.

"형부에겐 연락했니?"

희수가 경애에게 물었다.

"아직 … ."

경애는 아랫입술을 쑥 내밀고 고개를 약간 비튼 채 말했다.

경옥은 살아있을 때 자기 남편이 교통사고로 죽었다고 말했지만, 들리는 소문은 경옥의 발언과 달랐다. 경옥이 그럴듯하게 꾸며 낸 거짓말이라고 했다. 친구들의 말을 조합해 추측해 본 바로는 이랬다.

외교관이던 경옥의 남편은 자주 해외 출장을 가거나 또는 발령을 받고 외국에 머무는 시간이 한국에 있는 시간보다 많았다. 경옥이 느닷없이 남편 근무지인 아프리카 리비아로 찾아갔을 때 다른 여자가 있었다. 경옥은 자존심이 상해 펄펄 뛰었고 곧바로 이혼을 결심했다. 현장을 들킨 남편은 경옥의 조건을 받아들였다. 이혼 서류에 도장을 찍어 주었다. 남편은 이혼하자마자 미주 영사관으로 발령을 받아 떠났고 지금은 소식도 모른다고 했다.

"남편은 그렇다고 해도 아들은 있을 거 아냐?"

"이제 마지막인데 아들에게 연락해야 하지 않니?"

여기저기서 중구난방衆口難防으로 걱정했다. 누군가 경옥과 친한 권정남에게 물었다. 그녀가 경옥 아들에 대해 말했다.

경옥 아들은 모범생이라고 알려졌지만 실제로는 그렇지 않다고 했다. 일찍부터 조폭 똘마니들과 어울렸는데 개발지역 재개발 문제로 패싸움을 벌였고 중상을 입은 피해자는 입원 중이라고 했다. 합의금이 필요해 유경옥이 권정남을 찾아와서 돈을 빌려간 것이 몇 번인지 모른다고 했다. 지금 아들은 옥살이 중인데 어머니 장례를 치르도록 해 줄 수 있는지는 모른다고 했다.

"법에도 눈물은 있잖아 … ."

"연락하고 싶어도 막연해."

정남은 고개를 저었다.

"교도소 전화도 모르고 어떻게 누가 연락을 해야 할지 … ."

"오죽했으면 … ."

모두들 정남의 입을 바라보며 혀를 찬다.

정남이 말고는 경옥의 처지를 다들 몰랐다. 사면초가에 몰린 경옥이 죽음을 선택할 수밖에 없는 심정을 이해한다는 측도 있다. 모두들 방치한 우정을 자책하며 '짱'에게 무심했다는 생각을 하고 있었다.

보호자는 동생인 경애뿐이다. 친척은 보이지 않는다. 잠시 뒤 영안실 담당자가 와서 경애에게 장례 절차에 대해 알려 주고 돌아갔다. 경애 아들이 방금 복사해 온 사진을 들고 왔다. 곧이어 영정사진 액자 테두리를 꽃으로 장식하고 사진을 세웠다.

화원에서 온 사람들이 흰색과 노란색 국화꽃으로 제단을 장식하고 커다란 국화꽃 다발을 풀어 가지런히 놓고 갔다. 하얀 국화꽃 사이에 핑크빛 장미가 섞여 있어 경옥이 화관을 쓴 것처럼 보인다. 희수는 영정사진을 지그시 바라본 뒤 천천히 향을 피웠다. 그러는 동안에 어느 누구도 말소리를 내는 사람은 없었다.

사진 속에서 그녀는 여전히 도도해 보였고 행복해 죽겠다는 모습으로 친구들을 내려다보며 웃고 있다.

"그렇게 행복한 척하며 살지 왜 죽어."

영정사진을 바라보며 친구들은 일제히 울음을 터뜨린다.

담당 의사가 경애에게 말했다. 직접적인 사인은 약물 과다라고 한다. 그러면서 평소 우울증을 앓아 온 것으로 봐서 … 말끝을 흐린다. 약물 중독, 수면제 과다 복용, 수면제를 독한 알코올과 함께 마신 것 같다고 한다. 시체에서까지 술 냄새가 난다고 했다. 많은 수면제를 구한 경로와 주변에 원한을 살 인물 등이 수사 대상에 올라갔을 것이고, 원한에 의해 타살 가능성도 배제하지 않고 국과수에서 시체를 해부해 본 다음에 사인이 판명날 것이라고, 정확한 경위는 동대문 경찰서에서 수사 중이라고 한다.

"뭔 소리야?"

"그 많은 수면제를 어디서 구했는지 모른다고?"

모두들 다량의 수면제 출처에 대해 궁금해한다. 수면제라는 말을 듣는 순간 가슴에서 덜컥! 하는 소리가 들린다. 수면제 제공자는 나였지만 그것은 어디까지나 연민이었다. 어떤 의도가 있었던 것은 결코 아니다. 그런데 선한 의도도 생각하지도 못한 사이에 악으로 둔갑할 수 있다니.

"수면제를 준 사람이 누구일까?"

"의도적으로 주었다면 그건 분명 고의적인 살인이 분명해!"

친구들은 나를 쳐다봤다. 나는 애써 고개를 돌렸다. 그녀와 나의 관계가 삐걱대던 일을 모두들 알고 있다. 내가 수면제를 주었다고 하면 친구들은 나를 의심할 것이다. 그렇지 않아도, 살아가는 것이 고달픈 그녀에게 죽으라고 화약고에 처박은 것이라고 여길 수도 있다. 경옥은 마지막까지 나를 물귀신처럼 끌고 들어가는 것이다.

"그런데 수면제를 먹고 죽을 수 있니?"

"의사 말을 들었잖아. 건강한 사람은 괜찮은데 허약한 사람은 소량이라도 특히 술과 함께 복용하면 치명적일 수 있다고 … ."

"어떤 약도 과하면 죽음에 이르지 않을까?"

"혹시 경옥의 처지를 알고 누군가 고의로 … 그럴 가능성도 따져봐야 하는 것 아닐까?"

"그럴 리가?"

"그래도 함부로 말할 수는 없지 않나?"

"경옥을 죽여서 얻을 것이 있다면 몰라도, 빈털터리인데?"

모두들 그녀가 무소의 뿔처럼 씩씩하게 살 것이라고 믿었으므로 허탈감은 더 컸다. 하늘을 찌를 듯했던 자존심을 왜 끝까지 지키지 못했을까? 그녀에게서 삼손의 머리칼처럼 힘을 빼앗아 간 것은 무엇일까? 누구일까?

희수는 고개를 흔들며 남은 커피를 마셨다. 유경옥과 나 사이의 관계는 단순한 문제가 아니다. '사촌이 땅을 사면 배가 아프다'는 말과는 차원이 다른 것이다. 며칠 전에 읽은 《미움받을 용기》라는 책에서 한 철학자는 청년과의 대화에서 인간관계를 경쟁으로 바라보고 타인의 행복을 자신의 패배로 보는 것이 문제라고 했다. 그러면서 그건 상대적인 빈곤 때문이라고 말했다. 나는 그 말에 동의할 수 없다. 그렇게 배부른 말이 어디 있단 말인가? 청년에게 미움받을 용기가 부족하다고 말했지만 누구에게나 감당할 수 없는 환경이나 상황이 있게 마련 아닌가? 자괴감에 치를 떨며 참아 내는 힘과 죽음을 택하는 힘 중에 어느 것이 더 힘이 드는지는 당사자 말고는 어느 누구도 알 수 없다. 미움받을 용기는 일상적인 작은 일에 신경 쓰는 보통 사람들에게 해당되는 말이 아닌가?

2

희수가 그녀를 만난 건 한 달 전이었다. 그날은 새로운 파출부가 오는 날이었다. 벨소리와 함께 현관으로 갔더니 인터폰 화면에 뜬 낯선 여자가 보였다.

"누구세요?"

"사무실에서 왔어요."

그녀는 다시 인터폰 화면을 들여다보았다. 여자는 작은 몸피에 투피스 정장 차림이었는데 단아해 보였다. 파출부로 보기는 어려운 모습에 의아했다. 보통 파출부는 일하기 편한 바지 차림이 대부분이기 때문이다. 옆으로 비켜섰는지 얼굴은 보이지 않았다. 10여 년을 다니던 파출부가 손자를 돌봐 주어야 한다고 그만둔 건 열흘 전이다. 빨리 대타를 구해야 했다. 인력센터에 파출부를 알아봐 달라고 부탁한 건 일주일 전이다.

희수는 현관문을 열었다. 점멸등이 반짝한다.

"어서 오세요."

열린 문은 정확하게 삼각형 공간을 만들었다. 여자는 틈새로 한 발 들어섰다. 어서 오세요, 하고 인사하면서 나는 그녀의 얼굴을 보았다. 그 순간 나와 그녀는 얼어붙었다. 눈을 화들짝 뜨고 입을 벌린 채 정지되고 말았다.

여자와 맞닥뜨린 순간 경옥이라는 것을 알았다. 하지만 서로 눈을 마주치지 못했다. 두 사람은 현관에 서서 움직이지 못했다. 이 난처한 상황, 이 난관을 자연스럽게 해결해야 할 사람은 나라고 생각했다. 경옥은 발이 현관에 붙어 버린 듯 그 자리에서 움직이지 못하고 있었다. 희수는 현관에 어지럽게 널린 남편과 아이들이 벗어 던진 신발을 정리했다. 그녀가 어떤 표정을 짓고 있는지 희수는 모른다. 똑바로 얼굴을 쳐다볼 수 없어서 천장을 쳐다보았기 때문이다.

그녀를 위해 길을 정리하듯 현관에 늘어진 신발을 보며 말했다.

"애나 어른이나 가지런히 벗어 놓으면 어디가 덧나나."

희수는 모른 채 뒤돌아섰다. 경옥은 나무토막처럼 굳은 채 식당으로 들어섰다. 그녀는 그동안 파출부로 일을 하면서 허세를 부린 것 같았다. 경옥이 창피해하고 있었다.

'내가 파출부라니! 그것도 하필 동창생 집이라니!' 경옥의 쩔쩔매는 모습이 안쓰러워 보고 있는 내가 민망해서 견딜 수 없다. 그녀는 내 시선에서 빨리 놓이기를 바라고 있었다. 역지사지易地思之라고 해도 지금 경옥은 자신의 처지를 이해하기 어려웠다. '시다바리' 노릇을 하던 친구 집으로 일하러 오게 된 것은 그녀에겐 죽도록 잔인한 일일 것이다.

일진 짱, 유경옥을 만나게 되는 것은 확률적으로 가능성이 희박하다. 그럼에도 씨줄과 날줄, 꼭짓점에 주사위가 던져졌다. 그것은 아킬레스건의 지독한 통증을 불러오는 일이었다. 모르고 살았으면 무난했을 삶을 악연으로 엮어 버린 것이다. 어! 하고 놀라기도 전에 허를 뚫고 들어와 '갑'과 '을'에서 '을'과 '갑'으로 변질되어 버린 것이다.

나, 김희수는 식탁 의자를 가리켰다. 경옥은 로봇처럼 움직여 식탁 의자에 앉으라는 몸짓에 반응했다. 그녀는 자리에 앉으면서 주위를 둘러보았다. 한쪽 엉덩이를 의자에 걸친 채 앉는다. 두 사람은 서툰 연기를 하고 있는 것 같다. 지금 내 앞에 앉아 있는 여자는

'옥이파' 짱, 유경옥이 분명하다. 그러나 내 눈이 의심스럽다. 그녀가 몰락하다니! 한참 지나서야 겨우 입을 열었다.

"혹시 Y 고등학교 유경옥 아니세요?"

조심스럽게 물었다.

"응. 너는 김희수 맞지?"

경옥의 차갑고 메마른 목소리가 들렸다.

희수는 갑자기 할 말이 없어졌다. 30년 만에 만난 친구인데 처음 만나는 사람들보다 더 어색했다. 세월이 두 사람에게 감독도 없이 역할을 바꿔서 연기하게 했고, 과정을 생략한 채 권력관계를 바꿔 놓은 것이다.

작은 군에 위치한 Y 고등학교는 학생이 적어 한 학년이 한 반뿐이었다. 2학년이 되자 학생이 줄어 40명쯤 되었다. 우리는 졸업할 때까지 함께 지낸 친구들이다. '옥이파'가 생기고 그 짱이 유경옥이었다.

짱은 아무나 되는 게 아니다. 깡과 배짱이 있어야 가능하다. 그녀는 일찍 종을 부려야 한다는 생각, 패거리를 만들어야 자신에게 힘이 생긴다는 사실을 간파했다. 옥이파에 들어갈 자격 조건은 부모의 사회적 지위는 물론 경제력도 한몫했다. 그녀는 배짱이 있는 친구들만 선별해서 거느리고 다녔다. 학생들 간에 소문이 퍼지면서 누구도 함부로 할 수 없는 힘, 권력의 맛을 안 것이다.

경옥은 찬란하게 빛나던 내 사춘기를 먹빛으로 만들어 놓은 장본인이다. 풍성한 감성이 싹틀 시기, 호기심이 쑥쑥 불거지고, 이성에 대한 낭만과 상상이 넘실대고, 아름다운 추억을 만들어도 모자랄 그 때 내 순수의 싹을 잘라 버린 것이다.

한 번 짱은 영원한 짱. 3년을 같은 반에서 지내야 할 상황이었으므로 다른 학교로 전학을 가거나 퇴학을 하지 않고는 그녀의 손아귀에서 벗어날 수 없었다. 어느 누구도 짱의 의도에 반하는 행동을 하지 않았다. 경옥의 의도대로 눈치껏 알아서 복종해야 하는 룰이 생겨났다. 그녀가 지시하지 않아도 저절로 규칙이 생겼고 거짓말도 짱이 한다면 정의가 되는, 이른바 짱의 세계였던 것이다.

내 인생을 틀어쥐고 제멋대로 흔들던 그녀로 인해 많은 것을 깨달았고 특히 권력의 힘을 절감했다. 한 번 굽힌 '을'은 권력에 굴복해야 살 수 있다는 비굴함을 배웠고, 삶은 권력에 아부해야 살아남는다는 것을 알게 되었다. 그때 형성된 부정적인 관념으로 많은 고생을 해야 했다. 자신을 비하하고 자신의 가치를 전락시켜 덤으로 존재하는 잉여 인간이라는 낙인을 스스로 찍었던 것이다. 그 후유증은 정체성 혼란으로 이어졌고 우울증을 앓기도 했다.

결혼 생활에서도 마찬가지였다. 시집살이를 하면서 인권이란 말은 사전에도 없는 말이었다. 인권이 무시되어도 이혼을 못 하고 견뎌 낸 것을 보더라도 '을'로 사는 법을 일찍이 터득한 결과일지도 모른다. 모욕을 참고 비굴함을 견뎌 낸다는 것, 그것은 죽음을 이겨내는 길이었다. 철저히 '을'이 되어야만 살아남을 수 있었다. 결혼과 동시에 남자의 집에 들어가 산다는 것은 적군에 투입된 포로 같다. 그동안 그들이 이루어 놓은 규칙, 성격, 생활 습관에 적응해야 살아남을 수 있는 것이다. 오랫동안의 복종 끝에 한 가족이라는 개념이 생기고, 입지가 주어진다.

말이 없음을 순하다고 했고 한편으론 거만한 척 폼을 잡는다고 했다. 그녀를 만만하게 본 시집 식구들은 싫고 그름을 말하지 못하게 했다. 건방지다는 것이다. 대처 방안은 을로 사는 것이었다. 혹독한 시집살이를 견디게 한 것은 결과적으로 자신도 모르게 타인의 비위를 맞추고 타인의 눈치를 보며 살게 한 '을'의 세계에 길들여졌기 때문이다. 지나고 보니 경옥의 덕을 본 셈이라고 할까?

희수는 살면서 늘 생각했다.

너는 누구를 위해 존재하고 있나? 소크라테스처럼 세상에 대해 질문했고 그것은 자신에게 던진 질문이었다. 남자를 통해 권력을 나누어 갖고 그가 베푸는 자비심에 의지해 함께 누리며 그 울타리 안에서 보호받는 것이 과연 내 인생인가?

너는 무엇을 위해 살고 있나? 왜 타인들에게 너를 내주고 이용하게 만드는가? 너의 어떤 행동이나 태도 때문인가? 타인에게 당하면서도 자신이 맡은 역할이 당연하다고 여기는 것은 무엇인가? 타고난 종의 근성일까? 그동안 길들여진 자포자기일까? 좋게 말해서 굳이 이기고 지는 일에 관심이 없어서일까? 그리고 이길 수 없는 처지를 감추려는 의도적 합리화라는 생각도 해 봤다. 겸손이라고 호도하면서 ….

타인이 너를 쉽게 대하는 이유는 무엇일까? 착해 보이는 얼굴 때문에 막 대해도 괜찮을 것 같아서일까? 고분고분 수동적인 행동, 저항하지 않을 것 같은 편안함 때문일까? 내 생각이나 내 의사와는 관계없이 그들은 자기들이 보는 대로 평가하고 이용했다.

짱과의 해후, 이보다 더한 잔인한 운명이 있을까? 집에 찾아온 파출부가 하필 유경옥이라니! 고등학교 시절 짱에게 당했던 일들을 돌이켜보면 복수를 할 절호의 기회가 찾아온 것이다. 그녀가 모멸감으로 치를 떨고 있건 말건 나는 그녀를 고용한 사람으로서 계약대로 일을 시킬 것이다. 그녀가 눈앞에 나타난 것만으로 승부가 끝났다.

누가 정하지 않았지만 진정한 갑의 처지가 된 이상 나는 승자의 기쁨을 누려도 된다. 하지만 복수란 강자를 무너뜨렸을 때가 아닌가.

왕년의 짱은 더 이상 내가 상대할 대상이 아니다. 초라하게 서 있는 그녀는 기 싸움을 벌이거나 승부를 겨룰 상대가 아니다. 진정 승자가 되려면 상대할 대상이 강할 때여야 한다. 한때 그런 기회가 온다면 혼쭐을 내겠다고 오만한 상상을 한 적도 있다. 하지만 막상 닥치고 보니 행복은 고사하고 연민으로 괴롭기만 하다. 허구 많은 사람들 중 가까운 이웃 친척이나 친구보다 잘 살아야 한다고 다짐하는 것 자체가 자신의 부족함을 인정한 결과가 아닌가.

그녀를 본 순간 나도 함께 무너지는 느낌이다. 그녀의 초라한 모습 앞에서 승자라고 자만한 자체가 비겁해서 죽을 지경이다. 그녀를 보는 것 자체가 괴로워서 함께 벌을 받고 있는 것 같다. 왕년의 짱이었던 그녀가 절망으로 무너져 내리는 것을 원치 않는다. 그녀는 몸을 비틀하더니 목을 치켜든다. 식탁 의자에 한쪽 엉덩이만 걸친 채 허리를 곧추세우며 침착해지려고 애를 쓰는 모습이 안쓰럽다. 아무리 목을 곧추세우고 있어도 그녀가 죽기 살기로 버티고 있다는 것이 보였다.

그녀와 마주 서 있는 자체가 민망하다. 서로 시선을 마주치지 않으려고 다른 곳을 보며 해야 할 말을 찾는다. 우리는 진땀을 흘리며 실마리를 찾아야 한다. 아무리 애를 써도 할 말은 생각나지 않고 몸뚱이는 그대로 있으니 이 상황을 어떻게든 받아들여야 한다. 사람이 절망할 때 현상을 봐서 알기에 나는 전율한다.

그녀는 얼굴이 벌겋게 되었다가 하얗게 변하더니 목덜미에 흐르는 땀을 고운 손수건으로 닦아 낸다.

"급히 오느라고 땀이 자꾸 나네."

그녀 목소리는 침착하지만 손가방 쥔 손에서 땀이 흘러내리는 게 보인다. 무엇을, 얼마나 많이 참고 있는지 알 것 같다. 자신의 존재를 저주하고 사고思考 기능을 상실하고 싶을지도 모른다. 경옥의 입장이 얼마나 난처할까? 최소한 그녀의 자존심을 조금이라도 지켜 줄 수 있는 방법이 없을까 궁리한다. 아무 일 없었던 것처럼 반갑게 손님을 맞이하는 기분으로 대하기로 한다.

절치부심하던 젊은 날의 분노도 사라진 지 오래다. 어려운 시기를 거치면서 삶은 사람을 너그럽게 만들기도 한다. 내 삶에 어떤 원한도 맺힘도 없다. 세상과 주변 사람들로부터 많은 음덕陰德을 입으면서 살아왔다고 믿는다. 상대가 덜 불편하도록 해 주어야 한다는 사명감으로 허덕인다. 하지만 무슨 말부터 꺼내야 할지 몰라 곤혹스럽다. 정신을 차려야 해.

희수는 다소 굳은 표정으로 말을 꺼냈다.

"경옥아… 우리 몇 년 만이지?"

한때 경옥이란 이름을 함부로 부르기도 거북했던 시절도 있었다.

"그러게… 한 30년은 됐을 걸."

역시 짱은 달랐다. 흙빛으로 변했던 표정을 담담하게 되돌려 놓는다. 무표정한 얼굴로 어깨를 곧게 세우고, 목을 뒤로 젖히고, 담담하게 앉아 곧은 자세를 취한다. 그녀의 침착함은 왕년뿐 아니라 지금도 짱감이다.

어색한 침묵이 흐르는 시간을 줄이려 말을 골라낸다.

"참, 남편이 돌아가셨다는 소식을 듣고도 못 가봐서 미안해."

"괜찮아, 알리지 않았는데 … 대학 동창생 몇 명이 왔었어."

"뭐 마실래, 주스는 어때?"

그녀에게 물 한 잔을 따라주고 커피를 내린다. 주방에 커피향이 가득 퍼진다. 그녀는 주변을 돌아보며 초연한 척한다. 하지만 비참해하기엔 이미 기를 제압당한 상태가 아닌가. 지금 죽음보다 더한 고통을 참고 있는 중이리라. 그런 상상을 하면서 꼿꼿하게 앉은 그녀 앞에 오븐에서 갓 구운 토스트와 막 내린 커피, 다크 초콜릿을 꺼내 놓고 마주 앉았다.

그녀는 두 손을 입으로 가져가면서 딸꾹질을 하는 것처럼 이상한 소리를 냈다. 그러더니 몇 초 동안 몸의 움직임이 정지되었다. 나는 아무리 에둘러서 말을 꺼내려 해도 할 말이 없다. 두 사람에게 침묵을 깰 의무가 주어졌다. 폭탄 돌리기 게임이 시작되었다. 지금 내가 그녀에게 말을 꺼낼 차례지만 그녀에 대한 정보라고는 그녀 남편의 죽음뿐이다. 그렇다고 아픈 상처를 건드릴 수는 없었다. 침묵이 길어졌다.

공은 그녀에게 넘겨졌다. 이제 그녀가 입을 열 차례다. 잠시 후 그녀가 커피로 갈라진 입술을 축이며 담담하게 말했다.

"갑작스럽게 남편이 사고로 가고 난 후 난감했어. 뺑소니 차였는데 지금껏 찾지를 못해 보상받을 길도 없었어."

경옥은 결혼을 잘했고, 아들이 전교 최상위권이란 말을 들었다.

"아들이 고 3인데 어미가 그대로 앉아 있을 수 없어 이렇게라도 해서 학원비라도 챙겨 주려고 나왔어. 이젠 자식을 잘 키우는 것이 내 존재 이유야. 다행히 제 아빠를 닮았는지 전교에서 1등급에 속해. 지금은 좌절하지 않도록 해 주는 일이 내 의무이고."

나는 아들을 배려하는 그녀 마음에 공감이 간다.

"과정이야 어떻든 아들을 위해 헌신하는 일, 넌 장한 어머니야."

"어미가 된 이상 내 의무인데 뭘."

"부럽다. 네 아들이 1등급이라서 … ."

그녀를 쳐다보며 나는 말을 잇는다.

"우리 딸은 가수 팬클럽을 만들어 좇아다니고 있어. 애 아빠에게 그런 사실을 숨기느라 내색도 못하고 쩔쩔매는 중이야. 언제 터질지 모르는 폭탄 같아. 그러던 애가 학원에 다니겠다고 하더라. 그럼 그렇지 놀 만큼 놀았으니 정신을 차렸을 거라고 믿고 기쁜 마음으로 학원비를 주었지. 그런데 그게 아니더라구. 글쎄, 그게 기타 학원이었던 거야. 그런 사실도 모르고 잠시나마 딸애를 대견하게 여겼지. 빨래를 하려고 주머니를 뒤지다가 학원 등록증을 발견하고 얼마나 울었던지. 그때 실망한 일만 생각하면 기가 막혀. 지금 딸은 가수 한다고 공부를 집어치우고 음악 학원에만 다녀. 아무리 협박해도 안 들어. 작년에 연극영화과 지원했다가 떨어졌어. 남편이 알고 나서는 사사건건 내게 화풀이를 하지. 지금은 포기 상태야."

내 말을 듣는지 안 듣는지 그녀는 아무 대꾸가 없다. 그냥 혼잣말로 중얼거린다.

"몇 년째 잠을 못 자겠어 … ."

그녀가 오도 가도 못 하고 쩔쩔매는 모습을 바로 볼 수 없다. 슬쩍 다른 이야기라도 건네 볼까 했지만 적당한 화젯거리가 떠오르지 않는다. 우리는 겉도는 말로 시간을 축내고 있었다. 내가 아무리 그녀의 절망감을 공감해 보려고 노력하고 배려한다고 해도 그녀 심정을 이해하기는 어렵다. 고통은 각자 당한 만큼 안다고 한다. 똑같은 상황을 겪지 않는 한 타자를 이해한다는 것은 힘든 일. 나는 그녀를 위로할 말을 찾을 수 없다.

그녀의 시선이 주방에 수북이 쌓인 설거지통에 머문다. 학창시절 친구들에게 자신이 코로 지시하면 곧바로 행해지고 그들의 행동을 장악했던 그녀가 아니던가. 무시했던 친구 집 파출부라니! 입장을 바꾸어 보면 이런 상황에선 상상도 못 할 자괴감으로 혀를 깨물어 죽고 싶을 것이다.

"어지러워서 일을 못할 것 같아."

그녀가 일어서면서 비틀한다.

"불면증 때문일 거야."

머뭇거리며 그렇게 말하는데 그녀의 눈에 차가운 냉소가 지나가는 것 같다. 그녀는 한동안 말이 없다.

"나도 여행을 가거나 하면 잠을 못 자. 처방받아 놓은 수면제가 있는데 좀 나누어 줄까? 내성이 없고 편안한 약이래."

"……."

그녀는 커피 한 모금 마시고 일어날 채비를 한다. 언제 또 만날지 모를 일, 짐작건대 그녀는 내 앞에 나타나지 않을 것 같다. 지금의 처지로는 병원에 가기도 쉽지 않을 것이다. 번거롭지 않게, 편리하도록 수면제가 든 병을 병째 내밀었다. 그녀는 말없이 받아 가방에 넣고 일어선다.

"그냥 가야겠어."

"응. 다음에 놀러 와."

나는 현관문을 열었다. 서로 어물거리며 인사도 하지 못했다. 나는 베란다로 나가 유리문을 열고 그녀가 가는 것을 마음속으로 배웅했다. 주차된 차량 사이로 등이 굽은 여인이 나타났다가 사라졌다가를 반복하더니 시야에서 사라진다. 나는 눈물이 났고, 한참 동안 움직일 수 없었다.

3

쓸쓸하던 영안실이 저녁이 되자 사람들로 어우러진다. 남편이 도착했고 나는 구원군을 만난 것 같아 좀 편안해졌다. 남편은 먼저 와 있던 고향 남자 동창들과 어울렸다. 남편과 안면이 있는 선후배가 있어 술자리를 벌이고 있다. 경옥이 학창 시절 이야기, 잘 나가던 남편과 아들 이야기, 그녀의 몰락이 화제에 올랐다.

오죽하면 하나뿐인 생명을 버렸을까? 이해는 가지만 그렇다고 죽음이 쉽게 결정될 일은 아니다. 타인과 함께 얽혀 살다 보면 세상엔 개인의 힘으로는 어쩔 수 없는 장애물이 한두 가지가 아니다. 그럴 때 사람들은 힘들다는 표현으로 '죽고 싶다'고 말하곤 한다. 하지만 대부분 그건 힘이 든다는 엄살일 수 있다. 나도 고통스러울 때 이것저것 따지지 않고 그냥 죽어 버리면 편할 것 같다는 느낌이 들곤 했다.

나는 유경옥의 영정사진 앞에서 상념에 잠긴다. 자존심이 강하다는 것은 삶을 버텨 나갈 원동력일 수 있다. 우리는 그녀와 함께 했던 옛일을 떠올렸다. 우리의 '짱'은 자존심이 강했고 사회에서도 꿋꿋하게 이겨 냈을 것이라고 믿었다. '자존심이란 자신을 크게 만들어 놓고 그에 미치지 못하면 상처를 받게 된다'고 한다. 그러나 경옥의 절망은 언어로는 설명할 수 없다. 우리는 그녀에게 나약함이란 존재하지 않다고 믿었고 절망을 버텨낼 힘이 없을 거라고 보지 않았다.

그녀는 언제나 '갑'이었고 나는 그녀 밑에서 '을' 행세를 했지만 영원한 '을'은 애초부터 존재하지 않는다. 이 세상에 영원한 것은 없다. 부부간에도 마찬가지로 권력을 휘두르던 '갑'이 노년에 '을'이 되는 상황으로 변질되는 경우가 얼마나 많은가. 왕과 신하, 이 세상에 두 사람이 남는다면 왕은 '종'에게 빌어야 하는 '을'로 변질된다. 모든 것을 해 주던 종은 '갑'이 되고, 자기 손으로 할 수 있는 일이 아무것도 없는 왕은 '을'로 전락할 수밖에 없기 때문이다.

집에서 그녀를 맞닥뜨렸을 때 그녀는 이미 모든 것을 포기했는지도 모른다. 말을 트고 나서 첫마디가 불면증으로 고생한다는 거였다. 나는 그동안 모아 두었던 수면제가 떠올랐다. 친구를 도울 수 있어 다행이라 여긴 것이다. 순간 한 번에 먹는다면 어떻게 되지? 무모한 짓을 했다고 뒤늦게 후회했지만 별일이 없을 거라고 애써 자위하며 불길한 느낌을 눌렀다. 그리고 잊고 있었다.

그때 그녀가 죽음을 선택할지도 모른다는 추측을 왜 못 했을까? 조금 더 사려 깊게 한 번 더 생각했더라면 하는 후회가 앞선다. 막다른 골목으로 내몰린 그녀, 부정적인 시선을 이겨 내기 위해 더 많은 에너지가 필요했으리라. 어쩌면 죽음보다 더 힘이 들었는지도 모른다. 타인의 처지를 이해하며 배려한다는 것이 당사자에겐 더욱 고통스런 일이 될 수도 있다. 그녀와 맞닥뜨린 후 나는 몸살이 났다.

내가 동대문 경찰서에 도착한 것은 장례식장에 간 다음날 오전이었다. 아침에 영안실로 누군가 찾아왔다. 형사라고 했다. 유경옥의 죽음에 일조를 한 당사자로서 그동안의 경위를 경찰서 수사관에게 진술해야 한다고 했다. 형사를 따라 순찰차로 향했다. 친구들의 따가운 시선이 나에게 화살처럼 날아와 박혔다. 이미 그 순간부터 혐의가 있건 없건 관계없이 졸지에 피의자 신분으로 전락한 상황이었다.

창문 반대쪽 벽 앞에 수사관들이 모여 있었다. 한 명이 이쪽으로 걸어왔다. 짧게 깎은 머리에, 렌즈 위쪽 절반이 엷은 보라색인 금테 안경을 끼고 있었다. 수사관이 수면제를 전달한 경위를 물었다.

나는 수면제라는 말에 가슴이 움찔했다. 권정남이 수면제 출처에 대해 말했던 모양이다. 의도하지 않았다고 해도 유경옥의 죽음에 결정적인 도움을 준 것은 사실이다. 예상하지도 않게 살인교사죄가 될 수도 있다는 것에 황망했다. 사인은 수면제 과다 복용이었다. 수면제 출처에 대해 조사가 시작되면서 나는 수사상에서 유일한 피의자로 지목되었고 경옥의 죽음에 결정적인 용의자로 떠오른 상황이었다.

수면제를 준 것은 나였다. 물론 불면증을 호소하는 그녀에게 편안한 잠을 잘 수 있도록 한 배려였다. 나는 몇 년 전부터 불면증 때문에 수면제를 복용했는데 지금은 소강 상태여서 장거리 여행 중일 때 말고는 수면제 없이도 잠을 이룰 수 있다. 의사는 수면제를 처방해 주면서 중독성은 없고 좀 과해도 생명에는 지장이 없으니 안심하라고 하면서 증세가 좋아지면 끊으라고 했다.

주방 식탁에 경옥과 마주 앉았을 때 내가 더 민망해서 진땀을 흘렸다. 그녀가 돌아간 후에 그녀가 겪었을 고통에 대해 생각했고, 그녀라면 잘 견디고 버텨낼 거라고 믿었다. 그녀가 수면제를 먹고 세상을 떠나리라곤 상상도 못 했다. 수면제 과다 복용이라니! 그녀가 불면증이건 말건 상관하지 않았어야 했다. 그러나 불면증으로 고생해 본 사람은 그 고통을 알기 때문에 모른 척하기가 곤란했다. 그녀에 대한 배려였고 내가 베풀 수 있는 우정이었다.

"남편도 압니까?"

수사관이 물었다.

"아뇨, 알리지 않았습니다.

"당시 남편 태도는 어땠습니까?"

"그녀가 집에 왔었다는 말은 했지만 수면제 이야기는 하지 않았어요. 그런데 왜 남편까지 … 상관이 있나요?"

"제보가 있었고요, 죽은 여인과 한때 가까웠던 사이라는 말을 들었어요. 남편도 그녀와 몇 번 만났다고 진술했고요."

남편이 경옥과 만날 수 있을 거라고 짐작은 했지만 수사관 앞에서 인정하긴 싫었다.

"그래요? 같은 고향 친구였을 뿐인데요."

"왜 약을 주었다는 말을 남편에게 알리지 않았지요?"

"약을 준 이유를 남편까지 알게 되면 그녀를 두 번 죽이는 일일 것 같아섭니다."

"남편은 당신이 죽은 친구에게 약을 준 사실을 알고 있었다고 했습니다."

"저는 모르겠는데요…."

나는 불길한 예감에 사로잡혔다. 경옥의 사망 소식을 들은 후 일이 이렇게 돌아갈 줄은 몰랐다. 그래서 남편과 말을 맞추지 못한 것이다. 한 가지만 더 질문해도 될까요? 수사관은 내 얼굴을 보며 말했다.

이 물음에 나는 한동안 침묵한 뒤에야 입을 열었다. 어떻게 하면 마음을 열어 보이지? 고민하다가 화가 치밀어 하지 않아도 될 말을 했다.

"자존심 이야기가 나왔으니 말인데 형사님 생각은 어떠세요? 세상엔 부모덕을 보거나 노력해서 부를 이룬 사람들이 많을 텐데 꼭 친구와 비교한다는 것 문제가 아닌가요? 굳이 제게서 원인을 찾자면 우습게 알던 내가 잘 사는 것이 그녀를 괴롭혔다고 하는 정도라고 할까…. 라이벌 관계로 발전시킨 근원적 질투나 시기 때문이라면 그녀 자신의 책임이라고 생각합니다."

수사관은 내 말을 들었는지 말았는지 대꾸도 없이 열심히 자판을 두드리고 있다.

나는 창 너머 정원수를 바라보며 추론해 본다. 유경옥이 자살한 것은 그녀의 자존심 붕괴일지도 모른다. 사람마다 차이가 있겠지만 자존심으로 버티며 살던 사람은 삶이 무너졌을 때 죽음에 대한 유혹을 이겨 내기 어려울 것이다. 역지사지로도 이해가 간다.

그러나 그녀가 유독 나에게만은 '갑'이어야 한다는 고정관념이 있는 한 불행은 예고된 일. 자신의 과거에 집착해 견딜 수 없었다면 그건 그녀의 오만함 때문이다. 자신에 대한 열패감으로 죽음을 선택했다면 그건 비겁한 선택을 한 그녀 책임이다.

"형사님은 제가 간접적인 원인 제공자라고 믿고 싶은가 본데, 저는 제 자신을 믿어요. 제 가슴이 말하고 있어요. 가슴 아픈 일이지만 그녀 죽음에 아무런 죄책감이 없어요. 죄책감을 느낄 이유가 없잖아요. 제가 처한 처지에서 보면 피해자는 취조를 받고 있는 저랍니다. 왜 제가 아무 죄도 없이 의심스러운 눈초리를 받아야 하나요? 참고인으로 조사한다고 하지만 친구들은 저를 벌써부터 살인자 취급을 할지도 몰라요. 친구 죽음에 누명을 쓰게 된 것이 얼마나 큰 충격인 줄 아세요? 나중에 혐의를 벗더라도 친구들은 반신반의할 것이고 일부는 저를 고의적인 간접 살인으로 몰아갈지도 모릅니다. 제게 평생 상처가 될 것 같은데 그땐 누구에게 책임을 물어야 합니까?"

동대문 경찰서로 불려갔다가 영안실로 돌아온 것은 오후 4시 15분이었다. 집에 가서 쉬고 싶었으나 영안실에 나타나지 않는다면 친구들은 내가 구속당한 줄 알고 있을 것이다. 결백을 밝히려면 친구들과 함께 있어야 의심을 줄일 것 같다. 아무 말도 생각도 하기 싫었다. 나는 외진 곳을 찾아 벽을 등지고 앉았다. 탐욕과 복수, 시기, 질투, 원망 같은 단어가 머리를 스쳐 간다.

내 안에 있는 나를 분석해 보려는 나…. 혹시 네 마음속에 어딘가에 내가 알지 못하는 악의 뿌리가 숨어 있을까? 내가 모르는 악의 뿌리를 찾아 곰곰이 따져 본다. 지금껏 경옥이 이 세상에 없으면 좋겠다는 생각을 해 본 적이 있을까? 너는 고개를 흔든다. 지금은 갑의 처지에 있는 너는 그런 생각을 해 본 적도 없다고 대답한다.

수면제를 주면서 그녀가 죽을지도 모른다는 예감이 1%도 없었을까? 혹시 선을 가장한 것은 아니었을까? 아무리 따져 봐도 아니다. 의식하지 못한 일을 가지고 구태여 내가 자학해야 할 필요는 없다.

그런데 왜? 자꾸 그녀 죽음을 나와 연관시키게 될까? 계속 '을'로 살아온 나로서는 '갑'을 무너뜨린 것이 영 개운치 않다. 지금껏 나는 한 번도 '골리앗'이 되어본 적이 없다. 나를 내세우기보다 남편 힘에 얹혀 '을'로 사는 것이 더 편하다는 것을 터득했다. 어쩌면 그것이 그녀에게 '다윗' 행세를 하는 걸로 비쳤을까.

4

서울에 있는 명문 K 중학교에 입학했을 때 나에 대한 부모님의 기대가 하늘을 찔렀다. 우리 희수는 임영신任永信 여사처럼 되어야 한다는 것이 아버지 바람이었다. 아버지 꿈은 맏딸이 턱 하니 사법고시에 합격하는 것이라고 했다. 나는 아버지 기대에 부응했다. 딸에 대한 기대로 충만했는데 그건 아버지 꿈을 이루는 일이기도 했다. 아버지와 나의 사명감은 충천했고, 막중한 임무를 수행해야 할 나는 열심히 공부하겠다고 다짐했다.

당시 상급반 언니들이 X 동생을 삼는 것이 유행이었다. 쉬는 시간이나 점심시간이 되면 언니들이 교실로 들어와서 마음에 드는 신입생을 골랐다. 채홍사처럼 수시로 드나들다가 마음에 드는 여학생을 골라 점을 찍는다. 자기 것이라고…. 고르는 것도 우선순위가 있다. 상급반 언니들 중에서 짱 언니가 먼저 신입생을 선택하면 수락하고 안 하고는 본인 의사와는 상관없다. 다른 선택권이 없다. 선택하는 사람에 따라 결정된다. 애완동물을 고르듯 간택당하면 짱 언니 것이 된다.

다행스럽게도 나를 선택한 언니는 정화자였는데 모범생이고 늘 우수한 성적을 유지하는 수재였다. 더욱이 재력가 딸이었고 전교 학생회장이었다. 정화자는 교칙을 어겨 지각을 해도, 극장에서 영화를 보다가 들켜도 선생님들은 모르는 척하거나 못 본 척했다. 짱 언니는 어떤 짓을 해도 정당화가 되었다. 시간이 흐르면서 막강한 파워를 가진 언니의 동생으로서 나에게 온갖 특혜가 주어지기 시작했다. 핵우산 안에서 고분고분 언니가 시키는 대로 하면 되는 일이었다.

상급반 언니들 사이에서 쟁탈전이 벌어졌다. 두 번째로 잘 나가는 언니가 다가왔다. 너랑 X 동생 하자는 말에, 나는 고개를 저었다.

"그래 알아, 정화자 때문이지?"

언니가 내 얼굴을 보며 웃었다.

"신경 쓰지 마. 걔 몰래 마음속 정인情人으로 지내자는 거야."

졸업반 짱 언니에게는 나 말고도 X 동생이 2학년 언니도 있고 다른 반 신입생도 있었다. 그 언니와 친구들은 X 동생들 경쟁이라도 하듯 세를 불려 갔다.

나는 짱 언니와 마음속 언니 사이에서 위태로운 생활을 이어갔다. 이 사실을 알게 된 정화자 언니는 나를 옴짝 못하게 감시하기 시작했고 결국 마음속으로 믿고 지내자는 언니는 나를 포기해야 했다. 그 후 짱 언니는 나를 철저히 왕따 시키고 나서 팽 시켰다. 변절한 애인을 단죄하는 것 같았다. 자신만을 신뢰하지 않은 벌로 단죄시켰다. 어느 누구도 나를 X 동생은 물론이고 접근하지 못하게 한 것이다.

서울 K 중학교를 졸업한 나는 시골로 가게 되었다. 아버지가 직장을 그만둔 후 결정된 일이었다. 어느 날 짱 언니가 나를 찾아왔다. 그동안 너를 사랑했는데 서운해서 거리를 두었다고 했다. 그것이 마음에 걸린다고 했다.

그러나 나는 이별하는 것이 서운하지 않았다. 선택해 놓고 마음에 들지 않는다고 버린 선배였기 때문이다. 모든 심부름을 시키고 공부를 하려면 불러내고 자신들 마음대로 되기를 원하는 등쌀에 괴롭기까지 했다. 이렇게 살아도 될까? 후에 나는 무슨 일을 할 수 있지? 고민이 많던 중이었다. 아버지는 내가 시골에 있는 Y 고등학교로 가게 될 것이라고 했다. 이름도 들어보지 못한 학교였다. 하지만 어디에 있든 거기서 적응하면서 열심히 공부만 하면 된다고 생각했다.

나는 Y 읍내에 있는 고등학교에 입학했으나 갑자기 바뀐 환경이 낯설었다. 늘 혼자였다. 반 친구들은 고등학교에 진학했다고 하지만 그냥 한 학년 올라온 셈이고 초등학교 시절부터 쭉 같은 반이었다. 중학교와 같은 운동장을 사용했는데 건물만 바뀌어서 고등학교에 입학해도 달라진 것이 없이 친숙했다.

입학 후 한 달쯤 지났을 무렵, 절친 클럽에 들어오라고 유경옥이 제안했을 때 또 얽혀 드는구나 싶어 귀찮았지만 그것 때문에 공부에 지장이 있을 것 같지는 않았다. 그동안 서울에서 맛본 짱들의 세계의 매력에 말려든 것이다. 학교생활은 낯설었고 공부뿐 아니라 친구도 필요했다. 클럽에 합류하는 것이 생활에 활력이 될 수 있겠다는 기대감도 조금 있었다.

그런데 그게 아니었다. 학년 초, 그렇게 결심했는데도 나는 전교 1등을 놓치고 말았다. 아찔했다. Y 고등학교에서는 전 학년에서 1등을 하면 장학금을 받을 수 있었다. 장학금을 받지 못하면 등록금 내기도 어려운 처지였다.

서울 K 중학교에서도 상위 그룹에 들었는데, 시골 학교에서는 문제가 없을 것이라고 자만한 것이 문제였다. 일진 두목 격인 유경옥이 자신이 만든 클럽에 나를 영입한 이유를 나름 추정해 봤다. 나는 한패가 되기에 부족한 환경이었다. 우리 아버지가 공무원도 아니었고, 뇌성마비 남동생을 돌보느라 방과 후에 그들과 시간을 보낼 수 없는 처지였다.

유경옥은 클럽의 격을 생각해서 모범생도 있어야 한다고 판단했는지 굳이 싫다는 나를 끌어들인 것은 선생님들의 신임이 한몫했을 것이다. 담임인 국어 선생님과 사회 선생님이 논문 식으로 기승전결 서술한 내 답안지를 들고 모범 답안은 이런 것이라며 반 학생들에게 보여 주고 싶다고 했다.

칠공주파인 '옥이파'에 영입된 후 나는 외롭지 않아 좋았다. 그러나 무엇이든 간에 거저 얻어지는 것은 없는 셈인지 대신 자유를 잃었다. 독자적인 행동을 할 수 없게 되었고 누군가에 의해 같이 움직여야 했다.

서툰 농사를 시작한 아버지는 경제적인 작물이 어떤 것인지 모르고 엇박자로 나가기 일쑤였다. 작년에는 파 파동이 나서 금값이었고, 그래서 올해 파를 심으면 너도나도 재배하는 바람에 판로가 막혀 노동력도 챙기지 못하게 되는 악순환이 이어졌다.

"우리 클럽은 최소한 신발만이라도 통일을 시켜야 해."

유경옥이 주장했다.

하얀 꽃잎이 붙은 운동화가 유행했는데 그것으로 통일시키자고 의논이 모인 것이다. 그들에 맞추기엔 내 환경은 열악했다. 그런 형편에 아직 멀쩡한 운동화를 두고 부모님에게 새 운동화를 사겠다고 할 수 없었다. 짱의 말대로 따라 하기엔 형편도 안 되지만 유치하게 광고하고 다니는 일은 질색이었다. 경옥은 그런 문제라면 자신들이 해결해 주겠다며 나섰다. 내 의사와 상관없이 그들이 묘안을 짜냈고 돈을 얼마씩 갹출해서 내 운동화를 사 왔다. 단호하게 거절했으나 결국 그들이 사온 운동화를 받아 들었다.

빨리 신어 보라는 재촉에 운동화에 발을 넣고 말았다.

"우리 클럽에 들어온 기념이야."

경옥의 말에 나는 비굴한 표정을 감추었다. 마음속에선 구차해진 자신을 경멸하는 중이지만 견디는 수밖에 없다. 그들은 내가 자존심 때문에 허덕이는 것을 모른다. 한 동아리라는 사실을 알리는 일이 자랑스러운 모양이다.

"어느 누구도 우리를 깔볼 수 없게 해야 해."

며칠 후 유경옥이 멤버들에게 말했다.

"칠공주파를 명품 클럽으로 만들어야 해."

칠공주파 멤버는 다음과 같았다.

1. 세무서장 딸 유경옥

2. 군청 내무과장 딸 김보성

3. 병원 원장 딸 손정숙

4. 국회의원 비서관 딸 이명자

5. 지줏집 딸 권정남

6. 장터국밥집 딸 최순희

7. 농사꾼 딸 김희수

하얀 교복 깃이 더러워질까 봐, 또한 목에 쓸리기도 해서 목에 두를 머플러를 공동 구입했다. 손목에 하얀 붕대를 감고 목에는 넓은 반창고를 붙였다. 후에 생각해 보면 부끄러운 일이었지만 당시는 멋있게 보였다. 술집 여자 또는 신혼의 아낙이 키스 마크를 감추려고 한 짓을 멋으로 알았다니! 서구 여자들이 애인이 많다는 것을 자랑하려고 아이섀도를 칠했다고 하는 일화와 같다. 발뒤꿈치를 살짝살짝 들면서 걷기도 하고 겉멋이 든 모습이 멋있다고 생각했다.

나도 논두렁길을 걸을 때면 멋있게 보이려고 어깨를 펴고 일자로 걸으면서 발뒤꿈치를 들며 걷기도 했다. 엄마가 말했다. 머슴애들이 사춘기 때 껑충껑충 걸으면 그건 바람이 들기 시작한 거라고. 반에서 같은 운동화를 신은 학생이 있게 되면 이번에는 다른 소품을 준비해서 통일했고, 내 몫은 그들이 마련해 주었다.

서울에서는 상류 클럽 언니들이 하라는 대로 고분고분 따르며 착하게 있으면 되었다. 이곳은 서울과 격이 달랐다. 그동안 멋모르던 일이 벌어졌다. 같은 반 동급생에게 시다바리 인생이 시작된 것이다. 시골 학교는 무난할 것이라고 생각한 것 자체가 실수였다. 짱인 경옥은 자신의 세력을 과시하는 데 적극적이었다. 그녀가 최고라고 믿는 것, 그것이 최고이고 자존심이었다. 유복한 집안에서 자란 경옥이 선발해서 만든 클럽은 고급한 이미지로 보이고 선생님들도 함부로 대하지 못하게끔 하는 것을 목표로 삼았다.

유경옥은 남학생들이 하는 행동을 따라했다. 다치지도 않았는데 팔에 각목을 덧대고 붕대로 감아서 목에 걸기도 하고 버튼을 누르면 찰칵 소리를 내며 칼날이 나오는 나이프를 장지와 검지에 끼우고 나무를 향해 던지기도 했다.

5

칠공주파 멤버인 권정남은 짱 유경옥과 소문난 커플이다. 처음엔 성격이 판이한 두 사람이 다른 그들이 어떻게 친구가 되었는지 의아했지만 이유를 아는 데 많은 시간이 걸리지 않았다. 정남은 짱이 말하기도 전에 민첩하게 행동한다. 오른팔 역할을 했고 대변인 역할을 했다. 경옥은 손아귀에 잡히는 만만한 종이 필요했고 그 역할에 맞는 친구가 정남이다. 사람에겐 우두머리로 나서고 싶은 종류와 남의 비위를 맞추며 기생하는 종 역할이 편한 종류가 있는 것 같다. 유경옥과 권정남의 사이가 그런 관계로 맺어진 커플이었다.

권정남은 남학생에게 인기가 많았다. 읍내에서 알려진 연애 대장이다. 어떻게 정남이 경옥과 한통속이 되었는지 알 수 없는 일이다. 서로 다른 점이 선망이었을까. 지줏집 넷째 딸인 정남은 까무잡잡한 얼굴에 코가 작아 검은 인형처럼 앙증스러운 면이 있지만 예쁘다고 하기엔 어려운 인상이다. 하지만 길을 걸을 때면 엉덩이를 살랑살랑 흔드는 폼이 영락없는 마릴린 먼로다. 먼로 흉내 내기가 아니라 선천적인 것 같았다. 말을 할 때면 혀 꼬부라진 소리를 내서 귀여움을 떠는 친구다.

칠공주파 중에서 그녀는 남학생들 사이에서 '깔치'라는 별명으로 통했는데 누구나 건드리면 깔아 뉠 수 있다는 말이었다. 남학생들의 근황이나 평판, 인기도 등 남학생에 관한 것이라면 모르는 것이 없었다. 아마도 정남을 '깔치' 대신 저희끼리 있을 땐 '똥치'라는 비속어를 쓴 것을 보면 양다리를 걸친 것에 화가 난 남자친구가 퍼뜨린 말인지도 모른다.

권정남은 걸어서 학교에서 다니기엔 집이 멀어 읍내에서 자취를 했다. 읍내 친구들, 특히 자취생은 자유로웠다. 방과 후 학교에 남아 피아노 연습도 할 수 있었다. 해가 지면 남자 자취생들과 어울렸다. 그러다 보니 스캔들이 많은 것은 어쩌면 당연했다. 연애한다는 소문은 끊임없이 돌았고 공공연한 비밀이 되었다. 그 때문인지 주변 이야기는 끝없이 많았다. 특기는 연애사건 들추기인 셈이다. 읍내 누구는 누구와 러브라인이 있는 눈치라는 등 남학생들 이야기는 호기심을 자극했고 듣는 우리도 재미있었다. 마치 우리가 연애하는 것 같아 흥분하기도 했다.

아무리 좁은 학교이지만 학생들의 러브라인을 정확히 읽어내는 것은 초능력이 있어서가 아니라 그녀 때문이다. 소문의 진상은 경옥과 정남 입에서 시작된다 해도 과언이 아니다. 직접적으로 남학생과 연결고리가 있는 듯했다. 자신 주위에 있는 남학생들의 특성을 우리에게 들려주기도 하고, 남학생 누가 다른 반 여자와 연애한다는 소식을 제일 먼저 우리에게 물어다 준다. 소문에 의하면 정남이 첩의 딸이라서 어머니 말 습관을 배웠을 것이라는 말도 돌았다.

언젠가 경옥과 함께 정남이 집에 간 적이 있는데 시골에서는 보기 드문 커다란 기와집이었다. 높다란 대청마루가 인상적이었다. 정남 어머니에 대한 소문의 진상을 확인하는 날이다. 대청마루를 사이에 두고 안방과 건넌방이 있었는데 건넌방에서 웬 노파의 흰머리가 불쑥 나타났다. 긴 곰방대를 입에 문 할머니가 심술궂은 얼굴로 우리를 내다본다. 정남은 인사도 없이 친구들을 데리고 마루에 앉아 그의 어머니가 내온 과일을 먹었다. 나는 무심코 정남에게 너네 할머니냐고 물었는데 입을 삐죽하더니 할머니가 아니라 심술쟁이 큰어머니라고 대답했다.

경옥의 말에 의하면 정남 아버지가 3대 독자인데 큰어머니가 딸만 셋을 낳아 첩을 들였고, 첩인 정남 어머니가 또 딸을 낳아 넷째라고 해서 갑을병정에 정, 정남이라고 이름을 지었다고 했다. 정남 밑으로 남동생이 태어나서 집안에서 사랑받은 딸이라고 했다.

정남 큰어머니는 심술궂은 표정으로 우리를 살폈다. 젊은 첩 때문에 고생이 많았을 것이다. 남편에게 버림받고 갈 곳이 없어 얹혀살면 누구나 심술궂게 변할 것이다. 정남 어머니의 가는 허리 때문인지도 모른다.

정남 어머니는 한여름 모시 한복을 입었는데 단아한 이마가 돋보이고, 하얀 모시 적삼 위로 쪽진 머리에 비춰 비녀의 짙은 푸른색이 빛나 보였다. 정남과 다르게 고운 모습에 놀랐다. 귀티가 나는 여성스런 모습, 혀 짧은 말투는 귀여움이 묻어났고, 남자들의 로망인

어리광쟁이 같았다.

정남은 어머니 말투를 닮았다. 경옥은 그런 정남의 어리광이 순수한 영혼이라고 믿었고 남의 마음을 헤아리는 섬세함이 마음에 들었던 것이다. 남의 비위를 잘 맞추는 것은 그 어머니에 그 딸이라고 타고난 성격도 있지만 보고 듣고 하다가 저절로 터득한 것 같았다. 그런 정남은 경옥의 소식통인 동시에 주변 상황을 일러바치는 역할이 적성에 맞아 즐겁게 수행하고 있다.

딸은 어머니를 닮는다고 했던가. 유경옥 어머니 평판은 읍내 사람이면 다 안다. 품위를 위장한 교만이라는 것을. 양반집이라기보다 부유함을 들먹였고 결혼하면서 열 살 정도인 여자아이를 친정집에서 데리고 왔는데 잔혹하게 부렸다. 부엌일부터 빨래며 온갖 집일을 시켰다. 동리 사람들은 어린애를 부리는 경옥 어머니를 보고 혀를 내둘렀다. 하지만 그녀는 집안 살림에 손도 안대는 것을 자존심으로 여기고 있는데 어쩌랴. 얼굴은 잔혹하도록 냉혹함으로 무장되어 있었다. 누구를 보든 밑으로 깔아 보는 눈매와 얼굴에 밴 교만 때문에 그 앞에만 가면 주눅이 든다고 했다.

작은 키에 검은 얼굴, 남자처럼 시커먼 눈썹, 아무리 치장을 해도 예쁘지 않았다. 열등한 외모로 인해서 반대급부로 목을 세우는 일이 그녀 자존심이고 나름대로 터득한 살아남는 방법인지도 모른다. 남편을 종처럼 길을 들여 부리는 재주가 신기했다. 그 어머니에 그 딸, 부모로부터 물려받은 DNA.

유경옥 아버지가 시장터 국밥집 여자와 연애를 한다는 소문이 연기처럼 솔솔 퍼졌다.

6

유경옥은 칠공주파 멤버들의 일상을 체크했다. 접근해 오는 남학생이 있으면 그녀가 자격 심사를 하고 합격이나 불합격 판정을 내리는 것도 그녀 몫이었다. 그녀가 허락하지 않으면 아무도 남학생을 사귈 수 없었다.

"병신 같은 놈!"

면전에서 모욕을 주면 남학생들은 접근하지 못했다. 그녀로서는 멤버들을 결속시키고 자신의 위상을 더 높이는 쾌감을 맛보고 우월의식을 키우는 방법이었다.

그렇다고 그녀가 남자를 싫어하는 것 같지는 않았다. 남학생 이야기를 물어다 바치는 정남의 말에 웃는 것을 보면 알 수 있는 일이다. 옆에서 보기엔 레즈비언? 그건 아니고 남자에게 관심을 못 받게 되면 자존심이 상하고 그렇게 되면 짱의 권력에 이상이 생길 것 같아 선수를 치는 것으로 보였다.

만약에 '다른 길로 갔으면 또는 다른 무엇을 했으면 성공했을지도 모른다는' 자기 최면을 걸고 있는 것일지도…. 공부를 계속했으면, 시간만 있었으면, 환경이 허락된다면, 성공할 수 있다고 믿어버리게 되는 경우다. 마치 실패가 두려워 실행해 옮기지도 못하면서 핑계를 대는 꼴이다. 그렇게 되면 재능이 없음이 들통날 것이기 때문이다. 자신의 마음과 다르게 남학생들에게 적대감을 갖는 패배가 두려워해서일 것이다. 모욕을 줘도 쫓아오는 남학생이 있었다면 선심을 쓰면서 받아들였을지도 모른다.

그녀는 몇 번을 퇴짜를 놓았는데도 다가오는 남자를 마지못해 받아들이는 것이 자존심의 척도라 여겼다. 아니 자신의 값어치를 정하는 척도도 된다. 그렇게 하는 것이 그녀 자존심이다. 하지만 공부는 뒷전이고 짱이라는 권력을 휘두르는 그녀를 죽자고 따라다닐 만큼 끈질긴 남학생은 없었다. 그렇다고 그녀가 매력이 있는 것도 아니다. 아무리 모양을 내도 예쁘지 않은 그녀는 점점 표독해졌고, 자신을 보면 슬슬 피하는 남학생을 보며 야유를 보내는 것에서 쾌감을 얻는 모양이다.

멤버 중 누군가 남자를 사귀는 기색이 보이면 경옥은 멸시부터 한다. 남학생의 단점을 부각시킨다. 얼굴이 잘 생겼으면 분위기, 간지가 나지 않는다거나 촌스럽다는 등등. 용케도 잡아낸다. 그러면 몰랐던 부분도 드러나서 그런가? 의심이 들게 되고 그와 사귄다는 자체가 창피하다는 생각이 들게 만든다.

자신의 마음에 드는 남학생이나 선생님이 누군가 좋아하는 눈치를 보이면 그냥 놔두질 않는다. 어떻게 하든 모함을 해서 그 친구를 고립시켜 버린다. 그뿐이 아니다. 누가 누구를 좋아한다는 소문만 확보하면 그 여학생은 그녀 술수에 의해 며칠 내로 전교에 생방송된다. 당사자는 징계를 받거나 퇴학을 당한다. 날이 갈수록 짱의 권력은 점점 커져만 갔다.

막연하게 이성에 관심을 갖게 되면서 나는 이웃집 순정의 오빠를 짝사랑했다. 순정은 중학생이어서 나를 언니라고 불렀다. 순정 오빠는 서울에서도 유명한 대학교 학생이었다. 그것도 돈을 안 내고 다닌다고 동리에 소문이 자자했다. 여름방학이 되자 순정 오빠가 집으로 내려왔다. 사귀는 사이는 아니지만 유경옥이 눈치를 채지 못하게 해야 한다. 그 오빠에게 숙제를 부탁했고, 무난히 방학 숙제를 다 했다.

여름방학이 끝나기 일주일 전 유경옥이 나를 찾아와서 노트를 빌려 달라고 해서 건네주었다. 눈치 빠른 경옥이 그냥 지나칠 리가 없었다. 다음날 낮에 경옥이 달려왔다. 그녀는 참았던 숨을 토하듯 내게 물었다.

"너 이렇게 어려운 수학 문제를 어떻게 풀었니? 문제를 푸는 방식을 알려 줘. 내가 이해를 해야 선생님 질문에 답을 할 수 있을 것 아냐."

"그냥… 나도 도움을 받았어."

그녀의 집요한 추궁에 대학생 오빠가 도와주었다고 발설하고 말았다. 경옥의 표정이 밝아지더니 소리 내어 웃었다.

"너, 그 오빠에게 고맙다는 인사했니? 안 했으면 내가 중국집에서 한턱 쏘겠다고 그래라."

나는 기쁜 마음으로 순정 오빠에게 말했다.

이틀 후 우리 멤버를 빼고 셋이서 중국집으로 가서 자장면과 탕수육까지 먹었다. 경옥은 '우리는 하나'라는 맹세와 '죽어도 함께 살아도 함께'라는 슬로건을 무시하고 비밀로 하자고 했다. 경옥에게 굽실대던 정남이도 모르게 우리끼리 데이트를 한 셈이었다. 경옥을 쳐다보자 눈치 빠른 그녀가 웃었다.

그녀는 나를 쳐다보며 "여럿이면 돈이 많이 들잖아," 했다.

짱이 정남이보다 나를 더 신임하게 되었다는 사실에 나는 감격했다.

그때까지는 크게 문제될 일은 없었다. 하지만 참을 수 없는 일이 생겼다. 순정 오빠 공부방은 집 옆에 붙어 있는 건물이었는데 그의 부모 이외는 아무도 출입할 수 없었다. 그것은 순정도 마찬가지였다. 누구에게나 해당되는 불문율이고 신성불가침 지역이었다. 양반집 조상에게 보답할 기둥인 아들을 그의 아버지가 배려한 것이다.

어느 날 순정이 내게 말했다. 경옥이 뻔질나게 오빠를 찾아오는 것을 보았는데 부모님이 알면 큰일 난다고 했다. 이 사실이 알려지면 경옥도 문제지만 오빠도 곤란해질 것이라고 했다. 그러면서 뒷길로 오면 누가 왔다 갔는지 부모님은 모르지만 자신은 안다고 했다.

"언니, 이런 일은 꼭 비밀을 지켜야 해. 알았지!"

순정은 나에게 귀띔했다.

나는 순정의 말을 듣자 나무처럼 발이 땅에 묻힌 것 같았다. 입술을 다문 채 서서 분노를 삼켰다. 내 가슴속 연인을 도둑맞은 느낌이다. 혼란과 무력감으로 숨어 있던 밑불이 타올랐다. 하지만 그것을 밖으로 드러낼 수 없는 일, 결국 경옥에 대한 내 열패감을 확인한 셈이다.

여름방학이 끝나자 순정 오빠는 서울로 돌아갔다. 경옥의 배반을 경험한 후 나는 짱에 대한 경외심이 없어졌다. 멤버 중 갑자기 서열이 올라간 느낌이 들었다. 세상에 비밀은 없을 것이다. 누군가가 그녀의 비밀, 비밀은 없다는 사실이 알려졌으면 하고 바랐다. 그러나 멤버들을 배반한 그 일은 둘만의 비밀로 남았고, 우리는 여전히 믿음으로 뭉친 칠공주파였다.

7

어머니는 여름방학만 빨리 오기를 기다려 왔고 나는 그런 엄마의 기대를 당연히 받아들였다. 방학 기간만이라도 동생을 돌봐야 했다. 한시도 앉을 사이가 없는 어머니, 철없는 나는 부모님의 도와야 한다는 의무감을 밀어내고 놀러갈 궁리를 했다. 농번기에 여행을 한다고 말하는 자체가 부모님에게 미안해 눈치가 보였고 경비도 문제였다. 맏딸을 학교에 보낼 처지가 아님에도 부모님이 빚을 내서 학자금을 마련해 준 것이다.

고등학교 마지막 여름방학을 보람 있게 보내자는 의미에서 여행을 가는 것이 어떠냐고 안건을 낸 것은 유경옥이었다. 동해안 바다를 보는 것이 어떠냐는 의견도 있었으나 수영복도 준비해야 하고 남자들이 많아서 불편하다고 했다. 그녀는 일찌감치 목적지를 점지해 두었던 같다. 충남 예산에 위치한 수덕사로 가보자고 했다. 그리고 이어서 설명했다. 이광수와 연애사건으로 절에 들어가 스님이 된 일엽一葉 스님이 계신 수덕사로 가서 그가 걸어온 길과 그의 사상을 들어 보자고 했다.

모두들 입을 다물었다. 선택은 탁월했고 모두 공감했다. 누구도 토를 달지 않았다. 모든 일이 일사불란하게 진행되었다. 이번 여행은 놀러가는 것이 아닌 수업의 연장선이라고 했다. 알찬 계획을 짠 경옥의 취지에 모두 찬성했다. 모두들 이광수 소설에 심취해 있던 시절이라 이광수 작가를 짝사랑했다는 일엽 스님을 꼭 만나서 사랑에 대해 물어보고 싶었다. 그들의 사랑은 낭만적일 거라는 기대에 차 있었다.

경옥이 우리 집으로 찾아온 것은 내가 난색을 표한 사흘 후였다. 농투성이 부모님이 바깥마당에서 보리타작을 하고 있었다. 머리에 수건을 쓴 어머니, 아버지도 밀짚모자를 쓴 사이로 흘러내리는 비지땀을 연신 목에 건 수건으로 닦았고, 흰 수건은 땀에 절어 누렇게 변색된 채 매달려 있었다. 그런 우리 가족을 보이는 것이 자존심 상했지만 갑자기 들이닥친 친구를 내몰 수 없어 쩔쩔 매었다.

짱은 달랐다. 경옥은 이번 졸업여행은 4박 5일이므로 그동안 희수와 같이 갈 수 있도록 해달라고 어머니에게 부탁했다. 여행 경비는 친구들이 해결해 보겠으니 그 점에 대해서는 염려 말라는 말도 덧붙였다. 딸 친구의 말을 들으며 어머니는 잠자코 있었다. 딸의 여행을 허락한다는 의미였다.

8

나는 이번 여행을 상상만 해도 가슴이 설렜다. 경옥의 우정이 고마웠고 배려해 주는 친구가 있다는 게 좋았다. 여행에 대한 기대와 호기심이 발동했다. 다른 친구들도 들떠서 계획을 짰다.

그런데 그들처럼 나는 무조건 유쾌할 수만은 없었다. 엄마를 생각하니 마음이 아파왔다. 농번기 일손이 딸려 내가 꼭 필요한 처지에 여행을 보내 준 엄마, 아버지를 설득해서 재미있게 놀다 오라고까지 말해 준 엄마. 자신이 못한 것을 자식에게 해 주고 싶어 희생한 것이다. 처음부터 친구의 도움으로 가게 된 일이 마음에 걸리지만 여행을 가고 싶은 열망이 나를 부추겼다. 즐거울 것이라고 기대하면서 부모님에 대한 미안함을 접었다.

여름방학이 시작되고 3일째 되는 날 여행을 떠났다. 일곱 명에서 두 사람이 빠졌다. 부모님과 여행을 떠났다고 했다.

수원행 기차역에 나타난 것은 다섯 명이었다. 우리는 경옥이 시키는 대로 했고, 비위를 맞추기만 하면 되었고 편안했다. 경옥이 말고도 다른 친구들이 있어서 걱정하지 않았다. 아침 일찍 수여선 기차를 타고 수원역에 내렸다.

수원에서 천안행 기차로 갈아탔다. 천안역에 내려 예산 수덕사 가는 버스를 기다렸다. 한참을 기다려 시외버스에 탔다. 여기 오기까지 초행길이어서 몇 번의 시행착오를 거쳐야 했다. 수원에서 직행으로 오는 버스가 있는 줄 몰랐고 몇 번씩 차를 갈아타는 바람에 교통비 지출이 많았다.

차표를 끊을 때마다 나는 경옥 눈치를 보아야 했다. 그녀는 돈을 지불하면서 심사가 뒤틀리는지 작은 일에도 신경질을 부렸다. 얘! 짐을 그렇게 놔두면 어떻게 해! 버스 안에서도, 길을 걸으면서도 곱게 말하지 않고 퉁명스럽게 말하는 그녀에게서 주눅이 들었다. 어느 틈에 외톨이가 되어가고 있었다. 수덕사에 도착했을 때는 날이 어두워졌다.

사찰은 조용했다. 급한 대로 절에 가면 잠자리는 해결할 수 있을 것 같았다. 냄비며 고추장, 된장, 소금 등, 양념이 든 보따리를 들고 절로 찾아 들었다. 중년의 주지 스님이 팔자걸음으로 우리를 맞이했는데 밤이니 어린 여학생을 그대로 내칠 수 없다며 하룻밤 요사채에 머물도록 허락했다. 요사채는 승려들이 거처하는 집을 말하는데, 전국을 도는 탁발승이나 수행자들의 의식주를 해결해 주는 생활공간이자 휴식처이고 절을 찾아든 모든 사람들을 위해 내어 주는 공간이기도 했다.

스님의 안내를 받아 들어간 곳은 창문이 없이 들어가는 문뿐이다. 검은 피질이 그대로 붙은 창호지로 도배한 벽은 한없이 높아 보인다. 천장을 쳐다보려면 고개를 바짝 뒤로 제켜야 한다. 우리는 아무것도 없는 빈 방이 무섭다는 것을 그제야 알았지만 잘 수 있는 방을 얻은 것만으로 다행스러워하며 불평하지 않았다. 무서움을 감추려고 엉켜서 잠을 청했다.

새벽 예불을 알리는 북소리가 깊이 잠든 수덕사를 깨운다. 아침 일찍 예불소리에 잠을 깼으나 누구도 깬 기척을 못했다. 창호지 문에 햇살이 비칠 무렵 살그머니 도망치듯 밖으로 나왔다. 절에서 계속 머물 수 없는 일이었다. 어젯밤 스님이 하룻밤이라고 말했기 때문이다. 나오긴 했지만 숙소를 찾는 일은 막막했다.

산 밑에 있는 절 마당으로 들어섰다. 깨끗한 마사토가 곱게 빗질하고 있는 마당에 서니 앞에 보이는 커다란 기와집 옆에 초가집 한 채가 보인다. 우리는 서로 눈을 맞추고 그곳으로 가 보기로 했다. 아래 윗방, 부엌이 딸린 빈집이다. 모두들 눈에 빛이 번쩍했다. 이런 행운이 기다리고 있다니! 경옥은 내게 기와집에 주인이 있을 것 같으니 빈집을 빌려 보라고 명령했다.

다행스럽게도 주인 여자가 나를 위아래로 훑어보더니 고개를 끄덕인다. 일이 순조롭게 풀리자 나는 개선장군처럼 경옥에게 보고했고, 그녀는 힐끗 쳐다보고 웃을 뿐이다. 그녀 입꼬리가 올라갔는지 그건 상관없었다. 혼자서 일을 성사시키게 되었다는 게 중요했다. 역할을 해낸 보람으로 어깨가 확 올라간 느낌이 들었다.

처음부터 우정은 권력의 다른 이름이었다. 너는 종으로 권력에 지배당하는 처지가 된 것이다. 여행 경비는 경옥이 관리했다.

절에서 나와 집을 구하고 아침 겸 점심을 해결했다. 첫날은 고추장과 밑반찬인 콩장과 깻잎, 장아찌 등을 먹었다. 그러나 계속 그렇게 먹고 살 수는 없었다. 밥은 가져온 쌀로 되지만 반찬이 문제였다. 곧 가져온 밑반찬은 바닥이 났다. 의논했으나 별 방법이 없어 주변에 있는 밭에서 몰래 가져오든 각자 알아서 조달하기로 합의했다. 누구도 반기를 들 수 없고 해결할 방법도 없어 그대로 침묵했다.

경옥이 시키는 대로 두 사람은 한 조를 이루어 들키지 않도록 망을 보는 임무가 주어졌고, 다른 조는 실행조로 호박이나 오이 같은 반찬이 될 만한 것을 따오기로 했다. 경옥은 넓은 지역을 돌아다니며 표가 나지 않게 해야 들키지 않는다고 거듭 강조했다. 나에겐 역할이 없었다. 나를 제외한 네 친구는 함께 다니며 장난삼아 식품을 조달했다. 맑은 햇살 속을 뛰어 다니며 놀다 돌아온 친구들 얼굴에는 즐거웠는지 웃음이 남아 있고 옷은 햇볕으로 분탕질되어 있었다.

친구들을 보자 반가워 다가가다가 멈칫했다. 저희끼리 놀다가 들어온 경옥은 미리 보리쌀을 삶아 놓지 않았다고 잔소리를 한다. 저녁 하기는 이른 시간이다. 다른 친구들은 미안했는지 고개를 돌린다. 외면당하는 자신이 무참했다. 나는 입술을 물고 최면을 걸어보았다. '너희들이 아무리 나를 골탕을 먹이려고 해도 나는 나야.' 내가 머릿속에서 나를 위로 하고 있었다. 절대 절망하면 안 돼!

경옥은 가혹했다. 누구도 내 옆에 얼씬거리지 못하게 짝을 배제시켰다. 다섯이라는 숫자가 악마의 숫자였다. 하나가 남게 되는 숫자에 하필이면 내가 해당된다. 경옥에 의해 고립된 나는 모든 것을 혼자 감당해야만 했다. 다수의 힘에 눌려 바보가 되어가고 있다.

여름 한낮인데도 아랫방 윗방 모두 컴컴하다. 윗방은 취사도구며 옷가지를 놓아두고 주로 안방을 사용했다. 어둑한 방에 나 혼자 누웠다가 앉았다가 뒤치고 있었다. 여행이라는 환상에 빠져 달콤한 유혹에 따라나섰고 잠시 들뜬 기분이 가시기도 전에 예상은 여지없이 깨져 버렸다. 독방에 갇힌 것 같았다.

어디에서, 어떻게, 저녁 찬거리를 조달한단 말인가? 입술이 바싹 마르고 심장이 쿵쿵 울린다. 도둑질해야 한다는 사실이 두려웠다. 한 번도 남의 것을 주인 모르게 가져 본 적이 없다. 나는 쫓기듯 숙소를 나섰다. 집에 지천으로 깔린 채소가 눈앞에 어른거린다. 열 번도 백 번도 더 엄마 생각을 했다. 동생들을 돌보며 방학 동안만이라도 집일을 도울 것을⋯. 지쳐 있을 엄마를 저버린 죗값을 치르고 있는 것이란 자책감이 든다.

한여름 햇볕은 뜨거웠다. 스님들이 정성 들여 지은 밭에는 깻잎, 고추, 가지, 배추, 열무 등등 햇빛을 받아 초록 기름을 칠한 채 자라고 있다. 밭둑에 호박 넝쿨이 우거져 있다. 잡풀 속에 연두색 애호박이 숨어 있다. 손으로 따려다가 멈추고 주변을 돌아보았다. 누군가 내 행동을 보고 있을 것 같다. 하늘을 올려다본다. 쨍쨍한 햇살이 나를 감시하고 있을 것 같다. 풀이 우거진 밭둑길을 걸었다. 숲에서 날벌레가 발길에 차여 후드득 날아간다. 모기에 물린 종아리가 가려워 엎드려 긁다가 쑥을 뜯어 문질렀다. 모기에 물렸을 때는 쑥이 최고라고 하던 어머니 말이 기억났던 것이다.

낯선 길 위에 선 나는 갈 곳도 없다. 쨍쨍한 빗살이 정수리를 뚫고 들어온다. 태양을 피해 손으로 차양을 만들어 하늘을 보았다. 언덕을 향해 오르다 보니 무언가 눈에 들어온다. 대웅전 기와지붕이었다. 막 비상을 준비하는 것처럼 보였다. 땅을 박차고 하늘을 향해 벌린 날개를 본 순간 숨이 막히는 것 같다. 하늘을 향해 날아갈 듯 날개를 펼치고 있는 기와지붕, 평생 한 번 날 수 있다는 알바트로스를 본 것이다. 말로만 듣던 알바트로스. 그것은 대웅전 기와지붕이었고, 좌절하지 말고 꿈을 향해 날개를 펼치라는 뜻이라고 새기며 걸었다. 나는 어느새 절 마당으로 들어섰다. 일정한 간격으로 빗질 자국이 새겨진 마당은 밟기가 아까울 정도였다. 조심조심 몸무게를 줄이며 걸어도 희미하게 발자국이 남았다. 대웅전 뒤뜰을 한 바퀴 돌아서 그늘에 앉았다. 적요寂寥하다. 스님들은 어디에 있을까? 웅장한 절은 소음을 삼키고 스님들까지 흡수한 것 같았다. 인기척에 뒤돌아보니 중년의 스님이 팔자걸음으로 뒤뚱거리며 다가온다.

요사채로 우리 일행을 안내했던 스님이었다.

"학생들 뭘 해 먹고 있나?"

내가 대답을 못하자 스님은 싱긋이 웃으며 이리 오라고 손을 잡고 이끈다.

"반찬거리를 줄 테니 이리로 와."

내 손을 만지작거린다.

"이렇게 예쁜 손이 다 있구나!"

다음날도 나는 스님에게 손을 잡힌 채 스님 품 안에 앉아 있었다. 든든한 백이 생긴 것을 고마워하면서 … . 열여덟 살 여학생과 40대 스님. 스님은 아버지 또래였다. 나는 부끄러웠지만 가만히 있었다.

잠시 후 스님은 큰 바가지에 가지, 오이, 호박을 가득 담아 주었다. 그리고 내일도 또 오라고 말했다. 나는 그때 비굴하게도 스님의 말을 들으면 편할 것 같다는 생각이 들었다. 친구들 등쌀에 혼자 비실거리고 있던 상황에서 쉽게 먹을거리를 장만하다니. 행운이라 여겼다. 넷이서 들로 헤맨 친구들보다 더 많은 반찬거리를 구한 나는 자부심까지 생겼다. 일찍 들어가 봐야 할 일이 없다.

한낮의 들판도 조용했다. 햇빛을 피해 그늘에서 쉬는지 사람들도 보이지 않는다. 혼자 있자니 시간이 철철 넘쳐 난다. 사찰 경내로 들어서는 입구에 사대천왕이 있다. 대웅전을 배경으로 서서 호수 건너편에 있는 산을 바라보았다. 호수에 산 그림자가 비치고 있다. 시간이 지나면서 땅에도 산 그림자가 차지하기 시작했다. 혼자서 보기에는 산이 서운해 할 것 같다. 친구들과 함께 왔으면 같이 보면서 일출보다 일몰이 좋다는 둥 제각기 감동을 이야기하며 재잘거린다면 행복했을 것이다. 아름다움은 각각 다른 시각의 의견을 교환하며 떠들어야 더 즐겁지 않으랴.

"학생!"

누군가 뒤에서 부르는 소리가 귓가에 들렸다.

"무슨 생각을 그렇게 골똘하게 하고 있어요?"

돌아보니 처음 보는 젊은 남자였다.

"몇 번 불렀는데 반응이 없어 벙어리인 줄 알았지."

서울에서 내려온 대학교 교수라고 했다. 여름 방학 고시촌에 머물고 있는데 논문 준비를 하려고 왔다고 했다. 그러면서 취미로 사진을 찍는다고 한다. 호수에 비친 산 풍경을 찍으려고 하는데 학생

뒷모습이 눈에 들어왔다고 한다. 망중한忙中閑 넋을 잃고 일몰을 감상하는 학생을 넣으면 대작이 나올지도 모른다고 했다. 조금만 비켜 서 있으면 구도가 맞을 것 같아 불렀는데 싫다면 얼굴을 보이지 않도록 하겠다고 했다. 나는 들고 있던 소쿠리를 비켜 놓고 그가 하라는 대로 석양을 바라봤다.

교수는 우리들 근황을 물었다. 친구들과 같이 이곳에 왔고, Y 고등학교 3학년이라고 대답했다. 그는 내일 학생과 다시 사진을 찍었으면 한다고 했다. 교수와 같이 내려오면서 이곳이 저희들이 머물고 있는 곳이라고 말했다. 그 교수가 묵고 있는 숙소는 우리가 있는 곳을 지나서 50미터쯤 아래로 떨어진 곳에 있었다.

나는 말없이 큰 소쿠리에 가득히 담긴 부식을 내려놓았다. 친구들은 두 눈을 크게 뜨면서 깜짝 놀랐다. 모두들 혼자서는 고생 좀 할 걸, 하고 짐작했던 모양이다. 나는 의기양양해지고 싶었다. 속으로 말했다. '니들이 나를 골탕 먹이려고 해도 나는 살아남을 수 있어! 두고 봐. 아무리 왕따를 시켜도 즐겁게 지낼 수 있어!'

마음 같아선 교수님을 만난 이야기는 하지 않고 혼자만 사진을 찍고 싶었다. 하지만 주눅이 들기도 했고 경옥이 덕에 여행을 왔는데 그렇게 행동하면 야비한 인간이다. 무엇보다도 곧 들통이 날 것이고 미아가 될 것이 불안했다. 나 스스로 의리도 없이 천박하게 나락으로 떨어지는 것을 원치 않았다. 무엇이든지 크게 넓게 생각하자고 마음을 다잡았다.

"이 앞에서 여관에 계신 교수님을 만났는데 내일 사진을 찍어준다고 했어."

내 이야기가 끝나기도 전에 친구들은 좋아했다. 경옥은 마뜩지 않은 표정이다. 희수 네가 제안하는 의견은 받아들이기 싫다는 듯하다. 그러나 다음날 아침 그녀는 손거울을 보며 잔뜩 모양을 내는 품새가 사진 찍을 준비를 하는 것 같았다.

교수님 일행은 아침도 먹기 전에 우리들이 머무는 집으로 놀러왔다. 어제 본 교수보다 젊은 교수가 있었는데 키가 크고 미남이었다. 아직 총각이며 K 대학에서 수학을 가르친다고 했다. 그는 처음부터 나에게 관심을 보였다. 그렇지만 열 살도 더 먹은 교수님을 이성으로 여기지 않았다. 그냥 아저씨 정도로 생각했을 뿐이다.

다음날 새벽 젊은 교수가 나를 불렀다.

"희수 학생 산책 갈래?"

젊은 교수는 늦잠 자지 말고 어서 일어나라고, 산책을 가자고 졸라 댔다. 내가 세수를 하고 따라나서려고 하자 경옥이 반발했다. 개별 행동은 안 된다고 했잖아. 그러면서 함께 가자고 서둘러 나선다.

산길을 따라 오르는 비좁은 길에서 경옥은 젊은 교수님이 내 옆에 가지 못하도록 바짝 붙어 걸었다. 교수님 앞이나 뒤에는 물론이고 일렬로 걸어야 하는 외길에서도 근처에 갈 수 없도록 한다. 어쩌다가 내가 교수님 옆에 걷게 되면 언제 뒤따라왔는지 슬쩍 등을 떠밀어 버린다. 비틀하면서 길옆 수풀 고랑으로 떨어졌다. 논두렁 물에 빠졌고 운동화에 물이 들어와 질컥거린다.

하얀 양말은 구정물이 배어 올라와 누렇게 변색이 됐다. 내 발을 내려다보다가 친구들 발이 눈에 들어온다. 반을 접어 신은 하얀 양말이 운동화 위로 빛이 나고 발목이 산뜻해 보인다. 나는 교수님들이 내 운동화를 볼까 봐 뒤로 처졌다. 경옥의 짓을 드러낸다면 그녀는 내게 더욱 가혹하게 대할 것이 뻔하다. 어김없이 경옥의 힐난이 쏟아질 것이다. 무엇보다 질투하는 모습으로 비치는 것이 창피하다.

나는 부끄럼을 타는 성격이다. 더욱이 경옥의 접근 금지 명령이 떨어진 처지다. 묵계지만…. 교수님이 부르면 경옥의 눈치를 보면서 마지못해 다가간다. 자연스러울 리가 없다. 나는 교수님이 내가 '왕따' 당한다는 사실을 눈치챌까 봐 전전긍긍했다. 자존심이 상했으나 노골적으로 합세해서 따돌림을 시키는 마당에 어찌 해볼 도리가 없다. 어떤 노력을 해도 소용없다. 노력하면 할수록 그들이 가둔 성城은 견고해진다. 그것은 무너지지 않는 성과 같았다. 나는 경옥이 원하는 대로 교수님 근처에 가지 않았다.

경옥이 눈치를 주는 것이 무서운 것이 아니었다. 뒤에서는 교수님이 무슨 말을 하는지 들리지 않고 대답할 수 없는 것이 난처했다.

"희수 학생, 갑자기 벙어리가 되었냐?"

"…… ."

"왜 말이 없지?"

"…… ."

삶은 항상 예기치 못한 때 사람을 배신한다. 그 형태는 슬픔일 수도 있고 지독한 두려움일 수도 있다. 그럴 때 사람들이 할 수 있는 건 그리 많지 않다. 피하고 외면해도 소용없다.

산행을 마치고 숙소로 돌아와서 어제 내가 가져온 찬거리로 밥상을 차렸다. 네 명은 화기애애하게 이야기하는데 나는 끼어들 공간이 없다. 눈을 내리깔고 있는 경옥의 눈치를 보며 입을 다물었다.

평소 나와 친하다고 느끼던 국밥집 최순희가 경옥이 편이 된 것이 서운했다. 그녀도 경옥 눈치를 보며 나를 피하고 있었다. 차라리 여행을 오지 말았어야 했다. 학교에서라면 고립시켜도 공부를 하면 된다. 그러면 경옥의 눈을 피할 수 있었을 것이다.

권력에는 경제 원리가 적용된다. 경옥이 나를 지배하려는 힘은 어디서 나올까 유추해 보았다. 그것은 내가 그녀 도움을 받았기 때문이다. 그렇지 않으면 그녀에게 눌릴 이유가 없었다. 남의 도움을 받으면 약자로 전락하기에 충분한 조건이다. 조건 없는 호의는 없다. 왜 그걸 몰랐을까? 어리석음이 내가 하지 않아도 될 고생을 사서 하게 된 동기였다. 여기 온 이상 내가 선택한 일이다. 이렇게 외로운 시간을 견디고 당할 수밖에 없는 현실이 안타까웠다. 단순한 생각과 허술함으로 인해 추억 만들기가 여지없이 배반당한 것이다. 운신의 폭이 좁아진 나는 궂은일을 혼자서 했고 되도록 입을 열지 않으려고 애를 썼다. 지금 상황에서 나를 스스로 고립시키는 것이 최선이다.

집으로 돌아가려고 해도 혼자 산을 내려갈 배짱도 없다. 선택할 수 있는 것은 참아 내는 일뿐이다. 당장 돌아가고 싶지만 그러지 못하는 것은 후환이 두렵기 때문이다. 개학해서 학교에 돌아간다면 그때 어떤 보복이 있을지 상상만 해도 끔찍하다. 부푼 기대가 물거품처럼 사라지고 있다. 공포가 조여들고 있다. 따돌림이나 고독이 아니다. 내 존재 자체를 부정하려는 그들이 있는 한 공포다. 그림자 취급당하는 나, 차라리 독방에 갇힌 상태라면 자유로울 것이다. 이보다는 운신의 폭이 넓을 것이다. 몸을 움직이기만 해도 흉내를 내며 낄낄, 하하. 초연하려는 나 어색하다. 사방에서 눈총이 나를 향해 찌를 기세였다. 그렇다고 방에서 움직이지 않고 잠만 잘 수는 없다. 내 몸이 이렇게 짐스러울 수가 없다. 그것을 견디는 일 하루하루가 지옥이다.

9

경옥은 나를 그림자 취급했다. 경옥은 그렇다고 해도 친구들도 나에게 눈길도 주지 않았다. 그들이 말을 섞지 않으려는 것을 깜빡 잊고 무심코 말을 걸어도 돌아오는 것은 침묵이었다. 경옥이 노골적으로 명령을 내린 것도 서로 의논한 일도 아닐 것 같은데 자동으로 묵계가 되면서 모두들 짱 눈치만 보고 '따'를 시킨다. 시간이 제자리에 멈춘 것 같다.

내 어떤 점이 짱의 비위를 거슬리게 했을까 생각해 봐도 명확하게 짚이지 않는다. '이깟 일로 기가 죽으면 희수가 아니지.' 마루에 앉아 명상에 잠겨 있는 척한다. 지금으로서는 일기도 쓸 수 없다. 저들에게 들킬 것은 불을 보듯 뻔한 일이다. 대놓고 그들이 내 흉을 보는 것을 알면서도 태연한 척해야 한다.

개인기인 모창이 한창이다. 재미있어 죽는다. 옆에서 듣고 있는 줄 알면서도 뒷담화로 모멸감을 준다. 그들은 내 인내를 시험하는 중이다. 아무도 잔인하다는 생각 자체가 없는 모양이다. 처신을 어떻게 해야 할지 몰라 쩔쩔매는 나를 보고도 깔깔거리며 웃는다. 자기들끼리 웃다가 내가 들어서면 웃음을 그치고 입술에 손가락을 대고 쉿! 하며 문둥병 환자 취급이다.

그들은 행복해한다. 경옥과 세 친구들은 제각각 누가 더 우습게 내 흉내를 내느냐에 관심을 두고 원맨쇼 중이다. 모로 걷는 흉내, 고개를 숙이는 모습 그리고 하지도 않은 혀 짧은 소리. 모든 게 웃음거리가 되고 있다. 나를 모델로 삼아 몸을 비비 꼬며 선·생·니~ 임~ 과장된 몸짓을 하면서 뒤집어진다. 나는 수줍음이 많다. 교수님이 내 손을 잡으려고 하면 얼른 뒤로 감춘다. 그러면 교수님은, 손에 흉이 있니? 묻는다. 나는 손이 예쁜 학생으로 초등학교 시절부터 선생님들로부터 인정받은 손이다.

남자를 좋아하는 저질이라고 대놓고 들으라는 듯 큰 소리로 쑥덕거린다. 나는 학교에서 집으로 가는 길밖에 몰랐고 남학생들과 눈을 마주친 적도 없었다. 학교가 파하면 곧장 집으로 향했다. 이웃집 오빠가 늘 내가 동생을 업고 있는 것이 안돼 보였는지 방학숙제를 도와준 것이 전부다. 막연히 이성을 느끼긴 했으나 서로 만나 개인적인 이야기를 나눈 적도 없는 사이다. 그뿐이다.

수덕사에 온 지 3일째 된 날. 고시촌에 묵고 있는 교수님. 우리는 지금까지 그처럼 유식하고 세련된 지식인을 본 적이 없다. 수학을 전공했다는 분이 독일어로 시를 좔좔 외웠는데 '위베르 알렌'으로 시작되는 시였다. 시간이 정지되고 숨이 막히는 것 같았다. 그분은 우리에게 시가 얼마나 아름다운지 감정을 넣어 읽으면서 해석해 주었다.

그대로 눌러 앉아 머물지 말고
과감하게 힘차게 뛰어 나가자!

머리와 팔뚝에 산바람 들면
어딜 가도 내 집에 있는 듯하네

햇빛 즐길 수 있는 곳이면
모든 근심 걱정 사라진다네
세상은 이렇게 넓은 거라네 *

교수님들은 아침 산책이 끝나면 보이지 않다가 저녁 산책을 할 때 나타난다. 그중 수학 교수님은 내가 따를 당하고 있음을 눈치를 채고 나에게 말을 걸지 않는다. 그러면서도 눈은 나를 보며 말은 경옥에게 한다. 수학 교수님이 경옥에게 다가와 건빵 두 봉지를 건네준다.

"희수 학생과 같이 먹어요."

보나마나 짱 마음대로 분배할 것이다.

경옥은 방금 저녁을 먹었으니 두었다가 밤에 먹자고 했다. 나는 밥을 먹었어도 배가 고프다. 내 밥그릇은 꽁보리밥을 겨우 면했다. 보리쌀만 가져간 내 처지로는 불평할 수 없었다. 보리쌀이 잔뜩 들어간 쪽에서 퍼 담은 밥그릇을 한 손에 들었다. 반찬도 없이 대강 고추장에 버무려 단숨에 먹어치웠다.

저녁 10시. 드디어 건빵이 해체되었다. 경옥의 주도하에 밥상 위에 펼쳐 놓고 나누고 있다. 다섯 몫으로 나누려니 숫자가 맞지 않는

---

* 요한 볼프강 괴테(Johann Wolfgang von Goethe, 1749~1832), 〈여행자의 노래〉 중.

지 수군대다가 멈춘다. 침묵이 흐른다. 경옥이 눈을 껌뻑거리는 모양이다. 벽을 등지고 앉아 그들의 모습을 지켜보노라니 머릿속에 열기가 치솟는다. 내 몫이 없더라도 그깟 건빵쯤 무시할 수 있다고 내 자존심을 건다. 어찌된 영문인지 모르지만 내 몫으로 돌아온 건빵은 두 개였다. 그것도 잠자리를 마련한다고 밥상을 집어치우고 내 쪽 방바닥으로 툭 밀어 놓았다. 머리맡에는 건빵 두 개 중 하나가 발밑으로 굴러 갔는지 보이지 않고 한 개 뿐이었다. 친구들 입에서 건빵 부스러지는 소리가 바삭바삭 들리고 고소한 냄새가 침샘을 자극한다.

'저것에 손을 댄다면 나는 쓰레기다'라고 다짐했다. 건빵쯤 안 먹어도 초연한 척 눈길도 주지 않았다. 그러나 그건 고문이었다. 왜 그렇게 쉬 배가 고픈지 모르겠다.

건빵을 두고는 잠을 잘 수 없다. 잠이 오지 않는다는 말이 맞다. 쓰레기통을 뒤져 먹을 것을 찾아 길거리를 헤매는 개를 이해할 것 같다. 천박하게도 내 안에 들어앉은 걸신이 자꾸 먹고 싶다고 식욕을 부추긴다. 저녁을 먹었는데도 아사餓死 직전 같다. 자신에게 걸었던 약속도 지키지 못한다면 그야말로 너는 쓰레기다. 그러나 식욕은 자존심과 타협을 하라고 부추긴다. 왜 그렇게 건빵 한 개가 커 보이는 것인지 차츰 생각이 바뀌고 있다. 먹어 두자! 먹었다고 자존심과 무슨 상관인가? 먹는 것과 자존심은 별개 문제야. 식욕이 이길 조짐이 보인다. '고민할 필요 없어, 먹어도 돼!' 친구들과 내 발바닥이 무수히 찍힌 더러운 방바닥에 던져진 건빵에 손을 내민다. 내 자존심과 바꾼 건빵이다.

손에 쥐어진 건빵 한 개를 한참동안 만지작거렸다. 돌아누워 건빵을 입에 넣었다. 언제 입 안에서 목으로 넘어갔는지도 몰랐다. 욕구에 졌고 별 수 없이 나약한 존재라는 사실에 눈물이 났지만 눈물을 흘린 진짜 이유는 따로 있었다. 자존심을 지키겠다는 결심을 스스로 무너뜨렸다는 자괴감 때문이었다.

다음날 아침 이불을 개면서 친구들이 눈짓하는 것이 보였다. 나는 수모를 견뎌 내야 한다. 가슴속 깊숙이 날카로운 칼날이 뚫고 들어오는 것 같았다.

여행을 오기 전 우리들은 권정남이 들려주는 남자친구 이야기에 푹 빠져 있었다. 이야기 도중에 어떤 남학생이 자신에게 쪽지를 주었다면서 그 내용을 공개하기도 했다.

'친애하는 정남 씨, 그대가 눈앞에 어른거려 잠도 못잡니다.'로 시작하는 연애편지를 읽어 준다. 그녀는 이럴 시간 있으면 공부나 하시지? 하며 경옥이 시키는 대로 남학생에게 망신을 주었다고 한다. 그러면서 제 주제 파악도 못하는 바보들 때문에 못 살겠다고 한다. 남학생들이 자신만 보면 사랑을 고백하는데 진절머리가 난다고 경옥에게 일러바쳤다. 말은 그렇게 했지만 정남은 그 남학생이 마음에 드는데 경옥의 허락이 떨어지지 않아 고민하고 있는 눈치였다.

정남은 남자들 등쌀에 못 견디겠다고 하면서도 얼굴에는 웃음꽃이 피었다. 방학 때는 집까지 찾아와서 아버지에게 들킬 뻔했다는 무용담도 들려주었다. 그의 아버지가 머슴에게 우리 막내딸을 찾아오는 남학생이 있으면 혼을 내주라고 시켰다고 한다. 한 남학생이 정남을 만나러 왔다가 머슴에게 들켜서 흠씬 두들겨 맞고 쫓겨 간

적도 있다고 한다. 정남은 어쩌면 그렇게도 주위에 남자들이 많은지 궁금하기도 하고 한편으론 부럽기도 하다.

"경옥아, 나 어떻게 하면 좋니?"

정남이 묻는다.

"그래서? 그 후 어떻게 됐는데?"

경옥은 떨떠름한 표정을 짓는다.

"멀리서 몇 번 봤어. 집 근처까지 왔다가 그냥 가는데 불쌍하기는 하더라."

"뭐가 불쌍하니? 그럴 땐 어디서 굴러먹은 쌍것이냐? 하고 모욕을 주면 돼."

경옥이 코치한다.

"알았어, 이 다음에 또 쫓아오면 그렇게 해서 망신을 주어야지."

정남은 경옥의 비위를 맞춘다.

"어떻게 넌 그렇게 말을 잘하니. 난 생각이 안 나서 못했거든."

경옥은 정남이 대신 남자들을 공박하면서 즐거운 모양이다.

산사山寺에는 우리처럼 남학생들이 놀러와 있었다. 저녁밥을 먹고 잠자리에 들기 전 한참 이야기꽃을 피우고 있을 즈음 노크 소리가 들렸다. 문을 열어 보니 남학생 한 명이 서 있었다. 여학생들이 자취를 한다는 소식을 듣고 대표로 찾아왔다는 것이다. 자기들도 여럿이 왔으니 함께 놀자고 제의가 들어왔다. 우리가 묵고 있는 숙소는 앞에 커다란 마당이 있고 누구나 지나다니는 길이 마당이고 곧바로 방문이 달려 있는 집이다. 밤이면 문고리에 숟가락을 꽂아 놓고 잔다. 우리는 겁이 나서 우선 이 상황을 벗어나고 싶어 밝은 낮에 와서 다시 이야기하자고 했다.

"무서워 죽겠어!"

정남은 경옥이 품속으로 기어들면서 어리광을 떤다.

"괜찮아 무서워 할 필요 없다."

경옥은 정남의 등을 토닥이며 그동안 정남에게 코치한 대로 어디서 굴러먹던 개뼈다귀들이냐고 호통을 친다. 문밖에서 대답이 들려왔다.

"어디서 굴러먹던 싸구려 계집애들이 왔군."

남학생들이 돌아간 후에도 정남은 몸을 떨었다.

"무서워. 내일도 오면 어떡하지."

"내일 또 찾아오면 교수님들에게 알려야지."

경옥이 수습했다.

나는 이상했다. 남자들과 수없이 많은 교제를 한 정남이가 무섭다고 내숭을 떨면서 혼자 유독 순진한 척하는 것을 이해하기 어려웠다. 사람이 안과 밖이 다를 수 있다고 해도 어떻게 이럴 수 있을까! 남학생들의 미팅 건은 그것으로 끝나지 않았다. 모욕을 주었는데도 낮에 찾아오라고 한 우리 말을 곧이 믿고 다음날 낮에 남학생들이 찾아왔다. 우리는 어젯밤 겁이 나서 임시로 둘러댄 말을 잊고 있었다.

경옥은 촌스런 애송이는 우리 상대가 아니라고 못을 박았다. 실랑이 중에 교수님들이 찾아왔고 그들은 포기하고 돌아갔다. 경옥은 조숙했는지 애송이 남학생은 애들 같아 싫다고 했다. 학교에서도 오로지 국어 선생님에게만 관심이 있었던 것이다. 그러고 보니 국어 담당인 담임선생님이 나를 신임했던 것을 기억해 냈다. 지금은 국어 선생님이 문제가 아니라 아래 숙소에 있는 수학 교수님이었다. 그의 해박함 때문에 경이로움에 차 있었다. 남학생은 안중에도 없었다.

수덕사에 온 지 약속한 일주일이 지났다. 경옥은 집으로 돌아갈 뜻이 없는 것 같았다. 집세 대신에 주인집 딸에게 과외 공부를 시켜주는 조건이면 어떻겠느냐고 제안했다. 그 일은 내게 넘겨졌다. 주인은 흔쾌히 좋다고 했다. 시골에서 결석을 밥 먹듯 했던 나는 기초가 부족해 중학교 3학년 수학은 너무 어려웠다. 친구들은 놀러 다니기만 하면 되었고, 나는 수학 문제를 못 풀어 진땀을 흘리고 있었다. 경옥은 태평했다. 쌀도 남은 처지에 다시 들고 가기도 어려우니 다 먹은 후에 출발하자고 했다.

세상은 급류와도 같았다. 나를 바다로, 죽음으로 내몰기 위해 거세게 몰아치는 격류 같았다. 밤마다 나를 격리시키려는 친구들, 그들이 내뱉는 공기 흐름에 몸을 던지곤 했다. '고독'이라는 말을 절감했고, 철저히 체험했고, 쓰디쓴 고통을 맛보고 있었다. 그들은 내가 언제까지 견디는지 내기를 하는 것 같았다.

나는 타인에게 고통을 주고 즐기는 사람도 있다는 것과 시기 질투가 얼마나 무서운 것인지 알게 됐다. 늘 칭찬만 받던 나, 나는 착한 아이 콤플렉스에 빠져 있어 누구에게나 착하게 대해야 한다는 신념으로 차 있었다. 왕따라니! 예상치도 못한 복병을 만난 것이다. 그러나 여행이 끝나면 놓여날 것이다. 긍정적으로 생각하자. 시간은 뒤로 가지 않는다는 사실이 나를 일으켜 세웠다. 어떻게 되든 앞으로 갈 것이기 때문이다. 버티려고 애를 쓰지 않아도 시간이 해결해 줄 것이다.

긴긴 시간을 견뎌 내고 드디어 유배지에서 풀려나 집으로 돌아 왔다.

여름방학을 끝내고 개학을 맞았다. 첫날부터 반 친구들 시선이 심상치 않다. 삼삼오오 무리를 지어 힐끔힐끔 나를 쳐다보며 수군거렸다. 수업이 시작되기도 전에 이상한 소문이 반 전체로 퍼져 나갔다. 수덕사로 여행 중 일어난 이야기였는데 내가 남자들에게 꼬리를 쳤다는 것이다. 얼마나 애교를 부렸는지 대학 교수까지 넘어갔다고 했다.

고발이나 기소할 수 없는 죄는 해결 방법이 없다.

나를 왕따 시킨 경옥을 어떻게 대해야 할지 걱정이다. 비위를 맞출 방법도 없고 그렇다고 모른 척하면 할수록 내 입지가 곤란해질 것이 뻔하다. 경옥을 따돌리면 될 것인데 왜 내가 당해야 하는지, 경옥의 그 힘은 어디에서 나오는지 모를 일이다. 학교 권력은 성적도 물리적인 힘도 아니고 떼거리 패를 모으는 일인 것이다. 하지만 아무리 내 편으로 끌어오려고 해도 대세는 이미 기울어져 있다.

내 단짝에게 말했다.

"너 방학 숙제 했니. 안 했으면 내가 노트를 빌려줄게."

단짝은 내 호의에 눈길도 주지 않고 고개를 돌리고 힐끔 경옥의 눈치를 본다. 반 친구들 중 나와 말을 하면 어김없이 '옥이파'의 린치가 내려진다는 소문이 들렸다. 화장실에 가두어 놓고 집단으로 린치를 가하기 때문에 누가 때렸는지도 모른다고 했다. 행동대장인 장터국밥집 최순희는 눈치가 없는 편이지만 기운이 세다. 그가 경옥이 옆에 떡 버티고 있는 한 '옥이파'의 위세는 지속될 것이다.

10

고등학교를 졸업할 무렵. 나는 집안 형편이 기울어져 대학 진학을 포기해야 했다. 더 이상 꿈을 실현할 수 없는 절망, 학문에 대한 욕구를 거세당한 쓸쓸함, 허무 때문에 휘청거렸다. 한편 졸업은 자유이기도 했다. 왕따에서 벗어나 자유롭게 된 것이다.

칠공주 멤버 중 다섯 명이 대학에 갔고 짱이던 유경옥은 서울에 있는 C 대학에 진학을 했다. 나는 그렇게 그녀와 헤어졌다. 여학생은 대학 진학자가 적어 고교 성적을 보고 특차 전형으로 뽑는 대학이 많았다. 대학에 제출하는 성적표를 등사판으로 밀어 복사해서 제출하던 시기였다. 그 때문에 마음만 먹으면 성적을 위조하기 수월했다. 경옥은 하위 성적이었는데도 무시험인 특차 전형으로 서울에 있는 C 대학에 들어갔다. 사범대 교육학과였다. 그녀는 서울에 있는 동창생들을 규합했다. 옆집 순정 오빠도 모임에 참석해 함께 어울린다는 말을 들었을 때 슬펐다. 유일한 첫사랑, 짝사랑을 한 순정 오빠를 빼앗긴 느낌이었다. 경옥은 독심술讀心術을 가졌는지 유독 내가 좋아한 것만 골라서 빼앗아 가는 것 같았다.

경옥은 대학을 졸업하고 교사가 되었다. 그녀는 집안의 후광과 교사라는 직함을 최대한 활용했다. 그녀는 승승장구했다. 외무고시에 합격한 남편과 결혼했다. 남편은 똑똑하고 그야말로 간지가 선 잘생긴 남자라고 했다. 그녀는 여전히 자존심을 유지하며 잘 살고 있다고 했다. 많이 가졌고, 많이 누렸고, 결혼해서도 여왕처럼 군림했다. 자신의 의사대로 결정할 수 있는 착한 남자를 만났고, 아이들도 공부를 잘해서 사립학교에서 반장을 한다고 했다.

나는 부모님의 권유로 첫사랑인 순정 오빠, 지금의 남편과 결혼했다. 남편은 만년 고시생이었다. 늘 1차에 합격해서 희망을 갖게 하다가 2차에 떨어져서 부모의 애간장을 태웠다. 하급 공무원으로 취직한 것은 부모님 성화 때문이었다.

순정 오빠가 경옥과 어떤 관계까지 갔는지 모르지만 보통 사이가 아니라는 것만은 확실하다. 고시에 떨어지자 차인 모양이다. 경옥이 미천한 집 남자를 선택할 리가 없다. 아마도 고시에 합격했다면 그녀는 지금 내 남편과 결혼했을지도 모른다. 좀 찜찜하긴 했으나 내 첫사랑이고, 경옥이 관심 있어 했던 사람과 결혼을 하는 것도 나쁘지 않다는 생각도 얼마쯤 있었던 것 같다.

공무원이던 남편이 사업을 하겠다고 나섰다. '공무원 월급으로 언제 잘 살 수 있겠느냐'는 친구의 말에 의기투합이 된 것이다. 그래서 친구와 동업해서 자그마한 회사를 차렸다. 그러나 동업은 시작부터 삐걱거리며 트러블이 생겼다. 후유증으로 독립을 했다. 남편은 성실했고, 사업에 열중했다. 사업자금으로 허덕이기도 했지만 금융권에서도, 주변에서도 성실성을 인정받았다. 남편은 기회를 활용했고 노력했다. 그런대로 사업이 안정되어 갔다. 시간이 흐르면서 회사가 확장되었고 돈에 쫓기지 않고 살 수 있게 되었다.

11

수면제 이야기가 나오자 나를 쳐다보는 남편 시선이 흔들리고 있다. 경옥이 다녀간 날 저녁에 파출부로 왔었다는 말을 꺼냈다.

"곤란했겠는걸?"

"그러게 말이야. 내가 얼마나 당황했는지."

"아니, 경옥 씨 말이야."

남편은 곤혹스런 표정을 지었다.

"제 마누라가 곤란했다는 말을 하는데 당신은 경옥이 걱정부터 해!"

"이런 경우 역지사지를 생각해 봐!"

그의 아래턱이 파르르 떨리는 것을 나도 알 수 있었다. 내가 모르는 경옥의 근황을 남편은 알고 있었나 보다. 오늘 경옥의 죽음을 듣고 남편은 심각한 눈초리로 나를 쳐다본다. 그녀에게 수면제를 주었다는 말을 듣고 아무런 말이 없었다.

지금 생각하니 혹시 남편이 나를 의심하는 것일까? 그럴지도 모른다는 짐작이 드는 것은 왜일까? 더욱이 복수 따위는 꿈도 꾸지 않았다. 내가 왜? 그녀를 죽게 할 이유가 없다. 경옥과 남편이 내연관계도 아닌 마당에 …. 문득 남편이 경옥을 보살펴 주었을지도 모른다는 의구심이 번쩍한다.

동네 친구들과 장례식장에 앉아 남편은 소주잔을 들고 한입에 털어 넣었다.

"운명이 있기는 한가 봐."

잔을 내려놓고 태연하게 말한다.

"참 이상도 하지? 한참 살 나이인데 스스로 가다니."

남편은 우선 긁어 부스럼을 만들 필요는 없다고 판단했을 것이다. 남편의 침착한 행동이 다행스럽다. 그는 일이 커지는 것을 원치 않았을 수도 있고, 함께 살아온 아내를 믿었을 수도 있다.

경옥은 마지막 순간까지 내게 괴로움을 안겨 주었다. 이제 죽어서

까지 나를 괴롭히다니. 그녀가 이해는 가지만 가슴은 슬프지 않다.

내가 언제부터 이렇게 사악해졌을까? 내가 악한 인간이라는 증거일까? 죽음 앞에서 산 자는 모든 것을 용서해야 한다. 저절로 용서가 되기도 한다.

하지만 용서는 산 자의 위선일 수 있다. 각자 자신의 마음속 짐을 덜어 보려는 수작은 아닐까? 얼마나 가증스러운 발상인가? 그렇다면 그것은 인간이 자신들에게만은 이기적이라는 생각이 든다.

나는 지금 그때로 돌아간다고 하더라도 똑같은 실수를 반복하고 같은 선택을 했을 것 같다. 그때 나는 순수했다. 그렇기 때문에 내 삶을 후회하지 않는다. 착한 마음으로, 선한 마음으로 그녀를 이해하려고 한다.

장례식장 여기저기서 소곤거리는 친구들 말은 내 촉수를 머리카락보다 가늘게 만든다. 몸에서뿐 아니라 주위를 맴도는 차가운 기류는 영하의 추위보다 더 시리고 아렸다. 이번 경옥의 죽음 때문에 우리 부부는 무딘 온기로 서로를 의지하고 지탱해 왔던 날들이 살얼음을 딛듯 불편해지리라. 나는 배에 힘을 주었다. 그러나 가시처럼 박힌 감성의 모서리는 닳아지지 않고 반비례로 감성이 더 섬세하게 날을 세운다.

권정남이 유경옥의 유서인지 일기장에 적힌 모를 쪽지를 내게 보여 준 것은 발인을 끝낸 다음날이었다. 특정 친구에게 쓴 것은 아닌 듯, 쪽지에는 그동안의 고뇌가 독백, 낙서처럼 적혀 있었다.

아들을 위해 세상으로 나간 일, 최소한의 자존심을 몰수한 행동이 겨우 버티고 있는 나를 여지없이 짓밟았다. 이제 어떤 영향력도 행사할 수 없는 내 허술한 위치가 만들어 낸 자존심일까? 결핍이 분노로 덧쌓이고 분노가 질서를 어지럽히고 있다.

마지막에는 이런 말로 끝나고 있다.

희수의 집에서 서둘러 나온 날부터 한동안 집에 칩거했다. 사형선고를 받은 것 같았다. 불쾌한 기억들이 내 가슴을 쑤신다. 희수가 내게 준 수면제를 방 한구석에 던져 버린다. 불면의 나날이 보태어지면서 목구멍 가득 뜨거움이 차올라 치받치곤 한다. 그 붉은 과녁이 나를 유혹하고 있다.

우리는 경옥의 장례가 끝난 후 각자 일상으로 돌아갔다. 그럼에도 아직 미필적 고의에 의한 살인이라는 누명은 해제되지 않은 채 그대로 나에게 남아 있다.

나는 방 안에 칩거했다. 그 무렵부터 음울함이 방 안에 스며들고, 신음소리 소리가 귓바퀴에 매달려 징징대기 시작했다. 이 절박함은 무엇 때문일까? 혹시 경옥의 혼이 나를 찾아온 것일까? '너도 알잖아.' 나는 무관한 일이라고 애써 밀어내 보지만 아무리 부정해도 나와 연계되어 있었다.

나의 일상으로 되돌아가야 한다. 예기치 못한 생의 균열이 느껴진다. 쩍 갈라진 틈새로 선홍빛 실핏줄이 밴다. 틈새가 너무 많이 벌어진 건 아닐까. 고무줄처럼 신축성 있고 유연하다고 보았던 나의 시간이 요지부동한 철근처럼 구부러지지도 휘어지지도 않는다.

칼끝에 서 있다는 느낌이 든다. 조바심이 인다. 살아오는 동안 한 번도 느껴 보지 못한 세상일에 돌연 복병이 출몰한다.

하찮게, 성가시게, 삶의 익숙함에 진저리를 쳤던 일상이 소중한 일이었고, 복병은 언제고 일어날 수 있는 일이란 걸 아는 순간 내 어깨의 힘이 빠진다. 왜 하필 나인가? 그녀는 내가 가진 것을 빼앗으려고 태어난 사람 같았다. 남편이 나를 제치고 그녀의 일에 열중하는 점에 대해 생각해 봤다. 괘씸하다. 남편이 나 모르게 경옥과 교류가 있었다는 사실이 괘씸하다.

"저런 바보 같은 인간이 다 있어!"

희수는 남편을 볼 때마다 화가 치민다. 자신을 배반한 여자에게 여전히 사랑이 남아 있는 모양이다. 그렇지 않다면 저렇게 서러워할 일이 없을 것이다. 아직도 사랑에 대한 미련이 있어 연민을 버리지 못한 것일까. 나는 자식들을 위해 바빴고, 잘 살고 있고 남을 해칠 만큼 열등의식도 없다. 나는 '을'로 살았다고 말했지만 가슴속에는 내가 '갑'이라는 의식이 자리 잡고 있었다. 그렇지 않았다면 힘든 시집살이, 남편의 까다로운 가치관과 부딪칠 때마다 그 힘든 과정을 견디기 어려웠을 것이다.

세상에 영원한 '갑'은 없다. 세상은 경옥이 원하는 대로 자존심을 지키며 살게 놔두지 않는다. 그녀는 자신이 늘 최고여야 하고 특히 내 앞에서 군림해야 하는 존재였다. 그런 그녀가 내 앞에 섰을 때 느꼈을 자괴감은 상상도 못할 일이다.

권력 투쟁에서 패배했다고 실패는 아니라고 하지만 경옥의 경우는 확실한 패배다. 타인의 시선에 마음을 두지 말라고 속 편한 말들을 하지만 어떤 경우도 개인차가 있어 옳지 않을 수 있다. 그녀는 절망감에 허우적거리게 되었을 것이다. 내 건재한 존재 자체로 인한 자괴감 때문인 것 같다.

결국 그녀가 나를 만나게 된 운명이 죽음을 선택하게 만든 것이리라. 어떤 신, 그것도 악의 신이 부린 장난이다. 운명이라는 악마여! 왜 그녀의 붕괴에 나를 참여시킨 것일까? 그때 당황해하던 경옥의 모습이 머릿속에서 떠나지 않는다. 그것은 한때 '갑'으로 군림하던 '짱'에 대한 연민이었다.

이해는 가지만 그것이 왜 내 문제인가? 생명을 간수하는 것, 그것은 각자 몫이지 … . 그러면서도 눈알이 시큰해진다. 지금 이 감정은 뭘까? 역지사지로 생각해 봐도 어처구니가 없는 일이다. 가슴에서 뜨거운 불덩어리 같은 것이 치밀어 오른다.

희수는 눈을 감았다. 그리고 잠시 상념에 잠긴다. 항상 내가 서 있는 위치에서 최선을 다해 왔다. 그때 왕따를 떠올릴 때마다 분노가 생겼지만 삶에 대한 지혜를 얻었다고 여겼다. 늘 낮은 자세로 겸손하게 사는 것을 좌우명으로 삼았다.

나는 도둑질한 사람에게도, 배반자에게도, 사악한 자에게도, 교활한 자에게도, 그들 나름대로 이유가 있으리라고 생각했다.

그리고 우리가 찾아내지 못한 심오한 아름다움을 갖고 있을 거라고 제법 자비로운 마음을 가지려고 애써 왔다. 선함을 지향한 삶이었다. 정의로운 나, 그것만이 세상을 이기는 길이고, 편히 살 수 있는 길이라 믿었다.

나는 한 번도 가해자 입장에 서 본 적이 없었다. 차라리 피해자인 쪽이 편하게 사는 방법이라고 터득한 셈이었다. '모난 돌이 정 맞는다' 는 옛말이 있듯 이웃과 어울려 사는 법을 배웠던 것이다.

그런 나에게 느닷없이 날아온 친구로 인해 범법자로 전락할 상황에 빠졌다. 자살을 도운, 원인 제공을 한 죄를 뒤집어쓸 처지이다. 나는 누구를 살해할 의도가 단 1%도 없었다. 선함, 배려가 악으로 변신한 결과라고 할까? 내 행동 뒷면엔 배려가 위선이었음을 인정해야 한다. 그러나 그녀의 죽음에 슬픔이 덜했던 것도 내게 악마적인 기질이 있어서가 아니고 내 권리를 찾고자 하는 본능이라고 판단한다. 피해자로 둔갑한 경옥에 대한 분노가 얼핏 머리를 스쳐 지나간다.

경찰서의 담당 형사에게서 연락이 온 것은 경옥이 숨지고 일주일 후였다.

유경옥 씨 사건은 의외로 빨리 범인이 밝혀졌다. 자살을 위장한 타살로 밝혀졌는데 범인은 아들이라고 했다. 그동안 모르고 있었던 것은 구치소에 있던 것으로 알고 수사선상에서 제외되었다고 했다. 아들의 알리바이가 엇갈렸던 것이다. 거액의 사망 보험금이 아들에게 지급된 사실을 두고 보험회사가 사건 전말을 밝혀냈다고 했다. 그러면서 김희수 씨는 이 사건과는 연관이 없다고 했다.

나는 경옥의 아들이 왜 그랬는가 물어보지 않았다. 그동안 내 목에 걸린 쇠사슬이 끊어지는 걸 느낀다. 홀가분하다고 느낀 순간 한때 우리들의 짱이었던 친구의 운명에 대한 연민憐憫이 가슴을 울리고 있다.

〈문예바다〉 2016년 가을호

뷰티풀 마인드

내가 그를 알게 된 것은 우연한 기회였다. 수요일 오전 10시, 다른 때와 마찬가지로 성당 3층 다락방에서 레지오 주회를 하고 있었다. 그날 수녀님이 훈화를 했는데, 고압선에 감전된 환자가 있는데 레지오에서 방문해 주었으면 한다는 요지였다. 레지오 마리애는 가톨릭교회의 신앙 공동체로서 어려운 이웃에게 봉사하는 단체다.

나는 '영원한 도움' 레지오 단장이다. 일주일에 2시간 이상 봉사활동을 하는 우리는 기꺼이 응했다. 그는 국립중앙의료원에 입원해 있었다.

처음 환자 방문을 갔을 때 우리는 병원 침대에 누워 있는 한 남자를 보고 얼어붙었다. 이렇게 많이 다치고도 살아 있다니. 그는 살고자 하는 힘과 죽으려고 하는 힘이 줄다리기하는 사람처럼 보였는데 어느 쪽도 팽팽하게 겨룰 뿐 신도 인간도 받아들이지 못할 것 같았다. 그를 보고 온전한 몸으로 살아 있음에 감사해야 되는 일이라면? 성한 사람들에게 감사하라는 경고를 주었다 해도 개인으론 억울하기 짝이 없는 일이다. 왜 이런 일이 벌어졌을까?

수천 볼트의 전기가 두 팔, 한쪽 다리, 그리고 한쪽 얼굴을 숯덩이로 만들고 강한 전류에 감전된 채 덜 익은 부분은 고깃덩어리로 떨어진 환자다. 인간이 이렇게 되도록 죽지 않고 살아 있다는 것 자체가 기적 같았다. 잔인하지만 기적을 알리고 신의 의도를 시험해야 하는 일이 그가 맡은 몫인 것 같았다. 매주 화요일 오후 지하철을 타고 우리가 방문했지만 그는 거부감을 보였다. 성가를 부르고 환자를 위한 기도를 하는 내내 이불을 쓰고 누워 있었다. 그는 우리를 환영하지 않았다. 그가 반발하는 모습을 보이자 당혹스러웠고 심성이 나쁜 사람이라고 매도했다.

우리는 우리 방식대로 약자에게 강요한다. 신에게 용서를 구하고 신을 받아들이라고 요구한다. 자신들이 경험한 신을 받아들이면 된다고 무책임하게 말한다.

봉사라는 마음을 가지고 있음에도 진정한 위로를 했을까? 타인의 고통을 이해하지 못하면서 형식적으로 기도하고 성가를 부르고 오는 것만으로 의무를 다 했을까? 형식적으로 그를 만나고 있는 건 아닐까?

그가 입을 열기 시작한 것은 병자 방문을 다닌 지 3개월이 지났을 무렵이었다. 나는 한쪽만 남은 눈으로 인간이 겪을 고통을 모두 짊어진 그를 조금씩 알아 갔다. 그의 내면세계를 살펴봐야겠다고 생각했을 즈음 그는 자신의 심정을 말했다.

"저는 태어나서부터 저주를 받으며 살았고 세상과 싸우라는 사명을 갖고 태어난 것 같아요."

지금은 자정이 훨씬 지난 심야이다. 사람들도 모두 잠이 들고 정원의 불빛도 희미하다. 불면증에 시달리다 잠이 들었다. 잠에서 깨어남과 동시에 제일 먼저 찾아오는 것은 고통이라는 친구다. 오늘도 어김없이 함께 해야 할 친구는 의식이 없을 때를 제외하곤 늘 나를 따라다닌다.

기억이라는 뇌의 작용은 의식이 어둠을 뚫고 나오는 순간 사나운 개처럼 내게 달려든다. 아직 살아 있음을 확인시켜주는 유일한 동반자 같다.

내 이름은 '샘 김'이다.

잠든 동안에는 일상을 잠시 잊을 수 있다. 잠은 신이 내게 허락한 잠시 동안의 휴식이다. 새벽이 되고 눈을 뜨면 고통이 덮친다. 태양이 떠오르면 나를 파멸시키려는 듯 고통이 강렬하게 쫓아온다. 나는 고통으로부터 달아날 수 없다. 내부에서 요동치던 감정들, 자포자기, 종교적 체념과 두려움, 절망감이 나를 광기 속으로 밀어 넣는다.

내 염원은 꿈속에서 일어난다. 꿈속에서 나는 멀쩡한 몸이다. 똑같은 꿈속인데 나는 벼락을 맞은 후 괴물처럼 변하기도 한다. 번개가 내리치는 산 위에서 몸 한쪽이 갈라지면서 얼굴에서 발까지 없어지고 왼쪽 팔도 보이지 않는다. 꿈속에서 생각한다. 어서 깨어나자! 눈을 뜨면 건강한 몸으로 될 거야! 두려움에 발버둥을 치다가 잠에서 깨어난다. 잠에서 깨어나면 오히려 점점 더 목이 마르고 답답하다.

대부분의 사람들은 흉몽에서 깨어나 현실로 돌아오면 안도한다. 그런데 나는 반대로 짧은 시간이지만 꿈속에서 성한 몸일 뿐 현실에선 두 팔을 잃어버린 환자이다. 차라리 꿈에서 깨어나지 말았어야 한다. 꿈속에서는 깨어나면 원상태로 될 것이라는 희망이 있다. 막상 깨어보면 현실과 반대로 꿈을 꾼 것이다. 무엇이 허구이고 무엇이 현실인지 전혀 분간하지 못한다.

흉몽에서 깨어나면 며칠간 잠을 자지 못한다. 비바람이 몰아치는 어느 날, 나는 잠을 이루지 못하다가 새벽에야 잠이 들었다. 공포에 질려서 달아나려 하나 다리가 움직이지 않는다. 몸 왼쪽이 머리서부터 갈라져 반쪽만 남은 채 그대로다. 거기다가 오른쪽 팔도 떨어져나가고 어깨 아래 10센티미터만 남아 있다.

혼란스럽다. 내 의식 깊은 곳에서는 강렬한 투쟁이 벌어진다. 눈을 감고 그날의 기억을 되돌려 보려고 애써본다. 과거의 불행으로부터 벗어났다고 느끼는 순간 숨 쉴 시간도 없이 현실을 생각하면 곧바로 내 삶이 정지된다. 그동안 접어 두었던 꿈들이 이루어질 거라고 믿는 순간 날아가 버린다.

나는 세상에서 벌을 받고 있다. 그러나 그것은 내 잘못이 아니다. 내 꿈은 소박하다. 평범한 사회인으로 살아가려는 소망을 갖고 있을 뿐. 내 의식은 고통에서 벗어나게 해 달라고 겸손하게 빌고 있다. 내 안에 존재하는 무자비한 '초자아'와 옛날의 단순했던 '자아' 사이에 갈등이 계속되어 머릿속이 터져 나갈 지경이다.

나는 황야에서 완전히 길을 잃고 말았다. 이젠, 그래서, 어떻게, 왜, 라는 말을 잃어버린 것이다. 모든 것을 잃은 자의 모진 인생이 시작된 것이다.

나는 어린아이 같은 분위기와 기질을 지니고 있었다. 온순하고 상처받기 쉽고 단순해 보인다고 한다. 그런데 변해 버린 나의 성격은 스키조이드*schizoid* 진단 기준에 부합한다. 분열성 성격장애, 나는 오랫동안 고통을 혼자 버텨 왔다. 우울하고 내 곁을 지키는 아내만이 내 전부다. 사고 후에 생긴 성격이다. 정신과 의사는 의학적으로 정신분열증 경향의 '스키조이드' 환자라고 한다.

스키조이드 인간은 무의미와 허무감에 사로잡히는 것이 특징이다. 고독하고 우울하고, 나 자신밖에 모르는 인간이라고 평하는 것도 무리는 아니다. 당연히 정상적인 사회생활이 불가능하다. 우리의 인간관계라는 것은 거의 80퍼센트 정도는 감정으로 이어져 있다. 상대의 감정을 이해하고 그에 맞는 반응을 보여 주지 않으면 관계가 유지될 수 없는 거다. 그런데 나는 그것을 못한다.

하지만 억울하다. 사고가 발생하기 전 내가 어떤 사람이었는지는 아내가 잘 안다. 고립적인 성격의 인간, 대인관계도 개선할 수 없어 이상한 환자로 낙인이 찍혀 버렸다. 상황이 나를 이상한 놈으로 변신시킨 것이다.

내가 알지 못하는 새로운 죄를 생각해 내려고 눈을 감는다. 도대체 내가 지은 죄가 어떤 것인지 궁금하다. 첫 번째는 세상에 태어난 자체다. 이런 확신은 잠복성 전염병처럼 영혼의 밑바닥에 깔려 있다. 이 암묵적인 도그마가 언제? 왜? 무엇 때문에 생겨났는지? 남들은 이해할 수 없고 왜 내가 지옥을 경험하게 되었는지 원인도 모른다.

'샘 김'이란 이름에서 보이듯이 나는 혼혈로 태어났다. 경기도 동두천에 근무한 주한 미군 병사, 지금은 이름도 가물가물한 어떤 흑인 놈이 내지르고 떠난 '찌꺼기'가 나다. 서울에서 여고를 나온 한국인 엄마는 저주스런 아들 때문에 일생을 망쳤다. 엄마가 영어를 배우겠다고 이태원 커피숍에서 만난 미군을 따라다녔는데 하필이면 흑인 병사였다. 생명에 대한 기쁨이 아닌 어머니에게 내린 저주도 내 몫이다.

인생에서 완벽한 행복이란 불가능하다. 어린아이일 때는 쾌활하고 낙천적이었지만 자라면서 늘 불만이었고 빨리 성공하고 싶었다. 잠시 그 꿈이 이루어져 멋지고 행복한 시절도 있었다. 전기기사 자격증을 취득하고 첫 직장인 전기공사에서 일을 시작한 것도 기적이었다. 직장 동료들과 어울릴 때, 아내 봉혜란을 만났을 때, 아들 동해가 태어났을 때 행복은 절정을 이루었다. 현실이 행복이었는데도 그땐 몰랐다. 주어진 행복을 제대로 누릴 줄 몰랐던 것이다.

완벽한 행복이 불가능하다는 게 사실이라면 반대로 인생에서 완벽한 불행이란 없다는 말도 성립해야 한다. 그러나 현실에선 그런 희망도 잠시 뿐이다. 내 영혼의 휴식은 아무런 생각 없이 조용히 눈을 감는 것이다. 눈을 뜨면 고통스런 하루가 시작되기 때문이다. 어김없이 되풀이되는, 사라지지 않고 그대로인 나를 대면하게 된다. 밤새 기도했던 일이 이루어지지 않는 나날을 받아들여야 했다.

밖은 침묵의 세계이다. 도시도, 상점들도, 사람들도 없는 침묵뿐. 이제 희망도, 자아를 찾는 여정도 끝나 버렸다. 온 세상이 입을 다물어 버린 것이다. 아픔도 절망도 느낄 수 없다. 창문 유리창 바깥을 바라보는 공허한 시선, 죽음을 향한 갈망만이 존재할 뿐이다. 나는 내 앞에 기다리는 커다란 절망이 두려워 이불을 쓰고 눈을 감는다.

불안과 걱정이 몰려온다. 갖은 고통을 겪으며 죽을 것만 같았는데도 한 가지 능력만은 남아 있다. 그것은, 숨을 쉰다는 것이다. 아침 해가 떠오르는 바깥풍경을 보면 눈물이 난다. 내 병실과 격리된 다른 세계가 펼쳐지고 있다. 침대 위에 누워서 보내는 하루하루가 영원처럼 지루하다.

사고나 불행은 다른 사람에게 일어나는 일인 줄 알았지 내가 당사자가 될 줄이야 전혀 예상하지 못했다. 하필 나에게 이런 일이…. 그동안 고생한 보람이 있어 취직하고 결혼하고 안정된 생활을 하면서 고마움으로 가득했다. 그리고 가족이 건강만 하면 행복했다. 이렇게 느닷없이 불행이 들이닥치리라고는 상상도 하지 못한 일이다.

고압선 사고 이후 국립중앙의료원 외상센터와 중환자실에서 일년을 보내고 일반 병실로 옮겨온 지 석 달이 지났다. 아무도 나를 쳐다보지 않았고 말도 걸지 않았다. 마치 이상한 짐승이라도 본 것처럼 기겁을 하고 더러는 혀를 차며 지나갔다. 그런 날들이 계속되었다. 환자가 어떤 고통을 받고 어떤 고뇌를 겪는지는 어느 누구도 관심이 없었다.

성당에서 수녀님이 다녀가고 교우들이 몰려오기 시작했다. 나는 동물원 짐승처럼 그들에게 내 불행을 알려야만 했다. 형식적인 기도문과 성가, 모두가 내겐 가소로웠다. 동물원에 갇힌 원숭이처럼 느껴졌다.

"제기랄!"

저절로 상말이 튀어나온다. 이제 욕을 할 수 있는 정도까지 회복

된 셈이다.

밤이 되자 병실이 조용해졌다. 간이침대에 앉아 있던 아내가 다가와 병실 침대를 커튼으로 가린다. 아내가 병원 환자복을 갈아입혀 주고 있다. 왼손으로 내 머리를 떠받치고 있는 아내의 손을 잡고 싶다. 그녀가 내 손을 다정하게 잡아 줄까? 상상의 세계가 아닌, 손이 있던 자리에 감각이 생생히 되살아난다.

"손이라도 잡게 해 줘!"

소맷자락을 펄럭인다. 휘적거리며 아내 손을 당기려 했지만 나는 헛손질을 할 뿐이다. 아직도 머릿속에 상상으로 존재하는 팔로 아내를 끌어안아 보려다 그만둔다. 팔에 감촉이 없다. 어쩌자고 머릿속에는 성한 팔이 그대로 남아 있어서 나를 조롱하는지 모르겠다.

팔이 없으니 아내와의 연결고리가 사라졌다. 물리적으로 아내에게 접근할 방법이 없다. 그저 몸뚱이와 말을 할 수 있을 뿐이다. 찡긋, 한쪽 눈으로 아내에게 신호를 보냈다. 커튼 너머에는 옆 침대 환자가 잠들어 있을 것이다. '내 옆에 누워 봐'라고 말하고 싶었다. 그러나 소리가 무언가에 막힌 듯이 나오지 않는다. 그녀는 꿈쩍도 안 한다. 나를 사람 취급 안 할 모양이다.

통증이 사라지고 성性적 욕구가 생겼을 때 나는 기뻤다. 생명은 남겨 주셨구나! 하는 일말의 기쁨에 감사했다. 하지만 자꾸 재촉해대는 성적 욕망이 사그라질 줄 몰랐다. 생명의 꿈틀거림, 살아 있다고 아우성치는 창조 의지가 강렬했다.

소나무는 환경이 좋지 않아 시들려고 할 때 솔방울이 주렁주렁 열린다고 한다. 동물과 식물을 막론하고 생명의 위협을 느끼거나 고통스런 과정에서는 본능적으로 번식 욕구가 생긴다. 땅이 기름진 곳에 자라는 소나무는 솔방울이 열리지 않는다. 그러나 능선 바위 틈에 낀 소나무는 솔방울이 셀 수도 없이 열린다. 쓰지도 못할 작은 솔방울뿐이지만, 내 욕망은 해결되지 않는 한 없애긴 틀렸다. 내게 한 손이라도 남아 있다면 자위행위를 해서라도 해결하겠는데 불가능하다.

한 번만이라도 사랑을 확인할 시간이 주어진다면 더 이상 보채지 않을 것이다. 그러나 꼼짝 못하고 누워 있는 마당에 아내 협조 없인 불가능한 일. 멀쩡한 사람에게 이런 욕구를 말하면 '병신이 별짓을 다 한다'고 손가락질할지도 모른다. '병신'이라는 말을 떠올리면 가슴이 쓰리다. 나를 살려 놓은 신이 저주스러웠다. 고통의 시간은 길고 길었다.

아내는 병실을 나가면 함흥차사였다. 내가 그렇게 자신을 부르고 옆에 있기를 소망해도 아내는 다른 보호자들과 어울려 시시덕거릴 뿐 나를 돌봐 줄 마음이 없는 듯하다. 아내는 밝은 성격이어서 밖에서는 환자 가족들과 웃음소리가 끊이지 않는다.

병실에 누워 눈을 감는다. 이불을 덮어쓰고 엽기적인 공상에 빠진다.

내 소망은 아내를 꼬드겨서 옆으로 오도록 유도한 후 아내가 안심하고 다가와 옆에 앉았을 때 등 뒤에 숨겨 둔 몽둥이로 실컷 두들겨 패는 것이다. 사람들에게 그런 말을 하면 뒤로 물러서서 진저리치며 뭐 이런 인간이 있느냐는 듯 쳐다볼지 모른다. 사람들이 날 어떻게 생각하든 상관없다. 몽둥이를 두 손에 들고 아내를 때리는 것, 그것은 나의 가장 큰 소망이란 건 변치 않는다.

아내를 힘껏 때리면 '아프다. 잘못했다. 미안하다'고 울면서 다시는 밖으로 나가지 않겠다고 용서해 달라고 빌지도 모른다. 그렇다면 내 계획이 이루어지는 셈이다. 지금은 아내를 내 옆으로 가까이 오게 하는 것이 관건이다. 내가 연기만 잘하면 아내를 속일 수 있다. 구상만 해도 가슴이 후련해지는 것 같다.

'그런 소망이 어디 있느냐?'

'하필 너를 보호해 주는 아내를 때려주고 싶은 게 소망이냐?' 사람들은 나를 나쁜 놈으로 매도할지 모른다.

전능하신 신이 들어주고 싶어도 안 들어줄 거라고? 그러면 착한 일을 하겠다고 하면 되고? 그러면 왜 내 몸을 낫게 해 달라는 기도는 왜 모른 척하느냐고? 신에게 대들어 볼까? 뭐라고 할 것인데? 몸이 다치기 전으로 돌아가기를 바라는 소망은 이루어지기 어렵다는 것을 나도 안다. 대신 사소한 소망은 이루어 낼 수 있을지도 모른다. 커다란 소망이 불가능하다면 작은 소망이라도 대신 가능해야 한다. 그것이 공평하다. 이것도 저것도 이뤄지지 않는다면 내 인생에 신 같은 것은 존재하지 않는다.

학교 다닐 때 흑인 혼혈인 나는 학교 운동장에서 1인자였다. 일찍이 힘으로 제압하지 않으면 이 세상을 견뎌 내지 못한다는 사실을 알고 있었다. 약자가 살아남는 방법을, 약자의 반격을 준비한 셈이다. 평소엔 얌전하다가도 막상 아이들이 놀려 대면 아무 일도 없는 듯 행동하다가 상대방이 긴장을 늦추고 주의를 풀었을 때 갑자기 뒤통수를 내려치는 수법이다. 그 후 나의 친구, 악동들은 내가 근처에만 다가가도 사라질 때까지 긴장하게 되었다. 언제 샘 김의 반격이 날아올지 모르니까.

아내 봉혜란은 성당에서 처음 만났다. 2년제 전문대학에 다니던 중 성당 청년회에서 만났는데 자주 이야기를 나눌 기회가 있었다. 예수님의 계시나 감명을 받은 순간에 대해서 토론하면서 신의 존재를 느끼게 된 순간에 대해서 이야기했다. 봉혜란의 눈이 빛나고 있었다. 눈은 만물의 언어가 아니던가. 우주가 무한한 시간 속으로 여행할 때부터 아무것도 필요한 게 없었듯이 어떤 설명도 필요 없었다.

나는 난생처음 굳게 닫혔던 마음의 문을 열고 운명의 여인과 마주했다는 것을 알았다. 그녀의 입술이 열리면 하얀 이가 살짝 보였다. 순간 세상의 모든 존재가 나를 위해 있음을 느꼈다. 그녀는 흑인 혼혈인을 차별하지 않았다. 많은 이야기를 나누었고 그녀 얼굴에 미소가 어렸다. 많은 세월, 나 자신의 정체도 모른 채 오래 기다려 온 나의 반쪽. 마침내 찾아 헤매던 사랑이었다.

주위에선 남녀가 맺어지려면 오래도록 두고두고 알아야 한다고 했지만 그건 그들이 우주의 언어를 알지 못해서 하는 말이다. 모든 과거와 미래는 의미를 잃고 오직 현재의 순간만이 존재한다는 확신이 들었다.

두 사람은 사랑에 빠졌고 성당에서 만나게 된 것을 신의 계시로 받아들였다. 나는 그녀의 존재를 알기 전부터 그녀를 사랑하게 되리라는 신의 계시를, 또한 그녀를 향한 내 사랑이 세상의 모든 보물을 발견하게 해 주리라는 것을 온 몸으로 느낄 수 있었다.

결혼식은 성당에서 신부님 주례로 거행했다. 하객은 많지 않았지만 따뜻하고 축복된 결혼식이었다. 신랑 흑인 혼혈인 '샘 김' 28세, 신부 한국인 '봉혜란' 25세.

혜란과 결혼한 샘은 행복했다. 신혼여행은 동해안으로 떠났다. 인도양에 위치한 섬으로 가길 원했으나 봉혜란이 여행 경비를 아끼자고 했기 때문이다. 4박 5일 일정으로 동해안을 따라 여행하다가 강릉에 도착했다. 저녁을 먹고 경포호수 옆에 위치한 허균, 허난설헌 기념관을 둘러보고 가벼운 산책을 했다. 강릉의 경포호수는 여섯 개의 달이 뜬다. 하늘의 달, 호수의 달, 술잔의 두 달, 그리고 님의 두 눈에 비친 달이다.

신혼여행 마지막 날 새벽 바닷가에서 떠오르는 해를 바라보았다. 해가 몇 개로 보이느냐고 물었을 때 그녀는 이렇게 대답했다.

"하늘에 떠 있는 해, 당신의 눈동자에 비친 두 개의 해, 그리고 마주 앉은 내 눈동자에 비친 두 개의 해, 모두 다섯 개로 보여요."

그러면서 아기를 낳으면 동쪽에서 뜨는 태양이라는 의미로 동해라고 이름 짓고 싶다고 했다.

그녀가 아이를 임신했다고 밝혔을 때 한없이 기뻤다. 이듬해 아들을 낳았는데 동해로 이름 지었다. 동해는 엄마를 많이 닮았는데 이국적인 모습이 적어서 동네 아이들에게 놀림을 당할 염려가 없었다. 동해의 까만 눈에 반짝이는 빛을 보는 순간 경이로운 신의 창조 능력을 느꼈다. 아기 얼굴을 보면서 아내가 했던 말이 떠올랐고 다섯 개의 태양을 보고 있다는 생각이 들었다.

"다섯 개의 태양, 그것은 아들 동해, 아내의 두 눈에 비친 동해, 그리고 나의 두 눈에 비친 동해이다."

비록 나는 저주스럽게 태어났어도 나의 분신인 아기는 경이로웠다. 작은 손가락을 하나하나 오므리고 하품을 하는 것도 신기하다.

아들에게 나보다 좋은 세상에서 살게 하고 싶었다. 어머니도 이런 마음이었을 것이다. 어머니는 내가 태어났을 때 곱슬머리가 아니었다고 한다. 잘만 크면 혼혈인지 모를 수도 있겠구나 하고 안심했다고 한다. 그런데 차츰 자라면서 얼굴이 더 까매지고 머릿결도 곱슬하게 되었다고 한다. 이 아이를 어쩌지? 하고 어머니의 한숨이 시작된 것이다.

동해가 태어나자 나는 죽기 살기로 일에 매달렸다. 힘든 줄 모르고 일했다. 희망이 생겼기 때문이다. 동료의 야간작업을 돕고, 대리로 일을 해 주곤 해도 힘들지 않았다. 아들을 생각하면 신에 대해 감사하는 마음이 저절로 생기고 온 세상을 다 얻은 것같이 행복했다.

지난여름 태풍이 지나간 9월 중순, 영등포 일대 아파트가 정전이 되었다. 긴급 출동해서 전기공사를 하다가 감전 사고가 발생했다. 고압전기가 흐르는 철탑 위에서 작업을 할 때 일어난 사건이었다.

남들은 한 사건에 지나는 일로 기억하지만 내게는 앞으로 고통으로 살아가야 할 긴 시간이 기다리고 있었다. 죽는 것도 타인에게 부탁해야 한다. 얼굴에 큰 화상을 입고, 두 팔이 절단되어서 스스로는 죽을 수도 없다.

사고는 순식간에 발생했다. 낡은 전선을 새 전선으로 교환하는 작업이 진행 중이었다. 찢어지는 기억도 불타는 몸의 기억도 없다. 번개가 내리치듯 갑자기 불꽃이 튀었다. 팔과 가슴, 하반신 등 곳곳에 3도 화상을 입었다. 국립중앙의료원 응급실로 실려 갔다. 병원에서 넉 달째 화상 치료를 받고 수술이 이어졌다. 통증이 너무나 심해 팔과 다리가 없어져도 서러울 새도 없었다.

고압에 의한 통전通電, 그러면 대부분이 신체 한 부분이 크게 훼손된다. 근육과 뼈까지 침범하는 경우가 많아 팔을 절단한다든가 다리를 절단해야 한다. 통증은 죽음과 맞바꾸고도 남는다.

송배전 공사에서 전선 교체 작업은 한국전력이 발주하고 실제 작업은 협력업체가 수행한다. 2004년부터 전국 공사현장에서 2만 2천 볼트의 전기가 흐르는 상황에서 작업하는 활선공법이 전면 사용되었다. 비용이 20~30퍼센트 줄어들고 정전시간이 대폭 줄어든다는 이유에서였다.

처음으로 아내의 부축을 받으며 화장실을 가려고 나란히 섰다. 한쪽 다리로 그루터기만 남은 한 팔에 의족을 끼우고 아내에게 의지해 선 것이다. 너무나 감격스러웠다. 아내와 같이 설 수 없을 줄 알았다. 이렇게나마 일어날 수 있다니!

"힘들지?"

내가 물었을 때 아내는 웃었다.

"아니. 가벼워요."

키 185센티미터에 체중이 100킬로그램이 나가던 나였다. 체중을 조금 줄이려고 운동으로 다진 몸이라 준수해 보였다. 수술로 두 팔이 잘리고 체중이 빠져서 50킬로그램 정도였다. 팔다리의 무게가 몸의 절반에 가깝다니 이럴 수가 있을까.

내 인생의 고통은 새로운 삶의 시작을 알렸다. 내가 잠든 동안에도 시간은 멈추지 않았다. 아들 동해가 세 살이 되었다. 아빠 얼굴을 알아보고 방글방글할 때 사고를 당했고, 1년이 흘렀다. 거울에서 내 얼굴을 처음 보았을 때 충격을 받았다.

"내 앞에 있는 사람이 진짜 나인가. 나는 파괴되었어."

괴성을 지르며 울부짖었다. "아들에게 이런 아빠 모습을 보여 주고 싶지 않아."

아내는 창백한 얼굴로 수녀님에게 전화를 걸었다. 병문안 온 수녀님이 "아들에게만은 아버지라는 이미지가 아니라 실체적인 아버지 얼굴을 보여 주어야 한다"면서 미국 병원으로 가서 치료할 수 있도록 주선해 보겠다고 했다.

얼굴에 실체가 꼭 있어야 하는가? 머리와 몸통이 존재하고 사고작용을 하는 한 그 사람임을 증명할 수 있는 것 아닌가? 그러나 그건 애매하다. 그 사람이라는 것은 인상착의로 결정된다. 형상이 없는 인격체는 없는 것으로 치부한다. 실체 모습이 보이지 않는 한 누구라고 말해야 할까?

그 사람을 가리켜 어떤 사람이며 인품이 어떠했으리라는 것을 알 수 있다. 그 사람을 두고 말할 때 인상이 어떠냐고 묻는다. 얼굴이 없다는 것은 사람도 짐승도 아닌 이상한 괴물이다. 멀쩡한 사람도 자신의 정체성을 두고 고민한다. 그렇다면 나는 어떠할까? 아무도 내게 관심이 없는 것 같다. 얼굴을 잃어버린 사람이라니!

녹아 버린 얼굴을 복원시키는 기술은 국내에서는 불가능하고 미국에 가야 한다고 한다. 눈이 빠져도 하나라도 건재하다면 불행 중 다행이라고 한다. 두 달쯤 지날 때 좋은 소식이 들려왔다. 모니카 수녀님이 주선한 일이 성사되어 이제 미국으로 가게 되었으니 불행 중 다행이라는 말을 조심스럽게 입에 올린다.

사람들에게 체면이라는 것이 있다. 체면은 보이지 않는 자신의 얼굴과 이미지다. 그 좋은 이미지를 만들려고 노력하고 체면을 지키다가 무리한 행동으로 자신을 망친다. 하물며 나에겐 체면이 아니라 실체적인 얼굴이 아닌가.

사람들은 약자에게는 먹을 것만 필요한 줄 안다. 그리고 그 다음 감정은 '복에 겨워서' 라거나 '꼴값을 한다'면서 비아냥거린다. '병신 주제에 가지가지 한다'면서 모두들 자신을 기준으로 남을 판단한다. 인간에게 식욕도 성욕도 존재하는 한 그 가치를 누려야 한다. 하지만 병신에게는 그저 생존에 필요한 식욕을 챙겨주는 것으로 산 자의 의무를 다했다고 믿는다. 그 이외의 것은 다 사치라면서.

샘 김은 눈을 감았다.

조금 있으면 성경을 들먹이며 교회 여자들이 병문안을 올 것이다. 위로랍시고 되지도 않은 말을 지껄이면 감동한 척 들어야 한다. 내가 연기를 시작한 것은 통증이 좀 가라앉은 후부터다. 하긴 그들이라도 다녀가야 시간이 조금 지나간다.

기도 끝에 희망을 가지라고 격려한다. 희망이라는 말을 들으니 코웃음이 나온다. 아내를 몽둥이로 때려 줄 수 있을까? 그런 날이 올까? 찬송가를 부른 후 교우들이 병실을 나가려고 하자 아내도 바래다주고 오겠다며 따라 나간다. 창밖으로 보이는 하늘이 푸르다. 구름이 흘러가고 비둘기 두 마리가 하늘을 날고 있다. 내가 이렇게 간절히 원하는데도 아내는 돌아오지 않고 수다 삼매경에서 빠져 있는 모양이다.

병문안 온 사람들은 겉으론 나를 불쌍해한다. 속으로 그들은 질색을 하며 마치 마귀를 보듯 한다. 사람들은 아내가 걸을 수 있는 자유가 있음에도 아내 손을 잡고 안타까움을 이야기한다.

그들은 다쳐서 누워 있는 나보다도 아내의 고충을 더 위로한다.

"얼마나 힘드냐?"

"안다 알아."

내 인생이 송두리째 망가졌는데도 아내가 더 힘들고 괴로울 거라니, 그들이 도대체 무얼 안다는 걸까?

그들은 자신의 경우를 먼저 생각한다. 자신이 이런 처지에 놓인다면 어떻게 할까? 뭐라고 말할까? 환자를 간호하는 사람이 힘들다는 건 나도 안다. 그러나 환자 앞에서 '환자보다 간호하는 사람이 더 힘들다'고 말하는 건 예의가 아니다.

모두들 살아 있는 강자의 편이다. 누워서 도움을 받는 처지에 꼴에 오기는 있어 가지고, 마음대로 되지 않는다며 꼬장 부리는 나는 천하에 둘도 없는 악마가 아닌가. 성경은 일곱 번씩 일흔 번이라도 용서하라고 가르친다. 용서하라는 화두를 들고 온 교우들에게 이 무슨 해괴망측한 발상인가. 그러나 어느 누구도 당사자가 되어 보지 않고는 타인의 마음을 모른다. 같이 있고 싶은 간절함을, 그 간절함이 증오로 변할 수 있음을.

내 비꼬인 표정도 그들은 읽지 못하고 악마를 보듯 한다. 초연한 척 에둘러 말한 것도 그들은 모른다. '열심히 너를 위해 일하고 있는데 네 마음대로 되지 않는다고 아내를 때려 주고 싶다고 말하다니 … 쯧쯧.' 내가 애써 조크로, 팔이 있으면 좋겠다는 뜻으로 말한 것인데, 그런 시선을 대할 때마다 증오심이 생긴다.

절단된 팔이 또 저려 온다. 환상지통幻想肢痛이다. 팔다리가 절단

되었을 때 마치 그곳이 있는 것처럼 느껴지면서 통증이나 간지러움을 느끼는 증상이다.

환자복을 갈아입히고 있는 아내가 끙끙댄다. 그동안 품어온 내 증오를 표출시킬 수 있는 기회가 온 것이다. '기다리던 기회는 지금 이때다. 어서 실행해 봐.' 결과가 어떻게 되었느냐고? 몽둥이로 두들겨 팼느냐고? 물음에 대한 대답은 '아니다'이다. 때릴 수 있는 기회가 왔는데 손이 없어서 실행하지 못하기 때문이다. 무섭다. 저 예쁜 여자를 어느 놈이 채 갈지 모른다. 아내가 마음이 변하면 언제고 실행할 수 있다. 그래서 그동안 품고 있던 음흉한 상상을 지우고 웃는다. 그녀에게 불쌍한 척 애원의 눈길을 보낸다.

'나를 버리지 말아 줘.'

아내를 쓰다듬으려 해도 허공을 허우적거리다가 그만두었다. 훗날 그녀에게 감사를 전할 수 있는 기회가 오기를 기도한다. 지금 이런 선한 마을을 지속시킬 수 있음에 감사한다. 지금껏 생명을 유지할 수 있는 건 아내 덕분이기에.

초가을이 시작되는 어느 날 오후, 나는 성당 사무실에 들렀다가 모니카 수녀님을 만났다.

"수녀님 안녕하세요."

"수산나 자매님 반가워요."

두 사람은 사무실 맞은편에 위치한 만남의 방으로 갔다. 그곳은 여러 가지 성물聖物을 진열해 놓고 팔았는데 교우들이 다과를 들면서 이야기를 나누는 장소였다. 수녀님은 '영원한 도움' 단원에게 도움을 요청한다고 했다. 이웃돕기 모금을 해서 장애인을 돕고 있는

데 골치가 아프다고 한다. 베드로가 또 속을 썩여서 계속해서 도와야 할지 말지 고민 중이라는 것이다. 그러면서

"베드로가 이번이 세 번째거든요"라고 했다.

지하철역 부근에서 동정심을 유발하려고 자동차 튜브로 다리를 감싸고 배로 밀고 다니며 행상으로 생활하는 사람 이야기다. 베드로는 오토바이 사고로 하반신이 마비된 장애인이다. 이웃돕기 성금을 모아서 먹고 살라고 작은 손수레를 장만해 주었는데 이번에도 팔아버렸다는 것이다.

가짜로 두 다리가 절단된 지체 장애인으로 위장한다는 소문도 있었으나 나는 믿지 않았다. 엎드려서 기어 다니는 중노동이 만만치 않을 것이기 때문이다. 그럴 거라면 차라리 일어나서 노동을 하는 편이 낳을 것 같다. 조직에서 장애인들을 잡아다가 앵벌이를 시키고 그 돈을 갈취한다는 소문도 있었지만 경찰조사 결과 사실무근으로 밝혀졌다.

베드로 거지는 수녀님이 도와줄 때마다 노고에 고마워하며 최선을 다해 살겠다고 다짐한다. 그것도 잠시 그 다음날로 손수레를 팔아 버린다. 손수레를 마련하려면 생필품을 포함해서 10만 원 이상이 든다. 때밀이 수건, 손톱깎이, 면봉, 이쑤시개, 위생용품 등의 물품이 담겨 있어 이를 팔아 생명을 연장한다. 베드로는 돈을 벌면 저축하기보다는 이성에 대한 외로움에 밤이면 여자들이 시중드는 술집을 찾았다.

베드로 이야기 들었을 때 나는 별 망측한 소리를 다 듣는다고 생각했다. 그런데 며칠 후 또 망측한 일이 일어났다. 베드로가 손수레를 다른 사람에게 3만 원 받고 팔아넘겼는데 돈을 손에 쥐자마자

득달같이 사창가로 기어가서 여자에게 한 번 자고 싶다고 했던 것이다. 대개는 재수가 없다며 소금을 뿌렸는데 그러면 다른 곳으로 기어간다. 운이 좋아 마음씨 착한 여자를 만나면 그의 처지가 딱해서 청을 들어주는데 화대가 하룻밤 10만 원인데 측은하다고 깎아주어 3만 원에 해 준다는 것이다. 결국 여자 때문에 전 재산인 손수레를 팔아 버린 것이다.

수녀님의 말씀을 들으며 나는 하반신 마비된 베드로가 목숨까지 바치는 사랑이 궁금했다. 그것은 악마의 속삭임인가? 신의 축복인가? 유혹의 속삭임인가? 살아 있다는 필연의 과정인가? 육체와 정신, 그 불완전함이 벌이는 성적 욕망인가? 여자가 권한 선악과를 먹은 남자의 호기심인가?

베드로가 사흘째 굶고 있는데 수녀님이 찾아갔다. 손수레를 끌고 장사하여 매상이 올랐는지 궁금해서 확인하러 간 것이다. 베드로는 막연히 하늘만 바라보며 굶고 있었다. 손수레가 없어진 사실을 알아챈 수녀님은 혀를 찼다.

베드로는 수녀님 얼굴을 쳐다보다가 고개를 숙인다.

"수녀님! 제 마음이 왜 이렇게 변덕스러운지 모르겠어유. 돈이 생기면 여자와 사랑에 빠져 보고 싶어지네유. 제가 나쁜 놈이라는 것도 알아유. 그런데 밤새 잠 못 드는 밤이 계속되고 있어 어쩔 도리가 없어유."

베드로가 울먹인다.

"마음과 또 다른 마음이 밤새 싸웠는데 여자를 원하는 쪽이 이겼어요. 그리고 마음이 중심을 잡지 못하고 저를 이대로 놔두지 않아요. 악마가 나에게 속삭여요. 그건 네가 살아 있다는 증거라고 꼬드겨요."

소식을 들은 레지오 단원은 기가 막혔다.

"벌써 몇 번째냐?"

"다시는 도와주지 말아야 해."

"천벌 받을 놈."

"도와주는 사람의 공도 모르고 그런 짓을 하는 놈에게 더 이상 자비는 필요 없어."

화를 내며 비난했다.

나는 레지오 활동으로 환자 방문을 다녀와서 남편에게 말했다.

"수녀님이 마련해 준 손수레를 팔아 창녀촌에 갔대요. 배은망덕하잖아요."

"베드로가 너무 불쌍하군."

나는 어리둥절했다.

"당신은 뭐가 불쌍하다는 거죠?"

남편은 내 얼굴을 외면하고 천장을 바라본다.

"생각해 봐. 건강한 사람은 일상적인 일이잖아. 원할 땐 언제고 가능한 일을 그는 구걸한 돈으로 섹스도 구걸해야 겨우 한 번 얻는 기회잖아. 남자로 태어나서 살아 있는 육체에 여자를 경험할 수 없으니 호기심이 안 나겠어?"

남편은 한숨을 쉬며 비상금을 꺼내 놓는다. 순간 내 머리에서 번쩍했다. 타인을 이해하지 못하고 내 생각만 했던 것이다.

샘 김이 말한 아내를 때려주고 싶다는 소망이 무엇을 의미하는지 알 것 같다. 그가 팔이 없다는 생각은 못 하고 때려 주는 것이 소망이라는 말만 듣고 질겁했던 것이다. 팔을 달라는 그의 소망. 그건 자유롭게 사용할 수 있는 두 팔을 갖고 싶다는 열망의 표출이고, 아내에게 바치는 최상의 헌신이었다.

그가 진정으로 소원을 말했음에도 우리는 두들겨 팬다는 말만 듣고 그를 못된 인간으로 취급했다. 우리는 자신들의 생각에 갇혀 타인의 입장을 모른다. 자신이 받은 고통만큼 깨닫게 되는 것이다. 사람들은 육체와 정신의 불완전함 속에서 각자의 인생을 살아간다.

해가 바뀌고 6월 여름철에 접어들 무렵, 샘 김은 미국에서 병원 생활을 마치고 한국으로 돌아왔다.

모니카 수녀님을 통해 나는 그의 근황을 듣고 있었는데 얼굴을 만들었는데도 만족하지 못한다고 했다. 그는 자신의 얼굴이 만들어지자 거울을 봤는데 피부 이식한 부위와 주변 정상 피부가 색깔의 차이가 난다고 했다. 아직 아들 동해에게 보여줄 얼굴은 아닌 것 같다고도 했다. 현대 의학으로도 치유될 수 없는 것이 있음을 인정해야 했다.

그는 어깨부터 10센티미터쯤 남아 있는 팔 그루터기에 의수를 착용하고 혼자 식사를 할 수 있게 되었다. 손이 생긴 것이다. 조금 나아졌다고 해도 마음이 편안해진 것은 아니다. 세 번의 수술을 거쳤는데도 흉터가 남아 있었다. 사람의 마음은 고마워할 줄 모르기도 하고 간사하기도 하다. 과거를 잊고 욕심이 생긴 것이다. 그는 자신의 이기심에 실소失笑를 한다. 지치고 지친 몸은 불편함을 호소한다.

'내 손으로 밥을 먹는 것만이라도 하고 싶다'는 소망을 잊어버린 것이다. 원하는 것이 이루어졌는데도 만족할 줄 모르고 다른 것을 원하다니 자신이 생각해도 어처구니없다. 그렇게 원하는 것이 이루어지니 이번엔 소망이 점점 커져 신의 입장에서는 소망을 이루어 주고 싶다가도 주기 싫어질 것이다. 인간의 끝없는 욕망을 다스리다가 방치해 버릴지도 모른다.

거울을 보니 내 얼굴에 흉터가 흉악해 보인다. 가상의 얼굴이 아닌 자신의 얼굴을 위해서 무엇이든지 해야 한다. 나 자신의 존재를 알리기 위해 얼굴을 만드는 일은 필수적이다. 이대로 수모를 겪으며 살기 싫다.

멀쩡한 얼굴을 가진 사람들도 자신의 체면을 지키려고 안간힘을 쏟는데 하물며 마음속을 풀어낼 방법도 없이 일그러진 얼굴로 평생 살기 싫었다. 아들에게 아버지라는 사람은 세상에 없어도 결혼할 때 찍은 사진만으로 충분하다. 아내도 고통스러울 것이다. 그간 고맙지만 더 이상 신경 쓰게 하고 싶지 않았다. 결국 신에게 항의하다가 스스로 목숨을 끊기로 했다.

샘은 엘리베이터를 타고 7층 옥상으로 올라갔다. 희망이 없었기 때문에 두려움 또한 없었다. 밑을 내려다보았다.

아내에게 자유를 주자. 수없이 많은 수술과 마취로 삶과 죽음의 경계를 넘나들었다. 아무것도 없는 삶, 고민도 고통도 모두 사라진 순간이다. 자! 이제 뛰어 내리면 된다. 잠깐! 아내의 눈이 나를 보고 있다. 나를 살리기 위해 아내가 희생한 시간을 어떻게 보상하지? 아내에게 진 빚을 갚아야 한다.

너는 누구일까. 행복은 네 안에 있어. 바람과 사막, 태양, 별들, 아름다운 우주, 모든 만물이 태어나고 존재하는 우주가 있어. 오직 남편의 쾌유를 바라며 떠나지도 못하고 헛되게 보낸 아내의 시간들, 그것을 어떻게 보상할 수 있을까. 그건 네가 보상해야 할 몫이다. 네가 떠난다면 아내가 잃어버린 시간은 누가 보충해 줄 것인가. 아직 절망하기는 이르다고 자신을 타이른다. 죽는 것은 언제고 실천할 수 있다. 어느 때고 가능하니까.

두 달쯤 지나서, 한쪽 귀가 만들어졌다. 안경을 낄 수 있게 된 일을 감사해야 한다. 세상의 모든 것이 담겨있는 책을 볼 수 있다는 것은 역시 축복임을 알아야 한다.

그리고 의족과 의수가 생겼다. 이제 겨우 혼자 생활할 수 있다. 적어도 음식을 먹고 배설하도록 화장실을 혼자 해결할 수 있게 된 것이다. 그때 다음과 같은 신의 음성이 들려왔다. '네게는 가진 것이 많아!'

고통을 통해 넓은 마음을 얻었으면 그 마음을 표현해 봐야지! 하는 생각이 머릿속을 강타했다. 자연의 소리에 귀를 기울이고, 동물들과 이야기하며 신이 준 세상을 깊이 알게 된 것에 감사하자. 그 이외의 것은 신에게 맡기자.

이제 손이 생겼으니 아내를 때리고 싶다는 소망은 없어졌다. 투병 생활에 뒷바라지하느라고 그녀가 고통스런 시간들을 어떻게 보냈는지 서술해 볼 작정이다. 헛된 시간이라고 느낀 일들이 후에 다른 고통을 겪는 환자와 보호자들에게 널리 읽혀 살아갈 힘을 얻었으면 좋겠다는 생각이 든다. 아파하고 자신의 손길이 필요한 사람을 버릴 수 없었던 그녀 마음을 위로하자.

아들 동해의 얼굴을 떠올리면 힘이 솟았다. 마지막 희망 하나 실리콘으로 얼굴을 만들어 왔다. 컴퓨터 그래픽 작업으로 만든 것인데 아내 이외에는 원래 얼굴과 구별하지 못할 정도로 정교했다. 이제 잃어버린 얼굴을 되찾은 것이다. 그는 얼굴과 팔, 그리고 사고할 수 있는 머리가 자신에게 있음을 감사했다. 거울을 보며 "내 앞에 있는 사람이 진짜인가"라며 농담까지 할 정도가 되었다.

그는 아내를 쳐다보았다.

"먼 훗날 실리콘이나 바이오 인공진피로 피부 이식을 한 얼굴은 그대로인데 성한 쪽만 늙을 것 아냐? 그때는 어떻게 하지? 실리콘에 주름을 그어 균형을 맞춰야 하나? 아니면 실리콘에 맞춰 성형수술을 해야 하나?" 그러면서 아내에게 고민이라고 했다.

"별 걱정을 다해요. 이젠 살 만한 모양이네요."

아내가 웃으며 다가왔다.

아내가 그의 뜨거워진 얼굴에 입을 맞췄다. 혀에 작은 경련이 일었고 그것을 스위치 삼아 그의 몸속 전원들이 일제히 켜지고 있었다. 그는 세상에서 부러운 것이 없었다. 보다 정확히 말해 그는 또 다른 사람이 되어 있었다. 왜냐하면 잃어버린 얼굴을 되찾았기 때문이다. 밖에는 달이 지고 태양이 떠오르기 직전이다.

〈한국소설〉 2018년 8월호

절망, 그리고 희망의 노래 한 편

임헌영 문학평론가

세상은 곰곰이 뒤적이면 미스터리로 가득하다. 때론 산다는 자체가 기적이며, 사람의 내면이 미궁이며, 일상이 사건 현장이다.

이정은 작가의 〈뷰티풀 마인드〉는 자신이 처한 환경이나 조건에 따라 인간의 마음이 얼마나 변덕스럽게 달라지는가를 그린다. 이를 위해 작가가 선택한 인물은 샘 김과 베드로라는 두 인물이다.

화자인 '나'는 성당에서 '영원한 도움' 레지오 마리애 단장이다. 이 단체는 신앙공동체로서 고통받는 이웃을 돌보고 봉사하는 단체이다. 나는 어느 날 고압선에 감전되어 병원 중환자실에 누워 있는 환자를 방문한다.

샘 김은 한국인 여자와 흑인 미군 사이에서 태어난 혼혈인이다. 출생 특성상 '힘으로 제압하지 않으면 이 세상을 견디지 못한다는 사실'을 체득한 그는 전기기사가 되어 봉혜란과 결혼, 아들 동해까지 얻어 나름대로 만족스러운 삶을 산다. 어느 날 샘 김은 고압선 철탑에서 작업하다 감전 사고를 당해 '두 팔, 한 쪽 다리, 그리고 한쪽 얼굴을 숯덩이로 만들고 강한 전류에 감전된 채 덜 익은 부분은 고기 덩어리'로 전락한다.

실의와 낙담 속에서, 팔도 흔들 수 없는 참담함 속에서 샘 김은 아내를 때리고 싶다는 분노의 출구를 찾지만 도저히 불가능하다. 이런 극한 상황의 인간 존재에게 '성경을 들먹이며 교회 사람들이 병문안'을 와서 고통받는 환자에게 '위로랍시고 되지도 않은 말을 지껄일 말을 감동한 척' 들어야 하는 게 얼마나 힘든 일인가.

> 기도 끝에 희망을 가지라고 격려한다. 희망이라는 말을 들으니 코웃음이 나온다. 아내를 몽둥이로 때려 줄 수 있을까? 그런 날이 올까? 찬송가를 부른 후 교우들이 병실을 나가려고 하자 아내도 바래다주고 오겠다며 따라 나간다. (중략) 병문안 온 사람들은 겉으론 나를 불쌍해한다. 속으로 그들은 질색을 하며 마치 마귀를 보듯 한다. (중략) 그들은 다쳐서 누워 있는 나보다도 아내의 고충을 더 위로한다. (중략) 그들은 자신의 경우를 먼저 생각한다. 자신이 이런 처지에 놓인다면 어떻게 할까? 뭐라고 말할까? (중략) 모두들 살아 있는 강자의 편이다(326~327쪽).

샘 김은 미국 병원에서 성형수술을 받고 귀국하지만 여전히 자신의 얼굴 모습에 불만을 품는다. 혼자서 밥이라도 먹을 수 있기를 소망했던 데 비하면 얼마나 행복한지를 알아야 하건만 인간은 고통스러웠던 과거를 잊고 당장 눈앞의 처지만을 생각하며 자살을 꿈꾸기도 한다. 그러나 이내 걷고, 혼자서 식사를 하게 되면서 자신에게 주어진 처지에 순응해 가며 아내를 때릴 생각은 말끔히 사라져 감을 느낀다는 결말이다.

샘 김보다 더 동물적인 본능에 가까운 인물은 베드로인데, 그는 오토바이 사고로 하반신이 마비된 장애인이다. 성당에서 이웃돕기 성금으로 먹고 살라고 작은 손수레를 장만해 주었는데 그걸 팔아 득달같이 사창가로 기어갔다. 그러고는 굶고 있는 그를 도와주려고 간 모니카 수녀님에게 베드로는 울먹이며 '마음과 또 다른 마음이 밤새 싸웠는데 여자를 원하는 쪽이 이겼어요'라고 한다. 그런데 놀라운 일은 그런 자를 더 이상 도와줄 필요가 없다고 쫑알거리는 아내에게 비상금을 꺼내 놓는 화자의 남편, 그 사나이의 관대함이다.

〈뷰티풀 마인드〉는 인간 존재의 본질과 한계, 착함과 올바름, 이기심과 베풂 등을 생각하게 만드는 작품이다. 가톨릭 신자인 이정은 작가는 예상치 못한 반전과 치밀한 심리 묘사로 얼굴을 잃어버린 인간의 삶을 모티프로 한 철저한 문학의 세계를 만들어 냈다.

〈한국소설〉 2018년 9월호

〈뷰티풀 마인드〉를 읽고

* * *

조경선 소설가

〈한국소설〉 2018년 8월호에 발표된 〈뷰티풀 마인드〉는 자기 삶의 균열을 지켜봐야 하는 환자의 내면을 그린 작품이다.

가톨릭교회의 봉사단체 '레지오 마리애' 단장인 화자 '나'는 어느 날, 병원 중환자실의 환자를 방문한다. 그는 2만 2천 볼트 전기가 흐르는 고압선 공사를 하다가 감전 사고로 두 팔과 한쪽 다리, 한쪽 얼굴을 숯덩이로, 채 익지 않은 부분은 고깃덩어리에 지나지 않을 정도로 심해서 나는 저절로 그를 외면한다. 그의 이름은 샘 김. 경기도 동두천에서 근무하던 흑인 미군의 혼혈아로 태어났다.

밤과 낮이 교체하듯이 절망과 희망을 줄타기하던 샘 김은 방문 석 달이 지나자 입을 열기 시작한다. 그에게는 예쁜 아내와 어린 아들이 있었다. 결혼과 더불어서 찾아온 행복과 아들이 태어나서 기뻤던 때를 이야기한다. 그러다가 심한 통증과 싸우다가 스르르 잠이 들기도 한다. 꿈속은 평온하다. 하지만 눈을 뜨면 낮과 밤처럼 정상과 비정상인 사이에서 혼란을 맛본다. 허무와 고독과 번민을 번갈아서 넘나든다.

그는 죽음을 생각하지만, 두 팔이 없으니 혼자선 죽을 수도 없다. 간이침대에서 잠든 아내를 본다. 아내 손을 잡고 싶다. 허나 불가능하다. 보통 사람이라면 아무것도 아닌데 자신은 불가능하다는 사실에 또다시 절망한다.

인간은 극한 상황에 놓일 때 어떻게 반응할까? 샘 김은 환상지통과 수많은 통증으로 시달리면서 절망한다. 아내 봉혜란은 방문객이나 다른 환자 보호자들과 웃고 잘 떠든다. 그런 아내를 마음으로야 몽둥이로 때려 주고 싶어 한다. 헌데 그는 팔이 없다. 아내 손을 만져보려다 또 그는 절망한다. 죽어야겠다고 생각한다.

성당 모니카 수녀님의 주선으로 샘 김은 치료를 받으러 미국에 가게 된다. 미국에 가서 비록 가짜지만 얼굴을 회복하고 그루터기만 남은 팔과 다리에 의수를 끼고 의족을 하면서 새 인물이 되어 돌아왔지만 그는 만족하지 못한다. '40살이 되면 얼굴에 책임을 져라'는 말이 있듯이 얼굴은 그 사람 자체이다. 이 작품은 얼굴에 대해서도 이모저모 깊이 생각하게 한다. 거울을 본 그는 얼굴의 진짜 피부와 가짜 피부의 경계가 확연한 것에 놀란다. 결국 자기 얼굴에 절망하면서 다시 결론을 내린다.

죽자! 무엇보다 고생만 시키는 아내에게 자유를 주자.

하지만 그동안 자신에게 희생만 한 아내에게 진 채무를 어찌할 것인가에 생각이 닿는다. 너는 손이 생기고 다리가 생기고 없어졌던 반쪽 얼굴까지 생겼다. 원하는 것을 다 얻었는데 넌 왜 만족할 줄 모르느냐? 스스로 반문한다.

고통을 통해 많은 것을 얻었고 이제는 자족할 수 있다. 아내 봉혜란의 손도 잡을 수 있다. 사랑을 할 수도 있다. 그는 불만으로 가득

찼던 마음을 열어 햇빛을 쏘이자 운명의 여인, 봉혜란이 마음 가득 차오른다. 그는 아내에게 다가간다. 어린 아들과 더불어서 행복했던 때를 떠올린다. 그는 고통을 통해 신의 뜻을 알게 된 것에 감사한다.

무엇보다도 이 작품은 사유의 확장이 돋보인다. 우리에게 던지는 메시지 또한 만만치 않다. 나중에 등장하는 베드로라는 인물은 자신이 구걸한 금전과 성당에서 생계용으로 사준 손수레를 팔아서 성(性)을 사는데 그것도 구걸해야 가능한 금액이다. 이 작품은 단편 소설에 담기에는 벅찬 우리의 근원적인 문제를 다루고 있다.

* * *

윤원일 소설가

2018년 여름, 이정은 선생님께서 또 한 편의 문제작을 발표하셨군요. 아내를 두고 국립의료원 중환자실에 누워 있는 '샘 김'이 주인공입니다. 2만 2천 볼트의 고압전기가 순간적으로 몸을 빠져나가며 한쪽 눈과 얼굴 반쪽이 숯덩이가 되고 두 팔과 다리 하나가 뭉개진 사람의 이야기인데, 제목은 '뷰티풀 마인드'입니다. 어글리 바디 앤 뷰티풀 마인드 ….

가톨릭교회의 레지오 마리애 단체에서 봉사하는 사람들은 '천사'입니다. 이 행복한 사람들이 '영원한 도움'을 주기 위해서 주위의 불행한 사람들을 찾아갑니다. 주인공 샘 김은 몸의 1/3이 고깃덩어리가 돼 누워 있으면서 천사들의 성가와 기도 소리를 듣습니다. 샘 김은 자신에게 닥친 이 지옥 같은 저주의 원인, 즉 자신의 죄를 생각해 내려 애를 씁니다.

흑인 혼혈인으로 태어난 것? 글쎄? 그럼 봉혜란 같은 예쁘고 헌신적인 여자를 성당에서 만난 건 뭐냐? 의료원 중환자실에 누워 있을 만한 중한 죄들을 생각해 보지만…. 레지오 봉사단원들의 기원은 가소롭게만 들립니다.

그런데 짓궂게도 고압전기가 빠져나가면서 하필이면 성기는 조금도 건드리지 않아 '생명의 창조 의지'는 시도 때도 없이 강렬하게 아우성칩니다. 양 팔이 없으니 아내가 도와주지 않으면 자체 해결도 못합니다. 신앙심 깊고 밝은 성격의 아내는 '천사들'한테서 금방 위안받은 나머지 병실 문밖에선 방문한 교우들과 웃고 떠드는 소리가 끊이지 않습니다. 이불을 덮어쓰고 남자는 온갖 엽기적인 생각에 빠집니다. 그에게 또 하나의 불가능한 소망이 생깁니다. '몽둥이를 들고 아내를 마구 때리는 일'입니다.

소망이 이루어질 수 있는 기적이 벌어집니다. 수녀님의 도움으로 미국에서 얼굴 재생 성형수술을 받고 의수족을 달게 되자 샘 김은 어느 정도 제대로 갖춘 인간의 형태로 복원됩니다. 그러나 거울 속에 비친 자신의 새 얼굴에 절망한 나머지 병원 7층 옥상으로 올라가서 투신하려고 했지만 실행하지 못합니다. 봉혜란의 얼굴이 떠오른 것입니다.

'그래, 죽는 것은 나중에라도 할 수 있으니 우선 아내에게 빚진 것이라도 갚자.' 아내를 몽둥이로 두들겨 패려던 소망 말인가요? 아닙니다. 자신의 고통으로 인한 아내의 '잃어버린 시간'을 위로해 주고 싶고 아들 동해도 생각난 것입니다. 행복한 걱정거리도 한 가지 생깁니다. 늙으면 성한 쪽 얼굴은 주름살이 생길 텐데 실리콘 피부는 어쩌지? 이런 생각을 하는데 '이제 살 만하니 별 걱정을 다 하네요.' 아내가 웃으며 다가옵니다.

이정은 선생님께서 소설적 상상력이 흘러넘치는 시절이 찾아온 것 같습니다.

* * *

변영희 소설가

소설의 결말은 다음과 같다.

'아내가 그의 뜨거워진 얼굴에 입을 맞췄다. 혀에 작은 경련이 일었고 그것을 스위치 삼아 그의 몸속 전원들이 일제히 켜지고 있었다. 그는 세상에서 부러운 것이 없었다. 보다 정확히 말해 그는 또 다른 사람이 되어 있었다. 왜냐하면 잃어버린 얼굴을 되찾았기 때문이다. 밖에는 달이 지고 태양이 떠오르기 직전이다.'(335쪽)

죽어 있던 전원들이 일제히 켜지듯이, 세상의 고통을 다 짊어진 것처럼 절망의 구렁텅이에 추락했던 한 인간의 '새 삶 찾기'라고 할까. 본래 가지고 있던 선한 본성이 되살아나 빛을 뿜는다고 할까. 모진 풍랑을 타고 오는 축복의 의미를 되새겨 주는 작품이다.

위의 결구(結句)를 읽으면서 흑인 혼혈인 샘 김은 출생이 다르다고 해서 복이 없다거나 불행하다고 말할 수 있을까. 그의 곁에는 그의 피부 색깔에 관계없이 소박하게 다가온 천사 같은 아내, 어질고 착한 봉혜란이 있다. 그는 전기기사 자격증을 취득하고 몸이 망가지기 전까지 전기공사에서 최선을 다해서 살아왔다. 가정에 충실했고 아내와 아들 동해를 끔찍이 사랑하는 가장이며 남편이고 아빠였다.

감전 사고로 전신에 3도 화상을 입은 샘 김은 얼굴이 녹고, 두 팔이 떨어져 나갔다. 차마 눈 뜨고 볼 수 없을 정도로 괴물이 된 샘 김. 그의 하루하루는 절망과 고통뿐이다. 전신 마취를 하고 수술을 여러 차례 거치면서 상태는 조금씩 나아지지만 죽고 싶어도 혼자 힘으로는 죽을 수도 없다. 샘 김이 죽으면 아내 봉혜란의 잃어버린 시간은 누가 채워 줄 것인가. 누가 보상해 줄 것인가. 샘 김은 죽음으로 향하던 결심을 삶의 의지로 돌이킨다. 그리고 그는 아내를 위로하기로 다짐한다.

성당 모니카 수녀님의 주선으로 미국까지 가서 고도의 치료를 받고 돌아온다. 그리고 의족과 의수가 생겨 스스로 음식을 먹고 화장실 출입도 할 수 있게 모든 것이 호전된다. 마지막으로 그의 녹아버린 얼굴을 되찾는다. 컴퓨터 그래픽 작업으로 만든 실리콘 얼굴이 본래 얼굴과 구별하지 못할 정도로 정교했다.

오래 참으며 깊은 사랑으로 샘 김을 지켜 준 아내 덕분에, 그리고 성당 수녀님과 교우들의 도움으로 이제 어둠의 세력이 물러가고 미래의 새로운 태양이 떠오르고 있다. 중증 장애인이 된 젊은 남자의 심리 묘사가 일선에서 메스를 든 의사보다 더 섬세하고 정밀하다.

작가가 창조한 샘 김, 그의 아내 봉혜란, 그리고 성당 수녀님과 레지오 단원들, 모두 선한 양떼 같은 인상을 주는 것은 작가의 창작 의도가 그대로 반영된 것 같다. 〈뷰티풀 마인드〉! 근래 찾아보기 드문, 휴머니즘이 돋보이는 작품이다.

편집인 노트

삶의 현장에서 찾은, 가슴 울리는 스토리

과소평가된 소설가에 대한 정당한 평가를 기대하며

고승철 나남출판 주필 · 소설가

문인(文人)을 굳이 3개 유형으로 분류하자면 ① 성과나 역량보다 과대평가된 작가, ② 과소평가된 작가, ③ 엇비슷하게 평가된 작가로 나눌 수 있겠다.

① 에 속하는 작가들이 여럿 보인다. 19세 소녀 때《슬픔이여 안녕》(*Bonjour Tristesse*)이란 밀리언셀러 소설로 세계적으로 문명(文名)을 떨친 프랑수아즈 사강(Françoise Sagan, 1935~2004)은 데뷔작 이후 별다른 문제작을 내지 못했다. '천재 문학소녀'라는 찬사가 너무 부담스러웠을까. 그녀는 중년 이후 마약 복용, 도박, 탈세 혐의로 체포되는 등 불운한 삶을 살았다.

영국 총리를 지낸 윈스턴 처칠(Winston Churchill, 1874~1965)은 노벨상 수상자인데 대다수 사람들은 평화상을 연상하리라. 그러나 그는 1953년《제 2차 세계대전》이란 회고록으로 문학상을 받았다. 그의 수상에 대해 두고두고 논란이 일었다. 처칠이 아마추어로는 글을 잘 쓴다 하지만 언감생심 노벨문학상을 탄 것은 난센스다. 그도 당연히 ① 에 속한다 하겠다.

한국에서도 ① 유형 문사가 적잖으리라. '메이저 신문' 신춘문예, 장편소설 공모, 유력 문예지 신인상 등으로 화려하게 등단한 문인 가운데 뒷심이 없어 조로(早老) 매너리즘에 빠진 작가가 어디 한둘인가. 한두 편 문제작으로 '스타 작가'로 부상했으나 후속작은 내리 태작(駄作) 인 작가도 수두룩하다.

② 유형 작가로는 장편소설 《그리스인 조르바》의 저자 니코스 카잔차키스(Nikos Kazantzakis, 1883~1957) 가 떠오른다. 그의 조국 그리스가 국력이 약해서였을까. 그는 여러 번 노벨 문학상 수상자 후보로 거명되었으나 결국 상을 받지 못했다. 당대의 노벨 문학상 수상자 여럿은 지금 이름이 잊혔지만 카잔차키스의 작품들은 불멸의 가치를 뿜어내고 있다.

한국에도 ② 유형 문인이 적잖을 텐데 이정은(李定恩) 작가도 여기에 포함되지 않을까. 물론 여러 문학상을 수상하며 문학적 성과를 인정받기는 했지만 그 스포트라이트의 조도(照度) 가 좀 낮은 듯하다. 이 작가가 발표한 장편소설은 일곱 편인데 대부분이 문학적 완성도가 매우 높다.

그 가운데 특히 12세 소녀의 눈에 비친 전쟁 참상(慘狀) 을 그린 《그해 여름, 패러독스의 시간》은 6·25 전쟁문학의 백미(白眉) 로 꼽힌다. 가히 한국판 《안네의 일기》라 하겠다.

또 해병대 해안경비 초소의 내부를 파헤친 《태양처럼 뜨겁게》는 소재의 특성상 여성 작가가 접근하기 어려운데도 이 작가는 서해상

먼 곳 연평도 등을 현장 취재하는 성실성을 바탕으로 리얼리즘 문학의 정수(精髓)를 보여 주었다.

이런 이정은 작가가 지난 몇 년간 문예지에 발표한 중편과 단편을 묶어 소설집 《피에타》를 내게 되었다. 2015년 장편 《그해 여름, 패러독스의 시간》을 펴내면서 '그해 여름의 처절한 상흔(傷痕)'이란 제목의 편집인 노트를 쓴 필자로서는 이번 《피에타》 원고를 읽고 다시 편집인 노트를 쓰지 않을 수 없었다. 모든 작품에서 작가의 치열한 문제의식이 배어 있어 벅찬 가슴으로 공감했기 때문이다.

흔히 소설의 문학성과 흥미는 반비례한다고 한다. 인간성의 심연(深淵)을 고구(考究)하는 문학성 높은 작품은 주제가 무겁고 내적 독백이 많아 읽을 때 머리가 아프고 지루한 경우가 많다. 반면 흥미진진한 소설은 쉽게 빨리 읽히지만 읽고 나면 머리와 가슴을 별로 울리지 못한다.

이정은 소설은 한결같이 고아(高雅)한 문학적 향취를 풍기면서도 흥미진진하다. 머리에 번쩍, 깨달음을 느끼게 하고 가슴을 울리게 하며, 인간이란 과연 어떤 존재일까, 라는 근본적인 질문을 되풀이하게 만든다. 독자는 이 작품을 통해 깊고 진실한 감정의 고양을 경험할 수 있을 것이다

표제작 〈피에타〉는 이타주의(利他主義)를 온몸으로 구현하는 어머니를 딸의 시선으로 그린 중편이다. 젊을 때부터 거지들에게 밥, 옷가지, 잠자리를 거의 '무한'(無限)으로 퍼 주는 어머니는 딸보다도 그들을 먼저 살필 정도다. 세월이 흘러서도 마찬가지인데 노숙

자, 독거노인, 행려병자 등을 보살핀다.

'피에타'(*pieta*)는 이탈리아어로 비탄(悲嘆)이란 뜻인데 대체로 십자가에서 못 박혀 숨진 예수의 시신을 부둥켜안고 통곡하는 성모 마리아의 심경을 대변하는 단어이다. 이 광경을 조각한 미켈란젤로의 명작(名作) 제목이기도 하다.

〈피에타〉에서 어머니는 병들어 죽어가는 늙은 거지를 품에 안고 죽을 떠먹인다. 성녀(聖女) 같은 삶을 살아간 어머니의 행동은 어디에서 비롯되었을까.

단편 〈왕이 귀환하다〉는 조폭 두목 오대봉의 쇠락한 말년(末年)을 사실감 있게 묘사한 수작(秀作)이다. 발차기가 특기인 그는 주먹 세계를 평정하고 전성기를 보냈으나 '망치'의 반란으로 반신불수가 되어 '오야붕' 자리에서 쫓겨난다. 망치는 그나마 그를 배려하여 서울 강남구 구룡마을의 판잣집 하나를 마련해 준다. 이 마을이 개발되면 판잣집은 고액의 아파트로 변신할 참이다. 왕년에 오야붕의 '따까리'인 '찌질이'라는 사내가 십수 년 만에 만난 오대봉은 비대한 노인일 뿐이었다. 오대봉은 천주교 레지오 마리애 봉사단원의 도움으로 목욕 서비스를 받는다. 찌질이의 시선으로 바라본 오대봉의 모습에서 삶의 성쇠(盛衰)가 극명하게 드러난다.

이 작품은 2017년 제42회 한국소설문학상을 수상했다. 한국소설문학상 심사위원회는 '인간 내면의 선악 문제를 촘촘한 언어로 직조하며 밀도감 있게 전개하고, 탁월한 인물 묘사와 상황 설정으로 긴장감을 유지하는 구성이 탁월하여 소설·문학 발전에 기여하였다'고 선정 이유를 밝혔다.

단편 〈생태관찰〉은 실패한 천재 의학자 최영석과 그를 사모한 고향 후배 김희선과의 러브스토리이다. 최영석은 평범한 임상 의사의 길 대신에 '사랑의 묘약(妙藥)'인 페로몬 합성 연구에 몰두한다. 김희선은 최영석처럼 의과대학에 진학해 최영석과의 인연을 기대한다. 둘은 몇 번 데이트를 하고 사랑의 징표인 문신(文身)을 함께 했다. 그러나 그것이 끝이었다. 최영석은 김희선의 고향 친구인 봉미숙과 돌연 결혼해 미국으로 유학을 떠났다. 김희선은 실연의 충격으로 의사의 길을 포기하고 소설가 겸 독서지도사로 활동한다. 어느 날 김희선은 지하철에서 우연히 최영석을 만나는데 … .

중편 〈새, 날다〉는 존재의 상실감을 딛고 가정이라는 울타리를 넘어서, 자신의 결핍을 스스로 채우며 자기완성의 길을 향해 나아가는 인간의 모습을 그린 여성주의적 소설이다. 지방신문 신춘문예 당선자인 주인공 유혜림은 H 전자 홍보실에 입사하면서 6세 연하인 직장 후배 차상만을 사귀어 결혼한다. 첫 아이 유산 후 전업주부가 된 유혜림은 남편의 애정이 식어 감을 직감했다. '마마보이'인 차상만은 애인 민지수 사이에서 아들을 낳는다. 시댁에서는 이혼을 은근히 종용했다. 차상만에게서 더 이상 애정을 느낄 수 없어 유혜림은 이혼에 합의하고 소설 창작에 전념한다. 꽤 유명한 소설가가 된 유혜림은 자전(自傳) 소설 비슷한 작품에 차상만을 등장시키는데 … .

단편 〈지꾸 이야기〉는 셰퍼드 '지꾸'라는 암캐 이야기다. 어느 날 남편이 데리고 온 강아지를 아내는 내키지 않았지만 집에서 키운다. 남편과 아이들은 약속과는 달리 개를 거의 돌보지 않아 아내가 전담하다시피 했다. 건장한 성견(成犬)이 된 지꾸는 발정기를 맞은 동네 수캐들을 애타게 했다. 지꾸는 임신하고 새끼 다섯 마리를 낳았다. 새끼들을 지인들에게 나눠 주니 지꾸는 울부짖었다. 어느덧 지꾸는 가족처럼 친근해졌지만 남편 생일상에 올릴 전을 모두 먹는 등 집안 살림을 엉망으로 만들어 놓기 일쑤였다. 결국 동네 채소장수에게 지꾸를 팔았다. 어느 날 시장통에서 연탄 리어카를 끄는 지꾸를 만나는데 … .

중편 〈칠공주파〉는 지방 군(郡) 소재지 Y 고등학교의 여고생 7명이 결성한 '7공주파' 이야기다. 일곱 멤버는 '짱'인 세무서장 딸 유경옥을 비롯해 군청 내무과장 딸 김보성, 병원장 딸 손정숙, 국회의원 비서관 딸 이명자, 지줏집 딸 권정남, 장터국밥집 딸 최순희, 그리고 화자(話者)인 농사꾼 딸 김희수 등이다. 유경옥은 조직 권력을 유지하려 폭력, 이간질, 애인 가로채기 등 수단과 방법을 가리지 않았다. 가난한 집 딸인 김희수는 공부 잘 하는 모범생 몫으로 발탁되었으나 주로 유경옥의 '꼬붕' 노릇을 했다. 여름방학 중 충남 예산 수덕사에 여행 갈 때 김희수는 여비가 없어 친구들 신세를 진다.

세월이 흘러 서울 아파트에 사는 김희수는 집안일을 거들 도우미를 불렀다. 도우미는 수십 년 만에 마주친 유경옥이었다. 서로 너무 어색해 도우미 일은 하지 않기로 했다. 불면증에 시달린다는 유경옥에게 수면제를 준다. 한 달 후 유경옥이 갑자기 숨졌다는 소식이 전해지는데 … .

소녀들의 성장소설이자 유경옥의 사망 원인을 규명하려는 추리소설이기도 하다.

단편 〈뷰티풀 마인드〉는 감전(感電)으로 팔다리, 귀를 잃고 얼굴이 뭉개진 '샘 김'이란 환자의 내면을 그린 작품이다. 치밀한 갈등 구조와 심리 묘사가 팽팽한 긴장감을 자아낸다. 그는 동두천에서 근무한 미군 흑인 병사의 혼혈인으로 태어났다. 어릴 때부터 인종 차별을 받았지만 성당 청년회에서 만난 봉혜란에게 사랑을 받으며 성실한 전기공으로 변신했다. 아들을 낳고 행복하게 살아가던 중 영등포 아파트의 고압전류 정전사고를 수습하러 갔다가 변을 당한 것이다.

간병하는 아내와 수시로 방문하는 천주교 봉사단원들에게 짐이 된다는 부담감 때문에 스스로 목숨을 끊을 궁리를 했다. 현대 의학의 발전으로 귀를 만들어 붙이고 얼굴 일부도 실리콘 성형으로 재생됐다. 샘 김은 비로소 삶에 대한 애착이 생기는데 … .

이정은 소설은 작가 그 자신의 세계였고, 그가 세상을 바라보는 창이기도 했다.

작품들은 모두 소설이 갖춰야 할 여러 덕목을 고루 갖추고 있으며, 정석대로 밀고 나가는 이정은 작가의 성실함과 진지함 또한 돋보인다. 소설적 완결성과 그 미학에 주력해 온 이정은 작가가 《피에타》 출간을 계기로 ② 유형 작가에서 벗어나기를 기대한다. 작품에 대한 정당한 평가와 함께 그에 걸맞은 ③ 유형으로 자리 잡기를 소망한다.

이정은 자전

나의 인생, 나의 문학

소설을 사랑하는 여자

어릴 때 내 소원은 마음껏 책을 읽는 것이었다. 하지만 쉽게 책을 구하기 어렵던 시절이었다. 마침 경기도 용인 읍내에 유엔 국제원조기관인 운크라(UNKRA)에서 도서관을 세웠다. 나는 도서관 이용자 중에서 대출 1순위였다. 톨스토이의 《부활》과 《전쟁과 평화》, 마거릿 미첼의 《바람과 함께 사라지다》, 빅토르 위고의 《레미제라블》, 이광수의 《무정》, 《유정》, 《원효대사》, 김내성의 추리물 등. 주변에 보이는 모든 활자를 찾아 읽었다.

나의 청년기는 문화적인 혜택이라고는 찾아볼 수 없는 오지(奧地)에서의 허기진 세월이었다. 참으로 참담하고 우울한 응달이었다. 그러나 잡지 한 권, 신문 한 장, 영화의 자막 한 줄에 이르기까지도 피와 뼛속에 새겨 넣듯 음미하며 살았다.

11살 때 경기도 용인에서 6·25전쟁을 겪었는데 학교운동장에서 수업했다. 중공군 침공으로 1·4후퇴 후 미군이 제공한 국방색 천막으로 만든 천막교실에 집에서 가마니를 가져와 깔고 앉아 공부하면서

6학년을 맞이했다. 그 어수선한 시기에 중학교 신입생을 뽑는 국가고시를 치렀는데 나는 군 전체에서 수석을 차지했다. 서울 명문 중학교에 입학하기에 충분한 점수를 받았지만 유학할 형편이 안 되어 용인중학교에 입학했다. 국가고시 수석은 나에게 큰 자부심을 주었다.

고등학교에 입학했을 때 남동생이 알 수 없는 병 때문에 한의원과 서울 큰 종합병원, 용하다는 침술 치료까지 받으며 헤매 다녀도 병의 원인을 알 수 없었다. 딸만 내리 둘 낳고 밑으로 아이 셋을 잃은 후 가까스로 얻은 아들이었다. 부모님께서 아픈 남동생을 데리고 10년이라는 세월을 방황하는 동안 집안은 더욱 궁핍해졌다. 졸업반이 되었을 때 가정형편은 최악으로 어려워졌다.

그런 상황이니 내가 대학에 간다는 것은 꿈에서도 이루지 못할 먼 나라 이야기였다. 그즈음 서울로 유학 가서 철학과에 다니고 있던 옆집 오빠는 어렸을 때부터 나의 이상형이자 첫사랑이었는데, 방학이면 내려와서 대학생활과 문학 이야기를 해 주었다. 카뮈, 사르트르와 보부아르, 괴테와 니체 등. 그때부터 고려대학교 철학과를 내가 입학할 학과로 점찍었고, 대학에 입학해서 그와 함께 토론하는 상상을 했다.

고등학교 3학년 여름방학에 친구들과 충남 예산에 위치한 수덕사로 학창 시절을 기념하는 마지막 여행을 떠났다. 고려시대에 지어진 사찰로 조선 말 만공 스님이 중흥을 일으킨 곳으로 비구니들이 기거하는 곳이었다. 그곳에서 여행 온 젊은 교수를 만났는데 고려대학교 수학과 교수였다. 친구들과 함께 왔다고 했다. 그는 내게 남학생만 모집했는데 이번에 학칙이 바뀌어 여학생도 뽑기로 했다면서 성적 우수자는 무시험 특별전형으로 우대한다는 상세 정보까지 주었다.

고등학교 성적이 최상위 그룹에 속해 있던 나는 고려대학교에 무난히 합격했다. 그때부터 입학등록금을 구하고 서울에 거처를 마련해야 했다. 서울에 큰아버지 댁이 있어서 어렵게 운을 떼어 봤지만 태도는 싸늘했다. 사촌 여섯 남매와 식모까지 아홉 식구, 시골에서 조부모님까지 올라오시면 포화 상태라 이해는 가는 상황이었다. 아들이면 몰라도 딸임에랴. 노골적으로 거절당했다. 눈물이 앞을 가렸다. 대학을 포기해야만 했다. 두문불출했다. 아무도 만나지 않았다. 내가 그때 입학했다면 고려대학교 58학번이다. 그리고 1년 후 오로지 탈출을 위한 방법으로 지금의 남편을 만났고 결혼을 선택했다. 그는 비교적 신중하고 온화한 성품을 가진 사람이다.

지금도 대학 등록금을 못 구해서 쩔쩔매는 악몽을 꾸곤 한다. 입학시험을 못 보거나 등록금을 잃어버리는 꿈도 꾼다. 그런데 부질없는 생각을 지워버렸다. 소설을 쓰면서 열등의식이 사라진 셈이다. 학력위조 사건으로 온 나라가 시끄러웠던 적이 있다. 나도 한때 그런 유혹에 시달린 적이 있다. 누군가 학력을 물으면 고려대학교 중퇴라고 대답하고 싶었다. 등록금을 한 번이라도 냈더라면 박완서 소설가처럼 되었을 텐데. 눈에 보이지 않는 허세가 판치는 사회 분위기에 가세하고 싶었다.

집에서나 친척에게 대학교를 못 간 한(恨)이 남아 있다고 투덜거리면 주위에선 빈정대며 한 귀로 흘려들었다. 내게 고등학교 졸업도 과분하다는 투였다. 이름이 꽤 알려진 교수가 내게, 작가에게 최적의 학력은 대학교 2학년 중퇴라고 말하던 게 기억난다. 나를 위로하는 말이 아니라 그의 진심이었다. 그때 나는 수긍하지 않았다. 속으로는 가진 자의 오만이라고 일축했다. 소설가의 길을 가다 보니 스펙이 얼마나 중요한지 뼈저리게 느낄 때가 있다. 지금 생각해 보아도 아차 싶었다. 그러나 이젠 부질없는 일, 덮어야지. 우리나라가 압축성장하면서 일부 사람이 사람의 가치를 고학력과 그렇지 못한 그룹으로 나누던 시절의 기억이다.

결혼하고 가족에게 최선을 다했고 20년쯤 지나면서 삶에 여유가 생기기 시작했다. 스스로 빛을 내면서 오롯이 나만의 것일 수 있는 무언가를 찾아야겠다고 생각하기 시작한 것이다. '진정한 자아실현'은 어떻게 하면 가능할까. 가족들 뒷바라지만 하다가 생을 마감하게 될지도 모른다는 두려움도 있었다. 내가 제일 잘 할 수 있는 일이 무엇일까 궁리했다. 그것은 책을 읽는 것이었다.

글쓰기 강좌에 등록하고 열심히 책을 읽었다. 그즈음 A 신문사 기자인 딸의 친구로부터 독자투고 칼럼을 써보라는 제안을 받았다. 원고지 5매 분량이라고 했다. 그때 나는 불멸(不滅)을 떠올렸다.

예술이란 유한한 존재인 인간이 신에 대한 반발로 무한한 생명력을 표현하는 행위이다. 사람들은 치졸하지만 자신의 흔적을 남기려고 설악산 바위에 내가 다녀간다고 이름을 새기기도 하고, 미라로 만들거나 냉동인간으로 보관되어 영원히 살아갈 욕망을 갖기도 한다. 예술에는 그것을 통해 불멸을 꿈꾸었던 인류의 꿈이 담겨 있다. 모든 예술 활동, 즉 조각, 건축, 회화, 음악, 시, 소설 등 정신적인 내면을 남기는 행위 또한 맥락을 같이한다고 썼다. A 신문사에 보낸 작은 독자칼럼이 나를 글쟁이로 이끈 최초의 동기였다.

딸의 결혼을 앞두고 나는 더욱 쓸쓸해졌다. 친구처럼 재잘거리던 딸을 통해 마치 내가 대학생이 된 것처럼 신기하고 즐거웠다. 친구 같은 딸을 결혼시키고 곁을 떠나보낸 후 나는 문자 그대로 공황상태에 빠져버렸다. 세상에 혼자 남겨진 것 같았다. 작가가 되기 위한 필수조건이 절대고독이라고 했던가.

글쓰기 강좌에서 원고지 10매 분량의 수필을 써 오라는 과제를 낼 때면 나는 20매를 써서 제출했다. 한 번은 딸을 떠나보낸 마음을 적어서 제출했다. 독회 시간에 낭독했는데 함께 수업하던 딸 또래들이 '우리 엄마 마음도 저랬을 텐데 그것도 모르고 천방지축 정신없이 떠나왔다'면서 감동의 눈물을 흘렸다. 지도 교수가 한 편의 소설 같다고 강평했다. 그랬다. 한 편의 소설! 그것이 나를 소설가로 이끈 결정타였다. 그 후 소설에 대한 나의 열렬한 짝사랑이 시작되었다.

매일 새벽부터 나는 책상 앞에 앉았다. 어떤 날은 하루 종일 도서관에서 원고지에 매달렸고, 어떤 날은 생생한 표현을 구사하기 위해 아침 일찍 강릉행 고속버스를 타기도 했다. 동해안 바닷가를 혼자 거닐면서 스토리 전개를 구상하고 잘 다듬어지지 않는 문장에 갈등하며 혼자의 시간을 보냈다. 늦가을에 경포대 바닷가에서 생선회 한 접시와 소주 한 병을 시켜 놓고 취재 수첩을 들고 먼 바다를 바라보고 있었다. 횟집 주인이 나를 한참 바라보더니 실연당한 여자가 바닷가를 전전한다고 여겼는지 잠시 후 시키지도 않은 안주를 내오면서 힘을 내라고 격려했다.

이런 노력 중에 1991년 〈월간문학〉에 단편소설 〈부화기〉로 등단을 하게 되었다. 주인공이 외출했다가 집에 돌아오니 도둑이 들었다. 강도에게 성폭행을 당하지 않았는데도 남편의 의심에 시달리게 되는 주부가 그 사건을 계기로 홀로서기에 도전하는 과정을 파고든 작품이다. 그때까지 내 생애에서 가장 기쁜 날은 아이들이 좋은 대학교에 합격했을 때였다. 그런데 소설가가 되고 부터는 일생에 가장 기쁜 날은 등단했던 때로 바뀌었다.

뒤늦게 대학교 서양철학 연구반에 들어가서 생소한 어휘를 익혔고, 가방 속에 녹음기와 작은 수첩, 볼펜을 넣고 다니며 젊은이들이 모여 있는 카페 한구석에 앉아 그들의 행동을 관찰했다. 그들의 말투를, 그들의 작은 행동을, 웃고 슬퍼하는 모습을. 뒤늦게 철학 공부를 하게 된 것은 나의 소원을 들어주신 하느님의 배려라고 믿는다.

나는 스토리가 정해지면 일사천리로 작품들을 써 내려갔다. 즐겁고 신나게, 쓰고 또 썼다. 원고는 거의 수정도 없이 책이 되어 세상으로 나갔다. 작품 속 인물들이 독자 눈에 들기를 바라는 마음, 간절함이 배어 있었다.

처음 작품집을 냈을 때의 상황이 떠오른다. 미흡한 작품 때문에 다시는 이런 짓을 하지 않으리라 진저리 쳤고 어떻게 하든 부끄러움을 벗어나야겠다고 작정했다. 한편 내가 낳은 내 새끼들이니 내가 사랑하지 않으면 안 된다는 오기도 생겼다. 정신을 차리고 선배들 작품과 비교해 보니 단순한 이야기에 불과하다는 것을 알게 되었다.

밤새도록 컴퓨터 앞에 앉아 나는 눈물을 흘렸다. 밤중에 깨어난 남편이 깜짝 놀라 웬일이냐고 물었다. 잠옷 바람으로 서 있는 남편에게 소재는 세계 명작이 될 만한데 쓰다 보면 '전설의 고향'처럼 되어 버린다고 흐느끼며 대답했다. 남편은 아내의 어처구니는 대답에 혀를 찼다.

"허참! 별소리 다 듣네요. 등배가 따뜻하신가 보죠."

살아가면서 이성 간의 사랑, 돈, 권력, 소설이라는 주술에 걸리게 된다. 주술〔呪〕은 사람이 살아가는 목표이기도 하며, 사람을 자유롭지 못하게 얽매어 놓는 밧줄이 되기도 한다. 어느 날 문득 소설이라는 주술에 걸려 허우적대는 자신을 깨닫게 되었다. 내 혼에 길들여진 呪의 이름, 呪의 정체. 몸과 마음을 모두를 사로잡아 버린 소설이라는 이름의 呪.

남편은 나의 절망감도 모르고 뒤늦게 무슨 소설이냐고 쓰다 버린 원고지가 넘쳐 난다면서 운동이나 하면서 같이 노후를 지내자고 충고했다. 나는 향유할 수 있는 모든 도락이 싫었다. 워드프로세서 앞에 앉아 한 글자 한 글자 써 내려가는 일에 희열을 맛보았다. 내 모습은 구도자의 참선(參禪) 모습과 흡사했을 것이다. 그런 과정을 거쳐 써 내는 작품들이건만 얼마나 미숙한지 가슴이 아팠다.

작품집을 낼 때마다 이번을 마지막으로 끝내리라는 마음 다짐을 여러 번 했다. 내 행복한 삶을 '창작'이란 굴레로 고통스럽게 망쳐 버리고 있다는 생각도 했다. 마음 한 번 잘못 준 탓에 일생을 불행하게 보내게 될 것이라는 걱정도 들었다. 아무도 내게 이런 역할을 하라고 몰아넣지 않았는데 … .

길을 가다가도 친구들과 노닥거리다가도 문득 책상 위에 펼쳐진 원고지를 떠올리곤 숙제 못한 학생처럼 부리나케 집으로 달려갔다. 마음에 들지 않는 소설을 붙잡고 부족한 능력 때문에 살을 저미는 아픔을 감수하면서 살았다. 노력했고 작품이 평단의 주목과 독자의 사랑을 받기 시작했다.

취재 노트는 나의 자산이다. 10여 년 전 해병대 소설 〈태양처럼 뜨겁게〉를 쓸 때였다. 좀더 생생한 묘사를 위해서 해병 도서경비부대가 있는 백령도에 다녀왔다. 그리고 보름 후 연평도로 떠났다. 친한 친구와 함께 같이 갈 계획으로 집을 나섰다. 지하철 1호선을 타고 동인천역에서 내린 후 택시로 인천 연안부두에 도착했다. 연평도 행(行) 여객선은 시간이 일정치 않았다. 당일로 돌아보고 오기엔 무리였다. 나중에 알게 되었지만 물때를 맞추고 있었던 것이다. 그냥 집으로 돌아가기는 아침 일찍 나온 수고가 아까웠다.

당일치기로 다녀올 계획이던 연평도 대신에 덕적도 행 여객선을 탔다. 친구와 함께 여객선 난간에 서서 바다를 보고 있는데 젊은 남자 둘이서 말을 걸어왔다. H 건설에 다닌다고 했다.

덕적도가 초행길이라고 하자 관광 안내를 하겠다고 자청했다. 아직 관광지로 알려지지 않은 멋진 장소를 안다고. 한 달 전 우연히 발견했는데 하도 좋아서 또 오게 되었다고 했다. 배가 선착장에 도착하자 그들은 정육점에 들러서 돼지고기를, 마을 가게에서 야채와 된장 등 삼겹살을 구워먹을 수 있는 재료를 샀다. 초행길인 친구와 나는 함께 다니기로 했다. 일행은 소나무 숲을 지나 바닷가로 갔다. 남자들은 숯불을 피워 놓고 돼지고기를 구웠다. 꽁꽁 언 돼지고기가 겉은 익었는데 속은 얼어서 좀처럼 구워지지 않았다.

두 사람이 요리를 하는 동안 친구와 나는 바닷가에서 조그마한 새빨간 게를 발견하고 잡아서 비닐봉지에 담았다. 서양 영화에서 바닷가로 빨갛게 모래사장을 뒤덮던 게를 보면서 신기하게 여긴 적이 있는데 빨간 게를 실제로 보니 더 신기했다. 돌아가니 삼겹살이 구워져 있었다. 그들 중 한 명이 빨간 게를 보더니 못 먹는 게라며 버리라고 했다. 비닐봉지를 열자 게들이 줄을 지어 바위틈으로 사라졌다. 일행은 숯덩이가 묻은 삼겹살을 먹기 시작했다. 취재 노트에는 지금 생각해도 웃음이 나오는 장면들이 담겨 있다.

일주일 후 연평도에 가기 위해서 아침 일찍 인천 연안부두에 도착했다. 친구와 같이 갈 수 없어 혼자 다시 도전한 것이다. 오전 9시에 연평도 행 여객선에 올랐다. 취재 기간은 1박 2일. 연평도 바닷가는 햇볕이 눈을 찌르는 더위에도 코스모스가 예쁘게 하늘거렸다. 성당 교우가 미리 연결해 준 인연으로 해병대 연평부대 대대장 부관의 브리핑을 받으며 섬을 한 바퀴 돌았다. 배를 타려면 시간이 남았다. 섬 주변 바닷가를 거닐다 어부가 자그마한 어선을 타고 낚시하는 모습을 보고 관심을 보였다. 마을 주민이 직접 낚시로 잡은 자연산 우럭회의 맛을 지금도 잊을 수 없다.

작가에게 글을 쓰는 행위는 선택일 수 없다. 글쓰기는 내 인생에서 절대적인 목표이자 지향점이다. 내게 소설은 도달해야만 하는 성채(城砦)이며 구원(救援)이다. 성채는 겹겹의 문이 도사리고 있어서, 안으로 들어선 후에도 끊임없는 도전을 요구했다. 새로운 세계에 도전하고 싶은 열망을 어떻게 다스려야 할까. 자신의 무늬는 자신이 새기는 것이라는 사실을 뼈아프게 알고 있다. 끝없는 선망이 이어지고 이어지다가 체념하게 될 때 그 공허함을 무엇으로 채울 수 있을까.

새벽마다 컴퓨터 앞에 앉은 나는 고독하지만, 그 새벽의 모든 순간이 참으로 행복하다. 작품 속에서 새로운 인물을 창조하고 이야기하는 동안 하루하루가 햇살처럼 빛났다. 그 느낌이 너무나도 특별해서 과거와 미래의 공간까지 울림을 전달하고, 거기에 나의 꿈이 뒤섞이면서 인생에 근본적인 변화가 오리라는 예감이 들었다. 작품이 하나하나 만들어질 때마다 새로운 연인을 만나는 기분이 들고 심장이 고동쳤다.

하루하루 숨을 쉬듯이 한 자씩 글자들이 이어지고 있다. 소설이 시키는 대로 붙잡혀 있었다. 그 속에 내 희로애락이 들어 있고 내 생명줄까지 잡고 있는 셈이다. 행복한 구속, 그것이 '시시포스의 바위'라는 생각이 든다. 역사는 흐른다. 개개인의 작은 역사도 가슴에서 가슴으로 이어져 흘러가고 그것은 또 다른 부활의 시작을 예고한다.

그러나 책을 펴내고 나면 부족함이 눈에 띄고 다시 시작하면 더 나은 책, 더 좋은 연인을 만날 수 있을 거라고 마음을 달래야 했다. 살아 움직이고, 먹고, 옷 입고, 사고력까지 겸비한 인물을 창조하고 원고지 위에 옮겨 놓기란 어렵다. 그것도 세상에 기억되는 인물로 탄생시키는 일은 희망사항일지도 모른다. 그러나 신이 내게 주신 달란트를 부족한 대로 실현해 보려고 노력했다.

등단 후 평균 2년마다 한 권씩 책을 썼다. 13권의 책, 장편소설 7권과 소설집 6권이 내 이름을 달고 세상에 나갔다. 그 외 몇 권의 공저도 있다. 한 권 한 권 세상에 내놓을 때마다 부끄러웠다. 전작(前作)보다 좀 더 나은 작품이라고 자평했다가 절망도 했다. 그럴수록 더 치열하게, 쓰고 또 썼다. 다행스러운 것은 한 권 분량의 원고를 출판사에 넘기고 조금만 지나면 벌써 다음에 발표할 작품의 절반

정도를 쓴 상태라는 것이다. 작품이 머릿속에 구상되어 있었고 교정을 보는 틈틈이 썼고 또 컴퓨터에 쏟아 낸 것이다. 다음 작품이 미리 준비되어 있지 않으면 마음이 불안했는데 쓸거리가 줄줄이 떠올라 든든했다.

책은 한 세계를 우리에게 개방한다. 미지의 세계에 대한 매혹과, 익숙한 세계에 대한 지혜를 우리는 책을 통해 경험할 수 있기 때문이다. 책과의 만남은 일종의 연애 같은 사건이다. 연인 역시 우리에게 미지의 세계를 열어 주기 때문이다. 책에 대한 끊임없는 욕망은 늘 채워지지 않는 갈증으로 치닫는다.

나는 눈을 감는다. 기억을 과거에서 불러와 현재로 데려다 놓는다. 과거로의 여행이 현재와 이어지고 그것을 현재에 잡아 두는 일, 내가 존재하는 이유이며 신이 내게 준 사명일지도 모른다. 내 머리에 떠오르는 이상적인 생명, 나를 스쳐가는 바람 소리, 어렴풋한 기억들조차 사연을 실어 왔다. 어디서 풍문으로 들었음직한 이야기가 나를 재촉한다. 인물을 창조하고 지난 기억들, 스케치에 새로운 생명을 불어 넣는 일이다.

작고한 작가들의 마지막 모습은 늘 원고지 앞에서 생을 마감했다는 소식이다. 무엇이 생명의 마지막 한 방울까지 소진해 가며 글을 쓰게 만들었을까. 죽음 후에 세상에 남겨질 자신의 흔적을 위해서일까. 모래알 같은 사람들 중에서 신은 무작위로 나를 집어냈는지도 모른다. 그럴지라도 나는 많고 많은 사람들 속에서 특별히 나를 선택했다고 믿는 쪽을 선택한다. 아무튼 나는 신의 손길에 이끌려 신을 흉내 낼 수 있도록 허락된 자유의 자판 앞에 앉을 수 있었다.

우리를 매혹시키는 것은 무엇일까? 살면서 우리를 매혹시키는 사람이나 대상이 있다면 행복할 것 같다. 무언가를 사랑하는 일은 마냥 좋기만 한 일은 아니어서 오래도록 아프고 힘들었지만, 소설에 대한 사랑은 내게 살아갈 힘을, 행복을 내게 주었다.

자판을 두드리지 못하는 순간이 삶의 끝일 거라는 생각을 오래전부터 해 왔다. 글쓰기는 신(神)의 한 수이다. 신의 한 수. 나는 그것을 신이 내려 준 선물이라고 믿는다. '자기애'를 버리지 않는 한 나는 계속해서 글을 쓰고 있을 것이다. 잊힌 물줄기 하나가 공원 한 구석에서 솟아오르고 있음을. 그리고 누군가 숲 속의 빈터와 길들을 보면서 언젠가 바람이 실려 보낸 내 작품이 사람들 마음에 한 자리를 차지하고 있기를 바라면서.

등단은 또 다른 시작에 불과했다. 등단한 지 27년이 지났지만 나는 여전히 '몸뚱이를 다 달여 정제한 생의 결정(結晶)들' 같은 소설을 쓰려고 노력하는 과정에 있다. 등단 후 지금까지 새로운 세상을 향한 호기심은 변함이 없다. 서양철학 연구반 스터디 모임을 계속하고 있고, 문학철학에 관심이 있는 후배들과 토론하며 즐거운 시간을 보내고 있다. 새로운 세상을 향해서 쉬지 않고 걸어간다. 전철을 타고 창밖을 지나가는 풍경을 보면서 작품을 구상한다. 심장을 뛰게 할 첫 줄을 꿈꾼다.

나는 긴 겨울을 지나 구도의 길을 성실하게 걷는 수도승처럼 들길을 걸어가고 있다. 그 끝에 무엇이 있을지는 모르지만, 내가 확실히 아는 것은 그 길을 걸어가는 동안 참으로 행복하다는 것이다.